Neal Shusterman

LES FRAGMENTÉS

Traduit de l'anglais (États-Unis)

W0340057

ÉDITIONS DU MASQUE
17, RUE JACOB 75006 PARIS

Titre original

Unwind

publié par Simon & Schuster Books for Young Readers, une division de Simon & Schuster Children's Publishing Division.

ISBN : 978-2-7024-3391

© 2007 by Neal Shusterman.
© 2008, éditions du Masque, un département des éditions Jean-Claude Lattès pour la traduction française.

À la mémoire de Barbara Seranella

« *Si davantage de personnes avaient accepté de faire don de leurs organes, la fragmentation n'aurait jamais existé.* »

L'Amiral

Charte de la Vie

La Deuxième Guerre Civile, également connue sous le nom de Guerre Cardinale, fut un combat long et sanglant livré au nom d'une seule cause.

Pour mettre fin au conflit, un ensemble de lois intitulé Charte de la Vie fut voté.

Celle-ci contenta les deux armées en présence : pro-vie et pro-choix.

La Charte de la Vie stipule qu'il est interdit d'attenter à la vie d'un enfant, depuis le moment de sa conception jusqu'au jour de son treizième anniversaire.

Néanmoins, tout parent peut décider d'interrompre la vie de son enfant entre l'âge de treize et dix-huit ans...

... à condition de ne pas y mettre techniquement fin.

On appelle « fragmentation » le processus qui permet de « résilier » l'existence d'un enfant rétroactivement tout en le gardant en vie.

Aujourd'hui, la fragmentation est une pratique courante et totalement acceptée.

I
Triplicata

« Je n'étais pas promis à un avenir brillant. Mais maintenant, il y a des chances pour qu'une partie de moi accomplisse de grandes choses quelque part dans le monde. Je préfère être en partie bon qu'entièrement bon à rien. »

Samson Pupille

1.

Connor

– Il y a plein d'endroits où tu pourras te cacher, affirma Ariana. Sans compter qu'un type intelligent comme toi a de bonnes chances de survivre jusqu'à l'âge de dix-huit ans.

Connor n'en était pas si sûr mais, en regardant les yeux mauves striés de gris d'Ariana, ses doutes s'envolèrent l'espace de quelques secondes. Ariana était une véritable fashion victim : elle se faisait toujours injecter les pigments dernier cri dès leur sortie. Connor, lui, ne raffolait pas de ce genre d'artifices ; il avait toujours préféré conserver sa couleur d'yeux d'origine et n'arborait aucun tatouage, contrairement à la plupart des adolescents de son âge. La seule couleur étrangère qu'il arborait était celle du bronzage mais, en ce mois de novembre, il avait disparu depuis longtemps. Il s'efforça de ne pas penser au fait qu'il ne verrait plus jamais l'été – en tout cas pas en tant que Connor Lassiter. Il n'arrivait toujours pas à croire qu'à seulement seize ans on lui volait sa vie.

Les yeux violet pâle d'Ariana se mirent à briller et se remplirent de larmes, qui coulaient le long de ses joues chaque fois qu'elle clignait des yeux.

– Je suis vraiment désolée, Connor.

Elle le prit dans ses bras et, pendant quelques instants, Connor eut l'impression qu'ils étaient seuls au monde et que tout allait bien. Il eut le sentiment d'être invincible. Puis elle s'écarta. Autour de lui, le monde reprenait ses droits. Une fois encore, il sentit le grondement de l'autoroute sous leurs pieds. Les voitures passaient sans se douter ni même se soucier de leur présence. Il n'était qu'un condamné et, dans moins d'une semaine, il allait être fragmenté.

Les paroles douces et réconfortantes d'Ariana ne lui étaient plus d'aucune aide. Il l'entendait à peine à cause de la circulation. L'endroit où ils étaient cachés, loin du monde, faisait partie de ces lieux dangereux que les parents n'aiment pas, bien contents que leurs propres enfants ne soient pas assez stupides pour aller traîner sur des ponts d'autoroutes. Dans le cas de Connor, il ne s'agissait ni d'inconscience ni même de rébellion. Il s'agissait de sentir la vie. C'était là, assis sur une rambarde derrière un panneau d'indication, qu'il se sentait le mieux. Bien sûr, il suffirait d'un seul faux pas pour qu'il se retrouve écrabouillé sur un pare-brise. Erreur fatale, système bousillé. Connor avait l'habitude de vivre dangereusement.

Il ne l'avait pas dit à Ariana, mais c'était la première fois qu'il emmenait une fille ici. Même maintenant, il ne tenait pas à ce qu'elle sache qu'elle avait une place importante à ses yeux. Il ferma les paupières et, au plus profond de lui, dans ses veines, il sentit les vibrations de la circulation. Il avait toujours aimé se réfugier ici après une dispute avec ses parents ou quand il était en colère. Aujourd'hui, Connor avait dépassé ce stade ; il n'avait même plus envie de se battre avec ses parents. Il n'y avait plus rien à dire : ils avaient signé l'ordre de fragmentation, l'affaire était pliée.

C'est drôle, quand il était petit, Connor avait une peur panique des monstres. À l'époque, il ne pouvait pas s'endormir si les lumières n'étaient pas allumées ou si ses parents n'avaient pas inspecté son placard. Ils prétendaient que de telles créatures n'existaient pas, mais c'étaient des mensonges. Avec la Charte de la Vie, les monstres étaient devenus bien réels et ils n'avaient même plus besoin de se cacher : ils pouvaient débarquer tranquillement par la porte d'entrée.

– On devrait partir d'ici, suggéra Ariana. Moi aussi, j'en ai ras-le-bol de ma famille, de l'école, de tout. Je pourrais me barrer et ne plus jamais revenir.

Connor réfléchit un moment. L'idée de s'enfuir seul le terrifiait. Il avait beau essayer de sauver les apparences et jouer les durs à l'école, il n'était pas sûr d'avoir le courage de partir seul. Mais si Ariana l'accompagnait, c'était différent.

– Tu es sérieuse ? demanda Connor.

– Bien sûr, répondit Ariana en le fixant avec ses yeux envoûtants. Si tu me le demandais, je pourrais déserter.

Connor comprit l'importance du moment. S'enfuir avec un fragmenté, *ça* c'était de l'engagement. Connor fut ému au-delà des mots. Il l'embrassa et, en dépit des événements récents, il eut tout à coup l'impression d'être le garçon le plus chanceux au monde. Il la serra dans ses bras – peut-être un peu trop fort car elle tressaillit – et n'eut qu'une envie, la serrer encore plus fort. Il se retint et s'écarta. Elle lui sourit.

– Déserter..., murmura-t-elle. Ça vient d'où ce mot, au fait ?

– C'est un vieux terme militaire, il me semble.

Connor lui prit la main en tâchant de ne pas la presser trop fort. Elle avait dit qu'elle viendrait avec lui s'il le lui demandait. Or, il ne lui avait pas vraiment posé la question.

– Tu veux bien m'accompagner, Ariana ?

– Bien sûr, répondit-elle avec un grand sourire.

*

Les parents d'Ariana n'aimaient pas Connor. Il les imagina : « On a toujours su qu'il finirait fragmenté. Tu n'aurais pas dû t'approcher de ce Lassiter. » Ils ne l'avaient jamais considéré comme Connor, mais toujours comme « ce Lassiter ». Ils se permettaient de le juger pour la simple raison qu'il avait fréquenté plusieurs écoles disciplinaires.

Lorsqu'il la ramena cet après-midi-là, il s'arrêta à quelques mètres de chez elle et se cacha derrière un arbre tandis qu'elle passait la porte d'entrée. Il songea que, désormais, se cacher allait devenir leur quotidien.

*

La maison…

Comment pouvait-il qualifier de « maison » l'endroit où il vivait, alors qu'il était sur le point de se faire expulser – pas seulement de chez lui, mais aussi du cœur de ceux qui étaient supposés l'aimer ?

Le père de Connor, installé dans un fauteuil, regardait les nouvelles à la télévision.

– Salut, papa.

– Encore ces maudits claqueurs, marmonna-t-il en désignant le téléviseur qui diffusait les images d'un énième carnage.

– Quelle était leur cible, cette fois ?

– Ils ont fait exploser une boutique *Old Navy* dans le centre commercial de North Akron.

– J'aurais pensé qu'ils avaient meilleur goût, ironisa Connor.

– Je ne trouve pas ça drôle.

Les parents de Connor ignoraient que leur fils était au courant de sa prochaine fragmentation. Il n'était pas censé le découvrir, mais Connor avait toujours eu le flair pour déterrer les secrets. Trois semaines plus tôt, alors qu'il cherchait une agrafeuse dans le bureau de son père, il était tombé sur des billets d'avion pour les Bahamas. Ils avaient prévu de partir tous ensemble pour les vacances de Thanksgiving. Seulement voilà, il n'y avait que trois billets – pour son père, sa mère et son petit frère. Pas pour lui. D'abord, il s'était dit que le billet devait être rangé ailleurs. Mais en y réfléchissant, il avait eu la certitude que quelque chose ne tournait pas rond. Il avait attendu que ses parents s'absentent pour mener sa petite enquête et avait fini par trouver l'ordre de fragmentation signé. La feuille blanche avait déjà été envoyée aux autorités, la jaune suivrait Connor jusqu'à la fin et ses parents garderaient la rose – preuve de leur décision. Ils pourraient l'encadrer et l'accrocher à côté de ses photos de classe…

La date indiquée sur le document correspondait à la veille de leur départ pour les Bahamas. Connor allait être fragmenté, et sa petite famille s'offrait des petites vacances, histoire de se remonter le moral. L'injustice de la situation avait mis Connor en rogne, mais, pour une fois, il avait réussi à conserver son calme. Hormis quelques bagarres à l'école – qui n'étaient pas de son fait – il avait enfoui ses émotions et gardé pour lui ce qu'il savait. Un ordre de fragmentation était irrévocable, tout le monde le savait. Il pouvait hurler et se battre autant qu'il voulait, ça ne changerait rien. Et puis, le fait de connaître le secret de ses parents lui procurait un certain pouvoir : il avait pris un malin plaisir à leur faire du mal. Comme ce jour où il avait offert des fleurs à sa mère et qu'elle avait pleuré pendant des heures. Ou la fois où il avait obtenu un B+ pour un devoir de sciences – la meilleure note qu'il ait jamais eue dans cette matière. Lorsqu'il l'avait montré à son père, celui-ci était devenu blanc comme un linge.

– Tu vois, papa, je fais des progrès. Je suis sûr que je peux récolter un A avant la fin du semestre.

Une heure plus tard, son père, assis dans son fauteuil, tenait toujours le devoir en main et fixait le mur d'un air absent.

Le but de Connor était simple : il voulait les faire souffrir, leur faire comprendre qu'ils avaient commis une terrible erreur.

Pourtant, cette vengeance avait un goût amer et même si, depuis trois semaines, il faisait tout pour les faire culpabiliser, il n'en tirait aucune satisfaction. Il se sentait mal pour ses parents malgré lui, ce qui avait le don de l'exaspérer.

– J'ai raté le dîner ?

– Ta mère t'a laissé une assiette, répondit son père sans quitter la télévision des yeux.

Alors qu'il se dirigeait vers la cuisine, Connor entendit son père l'appeler. Lorsqu'il se retourna, il se rendit compte que celui-ci l'observait. Il ne se contentait pas de le regarder, non, il l'observait. Il va me l'annoncer, pensa Connor. Il va me dire qu'ils ont décidé de me fragmenter, puis il fondra en larmes et me suppliera de l'excuser. Il se pourrait même que Connor accepte ses explications, voire lui pardonne. Il lui avouerait alors qu'il n'avait pas l'intention d'être là quand les Frags se présenteraient pour l'embarquer. Contre toute attente, son père se contenta de lui demander s'il avait verrouillé la porte en rentrant.

– Je m'en occupe, fit Connor.

Il s'exécuta puis se rendit directement dans sa chambre. Il n'avait plus faim.

*

À 2 heures du matin, Connor s'habilla de noir et fourra dans un sac à dos les objets qui lui étaient chers. Il y avait encore suffisamment de place pour quelques vêtements. Finalement, pensa-t-il, peu de choses valaient la peine d'être emportées, à l'exception de quelques souvenirs qui lui rappelleraient l'époque où tout allait bien avec ses parents, et avec le reste du monde.

Connor fit un détour par la chambre de son frère. Il songea à le réveiller pour lui dire au revoir puis décida que ce n'était pas une bonne idée. Sans faire de bruit, il se faufila dehors. À cause du dispositif de traçage que Connor avait installé sur son vélo, il n'était pas question qu'il l'emporte. Jamais il n'aurait pensé devoir le voler lui-même un jour... De toute façon, Ariana en possédait deux.

En suivant le chemin habituel, la maison d'Ariana se trouvait à vingt minutes de marche. Dans les banlieues de l'Ohio, les routes étaient sinueuses et Connor décida de couper par la forêt. Il arriva chez Ariana dix minutes plus tard.

Comme prévu, toutes les lumières étaient éteintes. Cela aurait paru suspect qu'Ariana restât éveillée toute la nuit. Mieux valait faire semblant de dormir pour ne pas éveiller les soupçons. Il resta à l'écart de la maison. Le jardin et le porche étaient équipés de détecteurs de mouvements qui enclenchaient des lumières censées repousser les animaux sauvages et les voyous. Pour les parents d'Ariana, Connor était les deux à la fois.

Il sortit son téléphone et composa le numéro qu'il connaissait par cœur. Du sombre recoin du jardin où il se trouvait, il entendit retentir la sonnerie dans la chambre d'Ariana, à l'étage. Connor raccrocha immédiatement et recula de quelques pas, de peur que les parents d'Ariana ne regardent par la fenêtre. Qu'est-ce qu'elle avait fichu ? Ils s'étaient pourtant mis d'accord pour qu'Ariana mette son téléphone sur vibreur !

Il contourna le jardin pour ne pas déclencher la lumière. Une lampe s'alluma quand il passa devant le porche mais, de toute façon, seule la chambre d'Ariana donnait de ce côté. Quelques instants plus tard, celle-ci apparut à la porte d'entrée.

– Salut. Tu es prête ? demanda Connor.

De toute évidence, elle ne l'était pas : elle portait une robe de chambre sur un pyjama en satin.

– Tu n'as pas oublié ? reprit-il.

– Non, bien sûr que non.

– Alors dépêche-toi ! Plus vite on se barre, plus loin on sera quand ils se rendront compte qu'on est partis.

– Écoute, Connor…, murmura-t-elle.

La vérité se faisait jour : le tremblement de sa voix, la difficulté qu'elle avait à prononcer son prénom, les excuses qui restaient suspendues dans l'air, comme un écho. Même s'il avait compris, il la laissa parler. Il voyait à quel point c'était dur pour elle, et c'était tant mieux. Il fallait que ce soit la chose la plus difficile qu'elle ait jamais eue à faire.

– J'ai vraiment envie de venir, Connor… mais ça tombe vraiment mal pour moi. Ma sœur va se marier, et elle m'a choisie comme demoiselle d'honneur. Et puis, il y a l'école…

– Tu détestes l'école ! Tu m'as dit que tu arrêterais dès que tu aurais seize ans.

– Juste pour un temps. C'est différent.

– Donc tu ne viens pas ?

– J'en ai *vraiment* envie… mais je ne peux pas.

– Alors pendant tout ce temps, tu m'as menti.

– Non, répondit Ariana. C'était un rêve. Mais la réalité m'a rattrapée, c'est tout. S'enfuir ne résout rien.

– C'est la seule manière pour moi de sauver ma peau, riposta Connor. Au cas tu l'aurais oublié, je suis sur le point d'être fragmenté.

– Je sais, murmura-t-elle en caressant son visage. Mais pas moi.

Une lumière s'alluma en haut de l'escalier et Ariana poussa brusquement la porte de quelques centimètres.

– Ariana ? appela sa mère. Que se passe-t-il ? Qu'est-ce que tu fais dans l'entrée ?

Connor recula pour ne pas être vu.

– Rien, maman. J'ai cru voir un coyote de ma fenêtre et je voulais m'assurer que les chats n'étaient pas dehors.

– Ils sont ici, chérie. Ferme la porte et retourne te coucher.

– Alors comme ça je suis un coyote, dit Connor.

– Chut ! fit Ariana en fermant la porte presque entièrement, de sorte que Connor ne voyait plus qu'un côté de son visage et un seul de ses yeux mauves. Tu t'en sortiras, j'en suis certaine. Appelle-moi dès que tu es en sécurité.

Elle ferma la porte. Connor resta là, immobile, jusqu'à ce que les lumières s'éteignent. Il n'avait pas prévu de se retrouver seul et s'en voulut de ne pas avoir envisagé cette éventualité. Depuis l'instant où ses parents avaient signé l'ordre de fragmentation, il était bel et bien seul.

*

Impossible de prendre le train ou le bus. Connor disposait de suffisamment d'argent mais il n'y avait aucun départ avant le lendemain matin et d'ici là tout le monde serait à ses trousses. Les fragmentés en fuite étaient monnaie courante et des brigades entières de Frags étaient préposées à leur recherche. C'était devenu un métier à part entière.

Disparaître dans une grande ville serait facile – on ne croisait jamais deux fois le même visage. Ou alors à la campagne ? Il pourrait s'installer dans une vieille grange, personne ne penserait à aller le chercher là-bas. Mais la police, si, songea Connor. Ils avaient sûrement répertorié toutes les granges de la région dans le but de coincer les gamins comme lui. Peut-être était-il tout simplement parano… Non, Connor savait que sa situation nécessitait une vigilance accrue ; pas seulement ce soir, mais pour les deux années à venir. Une fois qu'il aurait dix-huit ans, il serait tiré d'affaire. Ensuite, ils pourraient le jeter en prison, bien sûr, ou l'envoyer devant un tribunal, mais ils n'auraient plus le droit de le fragmenter.

Le véritable défi consistait à survivre pendant tout ce temps.

Connor se rendit sur une aire de repos, près de l'autoroute, où les camions faisaient halte pour la nuit. Il voulut se glisser à l'arrière d'un dix-huit roues, mais se rendit compte que les routiers verrouillaient leur chargement. Il se maudit de ne pas y avoir pensé avant. Si Connor avait été doué pour anticiper, il ne se serait jamais fourré dans toutes ces situations qui avaient gâché ses dernières années, et qui lui avaient valu d'être étiqueté « gamin à problèmes », « à risques » et, plus récemment, « fragmenté ».

Il y avait sur l'aire une vingtaine de camions, et une cafétéria bien éclairée dans laquelle une dizaine de routiers étaient attablés. Il était 3 h 30 du matin. Visiblement, les routiers avaient leur propre horloge biologique. Connor observa patiemment. Puis, vers 3 h 45, une voiture de police s'engagea sans bruit sur l'aire, tous phares éteints. Le véhicule contourna les camions lentement, à la manière d'un requin. Connor pensa pouvoir se planquer, mais il vit débarquer une deuxième voiture de police. Il y avait beaucoup trop de lumière pour qu'il puisse se tapir dans l'ombre, et il était exclu qu'il se sauve en courant : la clarté crue de la lune le trahirait. Une troisième voiture de police arriva. Comprenant que les phares le démasqueraient dans moins d'une seconde, il se jeta sous un camion en priant pour que les flics ne le voient pas.

Il retint son souffle au moment où la voiture passa devant lui. De l'autre côté du poids-lourd, le deuxième véhicule se dirigeait dans la direction opposée. Sans doute un simple contrôle de routine, se rassura Connor. Si ça se trouve, ils ne me recherchent pas encore. Il essaya de s'en convaincre. Comment seraient-ils déjà au courant de sa disparition ? Son père avait le sommeil lourd et sa mère ne se levait jamais pendant la nuit.

Pourtant, la voiture continuait sa ronde.

Depuis son poste d'observation, Connor vit s'ouvrir la portière conducteur d'un autre camion. Plus exactement, il s'agissait de la porte permettant d'accéder à la petite chambre derrière la cabine. Un homme apparut, s'étira et se dirigea vers les toilettes, laissant derrière lui la portière entrouverte.

En une fraction de seconde, Connor prit une décision. Il bondit hors de sa cachette et traversa l'aire à fond de train, manquant de déraper sur le gravier. Il ignorait où se trouvaient les voitures de police, mais peu importait. Il s'était résolu à agir, il devait aller jusqu'au bout. Alors qu'il approchait du véhicule, des phares dessinèrent un arc de cercle, s'apprêtant à se braquer sur lui. Il ouvrit la portière, se rua à l'intérieur de la cabine et la referma aussi sec.

Connor s'assit sur la banquette, guère plus large qu'un lit de camp, et retint sa respiration. Que faire ensuite ? Le routier n'allait pas tarder à revenir. Il disposait de cinq minutes, tout au plus ; peut-être moins d'une minute. Il jeta un coup d'œil sous le lit. Il y avait suffisamment d'espace pour s'y dissimuler, mais deux gros sacs de vêtements bloquaient le passage. Il aurait pu les tirer, se glisser derrière et les remettre en place. L'homme n'y verrait que du feu. Mais avant même qu'il ait commencé à bouger le premier sac, la porte s'ouvrit. Connor resta cloué sur place, incapable de réagir. Le routier s'avança pour attraper sa veste et aperçut Connor.

– Hé ! Qui t'es, toi ? Qu'est-ce que tu fous dans mon camion ?

Une des voitures de patrouille passa lentement près de lui.

– Je vous en prie, ne dites rien à personne, supplia Connor, dont la voix se fit aussi aiguë qu'à l'époque où il n'avait pas encore mué. Il faut absolument que je parte d'ici.

Il fouilla dans son sac à dos et en retira une liasse de billets.

– Vous voulez de l'argent ? reprit-il. Je peux vous donner tout ce que j'ai.

– Je ne veux pas de ton fric, rétorqua le routier.

– Bon. Vous voulez quoi, alors ?

En dépit de l'obscurité qui régnait dans la cabine, l'homme dut deviner la panique dans les yeux de Connor, mais ne dit pas un mot.

– Je vous en supplie ! répéta Connor. Je ferai tout ce que vous voulez.

– Vraiment ? fit l'homme après l'avoir observé quelques secondes.

Il pénétra dans la cabine. Connor ferma les yeux, n'osant imaginer dans quelle galère il venait de s'embarquer. L'homme s'assit à côté de lui.

– Comment tu t'appelles ?

– Connor, répondit-il en réalisant trop tard qu'il aurait dû donner un faux nom.

Le routier réfléchit en caressant sa barbe de plusieurs jours.

– Je vais te montrer quelque chose, Connor, annonça-t-il.

Il se pencha vers Connor et attrapa un jeu de cartes dans une pochette suspendue près du lit.

– Tu as déjà vu ça ? demanda-t-il en battant les cartes d'une seule main avec une grande dextérité. Pas mal, hein ?

Connor, ne sachant que dire, se contenta de hocher la tête. L'homme prit alors une carte et, par un tour de passe-passe, la fit disparaître. Puis il s'inclina en avant et la fit réapparaître dans la poche de la chemise de Connor.

– Alors ? Impressionnant, non ?

Connor émit un petit rire nerveux.

– Ces tours que tu viens de voir, eh bien ce n'est pas moi qui les fais.

– Je... je ne comprends pas.

Le routier remonta sa manche, révélant une cicatrice au niveau du coude.

– Il y a dix ans, je me suis endormi au volant et j'ai eu un grave accident. J'ai perdu un bras, un rein, et d'autres petites choses. Mais on m'en a greffé de nouveaux, et je m'en suis sorti.

Le camionneur contempla ses mains. À présent, Connor voyait que celle qui avait exécuté les tours de cartes était légèrement différente de l'autre, dont les doigts étaient plus épais, et la couleur plus olivâtre.

– Alors on vous a donné une nouvelle main, énonça Connor.

L'homme se mit à rire puis se rembrunit.

– Ces doigts-là font des choses que j'étais incapable de faire avant. Ils appellent ça la mémoire musculaire. Il ne se passe pas un seul jour sans que je me demande quelles choses incroyables ce gamin savait faire, avant qu'il soit fragmenté. Tu as de la veine d'être tombé sur moi, affirma-t-il. La plupart des routiers auraient pris ce que tu voulais bien leur offrir et t'auraient quand même balancé aux flics.

– Vous n'allez pas le faire ?

– Non, répondit-il en tendant sa main – *l'autre* main – pour serrer celle de Connor. Je m'appelle Josias Aldridge.

Je vais vers le nord, tu peux rester avec moi jusqu'à demain matin.

Connor fut tellement soulagé qu'il en eut le souffle coupé. Il ne parvint même pas à articuler un « merci ».

– Ce lit n'est pas ce qu'il y a de plus confortable, mais ça fait l'affaire. Repose-toi un peu. Le temps d'aller pisser, et on trace la route.

Connor entendit le bruit de ses pas jusqu'aux toilettes. Il finit par se détendre un peu et se rendit compte qu'il était épuisé. Le routier n'avait pas mentionné de destination, simplement une direction, et c'était très bien ainsi. Nord, sud, est, ouest… peu importait du moment qu'ils partaient loin. Il faudrait d'abord franchir cette étape avant de penser à la suite des événements.

Moins d'une minute plus tard, tandis que Connor était sur le point de sombrer dans le sommeil, il entendit des cris à l'extérieur.

– On sait que tu es là ! Sors et on ne te fera pas de mal !

Le cœur de Connor se serra. Manifestement, Josias Aldridge avait réservé aux flics un petit tour de magie : faire apparaître Connor. Abracadabra ! Son voyage se terminait avant même d'avoir commencé. Connor ouvrit la portière d'un grand coup et aperçut trois Frags armés.

Mais ce n'était pas vers lui que leurs pistolets étaient dirigés.

Les agents de police lui tournaient le dos.

De l'autre côté de l'aire, la portière du camion sous lequel il s'était caché plus tôt s'ouvrit. Un garçon sortit de la cabine, les mains en l'air. Connor le reconnut immédiatement. C'était Andy Jameson. Ils étaient dans la même classe.

Pas possible ! Andy aussi allait être fragmenté ?

Le visage d'Andy trahissait non seulement la peur, mais aussi une expression d'immense déception. À ce moment-là, Connor se rendit compte de son inconscience. La scène qui se jouait sous ses yeux le stupéfiait tellement qu'il restait là, sans bouger, exposé au regard de tous. Les policiers ne le virent pas, mais Andy, si. Il regarda Connor droit dans les yeux pendant plusieurs secondes…

… et quelque chose d'inouï se produisit.

La lueur de désespoir dans le regard d'Andy se transforma soudain en une détermination d'acier, à la limite du triomphe. Il détourna la tête, avança de quelques pas et les flics l'attrapèrent. Andy s'était placé de sorte que les Frags continuent de tourner le dos à Connor.

Andy l'avait vu mais n'avait rien dit. Si Andy avait tout perdu, il avait au moins remporté cette petite victoire.

Connor referma lentement la portière et retourna dans l'obscurité de la cabine. À l'extérieur, les flics emmenaient Andy. Connor s'allongea et, aussi soudainement qu'une averse d'été, des larmes se mirent à couler sur ses joues. Il n'aurait pu dire à qui ses pleurs étaient destinés – Andy, lui-même, Ariana ? –, et ses larmes redoublèrent. Au lieu de les essuyer, il les laissa sécher, comme lorsqu'il était enfant et que celles-ci étaient si dérisoires qu'il en avait oublié la raison le lendemain.

Connor ne revit pas le routier. Il entendit le moteur démarrer et sentit le véhicule s'éloigner. Le ronronnement du camion le berça et il finit par s'assoupir.

*

Connor fut tiré d'un profond sommeil par la sonnerie de son téléphone portable. Il lutta pour ne pas se réveiller.

Il voulait retourner à son rêve : il se trouvait dans un endroit familier – un bungalow au bord de la mer où il avait passé des vacances avec ses parents, bien avant la naissance de son petit frère. La jambe de Connor était passée au travers d'une latte pourrie de la terrasse, déchirant des toiles d'araignées si épaisses qu'on eût dit du coton. La peur de ces bestioles géantes qui n'allaient pas manquer de le dévorer l'avait fait hurler. Pourtant, ce n'était pas un cauchemar ; c'était même un bon souvenir. Son père l'avait tiré de là et ramené à l'intérieur. On lui avait bandé la jambe, puis on l'avait installé près de la cheminée avec un verre de cidre si délicieux qu'aujourd'hui encore, le goût lui revenait à la bouche. Son père lui avait raconté une histoire dont il ne se souvenait pas, mais cela importait peu. Ce qui comptait, c'était le ton de sa voix. Un doux murmure de baryton aussi apaisant que le bruit des vagues se brisant sur le rivage. Le petit Connor avait bu son cidre et s'était blotti contre sa mère, faisant mine de s'endormir. Il aurait aimé s'évanouir dans ce moment, le prolonger pour l'éternité. Il s'était bel et bien dissous dans son rêve ; tout son être s'était noyé dans le verre de cidre, que ses parents avaient posé délicatement sur la table, près du feu, afin de le garder au chaud pour toujours.

Rêves débiles. Mêmes les rêves agréables étaient nuls, car ils vous rappelaient à quel point la réalité était de piètre qualité en comparaison.

Son téléphone sonna à nouveau, chassant les derniers restes de son rêve. Connor faillit répondre. La cabine du camion était si sombre qu'il ne réalisa pas immédiatement qu'il ne se trouvait pas chez lui, dans son lit. Heureusement, il ne trouva pas son portable tout de suite et, lorsqu'il voulut allumer la lumière et qu'il toucha un mur à la place de sa table de nuit, il sut qu'il n'était pas dans sa chambre. Le téléphone sonna encore. Tout lui revint en mémoire d'un seul coup. Connor attrapa son portable dans son sac à dos et vit que son père avait essayé de le joindre.

Ses parents savaient donc qu'il était parti. Pensaient-ils vraiment qu'il était assez stupide pour répondre ? Il attendit que le répondeur se mette en route, puis éteignit le téléphone. Sa montre indiquait 7 h 30. Il frotta ses yeux encore ensommeillés en essayant de calculer la distance qu'ils avaient parcourue. Le camion était à l'arrêt, mais ils avaient dû couvrir au moins trois cents kilomètres pendant qu'il dormait. C'était un bon début.

On tapa à la portière.

– Allez, gamin ! La route s'arrête là pour toi.

Connor ne protesta pas. Le chauffeur s'était montré généreux, il ne lui en demanderait pas davantage. Il ouvrit la porte et s'apprêtait à le remercier quand il constata que ce n'était pas Josias Aldridge qui lui faisait face. À quelques mètres de là, Josias se faisait menotter et devant Connor se trouvait un Frag avec un sourire jusqu'aux oreilles. Un peu plus loin, Connor aperçut son père qui tenait le téléphone qu'il venait d'utiliser.

– C'est terminé, fiston ! annonça-t-il.

Connor était fou de rage. Je ne suis pas ton fils ! fulmina-t-il intérieurement. Il eut envie de crier : « J'ai cessé d'être ton fils le jour où tu as signé l'ordre de fragmentation ! » Mais le choc qu'il venait de subir le laissa muet.

Quel imbécile d'avoir laissé son portable branché ! Voilà comment ils avaient retrouvé sa trace. Il se demanda combien d'autres fragmentés s'étaient fait avoir à cause de la confiance aveugle qu'ils vouaient à la technologie. Non, Connor refusait de suivre le même chemin qu'Andy Jameson. Il évalua rapidement la situation. Deux voitures de patrouille et une brigade de Frags avaient fait arrêter le camion sur le bas-côté. En moins d'une seconde, Connor se décida : il fit un bond en avant, poussa le policier contre le camion et traversa l'autoroute bondée en courant. Oseraient-ils tirer dans le dos d'un enfant qui n'était pas armé ? Ou dans ses jambes, pour épargner les organes vitaux ? Alors qu'il courait comme un dératé, les voitures faisaient des embardées autour de lui pour l'éviter. Rien ne pouvait freiner sa course.

– Arrête-toi ! hurla son père.

Connor entendit alors un coup de feu. Il ressentit l'impact de la balle, mais pas sur son corps : elle s'était logée dans son sac à dos. Il ne se retourna pas. Au moment où il atteignait le terre-plein central, il entendit une autre détonation et vit une petite tache bleue éclabousser la rambarde. Des balles tranquillisantes. Leur but n'était donc pas de le descendre, simplement de l'embarquer.

Connor enjamba la rambarde et se retrouva sur la trajectoire d'une Cadillac qui, visiblement, n'avait pas l'intention de s'arrêter. La voiture fit un écart et, grâce à une chance insolente, Connor l'évita de quelques centimètres. Il reçut le rétroviseur dans les côtes et, quelques mètres plus loin, la voiture s'immobilisa dans un couinement. Connor sentit l'odeur âcre du caoutchouc brûlé. Alors qu'il se tenait les côtes, Connor aperçut à travers la vitre arrière de la voiture quelqu'un qui l'observait. Un garçon de son âge, entièrement vêtu de blanc, l'air complètement apeuré.

Voyant que les flics avaient déjà atteint le terre-plein, Connor regarda l'adolescent droit dans les yeux et, en une fraction de seconde, la solution s'imposa à lui. Une fois encore, il fut obligé de réfléchir vite. Il passa son bras par la vitre ouverte, déverrouilla la portière et l'ouvrit.

2.

Risa

En coulisses, Risa faisait les cent pas, attendant son audition de piano.

Cette sonate, elle aurait pu la jouer les yeux fermés. Elle le faisait souvent, d'ailleurs : elle se réveillait en pleine nuit, les doigts pianotant sur les draps. Elle entendait les notes résonner dans sa tête et continuait de jouer, même après s'être réveillée. Puis la musique s'évanouissait dans l'obscurité et seules ses mains poursuivaient leurs mouvements sur la couverture.

Elle devait connaître cette sonate sur le bout des doigts.

« Un récital, ce n'est pas une compétition », lui répétait toujours M. Durkin. « Il n'y a ni gagnant ni perdant. »

Eh bien, Risa n'était pas du même avis.

– Risa Pupille, annonça le régisseur. C'est à vous.

Elle détendit ses épaules, ajusta la barrette qui retenait ses longs cheveux bruns et fit son entrée sur scène. Le public applaudit poliment. Certains devaient être sincères puisque ses amis et ses professeurs assistaient au récital. Mais pour la plupart, ce n'étaient que des applaudissements forcés de la part d'un public qui attendait d'être impressionné.

M. Durkin, son professeur de piano depuis cinq ans, était là aussi. Pour Risa, il était comme sa famille. Elle avait de la chance. Tous les enfants de la maison-pupille Ohio 23 ne pouvaient pas en dire autant. La plupart d'entre eux détestaient leurs profs, qu'ils considéraient comme des geôliers.

S'efforçant de ne pas prêter attention à sa robe empesée, elle s'assit au piano – un Steinway de concert couleur ébène, aussi noir et long que la nuit.

Concentration.

Elle fixa le piano, et l'assistance disparut dans l'obscurité. Le public importait peu. Ce qui comptait, c'était le piano et les sons merveilleux qu'elle s'apprêtait à en tirer.

Ses mains restèrent suspendues au-dessus du clavier pendant quelques secondes et elle se mit à jouer avec fougue. Bientôt, ses doigts danseraient sur les touches, et la perfection semblerait naturelle. Elle fit chanter l'instrument… Puis son annulaire gauche glissa sur le si bémol.

Une erreur.

Ça s'était passé si vite… Peut-être ne s'était-on aperçu de rien ? Mais Risa, elle, avait remarqué. Même si elle continua à jouer, la fausse note resta gravée dans son esprit, retentit en elle, monta crescendo, parasitant sa concentration jusqu'au moment où elle dérapa à nouveau. Deuxième fausse note. Une minute plus tard, c'est tout un accord qu'elle rata. Des larmes lui piquèrent les yeux, brouillèrent sa vue.

Tu n'as pas besoin de voir, se sermonna-t-elle. Il suffit de sentir la musique. Elle pouvait encore s'en tirer…

Ses erreurs lui paraissaient grossières alors qu'en réalité, elles étaient minimes.

Détends-toi, lui aurait conseillé M. Durkin. Personne ne te juge.

Peut-être croyait-il vraiment à ce qu'il disait... De toute façon, il pouvait se le permettre. Il n'avait pas quinze ans. Et il n'avait jamais été pupille de la nation.

*

Cinq erreurs.

Chacune était infime, subtile, mais elles n'en restaient pas moins des erreurs. C'eût été moins grave si les autres prestations n'avaient pas été aussi brillantes.

Contre toute attente, M. Durkin était tout sourires lorsqu'il rejoignit Risa un peu plus tard.

– Tu as été fantastique ! s'écria-t-il. Je suis fier de toi.

– J'ai été nulle.

– Balivernes ! Le morceau de Chopin que tu as choisi est l'un des plus difficiles. Même les pros ne peuvent pas le jouer sans se tromper une ou deux fois. Tu lui as fait honneur !

– Il me faut plus que les honneurs.

M. Durkin poussa un soupir, mais ne fit pas de commentaire.

– Tu t'es très bien débrouillée. J'ai hâte de voir ces mains jouer au Carnegie Hall.

Son sourire était sincère et chaleureux, tout comme les félicitations que lui adressèrent les filles avec qui elle partageait le même dortoir. Tous ces encouragements l'aidèrent à s'endormir ce soir-là et lui redonnèrent espoir : peut-être était-elle trop dure avec elle-même...

Elle s'assoupit en songeant au prochain morceau qu'elle choisirait.

*

Une semaine plus tard, elle fut convoquée dans le bureau du directeur.

Il y avait trois personnes. On croirait un tribunal, se dit Risa. Trois adultes prêts à vous juger, à la manière des trois singes : ne rien voir de mal, ne rien entendre de mal, ne rien dire de mal.

– Asseyez-vous, Risa, proposa le directeur.

Elle essaya de s'asseoir élégamment mais ses jambes en coton ne le lui permirent pas. Elle s'affala maladroitement dans un fauteuil bien trop somptueux pour les besoins d'une inquisition.

Risa n'avait jamais vu les deux autres personnes à l'apparence stricte installées de part et d'autre du directeur. Ils paraissaient détendus, comme si l'affaire qui les occupait était des plus banales.

La femme à la gauche du directeur se présenta : elle était l'assistante sociale préposée au cas de Risa. Jusqu'à ce jour, Risa ignorait qu'elle était un « cas ». Elle énonça son nom, que l'adolescente ne retint pas. Mme Machinchose feuilleta le dossier qui retraçait les quinze années de la vie de Risa avec autant de détachement que s'il s'agissait d'un journal.

– Voyons... vous êtes pupille de la nation depuis votre naissance. Manifestement, votre comportement a toujours été exemplaire. Vos résultats scolaires sont honorables, mais pas excellents, nota l'assistante sociale avant de relever la tête en souriant. J'ai assisté à votre performance l'autre soir. Vous avez été très bonne.

Bonne, songea Risa, mais pas excellente.

Mme Bidule compulsa le dossier pendant quelques instants encore, mais Risa voyait bien que son esprit était ailleurs. Ils avaient pris leur décision bien avant son arrivée.

– Pourquoi suis-je ici ?

Mme Machinchose referma le classeur, lança un regard au directeur et à l'autre homme, vêtu d'un costume coûteux. Celui-ci hocha la tête, et la femme se retourna vers Risa, un sourire chaleureux sur les lèvres.

– M. Thomas et M. Paulson sont d'accord avec moi pour dire que vous êtes allée au bout de vos capacités.

– Qui est M. Paulson ? demanda Risa en regardant l'homme au costume.

– Je suis l'avocat de l'école, répondit-il sur un ton désolé après s'être éclairci la gorge.

– Un avocat ? s'étonna Risa.

– C'est la procédure, expliqua M. Thomas. (Il desserra le col de sa chemise, comme si sa cravate s'était soudain transformée en nœud coulant.) Cela fait partie du règlement de l'école dans ce genre d'affaires.

– Quel genre d'affaires, au juste ? interrogea Risa.

Les trois protagonistes échangèrent un regard. Aucun d'eux n'osait se jeter à l'eau. Finalement, Mme Bidule prit la parole :

– Vous n'êtes pas sans savoir que les maisons-pupille sont surpeuplées, et avec les réductions de budget, tous les établissements sont concernés, y compris le nôtre.

– Tous les pupilles de la nation ont droit à une place dans les maisons-pupille, rappela Risa en la regardant bien droit dans les yeux.

– Absolument. Jusqu'à l'âge de treize ans.

Tout à coup, chacun eut son mot à dire.

– Les réserves d'argent ne sont pas extensibles, intervint le directeur.

– C'est la qualité de l'éducation qui est en jeu.

– Nous ne voulons que votre bien, et celui de tous les enfants ici, affirma l'assistante sociale.

Ils poursuivirent leur partie de ping-pong verbale tandis que Risa restait silencieuse, se contentant de les écouter.

– Vous êtes une musicienne de talent, mais…

– Comme je l'ai déjà dit, vous avez atteint vos limites.

– Vous n'irez pas plus loin.

– Peut-être que si vous aviez choisi un domaine moins compétitif…

– Enfin, tout ça c'est du passé.

– Nos mains sont liées.

– Des bébés non désirés naissent tous les jours, et tous ne sont pas des refusés.

– Nous sommes obligés de les accueillir.

– Il faut leur faire de la place.

– Pour cela, nous devons diminuer de cinq pour cent le quota d'adolescents.

– Vous comprenez, n'est-ce pas ?

Risa n'avait plus la force de les écouter. Pour les faire taire, elle énonça ce qu'ils n'avaient pas le courage de dire eux-mêmes :

– Je vais être fragmentée, c'est ça ?

Leur silence fut plus éloquent qu'une réponse affirmative.

L'assistante sociale s'avança pour prendre la main de Risa, mais la jeune fille la retira brusquement.

– Tu as toutes les raisons d'avoir peur. Tout bouleversement est terrifiant.

– Bouleversement ? hurla Risa. Vous plaisantez ? Mourir, c'est un peu plus qu'un simple bouleversement !

La cravate du directeur se changea à nouveau en nœud coulant. Le sang n'irriguait plus son visage. L'avocat ouvrit son attaché-case.

– Mademoiselle Pupille, je vous en prie. Il ne s'agit pas de mourir et je pense que personne ici n'apprécie vos insinuations. En réalité, vous resterez vivante, mais dans un état divisé.

Il sortit de son attaché-case un formulaire de couleur qu'il lui tendit.

– Voici une brochure du camp de collecte Twin Lakes.

– C'est un endroit charmant, fit remarquer le directeur. Mon propre neveu a été fragmenté là-bas.

– Le veinard ! ironisa Risa.

– Un bouleversement, répéta l'assistante sociale, rien de plus. Comme la glace qui se transforme en eau, puis en nuages. Vous serez toujours vivante, Risa, mais sous une autre forme.

Déjà, Risa n'entendait plus rien. La panique commençait à s'insinuer dans son esprit.

– Je peux faire autre chose que de la musique.

– J'ai bien peur qu'il ne soit trop tard, affirma le directeur en secouant la tête.

– Je vous assure : je pourrais m'entraîner et rentrer dans l'armée. Ils ont toujours besoin de nouvelles recrues.

L'avocat poussa un soupir d'exaspération en consultant sa montre. L'assistante sociale se pencha en avant.

– Risa, il faut avoir une excellente constitution physique pour faire partie de l'armée, et cela requiert des années d'entraînement.

– Je n'ai pas mon mot à dire, alors ?

La réponse lui apparut clairement lorsqu'elle se retourna. Deux vigiles faisaient le pied de grue pour s'assurer qu'elle ne donnât pas son avis. Tandis qu'ils l'emmenaient, ses pensées allèrent à M. Durkin. Avec un rire amer, elle songea que, finalement, son vœu allait être exaucé. Un jour, ses mains joueraient bien au Carnegie Hall. Mais le reste de son corps n'y serait pas.

*

Risa ne fut pas autorisée à retourner dans le dortoir. Elle partirait les mains vides puisque, désormais, elle n'aurait plus besoin de rien. Ainsi se déroulaient les choses pour les fragmentés. Quelques-uns de ses camarades se risquèrent à venir au centre de transport de l'école pour lui faire de rapides adieux. Ils versèrent une larme en regardant nerveusement au-dessus de leur épaule, terrorisés à l'idée de se faire coincer.

M. Durkin ne vint pas. C'est ce qui attrista le plus Risa.

Elle passa la nuit dans une chambre du centre d'accueil puis, à l'aube, on la mit dans un bus rempli d'enfants qu'on transférait de la maison-pupille vers d'autres contrées. Même si certains visages lui étaient familiers, elle ne connaissait aucun de ses compagnons de voyage.

De l'autre côté du couloir, un garçon d'apparence sympathique – un militaire, à en juger par son physique – lui adressa un sourire.

– Salut ! lança-t-il sur le ton dragueur typique des militaires.

– Salut.

– On me transfère à l'Académie navale d'État, l'informa-t-il. Et toi ?

– Moi ? s'exclama-t-elle en cherchant quelque chose d'impressionnant à répondre. On m'envoie à l'Académie Miss Marple pour Surdoués.

– Elle ment, intervint le garçon maigre et blafard assis à côté de Risa. C'est une fragmentée.

Le militaire s'écarta brusquement, comme si la fragmentation était une maladie contagieuse.

– Ah... je vois..., bredouilla-t-il. Dommage... Bon, à plus.

Le jeune homme se leva et alla rejoindre d'autres militaires au fond du bus.

– Merci beaucoup, répliqua Risa sèchement.

– Ne t'énerve pas, dit le garçon en avançant sa main. Je m'appelle Samson. Je suis un fragmenté, moi aussi.

Risa eut envie de rire. Samson... Un prénom de géant pour un gringalet comme lui ! Elle ne lui serra pas la main, agacée d'avoir été trahie devant le beau militaire.

– Alors, qu'est-ce que tu as fait pour être fragmenté ? questionna Risa.

– Disons plutôt que je n'ai rien fait, répliqua Samson.

Pas étonnant, songea Risa. Ne rien faire était la voie royale qui menait à la fragmentation.

– Je n'étais pas promis à un avenir brillant, expliqua-t-il. Mais maintenant, il y a des chances pour qu'une partie de moi accomplisse de grandes choses quelque part dans le monde. Je préfère être en partie bon qu'entièrement bon à rien.

Le fait que sa logique tordue ait du sens agaça encore plus Risa.

– J'espère que tu te plairas au camp de collecte ! lança Risa avant de se lever.

– Rasseyez-vous ! ordonna l'accompagnatrice à l'avant du bus.

Personne ne lui prêta attention. Les adolescents ne cessaient de changer de place, cherchant ou fuyant les contacts. Risa trouva un siège près de la vitre, à côté d'une place libre.

Ce trajet en bus n'était que la première étape d'un long périple. Ils lui avaient expliqué, à elle et à tous les autres, qu'on allait d'abord les emmener dans un centre de transport central, où des enfants venus de dizaines de maisons-pupille seraient regroupés pour être conduits vers leur destination finale. Pour Risa, le prochain bus serait rempli de Samson. Génial... Elle avait pensé se glisser dans un autre bus, mais à cause des codes-barres attachés à leurs poignets, ce n'était pas envisageable. Tout était parfaitement organisé, le système infaillible. Pourtant, Risa ne pouvait s'empêcher d'élaborer des scénarios qui lui permettraient de s'échapper.

À ce moment-là, elle remarqua de l'agitation dehors, un peu plus loin sur la route. Des voitures de police étaient stationnées de l'autre côté de l'autoroute et, tandis que le bus changeait de voie, elle aperçut deux adolescents qui couraient comme des dératés entre les voitures. L'un d'eux agrippait l'autre par le cou. Ils passèrent juste devant le bus.

Risa avait le front collé contre la vitre. Le conducteur fit un brusque écart sur la droite pour éviter les deux fuyards. Les passagers crièrent; certains eurent la respiration coupée. Risa fut projetée vers l'avant du véhicule et le bus finit par s'immobiliser dans une secousse brutale. Contusionnée, elle se releva rapidement et prit la mesure de la situation. C'est alors que le bus se renversa avant d'atterrir dans un fossé. Le pare-brise, éclaté, était couvert de sang.

Autour d'elle, tout le monde s'examinait. Aucun des adolescents n'était sérieusement blessé, mais certains en rajoutaient délibérément. L'accompagnatrice s'efforçait de calmer une jeune adolescente en proie à une crise de nerfs.

Au milieu de ce chaos, Risa eut une idée fulgurante.

Une idée qui ne faisait pas partie du plan.

Le système était sans doute conçu pour parer à toutes les éventualités au cas où les pupilles essaieraient de s'enfuir, mais une chose était sûre : rien n'était prévu en cas d'accident. Impossible, donc, de savoir ce qui allait se produire dans les secondes à venir.

Risa fixa la porte avant du bus, retint son souffle et se mit à courir.

3.

Lev

La fête, somptueuse, avait coûté une fortune. Elle était programmée depuis des années.

Au moins deux cents invités remplissaient la grande salle de bal du country-club. Lev avait choisi lui-même l'orchestre, le menu et même la couleur des nappes et des serviettes de tables – rouges et blanches, pour rappeler l'équipe des Cincinnati Reds. Son nom – Levi Jedediah Calder – avait été brodé en lettres dorées sur les serviettes en soie pour que les invités puissent les conserver en souvenir.

Cette fête lui était entièrement dédiée et il avait bien l'intention de passer la meilleure soirée de sa vie.

Les adultes présents étaient des membres de la famille et des amis ou associés de ses parents. Lev, lui, avait convié au moins quatre-vingts de ses amis : des camarades de classe, de l'église et des différents sports qu'il pratiquait. Naturellement, certains avaient hésité à venir.

– Je sais pas trop, Lev, avaient-ils dit. C'est un peu bizarre. Quel genre de cadeau on est censé t'apporter ?

– Pas besoin d'apporter quoi que ce soit, avait répondu Lev. On n'offre rien pour une décimation. Contentez-vous de venir et de vous amuser. Moi, en tout cas, je vais m'éclater.

Il ne s'était pas trompé.

Il invita toutes les filles à danser, et aucune ne refusa. Il demanda à ce qu'on le soulève sur une chaise, tout autour de la pièce. Il avait vu ça à la bar-mitsva d'un ami juif. Bien sûr, c'était une célébration très différente, mais on fêtait aussi son treizième anniversaire, alors il méritait bien qu'on fasse ça pour lui, non ?

Lev estimait que le dîner avait été servi bien trop tôt. Il jeta un coup d'œil à sa montre et s'aperçut que deux heures s'étaient déjà écoulées. Comment le temps avait-il pu filer aussi vite ?

Ses parents, sa grand-mère et même un oncle qu'il ne connaissait pas prirent le micro et, levant leur coupe de champagne, portèrent des toasts en l'honneur de Lev.

– À Lev ! Te regarder grandir et devenir le beau jeune homme que tu es aujourd'hui a été un immense plaisir. Je sais que tu accompliras de grandes choses pour chaque personne que tu côtoieras en ce monde.

Entendre autant de choses gentilles sur son compte était à la fois étrange et agréable. C'était trop et, en même temps, pas suffisant. Il lui en fallait davantage : plus de nourriture, plus de danse, plus de temps. Déjà, on servait le gâteau. Le dessert annonçait la fin d'une fête, c'était bien connu. Pourquoi l'avaient-ils apporté ? Trois heures venaient-elles déjà de s'envoler ?

On porta un autre toast. Celui qui faillit bien gâcher la soirée.

De tous les frères et sœurs de Lev, Marcus avait été le plus silencieux ce soir, et ça ne lui ressemblait pas. Lev aurait dû se douter que quelque chose se tramait.

Marcus, âgé de vingt-huit ans, était l'aîné de la fratrie, et Lev le plus jeune. Son frère avait traversé la moitié du pays pour être présent ; pourtant, il avait à peine dansé, parlé ou participé aux festivités. Il était ivre. Jamais Lev ne l'avait vu dans cet état.

L'incident qui faillit gâcher la soirée n'avait pas commencé comme un toast mais comme de simples retrouvailles entre frères.

– Félicitations, frangin, dit Marcus en serrant Lev très fort dans ses bras. Tu es un homme aujourd'hui. Enfin, si on veut...

Lev sentit l'haleine alcoolisée de Marcus. Leur père était assis à la table centrale, à quelques mètres de là, et se raclait nerveusement la gorge.

– Merci, répondit Lev.

Lev regarda ses parents. Son père attendait. Les traits tirés de sa mère l'inquiétèrent.

Marcus observa Lev avec un sourire dénué de toute émotion.

– Que penses-tu de tout ça ? demanda-t-il.

– Je trouve ça génial.

– Évidemment ! Tous ces gens qui sont venus pour toi, c'est formidable...

– Ouais, renchérit Lev qui ne comprenait pas vraiment le sens de cette conversation. Je ne me suis jamais autant amusé.

– Tu m'étonnes ! Il fallait regrouper tous les événements d'une vie, toutes les fêtes en une seule. Anniversaires, mariages, enterrements... Efficace, pas vrai, papa ?

– Ça suffit, ordonna calmement leur père, ce qui ne fit qu'échauffer Marcus davantage.

– Quoi, je n'ai pas le droit d'en parler, c'est ça ? Ah oui, j'oubliais, nous avons quelque chose à célébrer !

Lev était tiraillé entre l'envie que Marcus se taise et celle qu'il continue à parler.

Leur mère se leva et s'adressa à son fils aîné sur un ton autoritaire :

– Assieds-toi, Marcus. Tu es en train de te ridiculiser.

Les convives avaient interrompu leurs conversations pour se concentrer sur le drame familial qui se déroulait sous leurs yeux. Marcus, conscient d'être au centre de l'attention, s'empara d'une coupe de champagne à moitié vide qu'il leva.

– À mon frère, Lev. Et à nos parents, qui ont toujours fait les bons choix. Les choix *justes*. Qui ont toujours donné aux œuvres de charité et offert dix pour cent de tout ce qu'ils possédaient à notre Église. Hé, maman, heureusement que vous avez eu dix enfants et pas cinq, sinon on aurait dû couper Lev en deux !

Des murmures d'étonnement s'élevèrent dans l'assistance. Les gens secouaient la tête : un tel comportement n'était vraiment pas digne d'un fils aîné !

Le père s'avança et agrippa fermement le bras de Marcus.

– Ça suffit ! ordonna-t-il. Assieds-toi.

Marcus le repoussa violemment.

– Oh, je vais faire encore mieux que ça, répondit Marcus, des larmes dans les yeux. Je t'aime, frangin, et je sais à quel point cette fête est importante pour toi, mais je refuse d'y participer.

Il balança sa coupe de champagne, qui se brisa en mille morceaux sur un buffet. Puis il tourna les talons et quitta la pièce avec une assurance telle que Lev comprit qu'il était loin d'être soûl.

Le père de Lev fit un geste à l'attention de l'orchestre, qui entama un nouveau morceau avant même que

Marcus ait quitté la pièce. La piste de danse se remplit peu à peu de personnes désireuses d'oublier l'incident.

– Je suis navré, Lev. Pourquoi n'irais-tu pas danser un peu ? suggéra son père.

En réalité, Lev n'avait plus aucune envie de danser. Le désir d'être sur le devant de la scène l'avait quitté lorsque son frère était parti.

– J'aimerais parler au pasteur Dan, si ça ne pose pas de problème, dit Lev.

– Bien entendu.

Pour parler de sujets qui nécessitaient patience et sagesse, Lev avait toujours été plus à l'aise avec le pasteur Dan, un vieil ami de la famille.

Comme il y avait trop de bruit et trop de monde dans la salle de réception, ils se rendirent sur la terrasse qui surplombait le parcours de golf.

– Est-ce que tu as peur ? demanda le pasteur Dan, qui avait toujours eu le don de deviner ce que Lev avait sur le cœur.

Lev hocha la tête.

– Je pensais être prêt.

– Ne t'en fais pas, c'est tout à fait naturel.

Les paroles du pasteur ne parvinrent pas à dissiper le malaise que Lev sentait poindre en son for intérieur. Il avait eu toute sa vie pour se préparer à cet événement, c'était largement suffisant. Il savait depuis son plus jeune âge qu'il était un décimé, ses parents lui avaient toujours répété qu'il était un être à part, que son existence était vouée à servir Dieu et l'humanité tout entière. Il ne se souvenait pas à quel âge il avait compris tout ce que ce statut impliquait.

– Est-ce que tes camarades t'ont mené la vie dure ?

– Pas plus que d'habitude.

Toute sa vie, Lev avait subi le mépris des autres enfants, jaloux que Lev soit traité par les adultes comme un être d'exception. Certains s'étaient montrés gentils, d'autres cruels. Ainsi était la vie. Il n'aimait pas qu'on le traite de « sale fragmenté » : il n'était pas comme ceux dont les parents signaient l'ordre de fragmentation pour se débarrasser de leur enfant. Non, Lev était la joie et la fierté de sa famille. Il obtenait toujours des A à l'école et le titre de meilleur joueur de son équipe. Il allait être fragmenté, bien sûr, mais ça ne faisait pas de lui un fragmenté pour autant.

– J'ai eu beaucoup de mauvaises pensées ces derniers temps, avoua Lev.

– Il n'y a pas de mauvaises pensées, seulement des pensées qu'il faut assumer et arriver à dépasser.

– Eh bien… J'ai ressenti de la jalousie à l'égard de mes frères et sœurs. Je n'arrête pas de me dire que l'équipe de base-ball va me manquer. J'ai conscience qu'être un décimé est un honneur et une bénédiction, mais je me demande sans arrêt pourquoi il faut que ça tombe sur moi.

Le pasteur Dan, qui avait pourtant l'habitude de regarder les gens en face, détourna les yeux.

– Cette décision a été prise avant ta naissance. Cela n'a rien à voir avec toi.

– Mais certaines familles à l'église choisissent de ne pas décimer leur enfant, et on ne leur reproche rien.

– Certaines choisissent aussi de décimer l'aîné, le second ou le troisième. C'est à chacun de décider. Tes parents ont beaucoup hésité avant de t'avoir, tu sais.

Lev hocha tristement la tête – il savait que le pasteur avait raison. Il était un véritable décimé : avec cinq frères et sœurs biologiques, un qui avait été adopté et trois autres « refusés », il représentait exactement un dixième de la fratrie. Ses parents avaient toujours considéré que cela faisait de lui quelqu'un de spécial.

– Écoute-moi, Lev, dit le pasteur Dan, les yeux humides. J'ai vu grandir tous tes frères et sœurs et, même si je n'aime pas faire de favoritisme, je pense que, sous bien des aspects, tu es le plus intelligent. Ce que Dieu souhaite, tu sais, ce n'est pas forcément les premiers fruits, mais les meilleurs.

– Merci. (Le pasteur Dan trouvait toujours les mots pour réconforter Lev.) Je me sens prêt, maintenant.

Il se rendit compte qu'en dépit d'une légère appréhension, il l'était réellement. Il attendait ce moment depuis toujours. Et sa fête allait se terminer bien trop tôt.

*

Le lendemain matin, la famille Calder au grand complet prit le petit déjeuner dans la salle à manger. Les frères et sœurs de Lev étaient présents, et même si seuls quelques-uns vivaient encore à la maison, tous avaient fait le déplacement. Tous... sauf Marcus.

L'ambiance était inhabituellement calme pour une famille aussi nombreuse et le cliquetis des couverts en argent sur la porcelaine ne faisait qu'accentuer le silence.

Lev, vêtu de sa tenue de décimation de soie blanche, fit très attention à ne pas se tacher. Les adieux qui suivirent le petit déjeuner furent longs, ponctués d'étreintes et de baisers. Ce fut le moment le plus éprouvant. Lev aurait aimé qu'ils partent tous pour en finir avec les au revoir.

Une fois le pasteur Dan arrivé – il était venu à la demande de Lev –, les adieux s'accélérèrent. Personne n'aurait voulu faire perdre du temps au pasteur Dan. Lev fut le premier à sortir et à s'installer dans la Cadillac de son père. Tandis que la voiture s'éloignait, Lev s'efforça de ne pas regarder en arrière. En vain. Il vit sa maison disparaître au loin.

Je ne la reverrai jamais, songea-t-il avant de chasser cette idée stérile, inutile et égoïste. Il observa le pasteur Dan, assis à côté de lui sur la banquette arrière, qui le contemplait en souriant.

– Tout va bien se passer, Lev.

Il lui suffisait de l'entendre pour y croire.

– Il est loin, le camp de collecte ? demanda Lev.

– À environ une heure de route, répondit sa mère.

– Et… ils vont le faire tout de suite ?

– Je suis sûr qu'on te fera d'abord passer un entretien, répondit son père après avoir échangé un regard avec sa femme.

À la brièveté de sa réponse, Lev comprit que ses parents n'en savaient pas plus que lui. Alors qu'ils s'engageaient sur l'autoroute, Lev descendit sa vitre pour sentir le vent fouetter son visage, puis il ferma ses paupières pour se redonner du courage.

Je suis né pour ça. J'ai vécu pour ça. Je suis un élu. Je suis béni. Et je suis heureux.

Son père écrasa son pied sur la pédale de frein.

Lev ne comprit pas immédiatement la raison de ce brusque arrêt. Il sentit la Cadillac ralentir brutalement et la ceinture de sécurité lui scier l'épaule. Il ouvrit les yeux et constata qu'ils s'étaient immobilisés sur l'autoroute. Des sirènes de police rugirent et il crut entendre un coup de feu.

– Que se passe-t-il ?

C'est alors qu'un garçon apparut. Il devait avoir quelques années de plus que Lev et semblait à la fois effrayé et dangereux. Lev voulut remonter sa vitre, mais avant même qu'il ait pu bouger, le garçon passa son bras à l'intérieur, tira le loquet et ouvrit la portière. Lev était pétrifié.

– Maman ? Papa ?

Le garçon au regard meurtrier essaya d'extirper Lev hors du véhicule en tirant sur la manche de sa chemise, mais c'était sans compter sur la ceinture de sécurité qui le maintenait fermement à sa place.

– Qu'est-ce que tu fabriques ? Dégage ! s'écria Lev.

La mère de Lev hurla, ordonna à son mari de faire quelque chose, mais celui-ci était en train de se débattre avec sa propre ceinture de sécurité.

Le garçon se pencha à l'intérieur de la voiture et, d'un geste rapide, déboucla la ceinture de Lev. Le pasteur Dan agrippa l'intrus, qui lui assena un violent coup de poing dans la mâchoire. L'adolescent tira à nouveau sur Lev et, cette fois, parvint à le faire tomber du véhicule. Sa tête cogna contre le goudron. Lorsqu'il la releva, il vit son père qui sortait enfin de la voiture. Mais le forcené ouvrit si brusquement la portière arrière qu'il l'envoya valdinguer.

– Papa !

Son père atterrit sur la trajectoire d'une voiture. Le véhicule fit une embardée et réussit à éviter son père mais percuta une autre voiture. On entendit des bruits de tôle froissée. Le fou tira sur le bras de Lev pour l'obliger à se lever. Lev ne parvint pas à se dégager : il était menu pour son âge et l'autre garçon, qui avait quelques années de plus, était bien plus costaud que lui.

– Lâche-moi ! Tu veux mon argent ? cria-t-il alors qu'il n'avait rien sur lui. Prends la voiture si tu veux, mais ne nous fais pas de mal.

L'adolescent contempla la voiture un court instant. Des balles fusaient alentour. De l'autre côté, sur la route qui menait vers le sud, les agents de police avaient enfin réussi à stopper la circulation et atteint le terre-plein central. L'officier le plus proche d'eux fit feu à nouveau. Une balle tranquillisante s'écrasa contre la Cadillac.

Le fou passa son bras autour de la gorge de Lev, qui se retrouva exposé aux officiers de police. Lev comprit alors que ni le portefeuille ni la voiture ne l'intéressaient : ce qu'il voulait, c'était un otage.

– Arrête de gigoter ! J'ai un flingue !

Lev sentit une pointe s'enfoncer dans son dos. Ce n'était que le doigt du garçon, il le savait, mais de toute évidence, il avait affaire à un individu instable, et la dernière chose qu'il souhaitait était de l'énerver.

– Ça ne sert à rien de me prendre comme otage, le raisonna Lev. Ils n'hésiteront pas à me tirer dessus, puisque ce ne sont que des balles tranquillisantes.

– Autant que ce soit toi qui les reçoives.

Les balles sifflaient autour d'eux tandis qu'ils slalomaient entre les voitures.

– Tu ne peux pas m'emmener maintenant ! reprit Lev. Je vais être décimé. Tu vas tout gâcher !

Une lueur d'humanité brilla alors dans les yeux du psychopathe.

– Tu es un fragmenté ?

Lev aurait pu être fou de rage pour des millions de raisons, mais le terme que le garçon venait d'utiliser le mit hors de lui.

– Non, je suis un *décimé*.

Un klaxon strident retentit. Lev se retourna et vit un bus foncer droit sur eux. Avant qu'ils aient eu le temps de crier, le bus se déporta pour les éviter avant d'aller s'écraser contre un énorme chêne.

Le pare-brise éclaté était entièrement maculé du sang du conducteur qui gisait sur son siège, immobile.

– Et merde, lâcha le forcené dans un gémissement qui donnait la chair de poule.

Une fille sortit du bus. Tandis que le fou la regardait, Lev songea que c'était le moment ou jamais de s'enfuir. C'était sa dernière chance. Ce type était un véritable sauvage et la seule manière de se mesurer à lui était de l'imiter. Lev attrapa le bras qui l'étranglait et y enfonça ses dents de toutes ses forces, jusqu'à sentir le goût du sang dans sa bouche. L'adolescent hurla et lâcha Lev, qui s'élança en courant vers la voiture de son père.

Alors qu'il s'en approchait, le pasteur Dan ouvrit la portière arrière. Curieusement, il semblait toujours inquiet. Son visage commençait déjà à enfler à cause du violent coup de poing qu'il avait reçu plus tôt.

– Cours, Lev ! cria le pasteur.

– Quoi ? fit Lev, déconcerté.

– Cours aussi vite et aussi loin que possible ! Vite !

Lev était complètement abasourdi : il se sentit impuissant, incapable de bouger. Pourquoi le pasteur Dan lui demandait-il de s'enfuir ? Tout à coup, une douleur violente lui vrilla l'épaule et tout se mit à tourner autour de lui. Il eut l'impression de tomber. Puis il sombra dans l'obscurité.

4.

Connor

La douleur dans le bras de Connor était insoutenable. Ce petit vicieux avait bien failli lui arracher un morceau de chair. Une voiture freina brusquement pour l'éviter et emboutit un autre véhicule. Les Frags avaient cessé de tirer des balles tranquillisantes, mais il savait que ce n'était que temporaire. Si les multiples carambolages avaient détourné leur attention momentanément, ça n'allait pas durer.

Il croisa le regard de la fille qui sortait du bus. Elle allait sûrement se diriger vers les automobilistes qui accouraient pour secourir les blessés mais, contre toute attente, elle se mit à courir en direction de la forêt. Le monde tout entier était-il devenu fou ?

Tenant son bras en sang, il voulut l'imiter, mais se ravisa. Il se retourna et aperçut le garçon en blanc qui venait de regagner sa voiture. Connor ignorait où étaient les policiers. Ils devaient sûrement inspecter l'enchevêtrement de véhicules. Connor prit une décision. C'était de la folie pure, mais tant pis. Tout ce qu'il savait, c'est qu'il était responsable de plusieurs morts – celle du chauffeur de bus, à coup sûr, et sans doute d'autres. Même si son idée était dangereuse, il devait se rattraper, faire quelque chose qui rachèterait les terribles conséquences de sa fuite. Luttant contre son instinct de survie, il courut vers le garçon en blanc – celui qui était si content de se faire fragmenter.

Alors que Connor était tout proche du but, il avisa un flic à une vingtaine de mètres. Celui-ci brandit son arme et fit feu. Quel idiot il était d'avoir pris un tel risque ! Il aurait dû s'enfuir dès que l'occasion s'était présentée. Connor attendit l'impact des balles tranquillisantes – mais rien. Au moment où le policier avait tiré, le garçon en blanc avait reculé d'un pas et avait été touché à l'épaule. Atteint malgré lui par la balle destinée à Connor, ses genoux se dérobèrent et il s'écroula à terre.

Connor ne perdit pas une seconde. Il releva le garçon et le hissa sur son épaule. Les policiers continuaient à faire feu, mais il réussit à échapper aux balles. Connor dépassa le bus, d'où descendait une troupe d'adolescents visiblement traumatisés. Il continua son chemin et pénétra dans les bois.

La forêt était dense, peuplée d'arbres, d'arbustes et de plantes grimpantes. Une voie avait déjà été tracée par la fille, qui avait écarté les branchages pour se frayer un passage. Autant signaler notre présence aux flics par des panneaux, songea Connor, agacé. Il aperçut la fille devant lui et l'appela :

– Hé ! Arrête-toi !

Elle se retourna furtivement, puis reprit sa lutte contre la végétation luxuriante.

Connor posa le garçon à terre et bondit en avant pour la rejoindre. Il l'attrapa doucement par le bras, mais avec suffisamment de force pour qu'elle ne puisse pas se dégager.

– Je ne sais pas pourquoi tu t'enfuis, mais tu n'y arriveras pas toute seule, dit-il en jetant un coup d'œil derrière lui pour s'assurer que les flics n'étaient pas à leurs trousses. Écoute-moi, s'il te plaît. On a très peu de temps.

La jeune fille cessa de batailler avec les branchages et se tourna vers lui.

– Tu as une idée ?

5.

Frag

L'officier J.T. Nelson avait passé douze ans au Département pour Mineurs. Il savait d'expérience que tant qu'il leur restait ne fût-ce qu'une once de conscience, les fragmentés refusaient d'abdiquer. Ils étaient galvanisés par l'adrénaline, et parfois même par des substances illégales – nicotine, caféine, ou pire encore. Il aurait aimé que ses balles soient des vraies, pour pouvoir éliminer ces erreurs de la nature une bonne fois pour toutes, au lieu de simplement les neutraliser. Si tel était le cas, ces bons à rien y réfléchiraient peut-être à deux fois avant de s'enfuir. Et de toute façon, ça ne serait pas une grande perte.

L'officier suivit le sentier tracé dans la forêt par le fragmenté. Il trébucha sur quelque chose. C'était l'otage. Il avait été jeté au sol, ses vêtements blancs étaient tachés de marron et de vert à cause des branchages et de la terre boueuse. Parfait, songea l'officier. Finalement, ce n'était pas plus mal que ce gosse se soit pris une balle. Son inconscience lui avait probablement sauvé la vie. Allez savoir ce que l'autre gamin aurait fait de lui...

– À l'aide !

C'était une voix de fille, à quelques mètres devant lui. Il ne s'était pas attendu à ça.

– Aidez-moi, je suis blessée !

Un peu plus loin, une jeune fille était assise, adossée à un arbre. Elle agrippait son bras en grimaçant de douleur. Même s'il n'avait pas vraiment le temps pour ce genre de choses, « protéger et servir » était pour lui bien plus qu'une devise. Parfois, il aurait préféré ne pas être aussi intègre. Il se dirigea vers l'adolescente.

– Qu'est-ce que vous faites là ?

– J'étais dans le bus. Je me suis enfuie de peur qu'il n'explose. Je crois que je me suis cassé le bras.

L'officier l'examina. Il n'y avait pas l'ombre d'une égratignure. Cela aurait dû lui mettre la puce à l'oreille, seulement il avait l'esprit ailleurs.

– Restez là, je reviens tout de suite.

Il tourna les talons, prêt à reprendre ses recherches, lorsque quelque chose lui tomba dessus. Ou plutôt quelqu'un. Le fragmenté en fuite ! L'officier fut projeté à terre et, soudain, deux formes se jetèrent sur lui – le fragmenté et la fille. Ils étaient de mèche ! Comment avait-il pu être aussi naïf? Il tendit le bras pour attraper son pisto-tranq, mais il avait disparu. Il sentit alors le canon de son arme pointé sur sa cuisse gauche et vit une lueur de triomphe étinceler dans les yeux sombres et vicieux du garçon.

– Dors bien, susurra celui-ci.

Une douleur fulgurante paralysa l'officier et le monde autour de lui disparut.

6.

Lev

Lev se réveilla avec une douleur sourde dans l'épaule. Il crut un instant avoir dormi dans une mauvaise position, mais ne tarda pas à comprendre qu'il était blessé : une balle lui avait traversé l'épaule. Les événements des douze dernières heures lui revenaient comme dans un brouillard. Tout ce qu'il savait, c'est qu'il avait été kidnappé par un fou furieux sur le chemin de sa décimation. Et, pour une raison qu'il ignorait, l'image du pasteur Dan ne cessait de lui revenir en mémoire.

Le pasteur Dan lui suggérant de s'enfuir.

Sa mémoire devait lui jouer des tours : le pasteur n'avait pas pu lui conseiller une telle chose.

Lorsque Lev ouvrit les yeux, les images étaient encore brouillées. Il ignorait où il se trouvait, il savait seulement qu'il faisait nuit et qu'il n'était pas au bon endroit. Le psychopathe qui l'avait enlevé était assis près d'un feu avec une fille.

C'est à cet instant qu'il comprit qu'il avait été touché par une balle tranquillisante. Il avait mal à la tête, se sentait nauséeux et son cerveau était encore engourdi. Il essaya de se lever mais n'y parvint pas. Il crut d'abord que c'était à cause des tranquillisants, puis se rendit compte qu'on l'avait attaché à un arbre à l'aide d'épais branchages.

Il voulut parler, mais ne réussit à produire qu'un faible râle accompagné de salive. Le garçon et la fille se tournèrent vers lui. Ils allaient le tuer, c'était certain ! S'ils l'avaient gardé en vie, c'était pour qu'il soit conscient au moment où ils le supprimeraient – c'est comme ça que les psychopathes procédaient.

– Regarde qui est de retour du Pays des Rêves ! lança le garçon dont les cheveux étaient dressés sur sa tête comme s'il avait dormi dessus.

Malgré une langue en carton, Lev parvint à articuler un mot :

– Où...

– On ne sait pas vraiment, répondit le garçon.

– Mais tu es en sécurité, ajouta la fille.

En sécurité ? pensa Lev. Elle plaisantait ?

– O... O... Otage ? fit Lev.

Le garçon jeta un coup d'œil à la fille et se tourna à nouveau vers Lev.

– Plus ou moins.

Ils parlaient calmement, comme s'ils étaient tous amis. Ils essaient de me faire croire que tout va bien, se dit Lev. Ils me veulent dans leur camp pour que je participe à leur plan criminel. Il existait un terme pour désigner ce phénomène, non ? Lorsque l'otage se joignait à la cause de son ravisseur ? Le syndrome de quelque chose...

– Tu as faim ? demanda le garçon en désignant un tas de fruits rouges et de noix qu'ils étaient vraisemblablement allés ramasser dans la forêt.

Lev hocha la tête, mais ce simple mouvement lui donna le tournis, et il se dit que même s'il avait une faim de loup, il ferait mieux de ne pas manger ou il risquait de tout vomir.

– Non, répondit-il.

– Tu n'as pas l'air dans ton assiette, intervint la fille. Ne t'en fais pas, c'est à cause des tranquillisants. Leur effet ne va pas tarder à s'estomper.

Le syndrome de Stockholm ! Oui, c'était ça ! Eh bien, Lev ne se ferait pas avoir. Jamais il ne se rangerait du côté de ses kidnappeurs.

Le pasteur Dan m'a conseillé de m'enfuir, songea-t-il. Que voulait-il dire par là ? Fuir les kidnappeurs ? Oui, mais il semblait insinuer autre chose. Lev ferma les yeux et chassa ces pensées.

– Mes parents doivent me chercher, dit Lev, parvenant enfin à constituer une phrase entière.

Les autres ne répondirent pas ; ils savaient sans doute qu'il disait vrai.

– À combien s'élève la rançon ? demanda Lev.

– De quoi tu parles ? Il n'y a pas de rançon, répondit le fou. Si je t'ai emmené, espèce d'imbécile, c'était pour te sauver.

Me sauver ? Lev le dévisagea, incrédule.

– Mais... et ma décimation ?

– Je n'ai jamais vu quelqu'un aussi pressé d'être fragmenté, remarqua le garçon en secouant la tête.

Expliquer à ces deux incroyants ce qu'était la décimation ne servirait à rien. Ils ne comprendraient pas que le don de soi était la plus grande des bénédictions et, d'ailleurs, ils s'en fichaient sûrement. De toute façon, ils ne l'avaient pas sauvé, mais condamné.

C'est alors que Lev comprit que la situation pouvait tourner à son avantage.

– Je m'appelle Lev, annonça-t-il en essayant de paraître aussi détendu que possible.

– Enchantée, Lev. Moi c'est Risa, et voici Connor.

Connor lui lança un regard noir, lui reprochant silencieusement d'avoir donné leurs véritables prénoms. Pas très judicieux de la part de preneurs d'otages, même si les criminels commettaient souvent ce genre de gaffes.

– Je ne voulais pas que tu te prennes ces balles, affirma Connor. Ce flic était un mauvais tireur.

– Ce n'est pas ta faute, répondit Lev, même s'il pensait le contraire. Jamais je n'aurais fui ma décimation.

– Alors heureusement que j'étais là.

– Oui, renchérit Risa. Si Connor n'avait pas pété les plombs sur l'autoroute, je serais probablement déjà fragmentée, moi aussi.

Un silence s'installa pendant quelques instants puis Lev, ravalant sa colère et son dégoût, reprit la parole :

– Merci de m'avoir sauvé la vie.

– Pas de problème.

Parfait. Fais-leur croire que tu leur es reconnaissant, qu'ils sont en train de gagner ta confiance. Et, une fois qu'ils me croiront acquis à leur cause, je leur infligerai une bonne leçon.

7.

Connor

Connor aurait dû réfléchir et garder le pisto-tranq du Frag. Il était tellement abasourdi d'avoir neutralisé un flic avec sa propre arme qu'il l'avait lâchée avant de détaler. Pour pouvoir transporter Lev, il avait été obligé d'abandonner sur l'autoroute son sac à dos, avec son portefeuille et tout son argent. Désormais, ses poches étaient totalement vides.

Il était maintenant très tard ou, plus exactement, très tôt – le jour allait se lever. Risa et lui avaient passé la journée à marcher dans la forêt, aussi rapidement que le permettait le poids du corps inconscient de Lev. Une fois la nuit tombée, Risa et lui s'étaient relayés pour monter la garde.

Il ne fallait pas faire confiance à Lev, Connor le savait, c'est pour cette raison qu'il l'avait attaché à un arbre. Cela dit, il n'avait aucune raison de faire confiance à la fille non plus. La seule chose qui les liait, c'était leur désir commun de rester en vie.

La lune avait maintenant disparu, au profit d'une faible lueur qui annonçait l'aube. À cette heure, leurs photos étaient sûrement placardées partout. *Avez-vous vu ces adolescents? Ne les approchez pas, ils sont extrêmement dangereux. Prévenez immédiatement la police.* C'est drôle, quand il était à l'école, Connor avait tout fait pour convaincre les autres qu'il était dangereux mais en y réfléchissant, il n'était pas vraiment certain de l'être. Peut-être n'était-il un danger que pour lui-même...

Pendant ce temps, Lev l'observait. Au début, le regard du garçon était vide, sa tête restait penchée sur le côté. À présent, en dépit des braises mourantes, Connor pouvait distinguer les yeux pénétrants de Lev. Ils étaient d'un bleu glacial. Calculateurs. Quel drôle d'oiseau... Connor se demanda ce qui se passait sur la planète Lev, mais il n'était pas sûr d'avoir envie de le savoir.

– Ta blessure va s'infecter si tu ne la soignes pas, fit remarquer Lev.

La peau était encore rouge et boursouflée à l'endroit où Lev l'avait mordu. Connor n'avait pas prêté attention à la douleur jusqu'à ce que Lev la lui rappelle.

– Je vais m'en occuper.

– Pourquoi es-tu fragmenté? s'enquit Lev en continuant à le détailler.

Pour tout un tas de raisons, Connor n'aimait pas cette question.

– Tu veux dire : pourquoi *allais*-je être fragmenté? Comme tu peux le constater, ce n'est plus d'actualité.

– Sauf si tu te fais coincer.

Connor eut une furieuse envie de flanquer un coup de poing à ce petit insolent mais se retint. Il ne l'avait pas sauvé pour le tabasser maintenant.

– Et sinon, ça fait quoi de savoir depuis toujours qu'on va être décimé? demanda Connor sur un ton provocateur.

Contre toute attente, Lev répondit avec le plus grand sérieux :

– C'est toujours mieux que de n'avoir aucun but dans la vie.

Connor se demanda si cette remarque qui sous-entendait que sa vie n'avait pas de sens était destinée à l'énerver. Il eut l'impression que c'était lui le prisonnier.

– J'imagine qu'il y a pire, concéda Connor. On aurait pu finir comme Humphrey Dunfee.

Lev eut l'air surpris par l'évocation de ce nom.

– Tu connais cette histoire ? Je pensais qu'on ne la racontait que dans mon quartier.

– Non, répondit Connor, elle est connue partout.

– C'est une histoire inventée, objecta Risa qui venait de se réveiller.

– Peut-être. Mais un jour, j'ai essayé d'en savoir plus avec un ami. On est tombés sur un site Internet à l'école qui affirmait que ses parents avaient complètement déraillé. Et puis l'ordinateur a débloqué à cause d'un virus qui a détruit tout le système et, si vous voulez mon avis, ce n'était pas une coïncidence.

Contrairement à Lev, fasciné, Risa était outrée.

– En tout cas moi, je ne finirai jamais comme Humphrey. Pour que ses parents déraillent, il faut déjà en avoir, dit-elle en se levant.

Lorsque Connor détourna son regard des dernières braises, il s'aperçut que le jour s'était levé.

– Si on ne veut pas se faire prendre, il va falloir changer de direction, fit remarquer Risa. Et puis, on devrait se déguiser.

– Comment ça ? s'étonna Connor.

– Eh bien… changer de vêtements, et éventuellement de coupe de cheveux. Ils sont à la recherche de deux garçons et une fille, j'aurais peut-être intérêt à me transformer en garçon.

Connor l'observa et sourit. Risa était jolie – plus jolie qu'Ariana. Le charme d'Ariana devait beaucoup au maquillage et aux injections de pigments alors que Risa était dotée d'une beauté naturelle. Machinalement, Connor tendit son bras pour caresser les cheveux de Risa.

– Je ne pense pas que tu pourrais jamais passer pour un garçon, lui dit-il d'une voix douce.

Soudain, il se retrouva avec les mains derrière le dos, tout son corps pivota et Risa lui tordit violemment le bras. Il eut tellement mal qu'il n'arriva même pas à crier.

– Touche-moi encore une fois et je t'arrache le bras. C'est clair ?

– Oui, oui. Tu peux me lâcher, j'ai compris.

Près du gros chêne, Lev se mit à rire, manifestement amusé par la scène.

Même après que Risa l'eut relâché, l'épaule de Connor continua de le faire souffrir.

– Pourquoi as-tu fait ça ? Je ne te voulais aucun mal, se justifia Connor en s'efforçant de ne pas laisser paraître sa douleur.

– En tout cas, tu ne prendras plus de risques maintenant, dit Risa avec une pointe de culpabilité dans la voix. N'oublie pas que j'ai grandi dans une maison-pupille.

Connor hocha la tête. Il savait de quoi elle parlait. Là-bas, les enfants devaient apprendre à se prendre en charge très jeunes, faute de quoi leur vie était un enfer. Il aurait dû se douter qu'elle n'était pas du genre tactile.

– Excusez-moi de vous déranger, intervint Lev, mais on n'ira nulle part si je reste attaché à ce tronc d'arbre.

– Comment peut-on être sûrs que tu ne vas pas te barrer ? rétorqua Connor, agacé par le côté donneur de leçons de Lev.

– Vous n'en saurez rien tant que vous ne m'aurez pas détaché. Je suis un otage et, une fois libéré, je serai un fugitif, comme vous. Ligoté, je suis votre ennemi. Délivré, je deviens votre ami.

– À condition que tu ne t'échappes pas, précisa Connor.

Risa se mit alors à dénouer les branchages avec humeur.

– À moins de le laisser là, il va falloir qu'on tente le coup.

Connor s'agenouilla pour l'aider et, quelques secondes plus tard, Lev était libre. Il se leva, s'étira et frotta son épaule à l'endroit où la balle l'avait atteint. Son regard, d'un bleu glacial, restait indéchiffrable. En tout cas, il ne bougea pas. Peut-être le sens du devoir propre aux décimés l'avait-il quitté, songea Connor. Le garçon commençait-il enfin à comprendre à quel point il était important de rester en vie ?

8.

Risa

Les emballages de nourriture et autres morceaux de plastique qu'ils commencèrent à voir dans la forêt troublèrent Risa : les premiers signes de civilisation étaient toujours des déchets. Et qui disait civilisation disait personnes susceptibles de les reconnaître après avoir vu leurs visages étalés dans les journaux.

Ils ne pourraient pas éviter éternellement le contact humain, Risa en avait conscience. Elle ne se faisait aucune illusion quant à leurs chances, ou leur capacité, à demeurer cachés. Même s'ils devaient à tout prix préserver leur anonymat, ils ne s'en sortiraient pas seuls. Ils avaient besoin d'aide.

– Pas forcément, objecta Connor.

Les traces du monde civilisé étaient de plus en plus nombreuses autour d'eux : un muret en pierre recouvert de mousse, la carcasse rouillée d'un tour électrique, vestige de l'époque où l'électricité se transmettait par câbles.

– On n'a besoin de personne, continua Connor. On se contentera de prendre ce dont on a besoin.

– Je suis sûre que tu es un excellent voleur, soupira Risa, trahissant son exaspération, mais je ne pense pas que ce soit une très bonne idée.

– Qu'est-ce que tu crois ? Que les gens vont gentiment nous refiler de la nourriture ? répliqua Connor, vexé par l'insinuation de Risa.

– Non. Mais nous augmenterons nos chances si nous réfléchissons avant d'agir, plutôt que de foncer tête baissée.

Les propos de Risa, ou peut-être son ton délibérément condescendant, agacèrent Connor.

Lev, un peu à l'écart, observait leur dispute. S'il a l'intention de s'enfuir, songea Risa, c'est maintenant qu'il va le faire. Il s'agissait là d'une excellente opportunité de le tester et de découvrir s'il était réellement de leur côté, ou s'il attendait simplement le bon moment pour leur fausser compagnie.

– Ne pars pas, je n'ai pas fini ! cria Risa, mettant volontairement de l'huile sur le feu tout en observant Lev du coin de l'œil.

– Qui t'a dit que j'étais obligé de t'écouter ? rétorqua Connor.

– Tu m'écouterais si tu avais ne serait-ce que la moitié d'un cerveau, mais de toute évidence ce n'est pas le cas !

Connor se rapprocha de Risa.

– Si je n'avais pas été là, tu serais en route pour le camp de collecte à l'heure qu'il est !

Risa leva le bras pour le repousser mais Connor fut plus rapide : il lui attrapa le poignet avant qu'elle ait eut le temps de bouger. Elle comprit à ce moment-là qu'elle était allée trop loin. Que savait-elle de ce garçon, au juste ? Il était sur le point d'être fragmenté, il y avait certainement une bonne raison à ça.

Risa se força à ne pas se débattre pour garder l'avantage.

– Lâche-moi, ordonna-t-elle le plus froidement possible.

– Pourquoi ? Tu as peur de quoi ?

– C'est la deuxième fois que tu me touches sans ma permission.

Il ne s'écarta pas pour autant, mais Risa remarqua que sa prise n'était pas si ferme que ça. Il ne la maintenait pas vraiment – au contraire. Elle aurait pu se libérer d'un simple mouvement du poignet. Alors pourquoi ne bougeait-elle pas ?

Risa savait que Connor n'agissait pas ainsi sans raison valable. Oui, mais pourquoi ? Essayait-il de lui faire comprendre qu'il était plus fort qu'elle ? Ou peut-être son message se trouvait-il tout simplement dans la douceur de son geste : il souhaitait lui prouver qu'il n'était pas du genre violent.

Eh bien, ça n'a pas d'importance, se dit Risa. Une menace, aussi douce fût-elle, n'en restait pas moins une menace.

Elle regarda son genou. Un coup de pied bien placé, et elle lui brisait la rotule.

– Je pourrais te démolir en deux secondes.

– Je sais, répondit-il, impassible.

Connor savait pertinemment qu'elle n'en ferait rien. La première fois n'avait été qu'un réflexe. Si elle le frappait à nouveau, son geste serait intentionnel.

– Écarte-toi, demanda-t-elle d'une voix un peu moins assurée.

Cette fois, Connor s'exécuta et recula de quelques pas. Chacun d'eux aurait pu blesser l'autre, mais aucun n'était allé jusqu'au bout. Risa ne sut comment interpréter cela. En tout cas, elle était furieuse contre lui pour toutes sortes de raisons qu'elle ne parvenait pas à analyser. Soudain, une voix s'éleva à sa droite :

– Tout ça est très distrayant, mais vous battre ne nous mènera pas bien loin.

Risa se rendit compte que son petit stratagème avait échoué. Elle avait voulu tester Lev en provoquant une fausse dispute, mais celle-ci était devenue bien réelle et elle avait fini par oublier le garçon. Il aurait pu filer en douce, et ils ne se seraient rendu compte de rien avant un bon moment.

Pour la forme, Risa lança à Connor un regard noir, et ils se remirent en route. Ce n'est qu'une dizaine de minutes plus tard, alors que Lev était parti se soulager un peu plus loin, que Connor adressa à nouveau la parole à Risa :

– Bien joué. Ça a marché.

– Quoi ?

– La dispute, murmura Connor en se penchant vers elle. Tu l'as orchestrée pour voir si Lev se taillerait quand on ne faisait pas attention, pas vrai ?

– Tu le savais ? s'exclama Risa, stupéfaite.

– Bien sûr que oui ! répliqua-t-il avec un regard amusé.

Si Risa ne savait que penser de lui avant, c'était encore pire maintenant. Elle était complètement perdue.

– Alors… tout ça, c'était de la comédie ? questionna-t-elle.

– Je crois. Plus ou moins. Non ?

Risa réprima un sourire. Brusquement, elle se sentait étrangement à l'aise avec Connor. Comment était-ce possible ? Si leur altercation avait été réelle, elle aurait été sur ses gardes. Mais puisque ça n'avait été qu'une mascarade, elle devrait l'être aussi : comment pouvait-elle lui faire confiance alors qu'il mentait avec tant d'aplomb ? Eh bien, il s'agissait d'un mélange des deux : à mi-chemin entre la vérité et le mensonge. Du coup, elle ne prenait pas trop de risques. C'était un peu comme exécuter une pirouette périlleuse au-dessus d'un filet.

Elle se raccrocha à ce sentiment inattendu tandis qu'ils rattrapaient Lev et se rapprochaient de la perspective effrayante du monde civilisé.

II
Refusés

« On ne peut changer les lois sans changer d'abord la nature humaine. »

Infirmière Greta

« On ne peut changer la nature humaine sans changer d'abord les lois. »

Infirmière Yvonne

9.

Mère

Même si elle n'avait que dix-neuf ans, elle se sentait bien plus jeune dans sa tête. Elle ne s'estimait pas capable de gérer cette situation mieux qu'une petite fille. Elle se demanda à quel moment elle avait cessé d'être une enfant. Si l'on s'en référait à la loi, c'était le jour de ses dix-huit ans. Oui, mais la loi ne la connaissait pas…

Encore endolorie à cause de l'accouchement, elle tenait son bébé contre elle. Il était encore très tôt, et il faisait froid. Il n'y avait pas âme qui vive dans les ruelles. Les bennes à ordures projetaient sur le bitume leurs ombres noires ; le sol était jonché de bris de verre. C'était le moment idéal pour agir. Il y avait très peu de chance pour qu'elle croise des coyotes ou autres charognards. Elle ne supportait pas l'idée que le bébé souffre inutilement.

Une énorme benne verte, bancale sur le trottoir irrégulier, se profilait devant elle. Elle serra le nouveau-né plus fort, comme si des bras s'apprêtaient à surgir de la benne pour attirer le bébé dans ses profondeurs crasseuses. Elle la contourna et poursuivit son chemin.

Autrefois, peu de temps après que la Charte de la Vie fut adoptée, ce genre de benne aurait représenté une perspective tentante pour des filles comme elles. Régulièrement, des jeunes femmes désespérées abandonnaient des enfants non désirés dans les poubelles. Cette pratique était devenue tellement courante qu'on n'estimait même plus nécessaire d'en parler aux informations. Ça faisait partie de la vie, tout simplement.

Le comble, c'était que la Charte de la Vie était censée protéger le caractère sacré de la vie alors qu'en réalité, elle lui ôtait toute sa valeur. Heureusement que la loi du Refus avait été adoptée – une loi formidable qui offrait aux filles comme elles un bien meilleur choix.

Alors que le jour se levait, elle quitta les allées sombres et s'engagea dans un quartier qui, à mesure qu'elle avançait, devenait plus attrayant. Les maisons étaient spacieuses et accueillantes. L'endroit parfait pour refuser un enfant.

Elle choisit la maison avec soin – celle pour laquelle elle opta n'était pas la plus grande, mais pas la plus petite non plus. L'allée qui y menait était très courte, de sorte qu'elle pourrait s'enfuir rapidement. Et puis la maison était entourée d'arbres : personne ne la verrait se débarrasser du bébé.

Elle s'approcha de la porte d'entrée à pas de loup. La demeure était encore plongée dans l'obscurité. Parfait. Une voiture était garée dans l'allée, ce qui signifiait que les propriétaires de la maison étaient chez eux. Elle monta les marches jusqu'au porche en veillant à ne pas faire de bruit, puis elle s'agenouilla et déposa le bébé endormi sur le paillasson. Il était enveloppé de deux couvertures et sa tête était couverte d'un bonnet de laine. Elle borda l'enfant – le seul geste maternel qui lui était familier.

Elle envisagea de sonner à la porte avant de partir en courant, mais réalisa que c'était une mauvaise idée. S'ils la rattrapaient, elle serait contrainte de garder le bébé, ça faisait partie de la loi du Refus. En revanche, s'ils ne trouvaient que le bébé devant leur porte, la loi les obligeait à le garder. « Celui qui trouve garde. » Qu'ils le veuillent ou non, l'enfant deviendrait le leur aux yeux de la loi.

Lorsqu'elle avait appris qu'elle était enceinte, elle avait immédiatement su qu'elle refuserait le bébé. Elle avait espéré changer d'avis en le voyant, avec son regard impuissant, mais elle s'était voilé la face. À ce stade de sa vie, elle n'avait ni le talent ni l'envie d'être mère. Depuis le début, refuser l'enfant avait constitué la seule solution envisageable.

Elle se rendit compte qu'elle avait déjà traîné beaucoup trop longtemps. Une lumière venait de s'allumer à l'étage, alors elle se força à détourner son regard du nouveau-né et tourna les talons. Ce fardeau en moins, elle se sentit soudain plus forte. Elle disposait désormais d'une seconde chance, et cette fois elle ne commettrait pas d'erreurs – elle en était convaincue.

Alors qu'elle s'éloignait à la hâte, elle se dit que c'était vraiment fantastique, cette seconde chance. Fantastique de pouvoir se décharger de ses responsabilités aussi facilement.

10.

Risa

À quelques rues de là, à l'orée de la forêt, Risa se tenait devant une maison. Elle appuya sur la sonnette. Une femme vêtue d'une robe de chambre ouvrit la porte.

Risa la gratifia d'un large sourire.

– Bonjour ! Je m'appelle Didi et, avec l'école, on fait une collecte pour les sans-abri : vêtements, nourriture, ce genre de trucs. C'est une compétition. Celui qui récolte le plus de trucs gagne un voyage en Floride. Ce serait vraiment cool si vous pouviez nous filer un coup de main.

Encore à moitié endormie, la femme essaya de comprendre ce que lui racontait cette cruche. Cette fille parlait beaucoup trop vite ; elle n'arrivait pas à placer un mot.

Si Risa avait eu un chewing-gum, elle aurait fait claquer une bulle pour rendre sa performance plus convaincante.

– S'il vous plaît, s'il vous plaît, s'il vous plaît ! Je suis deuxième pour le moment !

La femme poussa un soupir, résignée à l'idée que Didi ne partirait pas les mains vides. Parfois, le meilleur moyen de se débarrasser de ces gosses était de leur donner ce qu'ils demandaient.

– Je reviens, dit la femme.

Trois minutes plus tard, Risa repartit munie d'un sac rempli de vêtements et de boîtes de conserve.

– Tu as été géniale ! s'exclama Connor qui avait observé la scène à l'écart avec Lev.

– Que veux-tu, je suis une artiste... C'est comme le piano, il suffit de savoir quelles notes jouer pour attirer l'attention.

– Tu avais raison, c'est bien mieux que de voler, remarqua Connor avec un sourire.

– En fait, objecta Lev, gratter c'est voler.

Risa s'assombrit. Elle ne le montra pas, mais cette idée la mettait mal à l'aise.

– Peut-être, mais c'est voler avec style, conclut Connor.

Ils arrivèrent dans un lotissement. Les pelouses impeccables et les feuilles avaient viré au jaune. L'automne était bel et bien là. Ici, toutes les maisons étaient identiques ou presque, et leurs habitants se ressemblaient tous. Ce monde, Risa ne le connaissait qu'à travers la télévision et les magazines. À ses yeux, les quartiers résidentiels représentaient un royaume magique. Sans doute était-ce pour cela qu'elle avait eu le cran d'aller sonner chez cette femme en se faisant passer pour Didi. Cet endroit l'attirait autant que l'odeur du pain frais qui cuisait dans les fours industriels de la maison-pupille 23.

De retour dans les bois, à l'abri des regards, ils examinèrent le contenu des sacs. On aurait dit des gosses devant leur butin de friandises le jour d'Halloween.

Ils trouvèrent un pantalon bleu et une chemise qui allaient à Connor, et une veste que Lev pourrait porter. Il n'y avait rien pour Risa, mais ça n'était pas très grave :

il lui suffirait de jouer le rôle de Didi dans une autre maison.

– Je ne comprends toujours pas pourquoi on doit changer de vêtements, dit Connor.

– Tu ne regardes jamais la télé ? demanda Risa. Les bulletins d'infos décrivent toujours ce que portent les fugueurs le jour de leur disparition.

– Sauf qu'on est des fragmentés en fuite, pas des fugueurs.

– On est des criminels, rectifia Lev. Ce que vous êtes en train de faire – enfin, ce que *nous* sommes en train de faire – est considéré comme un crime fédéral.

– Quoi, soutirer des vêtements ? se moqua Connor.

– Non, nous tirer, nous. Une fois l'ordre de fragmentation signé, nous sommes devenus la propriété du gouvernement. Déserter fait de nous des criminels d'État.

Cette idée ne plut pas du tout à Risa, ni à Connor d'ailleurs, mais tous deux la chassèrent de leur esprit.

Ce petit périple en ville était dangereux mais indispensable. Un peu plus tard dans la matinée, ils pourraient essayer de s'introduire dans une bibliothèque, télécharger des cartes de la région et trouver une zone suffisamment retirée pour se faire oublier. Selon certaines rumeurs, il existait des communautés secrètes de fragmentés en fuite. Ils pourraient peut-être en trouver une…

Alors qu'ils se déplaçaient prudemment dans le quartier, ils croisèrent une jeune femme âgée de dix-neuf ou vingt ans. Elle avançait vite, mais sa démarche avait quelque chose d'étrange, comme si elle avait mal quelque part ou qu'elle se remettait d'une blessure. Risa crut un instant qu'elle allait les reconnaître, mais elle ne les regarda pas et disparut à la hâte.

11.

Connor

Ils étaient exposés, vulnérables. Connor aurait préféré rester dans la forêt, seulement il commençait à en avoir assez de se nourrir de glands et de fruits rouges. Ils trouveraient en ville de quoi se ravitailler et, surtout, des informations.

– C'est le meilleur moment pour ne pas se faire remarquer, expliqua-t-il. Les gens sont toujours pressés le matin.

Connor trouva un journal sur un buisson, qui avait sans doute atterri là à cause de la maladresse du livreur.

– Regardez ! lança Connor. Un journal !

– Ils parlent de nous ? demanda Lev, tout excité.

Fébrilement, les trois adolescents scrutèrent la une du journal. La guerre en Australie, les mensonges des hommes politiques – toujours la même rengaine. Connor tourna la page maladroitement. Le journal était grand, difficile à manier. Les feuilles se déchiraient facilement et le vent s'y engouffrait comme dans un cerf-volant, ce qui rendait la lecture compliquée.

On ne parlait d'eux ni à la deuxième, ni à la troisième page.

– C'est peut-être un vieux numéro, suggéra Risa.

– Non, c'est celui d'aujourd'hui, dit Connor après avoir vérifié la date. Ah, voilà !

L'article, très court, était intitulé « Carambolage sur l'autoroute ». Un accident de voiture survenu tôt le matin, bla bla bla, circulation bloquée plusieurs heures... Il était fait mention du décès du conducteur de bus et du blocage de la route pendant trois heures. Mais rien à propos d'eux. Connor lut la dernière ligne à voix haute :

« Il est probable que les opérations menées par la police aient distrait les conducteurs et causé l'accident. »

Ils n'en revenaient pas. Connor, plutôt soulagé, sentit qu'ils l'avaient échappé belle.

– C'est impossible..., balbutia Lev. Je me suis fait kidnapper, ou en tout cas, c'est ce qu'ils croient. Ça devrait figurer dans les journaux !

– Lev a raison, renchérit Risa. On voit tous les jours aux infos des incidents avec des fragmentés. Si on ne parle pas de nous, c'est qu'il y a une raison.

Connor n'arrivait pas à croire qu'ils puissent ne pas profiter d'une telle aubaine.

– Pas d'article, pas de photos ! dit Connor lentement comme s'il s'adressait à des imbéciles. Ça signifie qu'on ne peut pas nous reconnaître, je ne vois pas en quoi ça pose problème.

– *Pourquoi* n'y a-t-il pas de photos, d'après toi ? s'enquit Risa en croisant les bras.

– Je n'en sais rien, peut-être que les flics préfèrent rester discrets pour étouffer leur bavure.

– Ce n'est pas logique, commenta Risa.

– On s'en fout !

– Baisse d'un ton ! murmura Risa avec humeur.

Connor s'efforça de se maîtriser, de peur de se remettre à crier et d'attirer l'attention. Il voyait bien que la situation inquiétait Risa, mais elle n'était pas idiote, elle allait finir par se rendre compte qu'elle se faisait du souci pour rien.

– Si les journaux ne parlent jamais de nous, personne ne saura si nous sommes vivants ou pas, expliqua Risa. Alors que si toute la presse raconte qu'ils sont à nos trousses, le jour où ils nous attraperont, ils seront obligés de nous neutraliser avec des balles tranquillisantes et de nous emmener au camp de collecte, pas vrai ?

– Où veux-tu en venir ? demanda Connor qui ne comprenait pas pourquoi elle énonçait une telle évidence.

– Et s'ils ne nous voulaient pas fragmentés, mais morts ?

Connor s'apprêtait à lui répliquer que tout ça était ridicule, mais s'interrompit. Ce n'était pas si ridicule que ça en avait l'air.

– Lev, tu viens d'une famille très riche, n'est-ce pas ? reprit Risa

– On peut dire ça comme ça, répondit-il en haussant les épaules.

– Et si tes parents avaient payé la police pour te récupérer en éliminant tes ravisseurs ? En toute discrétion, pour que personne ne l'apprenne jamais.

Connor jeta un coup d'œil à Lev. Il s'attendait à le voir éclater de rire et affirmer que jamais ses parents n'auraient fait une chose pareille. Pourtant, Lev demeura étrangement silencieux et eut l'air de réfléchir à cette possibilité.

Soudain, deux choses se produisirent simultanément. Une voiture de police apparut au coin de la rue et, à quelques mètres de là, un bébé se mit à pleurer.

*

Cours !

Ce fut la première pensée de Connor, son premier instinct. Mais au moment où Risa aperçut le véhicule de police, elle attrapa fermement son bras, et il hésita. Connor savait que dans certaines situations, hésiter pouvait faire la différence. Aujourd'hui, cela lui permit de réagir autrement : il écarta sa première pensée et se concentra sur la seconde.

Si tu cours, tu vas attirer leur attention.

Il se força à ne pas bouger et inspecta rapidement les alentours. Les gens partaient travailler. Quelque part, un bébé pleurait. De l'autre côté de la rue, un groupe d'adolescents discutaient en riant. Il regarda Risa et comprit, avant même qu'elle ait dit « arrêt de bus », qu'ils avaient eu la même idée.

La voiture de police longea tranquillement la rue. Enfin, tranquillement pour quelqu'un qui n'aurait rien à se reprocher. Connor, lui, sentait que c'était louche. Il n'y avait aucun moyen de savoir si ces flics étaient à leurs trousses ou s'il s'agissait simplement d'une patrouille de routine. Encore une fois, il se retint de ne pas se sauver en courant.

Lorsque Risa et lui se placèrent dos au véhicule, prêts à se diriger discrètement vers l'arrêt de bus, ils virent que Lev n'était plus avec eux : il faisait face à la voiture de police.

– Qu'est-ce qui te prend ? s'écria Connor en l'attrapant par l'épaule pour le forcer à se retourner. Contente-toi de faire comme nous et aie l'air naturel.

Un bus scolaire arriva dans l'autre direction. Au coin de la rue, le groupe d'adolescents ramassa ses affaires. Risa, Connor et Lev pouvaient enfin courir sans risquer de paraître suspects. Connor se lança le premier.

– Magnez-vous les gars, on va encore le rater ! cria-t-il.

La voiture de police se trouvait maintenant juste à côté d'eux. Connor ne se retourna pas pour voir si les agents de police les regardaient. Si c'était le cas, il espérait qu'ils ne prêteraient pas attention à leur conversation. Lev avait une manière d'être naturel assez particulière : il avait les yeux grands ouverts et les bras raides, le long du corps, comme s'il traversait un champ de mines. Pas exactement ce qu'on pouvait appeler de la discrétion.

– Tu ne peux pas marcher un peu plus vite ? s'écria Connor. Je vais encore me prendre des heures de colle si j'arrive en retard.

La voiture de patrouille les dépassa. Un peu plus haut, le bus s'approchait de l'arrêt. Connor, Risa et Lev traversèrent la rue à toute vitesse – cela faisait partie de leur petit stratagème, au cas où les flics les observeraient dans leur rétroviseur. Ça pourrait se retourner contre nous, songea Connor. On pourrait nous reprocher de traverser en dehors des clous.

– On va vraiment monter dans ce bus ? demanda Lev.

– Bien sûr que non, répliqua Risa.

Connor osa enfin jeter un coup d'œil à la voiture de police. Le clignotant était mis : une fois que la voiture aurait tourné au croisement, ils seraient tranquilles. Mais le bus scolaire s'arrêta, et ses feux arrière s'allumèrent tandis que la porte s'ouvrait. Tout le monde savait que quand les lumières rouges s'allumaient, la circulation s'interrompait jusqu'à ce que le bus se remette en route.

À une dizaine de mètres du croisement, la voiture de police ralentit, attendant que tous les adolescents soient montés à bord du car – elle se trouverait donc juste derrière le bus quand il repartirait.

– On est foutus, lança Connor. Pas le choix, il faut qu'on monte.

Tout à coup, alors qu'ils avaient atteint le trottoir, un bruit, jusque-là faible et lointain, attira l'attention de Connor. Les pleurs d'un bébé.

Sur le porche de la maison qui se trouvait en face d'eux, il aperçut un paquet. Un paquet qui bougeait.

Connor devina immédiatement de quoi il s'agissait. Il avait déjà vu deux bébés refusés chez lui. Il avait beau savoir que ça n'avait aucun rapport, il se figea d'un coup.

– Grouille-toi, Billy, on va le rater !

– Quoi ?

C'était Risa, qui se tenait à quelques mètres devant lui avec Lev.

– Allez Billy, répéta-t-elle, les dents serrées. Ne fais pas l'idiot.

Les adolescents avaient déjà commencé à s'entasser dans le bus. Derrière les feux rouges qui clignotaient, la voiture de police était immobile.

Connor essaya de bouger mais, à cause du bébé et de la manière dont il pleurnichait, il restait pétrifié. C'est un autre bébé ! s'intima Connor. Ne sois pas stupide. Ce n'est pas le moment !

– Connor ! chuchota Risa. Qu'est-ce que tu fabriques ?

Alors, la porte de la maison s'ouvrit. Un enfant un peu grassouillet, âgé de six ou sept ans, apparut. Il contempla le bébé à ses pieds.

– Oh non, c'est pas vrai ! Maman, on a encore un refusé ! s'exclama-t-il.

Dans ce type de situation, la plupart des gens n'avaient que deux possibilités : fuir ou agir. Mais Connor, lui, avait toujours su qu'il y en avait une troisième : merder royalement. Un de ces courts-circuits mentaux très dangereux, comme celui qui l'avait poussé à bondir vers des flics armés pour sauver Lev, au lieu de ne penser qu'à sauver sa peau. Il le sentait menacer à nouveau. Son cerveau se remettait à bouillir. « On a encore un refusé », avait dit le gamin. Pourquoi *encore* ? Connor n'aurait sans doute pas réagi si le gamin ne l'avait pas spécifié.

Arrête ! s'intima Connor. Ce n'est pas le même bébé !

Mais dans un recoin de son esprit, tous les bébés étaient les mêmes.

Ignorant son instinct de survie, Connor s'élança vers le porche. Il atteignit la porte si rapidement que l'enfant leva vers lui des yeux effrayés et se précipita vers sa mère, une femme bien en chair qui venait d'arriver à la porte et dont le visage trahissait une expression hostile. Elle jaugea Connor puis jeta un rapide coup d'œil au bébé.

– Qui êtes-vous ? interrogea-t-elle.

Le petit garçon était caché derrière elle, tel un ourson derrière sa mère.

– C'est toi qui as mis ça là ? reprit-elle. Réponds !

– Non... euh, je...

– Ne t'avise pas de mentir !

Le cerveau de Connor disjoncta. Cramé et gelé. Qu'espérait-il accomplir en agissant ainsi ? Cette histoire n'était pas la sienne, ça ne le regardait pas. Mais maintenant, c'était devenu son problème, et par sa faute.

Derrière lui, les adolescents continuaient de monter dans le bus. La voiture de police était toujours là, immobile. Connor venait de signer son arrêt de mort.

Il entendit une voix derrière lui :

– Ce n'est pas lui qui l'a posé là, c'est moi.

Connor se retourna et vit Risa. Son visage était de marbre. Elle ne lui accorda même pas un regard. Elle fixait la femme dont les yeux de fouine allaient de Connor à Risa.

– Vous voilà prise la main dans le sac, ma petite chérie ! lâcha-t-elle. (Ses mots sonnèrent comme une malédiction.) La loi vous autorise à refuser seulement si vous ne vous faites pas coincer. Alors récupérez votre môme et déguerpissez avant que j'appelle les flics.

– Mais… mais, bredouilla Connor qui essayait d'y voir clair.

– Ferme-la ! lança Risa.

Sa voix était pareille à du venin, accusatrice.

– Ah ! Papa a gâché votre plan, pas vrai ? dit la femme avec un sourire méchant. Il est revenu au lieu de s'enfuir, ajouta-t-elle avec un regard méprisant pour Connor. Chérie, règle numéro un de la maternité : les mecs n'ont pas de couilles. Tu ferais mieux de te mettre ça dans le crâne tout de suite, tu n'en seras que plus heureuse.

Le bébé continuait de pleurnicher. Finalement, Risa se baissa vers le paillasson, prit le bébé et le serra contre elle. Ses pleurs se calmèrent.

– Fichez le camp maintenant, ou vous allez avoir affaire à ces flics.

Connor se retourna pour jeter un coup d'œil à la voiture de police, en partie cachée par le bus scolaire. Lev était sur le point d'y monter ; il empêcha la porte de se refermer. Une expression de désespoir se lut sur son visage.

– Allez, j'ai pas toute la journée devant moi ! lança le chauffeur sur un ton exaspéré.

Connor et Risa s'élancèrent en courant vers le bus.

– Risa, je…

– Tais-toi. Je ne veux rien entendre.

Connor se sentit aussi abattu que le jour où il avait découvert l'ordre de fragmentation signé par ses parents. À l'époque, sa colère avait dissipé la peur et le choc. Aujourd'hui, il n'avait plus de colère en lui, hormis envers lui-même. Il se sentait impuissant, inutile. Toute son assurance avait implosé comme une étoile mourante. Trois fugitifs qui essayaient d'échapper à la loi. Et maintenant, grâce à son inconscience, trois fugitifs et un bébé.

12.

Risa

Qu'est-ce qui lui était passé par la tête ? Risa se rendit compte que les décisions de Connor étaient non seulement mauvaises mais dangereuses.

Il n'y avait que quelques adolescents dans le bus. Le chauffeur referma la porte avec humeur et ne fit aucun commentaire à propos du bébé, sans doute parce que c'était monnaie courante. Risa dépassa Lev et se dirigea vers le fond. Ils passèrent devant une fille qui était elle aussi accompagnée de son petit paquet de bonheur, âgé de six mois tout au plus. La jeune mère les observa d'un air curieux. Risa s'efforça de ne pas croiser son regard.

Ils s'installèrent au dernier rang, à l'écart des autres adolescents. Lev osa à peine poser la question qui pourtant s'imposait :

– Euh… pourquoi on a un bébé ?

– Tu n'as qu'à lui demander, rétorqua Risa en désignant Connor.

Connor regarda par la fenêtre, le visage crispé. Il répondit sans même tourner la tête :

– Ils cherchent deux garçons et une fille. Avec un bébé, on brouille les pistes.

– Génial ! ironisa Risa. On devrait tous essayer de se trouver un bébé sur la route.

Connor rougit brusquement. Il se tourna vers elle, les bras tendus.

– Donne-le-moi.

– Non, tu vas le faire pleurer.

Risa savait y faire avec les bébés : elle s'occupait souvent des nouveau-nés à la maison-pupille. Celui-là aurait sûrement fini dans une institution, lui aussi. Elle avait bien vu que cette femme n'avait aucune intention de le garder.

Elle se tourna vers Connor qui, les joues toujours en feu, évitait de la regarder. Connor avait menti. S'il avait couru vers ce bébé, c'était pour une toute autre raison, mais il préférait la garder pour lui.

Le bus s'arrêta brusquement, et d'autres enfants montèrent. La fille avec le bébé se rapprocha du fond, s'assit juste devant Risa et se retourna pour lui faire face.

– Salut ! Tu dois être nouvelle. Je m'appelle Alexis, et lui, c'est Chase.

Le bébé la regarda d'un air curieux en bavant sur le siège. Alexis prit la petite main du bébé et lui fit faire un geste, comme si c'était une poupée.

– Dis bonjour, Chase.

Alexis paraissait encore plus jeune que Risa. Elle se pencha pour regarder le visage du nourrisson endormi.

– Ouah, un nouveau-né ! Tu es super courageuse de reprendre déjà l'école ! C'est toi le père ? demanda-t-elle en se tournant vers Connor.

– Moi ? s'étonna Connor.

L'espace d'un instant, il sembla troublé, comme acculé, mais finit par reprendre ses esprits.

– Oui, oui, c'est moi, répondit-il.

– C'est vraiment trop cool que vous continuiez à vous voir. Chaz – le père de Chase – n'est plus dans notre lycée. Il a été envoyé dans une école militaire. Ses parents ont fait une de ces crises quand ils ont su que j'étais en cloque... Il a même cru qu'ils allaient le fragmenter. C'est dingue, non ?

Risa avait une furieuse envie d'étrangler cette fille. Si elle se retenait, c'était uniquement pour que Chase ne se retrouve pas orphelin.

– C'est une fille ou un garçon ?

Le silence qui suivit était très embarrassant. Risa se demanda si elle avait un moyen de vérifier discrètement avant de répondre.

– Une fille, répondit Risa après avoir compris que c'était impossible.

Au moins, elle avait une chance sur deux de tomber juste.

– Elle s'appelle comment ?

– Didi, intervint Connor.

En dépit de son agacement, Risa esquissa un sourire.

– Oui, comme moi, dit-elle. C'est une tradition familiale.

Manifestement, Connor avait retrouvé la raison. Il semblait plus détendu, plus naturel et jouait son rôle du mieux qu'il pouvait. Son visage avait retrouvé sa couleur normale, hormis ses oreilles qui étaient encore rouges.

– Tu vas adorer Limbaugh High, dit Alexis. Ils ont une super crèche, et ils s'occupent très bien des jeunes mamans. Certains profs nous laissent même allaiter en cours.

– Les papas ont le droit de regarder ? s'enquit Connor en passant son bras au-dessus de l'épaule de Risa.

Risa le repoussa et lui assena un coup de pied discret. Il tressaillit mais ne dit rien. S'il pensait s'en tirer comme ça, il se mettait le doigt dans l'œil.

– On dirait que ton frère se fait des amis, remarqua Alexis.

Lev avait changé de place et discutait avec un garçon assis à côté de lui. Risa essaya d'écouter leur conversation mais elle n'entendait rien d'autre que le bavardage incessant d'Alexis.

– À moins que ce ne soit ton frère ? demanda-t-elle en s'adressant à Connor.

– Non, c'est le mien, rectifia Risa.

– Il est plutôt pas mal, jugea Alexis avec un grand sourire.

Risa ne pensait pas pouvoir détester Alexis encore davantage. De toute évidence, elle s'était trompée.

– Enfin, pas mal pour un mec de première année, ajouta Alexis en voyant l'expression de Risa.

– Il a treize ans. Il a sauté une classe, précisa Risa sur un ton de mise en garde qui signifiait clairement « ne pose pas tes sales pattes sur mon petit frère ».

Elle dut se rappeler à l'ordre : Lev n'était pas son frère. C'était maintenant au tour de Connor de lui flanquer un coup de pied – à juste titre. Elle venait de dévoiler trop d'informations ; Alexis n'avait pas besoin de connaître le véritable âge de Lev. Sans compter qu'il n'était pas dans leur intérêt de se faire des ennemis.

– Désolée, souffla Risa en adoucissant son regard. Le bébé a mal dormi, alors je ne suis pas de très bonne humeur.

– Crois-moi, je suis passée par là aussi !

L'interrogatoire entrepris par Alexis aurait pu continuer jusqu'à leur arrivée au lycée, mais le bus freina brusquement et le petit Chase se cogna le menton contre le siège. Lorsqu'il se mit à pleurer, Alexis retrouva aussitôt son rôle de mère et la conversation s'arrêta là.

– Je suis vraiment désolé, murmura Connor.

Risa poussa un long soupir. Il avait beau paraître sincère, elle n'accepta pas ses excuses.

13.

Lev

La journée ne s'était pas déroulée comme prévu.

Il avait prévu de s'enfuir dès qu'il aurait atteint la civilisation. Lev aurait pu se mettre à courir au moment où ils avaient quitté la forêt, mais il ne l'avait pas fait. J'attendrai le moment opportun, s'était-il dit. Il suffisait de se montrer patient, de rester sur ses gardes et l'occasion finirait par se présenter.

Faire semblant d'être de leur côté, d'être *comme* eux lui avait pompé toute son énergie. Seule la certitude que tout finirait par s'arranger lui avait permis de continuer.

Quand la voiture de police était apparue, il aurait pu se jeter sur elle pour se rendre. Une seule chose l'en avait empêché.

Leurs photos n'étaient pas dans la presse.

Lev en était davantage contrarié que Connor et Risa. Sa famille était influente, il n'était pas question de jouer avec eux. Il avait eu la certitude que sa photo serait placardée en une de tous les journaux. Et lorsqu'il s'était aperçu que ce n'était pas le cas, il n'avait su que penser.

Même l'hypothèse de Risa selon laquelle les parents de Lev les voulaient morts, Connor et elle, semblait plausible.

Et s'il se rendait et que les flics tiraient sur Risa et Connor avec de véritables balles ? Même s'il souhaitait qu'ils soient jugés devant un tribunal, il ne supportait pas l'idée d'avoir leurs morts sur la conscience. Voilà pourquoi il n'avait rien fait.

La situation était bien plus critique maintenant qu'ils avaient un bébé sur les bras. Voler un bébé refusé ! Ces deux fragmentés étaient complètement dingues ! Si Lev ne redoutait plus qu'ils le tuent, ils n'en restaient pas moins dangereux. Dangereux pour eux-mêmes. Il fallait... il fallait... les fragmenter. Oui, c'était la meilleure solution pour eux. Ils n'étaient utiles à personne dans leur état, et encore moins à eux-mêmes. Ils seraient sûrement soulagés. Pour le moment, ils étaient complètement fêlés de l'intérieur ; autant qu'ils soient vraiment fêlés, de l'extérieur. Ainsi, leurs esprits divisés pourraient se reposer, rassurés à l'idée que leur chair était dispersée dans le monde entier, sauvant des vies, guérissant des gens. Et bientôt, son esprit à lui pourrait se reposer aussi.

Il réfléchit à tout cela, s'efforçant de ne pas s'avouer qu'il était loin d'être convaincu.

Tandis que Connor et Risa discutaient avec une fille agitée et son bébé, Lev s'avança d'une rangée pour mettre davantage de distance entre eux. Un garçon monta dans le bus et s'assit à côté de lui. Il avait des écouteurs sur les oreilles, mais Lev n'entendait pas la musique qu'il écoutait. Lorsque le garçon glissa son sac à dos au milieu des deux sièges, Lev se retrouva pratiquement coincé.

C'est alors qu'il eut une idée. Il se retourna et s'aperçut que Connor et Risa étaient toujours en pleine conversation avec la fille au bébé. Délicatement, il plongea sa main dans le sac à dos du garçon et en sortit un cahier écorné orné de têtes de mort sur lequel était inscrit en grosses lettres noires : LES MATHS, ÇA CRAINT. À l'intérieur, il y avait des équations griffonnées et des devoirs qui avaient reçu des mauvaises notes parce qu'ils étaient trop brouillons. Lev tourna les pages sans bruit jusqu'à en trouver une vierge, puis il attrapa un stylo dans le sac à dos. Tout à sa musique, le garçon ne remarquait rien. Lev se mit alors à écrire :

À L'AIDE ! JE SUIS RETENU EN OTAGE
PAR DEUX FRAGMENTÉS EN FUITE.
FAIS UN SIGNE SI TU COMPRENDS.

Lorsqu'il eut terminé, il tira sur la manche du garçon, qui ne réagit pas immédiatement.

– Quoi ?

Lev souleva le cahier discrètement pour ne pas se faire remarquer.

– Hé, c'est mon cahier ! grogna le garçon.

Lev prit une profonde inspiration. Connor le regardait, il devait rester prudent.

– Je sais que c'est ton cahier, répondit Lev en tâchant de parler avec les yeux. J'avais juste besoin d'une feuille…

Il leva un peu plus le cahier, mais le garçon ne regardait même pas dans sa direction.

– Tu aurais pu demander avant de te servir.

Le garçon déchira la page sans même la lire, la froissa et, sous les yeux horrifiés de Lev, la balança à l'avant du bus. La boule de papier rebondit sur la tête d'un garçon avant de retomber sur le sol. Les espoirs de Lev se trouvèrent réduits à néant.

14.

Connor

Des dizaines de bus étaient en train de se garer devant l'école ; des adolescents se pressaient devant les portes. Alors qu'il descendait du bus avec Risa et Lev, Connor examina les alentours, cherchant un moyen de s'enfuir. En vain. Des vigiles du campus patrouillaient. Quiconque s'éloignerait de l'école se ferait immédiatement repérer.

– On ne peut pas entrer dans cette école, souffla Risa.

– Pourquoi pas ? répliqua Lev, plus téméraire qu'à son habitude.

Déjà, un professeur les avait remarqués – l'école avait beau être dotée d'une crèche, le bébé attirait l'attention.

– Allons-y ! ordonna Connor. On se cachera dans les toilettes des garçons, il n'y a pas de caméras de surveillance là-bas.

– Non, plutôt celles des filles, intervint Risa. Ce sera plus propre et il y aura plus de cabines pour se cacher.

Connor réfléchit et se laissa convaincre par les arguments de Risa.

– D'accord. On se cache jusqu'à l'heure du déjeuner, et puis on se mêle discrètement aux élèves qui sortent du lycée.

– Cela suppose que le bébé soit prêt à coopérer, fit remarquer Risa. Il va finir par avoir faim et je n'ai pas vraiment le matériel nécessaire, si tu vois ce que je veux dire. S'il se met à pleurer dans les toilettes, ça va résonner dans toute l'école.

Ses paroles claquèrent comme une autre accusation, Connor le sentit à sa voix. Cela sous-entendait : « Est-ce que tu imagines à quel point tu nous compliques la vie ? »

– Alors espérons qu'il ne pleure pas, lâcha Connor. Sinon, tu pourras m'engueuler pendant tout le trajet jusqu'au camp de collecte.

Ce n'était pas la première fois que Connor se cachait dans les toilettes d'un lycée. Bien sûr, jusqu'à présent, c'était toujours pour sécher les cours. Aujourd'hui, il ne faisait partie d'aucune classe et, s'il se faisait coincer, les conséquences seraient bien plus graves que quelques heures de colle un samedi.

Ils pénétrèrent dans l'école après la première sonnerie. Connor leur donna quelques tuyaux sur l'art de se planquer dans des toilettes : comment distinguer les pas d'adultes de ceux des élèves, à quel moment relever ses jambes pour ne pas être vu ou encore quand annoncer que les toilettes étaient occupées, ce qui se révélerait plus facile pour Risa et Lev, moins pour Connor dont la voix était beaucoup plus grave.

Ils occuperaient chacun une cabine différente. Heureusement, la porte grinçait chaque fois que quelqu'un entrait ou sortait, ce qui leur facilita considérablement la tâche. Il y eut quelques filles au début, puis le silence s'installa, uniquement perturbé par le bruit d'une chasse d'eau qui coulait.

– On ne va pas pouvoir rester ici jusqu'à midi, dit Risa. Même si le bébé continue à dormir.

– Tu serais étonnée de savoir combien de temps on peut rester caché dans des toilettes.

– Ça t'est arrivé souvent ? demanda Lev, installé dans une cabine à la droite de Connor.

Un tel comportement correspondait parfaitement à l'image de mauvais garçon que Lev avait de lui, Connor en avait conscience. Autant aller dans son sens. De toute façon, il avait probablement raison.

La porte grinça. Ils se turent. On entendit des pas rapides – une élève en baskets. Ils firent ce qu'ils avaient prévu : Lev et Connor levèrent leurs pieds, Risa ne bougea pas. Cette dernière s'éclaircit la gorge pour couvrir les gargouillis du bébé. Moins d'une minute plus tard, la fille ressortit.

La porte se referma. Le bébé se mit à tousser. Connor remarqua que la toux était courte et franche – le bébé n'était pas malade. Ouf.

– Au fait, c'est une fille, informa Risa.

Connor voulut lui proposer de prendre l'enfant dans ses bras, mais il se ravisa. Il ignorait comment tenir un bébé pour qu'il cesse de pleurer. Connor décida de leur avouer pourquoi il avait disjoncté et pris le bébé. Il leur devait bien ça.

– C'est à cause de ce qu'a dit ce gamin, chuchota Connor.

– Quoi ?

– Le gosse obèse, devant la maison. Il a dit qu'ils avaient *encore* reçu un refusé.

– Et alors ? fit Risa. Ça arrive à plein de gens.

– C'est arrivé à ma famille, raconta Lev. J'ai deux frères et une sœur qui ont été refusés avant ma naissance. Ça ne nous a jamais posé de problème.

– Quelle merveilleuse famille, ironisa Connor. Ils accueillent des bébés refusés puis envoient leurs propres enfants se faire fragmenter. Pardon, *décimer*.

– Le mot décimation vient de dîme, et ça figure dans la Bible, fit remarquer Lev, vexé. On est censé donner un dixième de tout ce qu'on possède. Le refus aussi est dans la Bible.

– N'importe quoi !

– Moïse a été mis dans une corbeille et déposé sur le Nil. Il a été trouvé par la fille du pharaon. C'est le premier bébé à avoir été refusé, et regarde ce qu'il est devenu !

– Peut-être, admit Connor, mais qu'est-il arrivé au bébé qu'elle a trouvé après lui ?

– Ça vous dérangerait de baisser d'un ton ? intervint Risa. On va vous entendre dans le couloir et vous allez réveiller Didi.

Connor se concentra quelques instants. Il reprit la parole en chuchotant, mais même les chuchotements résonnaient dans une pièce carrelée.

– On a eu un refusé quand j'avais sept ans.

– Trop dur, se moqua Risa.

– Oui, c'était dur, figure-toi. Et pour plein de raisons. Mes parents avaient déjà eu deux enfants et ils n'avaient pas prévu d'en avoir d'autres. Bref, on a trouvé ce bébé devant notre porte, mes parents se sont mis à paniquer, et puis ils ont eu une idée.

– Est-ce que j'ai vraiment envie d'entendre ce que tu vas dire ? demanda Risa.

– Probablement pas.

Mais Connor n'avait pas l'intention de s'interrompre. S'il ne déballait pas ce qu'il avait sur le cœur maintenant, il ne le ferait jamais.

– C'était très tôt le matin. Mes parents se sont dit que personne n'avait vu le bébé sur le pas de la porte. Alors le lendemain, avant qu'on soit levés, mon père a déposé le bébé sur le paillasson de nos voisins, de l'autre côté de la rue.

– C'est illégal ! objecta Lev. Une fois refusé, le bébé vous appartient.

– Je sais, mais mes parents ont pensé que personne ne serait au courant. Ils nous ont fait jurer de garder le secret et on a attendu d'apprendre la nouvelle de nos voisins. Mais rien… Ils n'ont jamais dit avoir reçu un refusé et on ne pouvait pas leur poser la question, ou on se serait trahis.

Alors qu'il parlait, Connor eut l'impression que les murs de la cabine, si minuscule fût-elle, se refermaient sur lui. Il avait beau savoir que Risa et Lev se tenaient là, de chaque côté, il ne put s'empêcher de se sentir affreusement seul.

– La vie a continué comme si de rien n'était. Et puis deux semaines plus tard, j'ouvre la porte et là, sur ce paillasson à la con, je vois un autre bébé dans un couffin. Je me souviens… j'ai failli en rire. Vous vous rendez compte ? J'ai trouvé ça drôle ! Je me suis tourné vers ma mère et je lui ai dit : « Maman, on a encore récupéré un refusé. » Exactement comme le gosse de ce matin. Ma mère était contrariée. Elle est rentrée avec le bébé, et c'est là qu'elle a compris…

– Non ! s'écria Risa qui avait déjà saisi.

– … que c'était le même bébé.

Connor essaya de se remémorer le visage du bébé. En vain. Il ne voyait que celui de l'enfant que Risa tenait dans ses bras.

– Le bébé avait fait le tour du quartier pendant deux semaines, tous les matins. Sauf que là, ça devenait un réel problème.

La porte grinça à nouveau, Connor se tut. On entendit une volée de pas, puis deux jeunes filles qui parlaient garçons, rendez-vous amoureux et soirées. Encore des pas, un grincement de porte, et ils se retrouvèrent à nouveau seuls.

– Alors, il est devenu quoi ce bébé ? interrogea Risa.

– Quand on l'a retrouvé devant notre porte, il était malade. Il toussait beaucoup, sa peau et ses yeux étaient jaunes.

– La jaunisse..., murmura Risa. Beaucoup d'enfants l'ont quand ils arrivent en maison-pupille.

– Mes parents l'ont emmené à l'hôpital, mais il n'y avait plus rien à faire. Il est mort sous mes yeux.

Il ferma ses paupières et serra les dents pour refouler ses larmes. Même si les autres ne le voyaient pas, il refusait de se mettre à pleurer.

– À l'époque, je m'étais demandé pourquoi Dieu avait permis à ce bébé de naître en sachant qu'il n'allait pas être aimé.

Il attendit une éventuelle déclaration de Lev. Après tout, dès qu'il était question de Dieu, Lev prétendait toujours détenir toutes les réponses.

– Je ne savais pas que tu croyais en Dieu, se contenta de dire Lev.

Connor s'interrompit quelques instants pour se ressaisir, puis reprit son récit :

– Bref, étant donné que le bébé était légalement le nôtre, nous avons payé pour l'enterrement. Il n'avait pas de nom et mes parents n'ont pas eu la force de lui en donner un. C'était bébé Lassiter, c'est tout. Personne n'avait voulu de lui, pourtant tout le quartier est venu à l'enterrement. Les gens chialaient comme si c'était leur enfant qui venait de mourir. C'est là que j'ai compris que les gens qui pleuraient étaient ceux qui s'étaient refilé le bébé. Ils étaient tous responsables de sa mort ; comme mes parents.

Silence. La chasse d'eau continuait de fuir. Dans la pièce mitoyenne, les toilettes des garçons, quelqu'un tira la chasse, et le bruit fit écho autour d'eux.

– Les gens ne devraient pas se débarrasser d'un bébé qu'ils ont trouvé devant leur porte, protesta Lev.

– Les gens ne devraient pas refuser leur bébé, répliqua Risa.

– Il y a beaucoup de choses que les gens ne devraient pas faire, conclut Connor.

Même s'il savait que Risa et Lev avaient tous les deux raison, ça ne changeait rien. Dans un monde parfait, les mères désireraient leurs enfants, et les gens accueilleraient chez eux les mal-aimés. Dans un monde parfait, tout serait noir ou blanc, bien ou mal, et tout le monde saurait faire la différence. Oui, mais ce monde n'était pas parfait et les problèmes naissaient à cause de ceux qui pensaient le contraire.

– Bref, je voulais juste que vous sachiez.

Quelques instants plus tard, la sonnerie retentit. Il y eut du brouhaha dans le couloir. La porte s'ouvrit dans un grincement ; des filles entrèrent, bavardèrent de tout et de rien en riant.

– Mets une robe la prochaine fois !

– Je peux t'emprunter ton livre d'histoire ?

– Trop dur, ce contrôle...

La porte ne cessait de grincer. On essaya d'ouvrir la cabine qu'occupait Connor à plusieurs reprises. Heureusement, personne n'était suffisamment grand pour regarder au-dessus de la porte, et personne n'eut envie de jeter un œil en dessous. La deuxième sonnerie résonna. Une retardataire se pressa de retourner en cours. Ils avaient réussi à tenir toute une heure et, avec un peu de chance, il y aurait une pause dans la matinée. Ils pourraient essayer de filer en douce à ce moment-là. Dans la cabine de Risa, le bébé commença à pleurnicher – il devait avoir faim, il n'allait sans doute pas tarder à pleurer.

– On change de place ? proposa Risa. Si certaines filles reviennent, elles vont trouver bizarre de revoir mes pieds dans la même cabine.

– Bonne idée.

Connor tendit l'oreille pour vérifier que la voie était libre. Puis il ouvrit la porte de sa cabine et changea de place avec Risa. La porte de Lev était ouverte aussi, mais personne ne sortit de la cabine. Connor l'ouvrit en grand. Lev avait disparu.

– Lev ?

Il se tourna vers Risa, qui secoua la tête. Ils inspectèrent chaque cabine, puis à nouveau celle de Lev, comme s'il avait pu réapparaître entre-temps. Peine perdue. Lev était parti. Et, pour couronner le tout, le bébé se mit à pleurer.

15.

Lev

Lev eut l'impression que son cœur allait exploser dans sa poitrine.

Il allait mourir là, dans le couloir d'une école. Se glisser hors des toilettes après la sonnerie s'était révélé éprouvant pour ses nerfs. Il avait déverrouillé la porte de sa cabine, gardé sa main sur la poignée pendant dix minutes, et attendu que la sonnerie retentisse pour masquer le bruit. Ensuite, il avait dû se diriger jusqu'à la porte des toilettes en prenant garde à ce que Connor et Risa n'entendent pas couiner les semelles de ses tennis neuves. Impossible d'ouvrir lui-même cette porte – elle faisait beaucoup trop de bruit. Cela aurait paru louche que la porte s'ouvre sans que personne n'entre. Il avait donc attendu que quelqu'un le fasse à sa place. Comme la sonnerie venait de retentir, il n'avait eu à patienter que quelques secondes. Une fille avait ouvert la porte, et il l'avait bousculée pour passer en priant pour qu'elle ne dise rien qui puisse le trahir. Il aurait suffi d'un commentaire sur le fait qu'un garçon se trouvait dans les toilettes des filles, et Connor et Risa auraient immédiatement compris.

– Mets une robe la prochaine fois ! avait-elle lancé tandis qu'il s'éloignait à la hâte.

Sa copine avait ri. Était-ce suffisant pour alerter Connor et Risa ? Il ne s'était pas retourné et avait pressé le pas.

Il était à présent perdu dans les couloirs de cette gigantesque école et son cœur menaçait de lâcher à tout moment. Lorsqu'il se retrouva emporté par une troupe de lycéens déchaînés qui se rendaient à leur prochain cours, il perdit un peu plus ses repères. La plupart étaient plus grands que Lev, plus costauds, plus intimidants. C'est ainsi qu'il avait toujours imaginé le lycée : un endroit à la fois dangereux et mystérieux rempli d'adolescents violents. Il ne s'en était jamais inquiété puisqu'il avait toujours su qu'il n'aurait jamais à s'y rendre. En réalité, son unique préoccupation avait été d'arriver jusqu'en classe de cinquième.

– Excusez-moi, pouvez-vous me dire où se trouve le bureau du principal ? demanda-t-il à un des élèves les moins agités.

Le garçon le toisa comme s'il venait de la planète Mars.

– Tu plaisantes ou quoi ? lâcha-t-il avant de s'éloigner en secouant la tête.

Un autre élève, plus aimable, lui indiqua la bonne direction.

Lev savait qu'il lui fallait régler sa situation, et il n'y avait pas meilleur endroit qu'une école pour le faire. Si les autorités avaient échafaudé un plan secret pour supprimer Connor et Risa, ils ne le feraient pas ici, pas avec tous ces adolescents à proximité. Et si Lev réussissait son coup, ils ne le feraient pas du tout : ils seraient tous les trois fragmentés comme prévu. Après tout, cela avait été décrété. Même si cette perspective le terrifiait, ne pas savoir de quoi l'heure suivante serait faite était bien plus terrifiant encore. Se retrouver si loin de son but était la chose la plus perturbante qui lui fût jamais arrivée, mais il comprenait maintenant pourquoi Dieu avait laissé une telle chose se produire. Il avait voulu lui donner une leçon en lui montrant ce qui arrivait aux enfants qui s'écartaient de leur destin : ils étaient perdus, dans tous les sens du terme.

Lev entra dans le bureau du principal et se posta devant un bureau en attendant qu'on le remarque. De toute évidence, la secrétaire était trop occupée à trier des papiers.

– Excusez-moi…

– Je peux vous aider?

Lev s'éclaircit la gorge.

– Je m'appelle Levi Calder et j'ai été kidnappé par deux fragmentés en fuite.

La femme, jusque-là distraite, lui consacra soudain toute son attention.

– Qu'est-ce que tu dis?

– J'ai été kidnappé. On était cachés dans les toilettes mais je me suis enfui. Ils y sont encore. Et ils ont un bébé.

La femme se leva et, d'une voix tremblante, appela quelqu'un. Son visage était livide, comme si elle venait de voir un fantôme. Elle fit venir le principal, qui appela un vigile.

*

Une minute plus tard, Lev était devant une infirmière qui l'auscultait comme s'il était souffrant.

– Ne t'inquiète pas, c'est fini, le rassura-t-elle.

Impossible pour Lev de savoir s'ils avaient attrapé Connor et Risa. Il pria pour qu'on ne les emmène pas ici si c'était le cas. L'idée de devoir les affronter l'emplit d'un sentiment de honte. Pourtant, il était certain d'avoir pris la bonne décision.

– On a appelé la police, annonça l'infirmière. Tu vas bientôt pouvoir rentrer chez toi.

– Je ne rentrerai pas chez moi, la corrigea Lev.

L'infirmière le dévisagea d'un air curieux, et il décida de ne pas insister.

– Je peux appeler mes parents ?

– Personne ne l'a encore fait ? s'étonna-t-elle, l'air incrédule.

Elle jeta un coup d'œil au téléphone de l'école dans le coin de la pièce, puis fouilla dans sa poche et en sortit un téléphone portable.

– Tiens, passe-leur un coup de fil et dis-leur que tu vas bien. Prends tout ton temps. (Elle l'observa un moment puis décida de lui laisser un peu d'intimité et quitta la pièce.) Je suis juste là si tu as besoin de moi.

Lev commença à taper le numéro puis s'interrompit – ce n'était pas à ses parents qu'il avait envie de parler. Il effaça les chiffres, en composa d'autres puis, après avoir hésité quelques instants, appuya sur la touche « appeler ».

On décrocha à la deuxième sonnerie.

– Allô ?

– Pasteur Dan ?

– Mon Dieu, Lev ! s'exclama le pasteur après un très court silence. Lev, c'est toi ? Où es-tu ?

– Je n'en sais rien. Dans une école. Écoutez-moi : il faut que vous disiez à mes parents d'arrêter ce qu'ils avaient prévu. Je ne veux pas qu'on les tue.

– Calme-toi, Lev. Est-ce que tu vas bien ?

– Ils m'ont kidnappé, mais ils ne m'ont rien fait. Je ne veux pas qu'on leur fasse de mal. Demandez à mon père de tout annuler.

– Je ne sais pas de quoi tu parles, Lev. Nous n'avons pas prévenu la police.

Lev fut pris au dépourvu.

– Vous n'avez pas... quoi ?

– Tes parents comptaient le faire. Ils voulaient même alerter tous les médias mais je les ai convaincus de ne rien faire. Je leur ai dit qu'en quelque sorte ton enlèvement était la volonté de Dieu.

Lev secoua la tête, mais ne parvint pas à chasser de son esprit les paroles du pasteur.

– Mais pourquoi ?

– Lev, écoute-moi bien. Personne d'autre ne sait que tu t'es enfui. Tout le monde pense que tu as été décimé et les gens ne posent pas de question sur les enfants décimés. Tu comprends ?

– Mais je veux être décimé, moi ! Il faut que vous appeliez mes parents pour le leur dire. Je veux aller au camp de collecte !

– Ne m'oblige pas faire ça ! s'écria le pasteur, de plus en plus agacé. Je t'en prie, Lev.

On aurait dit que le pasteur livrait une bataille, mais ce n'était pas contre Lev qu'il luttait. Lev avait une image tellement différente du pasteur Dan... Il n'arrivait pas à croire que celui qui lui parlait était la même personne que celle qu'il avait connue pendant toutes ces années. Il eut l'impression qu'un imposteur s'était emparé de la voix du pasteur, mais pas de ses convictions.

– Ouvre les yeux, Lev. Tu peux encore sauver ta peau ! Tu as l'opportunité de devenir celui que tu souhaites vraiment.

Tout à coup, la vérité s'imposa à Lev : ce jour-là, le pasteur Dan ne l'avait pas exhorté à fuir les kidnappeurs mais à le fuir, *lui*, à fuir ses parents et la décimation. Après tous ces sermons, toutes ces années passées à rabâcher son devoir saint... Tout cela n'était qu'une vaste supercherie ! Lev était né pour être décimé, et l'homme qui l'avait convaincu que c'était un honneur n'y croyait pas lui-même.

– Lev ? Tu es là ?

Oui, il était bien là, mais il n'en avait aucune envie. Il resta silencieux face à l'homme qui l'avait conduit jusqu'au bord de la falaise pour l'en détourner au dernier moment. Les émotions de Lev se mirent à tournoyer comme la roue de la fortune. Il oscillait entre la colère et le soulagement. Une frayeur telle l'envahit qu'il la sentit dans ses narines, semblable à de l'acide. Puis la même exaltation qu'il ressentait en entendant le craquement de sa batte de base-ball contre la balle s'empara de lui. Aujourd'hui, la balle qui volait dans les airs, c'était lui. D'ailleurs, sa vie tout entière ressemblait à un stade de base-ball : elle n'était faite que de lignes, de structures, de règles. Immuable. Seulement, il avait percuté un mur et atterri en territoire inconnu.

– Lev ? répéta le pasteur Dan. Tu me fais peur. Parle-moi !

– Au revoir, monsieur ! lâcha Lev après avoir pris une profonde inspiration.

Il vit des voitures de police arriver à l'extérieur. Connor et Risa n'allaient pas tarder à se faire coincer, si ce n'était pas déjà fait. L'infirmière n'était plus devant la porte – elle était en train de réprimander le principal pour la manière dont il gérait la crise.

– Pourquoi n'avez-vous pas téléphoné aux parents de ce pauvre garçon ? Il aurait fallu barricader l'école !

Lev sut ce qu'il devait faire. Même si c'était mal, tout à coup, ça ne lui importait plus. Il se glissa hors de l'infirmerie, se faufila derrière le principal et l'infirmière et se retrouva dans le couloir. Il ne lui fallut pas plus d'une seconde pour trouver ce qu'il cherchait. Il tendit la main vers la petite boîte fixée au mur.

Je suis damné.

Puis, sentant le métal froid sous ses doigts, il tira sur l'alarme à incendie.

16.

Professeur

L'alarme à incendie retentit pendant l'heure d'étude surveillée. Le professeur maudit intérieurement ce contretemps désastreux. Elle pourrait peut-être rester dans sa classe le temps que durerait cette fausse alerte ? Mais elle se ravisa : quel genre d'exemple donnerait-elle à ses élèves en restant assise ici ?

Comme elle quittait la pièce, les couloirs se remplissaient déjà d'étudiants. Les professeurs firent de leur mieux pour les mettre en rang, mais ils avaient affaire à des lycéens : les rangées bien ordonnées de l'école primaire n'étaient plus de mise depuis bien longtemps et avaient été remplacées par des files désordonnées d'adolescents rebelles et costauds.

Puis elle aperçut quelque chose d'étrange. De troublant.

Deux officiers de police se tenaient devant le bureau du principal. Ils semblaient intimidés par la meute de jeunes qui passait devant eux. Pourquoi des policiers plutôt que des pompiers ? Comment avaient-ils pu arriver sur place aussi vite ? Quelqu'un avait dû les prévenir avant que l'alarme ne se déclenche. Mais pour quelle raison ?

La dernière fois que des policiers étaient venus au lycée, c'était à la suite d'une menace de claqueurs. L'école avait été évacuée et on n'en avait connu la cause qu'après. Il s'agissait en vérité d'une farce d'élève – il n'y avait jamais eu de bombe dans l'établissement. Mais les menaces de claqueurs étaient toujours prises au sérieux.

– S'il vous plaît, ne poussez pas ! ordonna le professeur à un élève qui l'avait bousculée. Nous allons tous sortir.

Heureusement qu'elle n'avait pas son café à la main.

– Désolée, Mme Steinberg.

En passant devant un laboratoire de sciences, elle remarqua que la porte était entrouverte. Par acquit de conscience, elle jeta un coup d'œil à l'intérieur pour s'assurer qu'il n'y avait pas d'élèves qui tentaient d'échapper à l'exode massif. Les tables étaient vides, les chaises à leur place. Aucun cours n'était programmé dans cette salle ce matin. Machinalement, elle tendit le bras pour fermer la porte et entendit alors un bruit tout à fait inhabituel.

Les pleurs d'un bébé.

Dans un premier temps, elle se dit que le bruit provenait certainement de la crèche, mais c'était impossible puisque celle-ci se trouvait à l'autre bout du couloir. Les pleurs provenaient bien du laboratoire. Elle entendit à nouveau les pleurs mais, cette fois, ils semblaient étouffés, plus énervés. Ce bruit lui était familier. Quelqu'un essayait de couvrir la bouche du bébé pour l'empêcher de pleurer. Les jeunes mères agissaient souvent ainsi lorsqu'elles emmenaient leur bébé dans un endroit interdit. Elles ne paraissaient pas comprendre que cela ne faisait que redoubler les cris de l'enfant.

– La fête est finie ! lança-t-elle. Allez ! Vous et votre bébé, sortez comme tout le monde.

Personne ne bougea. Elle entendit à nouveau un cri étouffé, suivi de murmures qu'elle ne parvint pas à décrypter. Agacée, elle entra dans la pièce et se rua vers l'allée centrale. Elle inspecta chaque côté jusqu'à ce qu'elle les trouve, accroupis derrière une table. Il y avait non seulement une jeune fille et un bébé, mais aussi un garçon. Le désespoir se lisait sur leur visage. Le garçon semblait prêt à bondir, mais la fille l'agrippait fermement par le bras. Le bébé se mit à gémir.

Le professeur ne connaissait peut-être pas tous les élèves du lycée par leurs prénoms, mais elle était presque certaine de connaître tous les visages, et à plus forte raison ceux des jeunes mamans. Celle-là n'en faisait pas partie, et le garçon ne lui disait rien non plus.

La fille lui lança un regard suppliant. Trop effrayée pour parler, elle se contenta de secouer la tête. C'est le garçon qui prit la parole :

– Si vous nous dénoncez, nous allons mourir.

La jeune fille serra le bébé un peu plus fort contre elle. Ses pleurs s'apaisèrent, sans toutefois cesser complètement. De toute évidence, la police était à leurs trousses pour des raisons qu'elle ne pouvait que deviner.

– S'il vous plaît, supplia le garçon.

S'il vous plaît, quoi ? songea le professeur. Violer la loi ? Mettre l'école en péril ? Non, il ne s'agissait pas de ça. C'était plutôt : s'il vous plaît, soyez humaine. Avec toutes ces règles, toute cette discipline, il était très facile d'oublier que les fragmentés étaient aussi des êtres humains. Elle mesurait – elle *voyait* – combien la compassion pouvait passer après l'opportunisme. Elle entendit une voix derrière elle :

– Hannah ?

Elle se retourna et vit un professeur sur le pas de la porte. Il semblait dépassé par les événements. Il entendait manifestement les pleurs du bébé – comment pourrait-il en être autrement ?

– Tout va bien ? demanda-t-il.

– Oui, répondit Hannah, dont la voix était plus calme qu'elle ne l'était en réalité. Je m'en occupe.

L'homme hocha la tête et tourna les talons, sans doute soulagé de ne pas devoir partager avec elle le fardeau de cette épreuve, quelle qu'elle fût. Hannah, elle, savait ce dont il s'agissait – elle en aurait mis sa main à couper. Ce regard désespéré était typique des fragmentés.

– Venez avec moi ! ordonna-t-elle avec un geste de la main.

Les adolescents hésitèrent.

– S'ils sont à votre recherche, reprit-elle, ils vous trouveront une fois le bâtiment vide. Vous ne pouvez pas vous cacher ici. Si vous voulez vous enfuir, il faut que vous sortiez en même temps que les autres. Allez, je vais vous aider.

Ils finirent par se lever, et elle poussa un soupir de soulagement. Ils ne lui faisaient pas confiance, c'était évident mais compréhensible. Les fragmentés vivaient avec la menace perpétuelle de la trahison. De toute façon, elle ne leur demandait pas de lui faire confiance, simplement de la suivre. Dans ce cas, l'urgence était la mère de l'obéissance, et c'était très bien ainsi.

– Ne me donnez pas vos prénoms, ordonna-t-elle. Ne me dites rien, comme ça, s'ils me posent des questions, je ne mentirai pas en affirmant que je ne sais rien.

Il y avait encore dans le couloir des élèves qui se précipitaient vers les portes de sortie. Elle quitta la pièce en s'assurant que les deux ados et le bébé la suivaient. Elle allait les aider. Elle ne savait rien d'eux, mais elle ferait de son mieux pour qu'ils se retrouvent en sécurité. Quel genre d'exemple donnerait-elle si elle n'agissait pas ainsi ?

17.

Risa

Des flics dans le couloir ! Devant toutes les sorties ! C'était à cause de Lev, Risa en était persuadée. Non seulement il s'était enfui, mais il les avait dénoncés. Cette prof prétendait qu'elle allait les aider. Mentait-elle, avait-elle l'intention de les livrer à la police ?

Ne pense pas à ça maintenant ! s'exhorta-t-elle. Contente-toi de regarder le bébé.

Les flics savaient reconnaître la panique, mais si ses yeux étaient rivés sur l'enfant, son affolement pourrait passer pour de l'inquiétude maternelle.

– Si je revois Lev un jour, je le réduis en miettes, siffla Connor.

– Chut, souffla le professeur alors qu'elle les guidait vers la sortie.

Risa ne pouvait pas en vouloir à Connor d'être furieux, mais elle se reprochait de ne pas avoir démasqué le petit jeu de Lev. Comment avait-t-elle pu se montrer aussi naïve et croire qu'il était de leur côté ?

– On aurait dû laisser ce petit con se faire fragmenter, marmonna Connor.

– Ferme-la, répliqua Risa. Contentons-nous de sortir d'ici.

Alors qu'ils s'approchaient de la porte, ils aperçurent un agent de police.

– Donnez-moi le bébé, ordonna le professeur.

Risa obéit. Elle ne comprit pas immédiatement pourquoi cette femme lui demandait cela, mais ce n'était pas important. C'était tellement agréable, pour une fois, de se laisser guider par une personne qui semblait savoir ce qu'elle faisait. Finalement, cette femme n'était peut-être pas une ennemie, elle allait peut-être les aider à se sortir de ce pétrin.

– Laissez-moi passer devant, dit Hannah. Séparez-vous et sortez avec les autres.

Sans le bébé, Risa savait qu'elle ne pouvait plus dissimuler la panique dans son regard mais, soudain, elle réalisa que ça n'avait aucune importance. Elle comprit aussi pourquoi la femme lui avait repris l'enfant. Certes, Lev les avait dénoncés mais, avec un peu de chance, ces agents de police ne disposaient que d'une description sommaire : un garçon aux cheveux ébouriffés et une jeune fille brune accompagnée d'un bébé. Sans le bébé, cela pouvait correspondre à la moitié des élèves du lycée.

À quelques mètres devant eux, Hannah passa devant un policier qui ne lui accorda qu'un rapide coup d'œil. Puis il se tourna vers Risa et la regarda droit dans les yeux. Risa venait de se trahir, elle le savait. Fallait-il tourner les talons et retourner à l'intérieur de l'école en courant ? Où était Connor ? Devant elle ? Derrière ? Elle n'en avait pas la moindre idée. Elle se sentait désespérément seule.

C'est alors qu'arriva son salut, le plus inattendu qui soit.

– Salut, Didi !

C'était Alexis, la pipelette du bus. Elle la rejoignit ; le petit Chaz mordillait l'épaule de sa mère.

– Le coup de l'alarme, ça arrive tout le temps. Génial pour sécher le cours de maths !

Le policier reporta son attention sur Alexis.

– Arrêtez-vous là, mademoiselle.

– Qui ça, moi ? s'exclama Alexis, stupéfaite.

– Mettez-vous sur le côté, nous avons quelques questions à vous poser.

Risa continua son chemin, retenant sa respiration de peur que son soulagement n'attire l'attention de l'officier. Risa ne correspondait plus au profil qu'ils recherchaient mais Alexis, oui ! Risa ne se retourna pas et descendit les marches qui menaient jusqu'à la rue. Quelques instants plus tard, Connor la rattrapa.

– J'ai vu ce qui s'est passé là-haut. Ta copine t'a sans doute sauvé la vie.

– Je la remercierai plus tard.

Devant eux, Hannah attrapa ses clés de voiture dans sa poche et prit à gauche en direction du parking de l'école. Tout va bien se passer, se rassura Risa. Cette femme va nous sortir de là. Risa commençait à se dire que les miracles et les anges existaient peut-être… lorsqu'elle entendit une voix familière derrière elle :

– Arrêtez-vous ! Attendez !

Elle se retourna et aperçut Lev – il les avait repérés ! Il avait beau se trouver à bonne distance, il était en train de se frayer rapidement un chemin à travers la foule.

– Risa ! Connor ! Attendez-moi !

Les dénoncer ne lui avait pas suffi, il allait maintenant conduire les flics jusqu'à eux ! Et il n'était pas le seul : Alexis, qui se tenait près du policier, désignait Risa à l'officier, qui sortit immédiatement sa radio pour informer ses collègues.

– Connor, on est dans la merde !

– Oui, j'ai vu.

– Attendez ! cria Lev qui se rapprochait.

Risa chercha Hannah des yeux, mais elle avait disparu au milieu de la multitude d'adolescents qui peuplaient le parking.

– Cours ! ordonna Connor.

Dans son regard, la peur avait laissé place à la colère. Cette fois, Risa n'hésita pas. Ils se dirigèrent vers la rue en courant, au moment où un camion de pompier arrivait toutes sirènes hurlantes. Il s'arrêta juste devant eux. Impossible d'avancer. L'alarme avait sonné au bon moment, ce qui leur avait permis de s'enfuir, mais le vent de panique était en train de se dissiper. Les élèves erraient sans but, et il y avait des flics partout qui fonçaient droit sur eux.

Ce qu'il leur fallait, c'était un autre incident. Quelque chose d'encore plus grave qu'une alarme à incendie.

La solution se présenta avant même que Risa ait pu la formuler dans son esprit. Les mots sortirent de sa bouche machinalement :

– Tape dans tes mains !

– Quoi ?

– Fais-moi confiance, Connor. Vas-y !

D'un hochement de tête, Connor lui signifia qu'il avait compris. Il commença à taper dans ses mains, doucement d'abord, puis de plus en plus vite. Risa l'imita, et ils se retrouvèrent à applaudir comme s'ils assistaient au concert de leur groupe préféré.

Près d'eux, un étudiant lâcha son sac à dos et les dévisagea avec effroi.

– Des claqueurs ! cria-t-il.

La rumeur se répandit comme une traînée de poudre.

Claqueurs ! Claqueurs ! Claqueurs !

Le mot monta crescendo autour d'eux. Il ne fallut que quelques secondes pour qu'il parvienne jusqu'à la foule qui fut prise de panique.

– Des claqueurs !

La foule se déchaîna. Les élèves voulurent se sauver, sans vraiment savoir quelle direction prendre. Ce qui était certain, c'est qu'ils devaient fuir l'école, et le plus vite possible.

Risa et Connor avaient les mains rouges à force d'applaudir, mais ils continuèrent. Avec les élèves qui couraient dans tous les sens, il était exclu que les policiers attrapent Risa et Connor. Lev avait disparu, probablement piétiné par les adolescents en furie. Les sirènes qui rugissaient comme si elles annonçaient la fin du monde ne faisaient qu'empirer la situation.

Ils cessèrent de taper dans leurs mains et se mêlèrent à la confusion générale.

C'est alors qu'une personne apparut à leurs côtés. Hannah. Sa proposition de les emmener loin du lycée n'était plus d'actualité et elle tendit le bébé à Risa.

– Il y a un magasin d'antiquités sur Fleming Street, dit-elle. Demandez Sonia. Elle pourra vous aider.

– Nous ne sommes pas des claqueurs ! se défendit Risa.

– Oui, je sais. Bonne chance.

Ils n'eurent pas le temps de la remercier : la foule les sépara et emporta Hannah dans une autre direction. Risa trébucha et se rendit compte qu'ils étaient au beau milieu de la rue. La circulation s'était immobilisée alors que des centaines d'adolescents frénétiques se sauvaient pour échapper aux terroristes. Le bébé braillait dans les bras de Risa, mais ses pleurs étaient noyés sous les cris qui s'élevaient de la foule. Ils traversèrent la rue et s'éloignèrent en se mêlant à la cohue.

18.

Lev

Voilà à quoi ressemblait la solitude : Lev Calder piétiné par une horde en furie.

– Risa ! Connor ! Au secours !

Jamais il n'aurait dû crier leurs prénoms, mais il était trop tard pour revenir en arrière. Ils avaient détalé dès qu'il les avait appelés. Ils ne l'avaient même pas attendu. Ils le détestaient. Ils savaient ce qu'il avait fait et voilà que des centaines de pieds l'écrasaient comme s'il n'était pas là. Sa main fut écrabouillée, il reçut un coup de pied dans la poitrine et un garçon se servit de lui comme tremplin pour aller plus vite.

Tout le monde pensait qu'il s'agissait de claqueurs simplement parce qu'il avait actionné cette fichue alarme à incendie.

Il fallait qu'il rattrape Risa et Connor. Il devait leur expliquer, leur dire qu'il était désolé, qu'il regrettait de les avoir dénoncés et que, s'il avait déclenché l'alarme, c'était pour les aider à fuir. Il fallait qu'ils comprennent : ils étaient ses seuls amis. Mais c'était terminé, il avait tout gâché.

La bousculade finit par se calmer, et Lev put enfin se relever. Son pantalon était déchiré au genou. Il avait le goût du sang dans la bouche – il avait dû se mordre la langue. Il essaya d'évaluer la situation. Le campus s'était vidé, les élèves s'étaient déplacés dans les rues et se dispersaient petit à petit dans les allées. Il ne restait plus que quelques retardataires.

– Ne reste pas là ! lui lança un élève en passant, il y a des claqueurs sur le toit !

– Moi j'ai entendu dire qu'ils étaient dans la cantine, rectifia un autre.

Autour de Lev, des policiers perplexes avançaient avec une détermination feinte, comme s'ils savaient exactement où aller, alors qu'en réalité ils tournaient en rond.

Connor et Risa l'avaient abandonné.

S'il ne quittait pas immédiatement cet endroit, il risquait d'attirer l'attention de la police.

Il s'éloigna en courant, avec le sentiment d'être encore plus démuni qu'un bébé refusé. À qui pouvait-il en vouloir : au pasteur Dan de l'avoir laissé tomber ? À lui-même d'avoir trahi les deux seules personnes disposées à lui venir en aide ? Ou à Dieu qui avait permis tout ce gâchis ? « Tu peux être la personne que tu souhaites maintenant », lui avait dit le pasteur Dan. Mais en ce moment précis, Lev avait l'impression de n'être plus rien.

Voilà à quoi ressemblait la solitude : Levi Jedediah Calder qui comprenait subitement qu'il n'était plus rien.

19.

Connor

La boutique d'antiquités était située dans un quartier plus ancien de la ville. Des arbres surplombaient la rue, dont les branches dessinaient des angles irréguliers au-dessus des camions qui passaient. Certaines feuilles, brunes et jaunes, jonchaient le bitume et les plus résistantes formaient une voûte ombragée.

Le bébé semblait inconsolable. Connor eut envie de s'en plaindre auprès de Risa mais il savait que c'était impossible : si cet enfant était là, c'était à cause de lui.

Il n'y avait pas beaucoup de monde dans la rue. Pour la plupart, il s'agissait de lycéens qui traînaient, probablement occupés à répandre des rumeurs sur les claqueurs qui avaient voulu se faire exploser.

– Il paraît que ce sont des anarchistes.

– J'ai entendu dire qu'ils appartenaient à une secte bizarre.

– On m'a dit qu'ils faisaient ça sans raison.

Si la menace des claqueurs était si efficace, c'était parce que personne ne connaissait vraiment leurs revendications.

– C'était bien joué, dit Connor à Risa alors qu'ils approchaient du magasin d'antiquités. Se faire passer pour des claqueurs, je n'y aurais jamais pensé.

– Tu as bien pensé à neutraliser un flic avec son pistotranq.

– J'agis à l'instinct, toi tu réfléchis, fit remarquer Connor avec un sourire. On forme une bonne équipe.

– Oui, et on sera encore meilleurs sans Lev.

À l'évocation de Lev, Connor sentit sa colère se réveiller. Il frotta son bras endolori à l'endroit où ce dernier l'avait mordu. Pourtant, ce qu'il avait fait aujourd'hui était bien plus douloureux.

– Ne pense plus à lui, c'est du passé. Il nous a balancés mais on a réussi à s'en tirer. Il va être fragmenté, c'est ce qu'il voulait, et on sera débarrassés de lui.

Malgré tout, une bouffée de regret envahit Connor. Il avait risqué sa vie pour Lev, il avait voulu le sauver et il avait échoué. S'il avait été plus doué avec les mots, il aurait peut-être réussi à le convaincre. Mais rien ne servait de se voiler la face : depuis le jour de sa naissance, Lev était destiné à la décimation. On n'effaçait pas en deux jours treize années de lavage de cerveau.

Le magasin d'antiquités était vétuste, la peinture blanche de la porte d'entrée tout écaillée. Lorsque Connor la poussa, des clochettes accrochées en hauteur tintèrent. Une sorte d'alarme à l'ancienne. Il n'y avait qu'un client à l'intérieur : un homme à l'air revêche vêtu d'une veste en tweed. Il leva la tête et leur jeta un regard méprisant. Le bébé devait l'écœurer puisqu'il se retrancha au fond de la boutique.

Le magasin proposait des objets qui dataient de toutes les périodes de l'histoire des États-Unis. Une sélection d'iPods et d'autres gadgets datant de l'époque de ses grands-parents étaient disposés sur une ancienne table de salle à manger aux bords chromés. Une antique télévision à écran plasma diffusait un vieux film : on y voyait la vision d'un futur qui ne s'était jamais produit, avec des voitures volantes et un scientifique aux cheveux blancs.

– Puis-je vous aider ?

Une femme âgée, aussi bossue qu'un point d'interrogation, sortit de derrière le comptoir. Même si elle marchait avec une canne, son pas semblait plutôt assuré. Risa berçait le bébé pour calmer ses pleurs.

– Nous cherchons Sonia, annonça-t-elle.

– Vous l'avez trouvée. Que voulez-vous ?

– Nous… euh… Nous avons besoin d'aide.

– On nous a conseillé de venir ici, intervint Connor.

La vieille dame les examina d'un œil méfiant.

– Cela a-t-il un rapport avec l'incident qui s'est produit au lycée ? Êtes-vous des claqueurs ?

– Nous avons vraiment des têtes de claqueurs ? rétorqua Connor.

– Il n'y a pas de physique type, répliqua la vieille dame en le regardant droit dans les yeux.

À son tour, Connor la fixa puis il se dirigea vers le mur. Il leva la main et, de toutes ses forces, y donna un grand coup qui lui broya les articulations. Une petite nature morte tomba. Connor la rattrapa à temps et la posa sur le comptoir.

– Vous voyez ? Mon sang n'est pas explosif. Si j'étais un claqueur, votre magasin aurait été réduit en miettes.

La vieille dame l'observa. Connor avait du mal à soutenir son regard, on aurait dit que des flammes passaient dans ses yeux fatigués, mais il s'efforça de ne pas baisser les siens.

– Vous voyez cette bosse ? dit-elle. C'est à force de me casser le cou pour des gamins comme vous que je l'ai attrapée.

– Je suppose que nous nous sommes trompés d'endroit alors, répliqua Connor. Partons d'ici.

Il se retourna pour s'en aller mais la vieille dame esquissa un mouvement avec sa canne, qu'elle plaça brusquement en travers de Connor.

– Pas si vite. Il se trouve qu'Hannah vient de m'appeler. Je savais que vous veniez.

– Vous auriez pu nous le dire avant, soupira Risa, soulagée.

– C'eût été moins amusant.

Le client aigri s'était rapproché ; il examinait les objets un par un, avec une mine désapprobatrice.

– J'ai des choses ravissantes pour votre enfant à l'arrière du magasin, dit la vieille dame suffisamment fort pour que le client l'entende. Attendez-moi là-bas. (Puis elle ajouta à voix basse :) Et pour l'amour du ciel, nourrissez ce bébé !

On accédait à l'arrière-boutique par une porte recouverte de ce qui ressemblait à un vieux rideau de douche. Si le magasin était en fouillis, l'arrière-boutique était un véritable capharnaüm. Les objets qui n'étaient pas en assez bon état pour être exposés dans le magasin gisaient empilés çà et là – cadres-photos brisés, cages à oiseaux rouillées. Un vrai bric-à-brac.

– Et cette femme est censée nous aider ? s'étonna Connor. J'ai l'impression qu'elle n'arrive déjà pas à s'aider elle-même.

– C'est ce qu'Hannah a affirmé, et je luis fais confiance.

– Comment est-ce possible qu'en ayant grandi dans une maison-pupille, tu puisses encore faire confiance aux gens ?

Risa lui décocha un regard noir.

– Tiens, prends-le ! dit-elle en lui fourrant le bébé dans les bras.

C'était la première fois qu'elle lui confiait l'enfant, et il se révéla beaucoup plus léger qu'il ne s'y était attendu. Une petite chose qui criait si fort et qui exigeait autant d'attention ne pouvait qu'être lourd. Le bébé avait cessé de pleurer, sans doute d'épuisement.

Plus rien ne les forçait à garder cet enfant, ils auraient très bien pu le refuser dès le lendemain matin. Mais cette idée mit Connor mal à l'aise, et cela l'agaça. Après tout, ils n'avaient aucune obligation envers ce bébé, il n'était biologiquement pas le leur, seule sa bêtise leur imposait sa présence. Il ne voulait pas de cet enfant, mais ne supportait pas l'idée de l'abandonner à quelqu'un qui en voudrait encore moins. Sa frustration se transforma petit à petit en colère, de celles qui l'avaient toujours mis dans le pétrin autrefois, qui obscurcissaient son jugement et le rendaient violent. Il se mêlait alors aux bagarres, injuriait ses professeurs, s'élançait comme un dératé avec son skateboard entre les voitures. « Pourquoi es-tu aussi susceptible ? » lui avait un jour demandé son père, à bout de neufs. « Vous feriez peut-être mieux de me fragmenter », avait-il répondu du tac au tac. À l'époque, il pensait juste faire le malin.

Risa ouvrit un réfrigérateur, aussi encombré que le reste de l'arrière-boutique. Elle en sortit une bouteille de lait, puis en versa un peu dans un bol.

– Ce n'est pas un chat, se moqua Connor. Tu crois vraiment qu'il va boire ce lait à même le bol ?

– Je sais ce que je fais.

Connor la regarda fouiller dans les tiroirs et en sortir une cuillère. Après quoi elle lui reprit le bébé des bras, s'assit et installa l'enfant dans ses bras avec davantage de savoir-faire que Connor. Elle plongea la cuillère dans le bol et en vida le contenu dans la bouche du bébé qui eut un hoquet et se mit à tousser. Alors Risa plaça son index dans la bouche de l'enfant, qui le téta les yeux fermés, visiblement satisfait. Quelques secondes plus tard, elle courba légèrement son doigt de façon à pouvoir verser une autre cuillerée de lait, et le bébé se remit alors à suçoter son doigt.

– C'est impressionnant, fit Connor.

– Je m'occupais souvent des nouveau-nés à la maison-pupille. J'ai appris quelques trucs. Espérons qu'il ne soit pas allergique au lactose.

Une fois le bébé calmé, c'était comme si toute la tension de la journée se relâchait. Connor sentait ses paupières devenir lourdes mais il refusa de se laisser aller. Ils n'étaient pas encore en sécurité, et ne le seraient peut-être jamais. Il était hors de question de baisser la garde maintenant. Cependant, il laissa son esprit divaguer. Il se demanda si ses parents étaient toujours à sa recherche, ou si seule la police était à ses trousses. Il songea à Ariana et s'interrogea : que serait-il arrivé si elle avait déserté avec lui comme prévu ? Ils se seraient fait prendre dès la première nuit, voilà ce qui se serait produit. Ariana n'était pas débrouillarde comme Risa, qui était pleine de ressources. Penser à Ariana emplit Connor d'un mélange de tristesse et de nostalgie. Et pourtant, ce n'était pas si terrible que ce qu'il aurait pu croire. Dans combien de temps l'aurait-elle oublié ? Dans combien de temps tous les autres l'auraient-ils oublié ? Dans peu de temps, c'était à parier. Il en était de même pour tous les fragmentés. Ces deux dernières années, Connor avait connu bien des enfants qui avaient disparu. Un beau jour, ils ne venaient pas à l'école et les profs se contentaient de dire : « partis » ou « plus inscrits ». Mais ces mots n'étaient que des codes, tout le monde savait ce qu'ils signifiaient en réalité. Leurs amis se lamentaient, râlaient pendant quelques jours puis finissaient par oublier. Les fragmentés s'en allaient sans bruit, et sans broncher. Ils disparaissaient dans le silence d'une flamme de bougie qu'on éteint entre ses doigts.

Le client finit par partir et Sonia les rejoignit dans l'arrière-boutique.

– Alors comme ça vous êtes des fragmentés et vous avez besoin de mon aide.

– Nous aimerions juste manger et nous reposer quelques heures avant de repartir, répondit Connor.

– On ne veut pas être un fardeau, ajouta Risa.

– Oh que si ! s'exclama la vieille femme en riant. Vous voulez être un fardeau pour toutes les personnes que vous rencontrez. (Elle pointa sa canne vers Risa.) C'est ce que vous êtes en ce moment même : un FARDEAU, avec un grand F !

Elle reposa sa canne et s'adoucit un peu.

– Ce n'est pas votre faute, remarquez, continua-t-elle. Vous n'avez pas demandé à naître, et encore moins à être fragmenté.

Elle les observa l'un après l'autre puis s'adressa à Risa sans détours :

– Si tu veux rester en vie, ma chérie, il faut lui demander de te refaire un enfant. Ils ne fragmenteront pas une fille enceinte, ça te fera gagner neuf mois.

Risa resta sans voix ; Connor, lui, se sentit rougir.

– Elle… elle n'a jamais été enceinte. Ce n'est pas son bébé. Ni le mien.

Sonia réfléchit un instant puis inspecta le bébé de plus près.

– Alors il n'est pas à vous ? Eh bien, voilà pourquoi vous ne lui donnez pas le sein.

Elle partit d'un grand rire qui fit sursauter Connor et le bébé.

Risa n'était pas étonnée, simplement agacée.

– Avez-vous l'intention de nous aider ou pas ? demanda-t-elle.

Sonia souleva sa canne et donna un petit coup sec sur le bras de Connor. Elle désigna ensuite une grosse malle couverte d'autocollants en tous genres.

– Penses-tu être suffisamment costaud pour apporter ça par ici ?

Connor se leva en se demandant ce qui pourrait bien leur être utile dans cette malle. Il l'attrapa et, avec difficulté, la poussa sur un vieux tapis persan aux couleurs fanées.

– Pas si costaud que ça, hein ?

– Je n'ai jamais prétendu le contraire.

Tant bien que mal, il traîna la malle jusqu'à la vieille dame. Au lieu de l'ouvrir, elle s'assit dessus et entreprit de masser ses chevilles.

– Alors, qu'y a-t-il à l'intérieur ? questionna Connor.

– Des lettres. Mais ce qui importe, ce n'est pas ce qu'il y a dedans, c'est ce qu'il y a dessous.

À l'aide de sa canne, elle poussa le tapis à l'endroit où se trouvait la malle pour révéler une trappe.

– Ouvre-la, ordonna Sonia.

Connor lâcha un soupir et tira sur un anneau en cuivre fixé au sol pour ouvrir la trappe. Il découvrit alors un escalier de pierre qui disparaissait dans l'obscurité. Risa posa le bol, ramena le bébé contre son épaule pour lui faire

faire son rot puis, après s'être approchée de la trappe, elle s'agenouilla près de Connor.

– C'est une vieille bâtisse, expliqua Sonia. Au XXe siècle, à l'époque de la première prohibition, les gens venaient picoler ici.

– Picoler? répéta Connor.

– Oui, de l'alcool! Sans blague, tous les mêmes, ces jeunes! Des IGNORANTS, avec un grand I!

L'escalier était raide et irrégulier. Connor pensa d'abord que Sonia allait les envoyer en bas seuls, mais elle insista pour passer la première. Même si elle prit son temps, elle semblait presque plus aguerrie sur ces marches que sur la terre ferme. Connor lui attrapa le bras pour l'aider mais elle le repoussa en le foudroyant du regard.

– Si j'ai besoin d'aide, je vous sonnerai. Ai-je l'air de quelqu'un de faible?

– Oui, en fait.

– Eh bien il ne faut pas se fier aux apparences. Après tout, quand je vous ai vus, je me suis dit que vous aviez l'air intelligent.

– Très drôle.

Une fois en bas, Sonia se dirigea vers le mur et actionna un interrupteur.

Risa eut le souffle coupé lorsqu'elle découvrit, en même temps que Connor, trois silhouettes – une fille et deux garçons.

– Votre petite famille va s'agrandir! annonça Sonia.

Les adolescents, qui avaient environ le même âge que Connor et Risa, ne bougèrent pas. Des fragmentés, sans nul doute. Ils paraissaient méfiants et épuisés. Connor se demanda s'il avait la même tête.

– Cessez de les fixer comme ça, Bon Dieu! On dirait des rats!

Sonia s'affaira dans la cave poussiéreuse, montrant à Connor et Risa où se trouvaient les choses.

– Il y a des boîtes de conserve sur cette étagère et il doit y avoir un ouvre-boîte quelque part. Mangez ce que voulez mais ne laissez pas traîner vos restes, sinon vous allez vraiment voir débarquer des rats. La salle de bains est ici. Faites en sorte qu'elle reste propre. Tout à l'heure, j'irai acheter du lait maternisé et un biberon. (Elle regarda Connor.) Ah, et il y a une trousse de secours quelque part par là pour ta blessure au bras.

Connor réprima un sourire. Rien n'échappait à Sonia.

– On va rester là encore longtemps ? demanda le plus âgé des petits rats de cave, un garçon baraqué qui toisait Connor d'un air méfiant, comme si ce dernier menaçait son statut de mâle dominant.

– Qu'est-ce que ça peut te faire ? rétorqua Sonia. Tu as un rendez-vous urgent ?

Le garçon ne répondit pas. Il se contenta de croiser les bras en regardant Sonia, mettant ainsi en évidence un requin tatoué sur son avant-bras. Ouah ! songea Connor. Impressionnant ! Je suis vraiment mort de trouille maintenant.

– Plus que quatre jours et je serai débarrassée de vous pour de bon, lâcha Sonia avec un soupir.

– Que se passe-t-il dans quatre jours ? demanda Risa.

– Le marchand de glaces vient vous chercher.

Après quoi Sonia remonta l'escalier plus vite que Connor ne l'en aurait crue capable. Puis ils entendirent la trappe se refermer d'un coup sec.

– Apparemment, cette chère Mme Dragon refuse de nous révéler ce qui nous attend, dit le deuxième garçon.

C'était un adolescent blond dégingandé avec une moue qui semblait accrochée sur son visage de manière permanente. Il portait un appareil dentaire en dépit d'une dentition parfaite. Soigneusement coiffé, ses yeux témoignaient malgré tout de nombreuses nuits blanches. Malgré ses vêtements élimés, Connor devina qu'il était issu d'une famille fortunée.

– Ils vont nous envoyer au camp de collecte et nous découper en morceaux, voilà ce qui nous attend, déclara la fille.

Elle était d'origine asiatique et semblait presque aussi robuste que le garçon. Ses cheveux étaient teints en rose et elle arborait autour du cou un collier clouté en cuir.

– Tu veux bien la fermer avec tes conneries de fin du monde, lâcha avec dédain le garçon au tatouage.

Connor remarqua que sa joue était zébrée de quatre égratignures parallèles, sans doute des marques d'ongles. La fille lui jeta un regard noir.

– Pas la fin du monde, grommela-t-elle, juste la fin de notre vie.

– Tu es belle quand tu es nihiliste, plaisanta le grand blond.

– Ferme-la !

– Tu dis ça parce que tu ne sais pas ce que le mot « nihiliste » signifie.

Risa glissa un regard à Connor, qui devina le fond de sa pensée. « On va devoir les supporter pendant quatre jours ? » Finalement, c'est elle qui, la première, leur tendit la main et se présenta. Connor l'imita à contrecœur.

Il s'avéra que, comme tous les fragmentés, ils avaient tous une histoire à faire pleurer dans les chaumières.

Le blond s'appelait Hayden. Comme Connor l'avait supposé, sa famille était immensément riche. Lorsque ses parents avaient divorcé, ils s'étaient livré une bataille acharnée pour l'obtention de sa garde. Deux ans et six jugements plus tard, ils n'avaient toujours pas trouvé de terrain d'entente. Ils n'étaient d'accord que sur une chose : ils préféraient qu'Hayden soit fragmenté plutôt que d'abandonner leurs droits.

– Si on avait pu exploiter l'énergie de leur haine, on aurait pu fournir de l'électricité à une petite ville pendant plusieurs années.

La fille se nommait Mai. Ses parents avaient essayé d'avoir un garçon pendant des années et avaient fini par y arriver, après quatre filles. Mai était la quatrième.

– Ce n'est pas nouveau, précisa Mai. En Chine, autrefois, les familles n'avaient droit qu'à un enfant, alors on tuait les petites filles.

Le plus baraqué se prénommait Roland. Il avait rêvé de rentrer dans l'armée mais apparemment, son surplus de testostérone – ou de stéroïdes – le rendait trop impressionnant, même pour l'armée. Comme Connor, Roland se battait beaucoup à l'école, même si Connor supposait que les bagarres de Roland étaient bien plus violentes que les siennes. Pourtant, ce n'était pas pour cette raison qu'il se trouvait là. Roland s'était attaqué à son beau-père qui battait sa mère. Celle-ci avait pris le parti de son mari, qui s'en était tiré avec un avertissement. Roland, lui, avait écopé d'un ordre de fragmentation.

– C'est vraiment injuste, estima Risa.

– Pas plus que ce qui t'est arrivé, dit Connor.

Roland fixa Connor. Son regard était dur comme la pierre.

– Si tu continues à lui parler comme ça, elle va finir par se trouver un nouveau jules.

Connor lui adressa un sourire faussement amical et jeta un coup d'œil à son tatouage.

– Sympa, ton dauphin.

– C'est un requin-tigre, gros débile, rétorqua Roland.

Connor nota mentalement de ne jamais lui tourner le dos.

*

Un jour, Connor avait lu que les requins souffraient d'une forme mortelle de claustrophobie. Il ne s'agissait pas tant d'une peur des espaces fermés que d'une incapacité à exister à l'intérieur de ceux-ci. Nul n'en connaissait la raison. Certains prétendaient que c'était le métal des aquariums qui menaçait leur équilibre. En tous les cas, les requins ne survivaient pas très longtemps en captivité.

Après une journée passée dans la cave de Sonia, Connor put juger de leur état d'esprit. Risa veillait sur le bébé, qui exigeait énormément d'attention, et, même si elle se plaignait parfois de cette responsabilité, Connor savait que cela la soulageait et l'aidait à passer le temps. La cave disposait d'une pièce séparée et Roland insista pour que Risa l'occupe avec le bébé. Il se comportait comme s'il agissait par gentillesse mais, en réalité, c'était uniquement parce qu'il ne supportait pas les pleurs de nourrisson.

Mai lisait beaucoup. Il y avait toute une collection de vieux livres poussiéreux dans un coin, et elle en avait toujours un à la main. Roland, qui avait cédé sa place à Risa, déplaça une étagère derrière laquelle il installa sa nouvelle résidence. Il investissait l'espace comme s'il avait l'habitude de vivre dans une cellule. Lorsqu'il ne s'y trouvait pas, il s'employait à diviser la nourriture en rations.

– Je me charge de la nourriture ! annonça-t-il. Maintenant que nous sommes cinq, je vais devoir réorganiser les rations.

– Je peux décider moi-même de ce que je veux et quand, rétorqua Connor.

– Ça ne marche pas comme ça. C'est moi qui dirigeais avant votre arrivée, et il n'est pas question que ça change. (Il tendit à Connor une boîte de salami, que celui-ci considéra avec dégoût.) Si ça ne te convient pas, il va falloir t'adapter.

Connor se demanda s'il était raisonnable de se battre pour ça. Cela dit, Connor se montrait rarement raisonnable quand on l'agaçait. C'est Hayden qui désamorça le conflit avant que la situation ne dégénère. Il prit la boîte de conserve des mains de Connor et en ôta le couvercle.

– Tu hésites, tu perds ! lança-t-il avant de commencer à manger le contenu de la boîte avec ses doigts. Je n'avais jamais mangé de salami en boîte avant de venir ici, et maintenant j'adore ça. Merde, je suis en train de me transformer en clodo.

Connor sortit sa petite phrase fétiche à l'attention de Roland :

– Sympas, tes chaussettes.

Même si Roland ne baissa pas immédiatement les yeux, il fut suffisamment déstabilisé pour reculer d'un pas. Lorsqu'il fut certain que Connor ne le regardait pas, il vérifia si ses chaussettes étaient assorties. Au même moment, Connor poussa un petit cri de satisfaction.

Une petite victoire valait mieux que pas de victoire du tout.

Hayden restait un mystère. Connor n'arrivait pas à savoir si ce dernier était véritablement amusé par tout ce qui se passait autour de lui ou si ce n'était qu'une façade qui lui permettait d'oublier une situation trop douloureuse. Connor n'avait jamais aimé les gosses de riches maniérés comme Hayden, mais il y avait quelque chose chez lui qui vous empêchait de le détester.

Connor s'assit à côté d'Hayden, qui s'assura d'un coup d'œil que Roland était derrière son étagère.

– J'ai bien aimé le coup des chaussettes, murmura Hayden. Ça t'ennuierait que je m'en serve un jour ?

– Pas de problème.

Hayden sortit de la boîte de conserve une tranche de salami qu'il offrit à Connor. Même si c'était la dernière chose dont il avait envie, Connor l'accepta : il savait que ce geste n'avait rien à voir avec un simple morceau de viande, et si Hayden lui avait pris la boîte des mains, ce n'était pas nécessairement parce qu'il la voulait à tout prix.

Le morceau de salami passa des mains d'Hayden à celles de Connor, et l'ambiance se détendit. Ils venaient d'atteindre un stade de compréhension mutuelle. *Je suis de ton côté*, voilà ce que signifiait cette tranche de salami.

– Vous l'avez voulu, ce bébé ? demanda Hayden.

Connor réfléchit à la réponse qu'il allait donner et conclut que la vérité était sans doute la meilleure manière de commencer ne serait-ce qu'une tentative d'amitié.

– Ce n'est pas le mien.

– C'est cool de ta part de rester avec elle alors.

– Il n'est pas non plus à elle.

Hayden grimaça. Il préféra ne pas demander comment le bébé était arrivé là car la version qu'il venait d'imaginer était bien plus amusante que ce que Connor aurait pu lui raconter.

– Ne dis rien à Roland, chuchota Hayden. S'il est sympa avec vous, c'est uniquement parce qu'il croit au caractère sacré de la famille nucléaire.

Connor n'arriva pas à déterminer si les propos d'Hayden étaient sérieux ou sarcastiques. Il ne le saurait sans doute jamais…

Hayden mastiqua le dernier morceau de salami, jeta un coup d'œil à la boîte de conserve vide et poussa un soupir.

– Quelle vie de Morlock…, dit-il.

– De quoi tu parles ?

– Les Morlocks sont des hommes-grenouilles qui vivent sous terre et qui ne supportent pas la lumière. On les voit souvent vêtus de costumes en caoutchouc vert. Hélas, c'est ce que nous sommes devenus. Enfin, sans le costume.

Connor regarda les étagères de nourriture. Lorsqu'il tendait l'oreille, il distinguait le son métallique provenant du vieux lecteur mp3 que Roland avait dû dérober dans la boutique le jour de son arrivée.

– Depuis quand connais-tu Roland ?

– Trois jours de plus que toi. Si je peux donner un conseil aux imprudents que vous êtes sûrement : tant qu'il a l'impression de diriger, Roland n'est pas méchant. Si on lui donne cette impression, on formera une grande famille très heureuse.

– Et si je n'ai pas envie de lui laisser croire ça ?

Hayden lança la boîte de conserve dans la poubelle un peu plus loin.

– Tu sais, les Morlocks... On dit qu'ils sont cannibales.

*

Connor ne trouva pas le sommeil cette nuit-là. Entre l'inconfort de la cave et sa méfiance envers Roland, il parvint tout juste à somnoler. Il avait décidé de laisser Risa dormir seule dans la chambre : la pièce étant de petite taille, ils auraient été obligés de se serrer l'un contre l'autre. Il préféra se dire que c'était parce qu'il avait peur d'écraser le bébé pendant la nuit. Mai et Hayden étaient réveillés eux aussi. Mai paraissait fatiguée, mais ses yeux étaient grands ouverts et, manifestement, son esprit était ailleurs.

Hayden avait allumé une bougie trouvée au milieu du bric-à-brac de la cave, qui diffusait une odeur d'épices automnales sur fond d'humidité. Hayden s'amusait à passer le dos de sa main au-dessus de la flamme. Ses mouvements n'étaient pas suffisamment lents pour qu'il se brûle, mais suffisamment pour sentir la chaleur. Hayden s'aperçut que Connor l'observait.

– C'est marrant, une flamme ne brûle que si tu passes ta main trop doucement, fit remarquer Hayden. Tu peux l'effleurer autant que tu veux, tu ne te feras jamais avoir si tu es assez rapide.

– Tu es pyromane ? interrogea Connor.

– Tu confonds ennui et obsession.

Pourtant, Connor sentit qu'il ne s'agissait pas seulement d'ennui.

– J'ai beaucoup réfléchi à la fragmentation, reprit Hayden.

– Pourquoi ?

– Parce qu'il est bizarre, lança Mai à l'autre bout de la pièce.

– En attendant, ce n'est pas moi qui porte un collier de chien.

Mai fit un doigt d'honneur à Hayden, qui l'ignora.

– Pour moi, les camps de collecte sont comme des trous noirs. Personne ne sait ce qui s'y passe.

– Si, tout le monde le sait.

– Non, rétorqua Hayden. On connaît le résultat, mais personne ne sait exactement en quoi consiste la fragmentation. Moi, j'aimerais bien savoir. Est-ce que ça se produit tout de suite ? Est-ce qu'ils vous font attendre ? Est-ce qu'ils sont gentils, méchants ?

– Si tu es sage, tu le découvriras peut-être bientôt, répliqua Mai sur un ton sarcastique.

– Tu sais quoi ? dit Connor. Tu réfléchis trop.

– Il faut bien que quelqu'un comble le manque de matière grise qu'il y a ici.

Connor commençait enfin à comprendre. Pour Hayden, cette conversation à propos des fragmentés revenait à passer sa main au-dessus de la flamme d'une bougie. Il aimait flirter avec le danger. Connor songea à son danger à lui, à l'arrière du panneau d'indication sur l'autoroute. En un sens, ils se ressemblaient.

– Si tu as envie de te prendre la tête, très bien, dit Connor. Moi, tout ce qui me préoccupe, c'est de survivre jusqu'à l'âge de dix-huit ans.

– Ton manque de profondeur est à la fois rafraîchissant et décevant. Tu penses que je devrais voir un psy ?

– Si tu as besoin de voir un psy, c'est parce que tes parents ont décidé de te fragmenter dans l'unique but de faire souffrir l'autre.

– Bien vu. Tu es perspicace pour un Morlock.

Hayden devint silencieux et son petit sourire narquois s'évanouit.

– Je suis prêt à parier que mes parents vont se remettre ensemble une fois que je serai fragmenté.

Connor n'eut pas le cœur de détruire son fantasme, mais Mai ne se gêna pas.

– Non, ils rejetteront la faute sur l'autre et se détesteront encore plus qu'avant.

– Peut-être, admit Hayden. Ou peut-être qu'ils verront enfin la lumière et qu'on aura droit à un remake d'Humphrey Dunfee.

– Qui ça ? fit Mai.

Connor et Hayden se tournèrent brusquement.

– Tu veux dire que tu n'as jamais entendu parler d'Humphrey Dunfee ?

– Pourquoi, j'aurais dû ?

– J'ai du mal à y croire, Mai, s'étonna Hayden, un sourire aux lèvres. C'est pourtant le genre d'histoires dont tu raffoles. (Il s'empara de la bougie et la plaça entre eux trois.) Bon, ça ne ressemble pas vraiment à un feu de camp, mais ça fera l'affaire.

Hayden fixa la flamme quelques instants puis, une expression mystérieuse sur le visage, il se tourna lentement vers Mai.

– L'histoire s'est passée il y a plusieurs années. L'enfant ne s'appelait pas vraiment Humphrey, peut-être Hal ou Harry. Cela dit, Humphrey convient plutôt bien. Bref, un jour, ses parents ont décidé de le fragmenter.

– Pourquoi ? questionna Mai.

– Pourquoi fragmente-t-on un enfant ? Ils l'ont fait, c'est tout. Les Frags sont venus le chercher un matin, très tôt, et l'ont embarqué. Terminé, le voilà fragmenté sans accroc.

– C'est tout ? fit Mai.

– Non. Il y a eu un accroc, justement, continua Connor. Les Dunfee n'étaient pas ce qu'on peut appeler des gens stables. Ils étaient déjà un peu dérangés mais, après la fragmentation de leur fils, ils ont complètement disjoncté.

Le masque de dure à cuire de Mai tomba. Elle évoquait maintenant une adolescente captivée lors d'un feu de camp.

– Qu'est-ce qu'ils ont fait ?

– Ils sont revenus sur leur décision, expliqua Hayden.

– Attends une seconde, tu as dit qu'Humphrey était déjà fragmenté, objecta Mai.

– C'est vrai, confirma Hayden dont le regard, à la lueur de la bougie, semblait refléter une lueur de folie. Mais j'ai aussi dit tout à l'heure que tout ce qui concerne les camps de collecte est hautement confidentiel, notamment les dossiers qui répertorient les receveurs une fois la fragmentation effectuée.

– Et alors ?

– Alors les Dunfee ont réussi à mettre la main sur ces dossiers. Le père travaillait pour le gouvernement et il a réussi à s'introduire dans le département des organes.

– Le quoi ?

– La base de données des fragmentés, précisa Hayden en soupirant.

– Ah...

– Il s'est procuré la liste de toutes les personnes qui avaient reçu une partie d'Humphrey. Les Dunfee sont alors partis autour du monde pour les retrouver un par un, les tuer, récupérer chaque morceau et, petit à petit, reconstruire Humphrey.

– Tu plaisantes ?

– C'est pour ça qu'on l'appelle Humphrey, ajouta Connor. Parce que tous les chevaux et tous les hommes du roi n'ont pas réussi à rassembler Humphrey[1].

Un silence s'installa, puis Hayden se pencha légèrement en avant, jeta ses bras vers Mai et cria « Bouh ! ».

Tous sursautèrent malgré eux – en particulier Mai.

– Tu as vu ça ? s'exclama Connor en riant. Elle est pratiquement sortie de son corps !

– Fais gaffe, Mai ! dit Hayden. Si tu sors de ton corps, ils vont le refiler à quelqu'un d'autre !

– Allez vous faire voir ! lança Mai.

Elle essaya alors de flanquer un coup de poing à Hayden, mais celui-ci l'esquiva facilement. C'est à ce moment-là que Roland fit son entrée.

– Qu'est-ce qui se passe ici ?

– Rien, répondit Hayden. On se raconte des histoires de fantômes, c'est tout.

Roland les observa. De toute évidence, les situations dans lesquelles il n'était pas impliqué éveillaient ses soupçons et l'agaçaient.

– Vous feriez mieux d'aller vous coucher. Il est tard.

Roland regagna son coin. Connor aurait parié qu'à partir de cet instant, il allait épier leur conversation, probablement paranoïaque à l'idée qu'ils puissent se liguer contre lui.

– Cette histoire sur Humphrey Dunfee, c'est une légende, pas vrai ? chuchota Mai.

– Bien sûr, répondit Risa. Personne n'y croit vraiment.

---

1. « *Cause all the king's horses and all the king's men couldn't put Humphrey together again.* » Paroles d'une célèbre chanson pour enfants. (*N.d.T.*)

Connor garda pour lui ce qu'il pensait, mais pas Hayden.

– Je connaissais un mec qui prétendait avoir le foie d'Humphrey. Un jour, il a disparu et on ne l'a plus jamais revu. Les gens racontaient qu'il avait été fragmenté, mais bon, il n'est pas exclu que les Dunfee l'aient retrouvé.

Hayden souffla sur la bougie pour l'éteindre et ils se retrouvèrent plongés dans l'obscurité.

*

Le troisième jour, Sonia les fit monter un par un, dans l'ordre où ils étaient arrivés.

– Le sale petit voleur en premier, lança-t-elle en désignant Roland.

Manifestement, elle était au courant pour le lecteur mp3.

– D'après vous, elle veut quoi, Mme Dragon ? demanda Hayden une fois la trappe refermée.

– Boire ton sang, te filer des coups de canne, répliqua Mai. Ce genre de trucs.

– J'aimerais que tu arrêtes de l'appeler Mme Dragon, dit Risa. Elle t'a sauvé la vie, la moindre des choses serait de lui montrer un peu de respect. (Elle se tourna vers Connor.) Tu veux bien t'occuper de Didi ? Je commence à avoir mal aux bras.

Connor prit le bébé et le berça, avec un peu plus d'assurance qu'auparavant. Mai le regarda avec un intérêt mitigé, et Connor se demanda si Hayden lui avait dit qu'ils n'étaient pas les vrais parents du bébé.

Une demi-heure plus tard, Roland redescendit sans dire un mot sur son rendez-vous avec Sonia. Mai, elle aussi, garda le silence. C'est Hayden qui resta le plus longtemps et, une fois de retour, il ne dit rien non plus ce qui, dans son cas, était plutôt inhabituel. C'en était même troublant.

Ce fut ensuite au tour de Connor. Lorsqu'il arriva en haut, il faisait nuit. Il n'avait aucune idée de l'heure qu'il pouvait être. Sonia s'installa avec lui dans l'arrière-boutique. Connor était assis sur une chaise dure et bancale.

– Vous partez demain, annonça-t-elle.

– Où ?

Elle ignora sa question et ouvrit le tiroir d'un vieux bureau à cylindre.

– J'espère que tu n'es pas totalement analphabète.

– Pourquoi ? Vous voulez que je lise quelque chose ?

– Non, je veux que tu écrives, expliqua-t-elle en sortant quelques feuilles de papier vierge.

– Mon testament, c'est ça ?

– Un testament signifierait que tu possèdes quelque chose, ce qui n'est pas le cas. Je veux que tu rédiges une lettre. (Elle lui tendit un stylo, le papier et une enveloppe.) Écris à une personne que tu aimes. Ta lettre peut être aussi longue ou aussi courte que tu le souhaites, ça m'est égal, mais je veux que tu y mettes tout ce que tu aurais aimé dire et que tu n'as jamais dit. Tu comprends ?

– Et si je n'aime personne ?

Sonia pinça ses lèvres et secoua lentement la tête.

– Vous êtes tous les mêmes, vous les fragmentés. Vous supposez que parce que personne ne vous aime, vous ne pouvez aimer personne. Alors d'accord, si tu n'aimes personne, choisis quelqu'un qui doit entendre ce que tu as à lui dire. Dis-lui tout ce que tu as sur le cœur, ne te retiens pas. Quand tu auras terminé, mets la lettre dans l'enveloppe et ferme-la. Ne t'inquiète pas, je ne la lirai pas.

– Vous allez la poster ?

– Contente-toi de faire ce que je te demande et cesse de poser des questions. (Elle fit tinter une petite cloche en céramique qu'elle posa sur le bureau, à côté du papier et du stylo.) Prends tout le temps qu'il te faut et sonne la cloche quand tu as terminé.

Puis elle le laissa seul.

Voilà une étrange démarche, se dit Connor, qui se rendit compte qu'il avait un peu peur : il y avait des territoires intimes qu'il n'avait aucune envie d'explorer. Il aurait pu écrire à Ariana… ça serait le plus facile. Il avait eu des sentiments pour elle et n'avait jamais été aussi proche d'une fille. Enfin, hormis Risa, mais elle ne comptait pas vraiment – on ne pouvait pas qualifier de « relation » ce qu'il y avait entre eux. Ils se trouvaient juste au bord de la même falaise et faisaient tout pour ne pas tomber. Après avoir rédigé trois lignes, Connor froissa la feuille de papier. Écrire à Ariana n'avait aucun sens. Inutile de se voiler la face, il savait très bien à qui il devait adresser sa lettre.

Il posa son stylo sur une feuille blanche et écrivit : *Chers papa et maman*.

Il lui fallut cinq minutes pour arriver à écrire une autre phrase, puis les mots se mirent à affluer dans tous les sens. Ce furent d'abord des mots de colère : *Comment avez-vous pu ? Pourquoi ? Quels genres de parents peuvent faire une telle chose à leur enfant ?* Puis, à la troisième page, le ton s'adoucit. Connor évoqua tous les bons moments qu'ils avaient partagés, d'abord dans le but de les blesser, puis pour leur montrer ce qu'ils avaient gâché en signant l'ordre de fragmentation. Il ne fut alors question que de souvenirs ou, plus exactement, de leur rappeler, à eux, de se souvenir. Ainsi, une fois qu'il serait parti – s'il partait – il resterait une trace de ce qu'il pensait digne d'être gardé en mémoire. Lorsqu'il l'avait commencée, il avait su comment sa lettre finirait : *Je vous déteste pour ce que vous avez fait. Je ne vous le pardonnerai jamais*. Pourtant, en arrivant à la dixième page, il se surprit à écrire : *Je vous aime. Votre fils d'autrefois, Connor*.

Avant même de signer son prénom, il sentit les larmes monter. Il eut l'impression qu'elles venaient non pas de ses yeux, mais du plus profond de ses entrailles. Des pleurs si puissants qu'il eut mal à l'estomac et aux poumons. Ses yeux étaient baignés de larmes, la douleur le submergea au point qu'il eut le sentiment qu'elle allait le terrasser, là, tout de suite. Pourtant, il était encore en vie, et l'orage finit par se dissiper. Tous les muscles de son corps étaient douloureux. Il eut l'impression qu'il allait devoir s'aider de la canne de Sonia pour arriver à marcher.

Ses larmes avaient détrempé le papier, formant des petits cratères, mais l'encre n'avait pas bavé. Il plia les feuilles, les glissa dans l'enveloppe et la referma avant d'y inscrire l'adresse. Il attendit quelques instants pour s'assurer que la tempête n'allait pas ressurgir, puis secoua la petite cloche.

Quelques secondes plus tard, Sonia fit son entrée. Elle avait sûrement patienté de l'autre côté du rideau pendant tout ce temps. Connor se doutait qu'elle l'avait entendu pleurer, mais elle ne fit pas de commentaire. Elle jeta un coup d'œil à sa lettre, la soupesa et leva un sourcil, impressionnée.

– Tu en avais des choses à dire, hein ?

Connor se contenta de hausser les épaules. Sonia reposa l'enveloppe, face contre la table.

– Maintenant, tu vas noter au dos la date de ton dix-huitième anniversaire.

Connor avait cessé de poser des questions. Il s'exécuta et Sonia reprit la lettre.

– Je vais la garder, annonça-t-elle. Si tu survis jusqu'à ton dix-huitième anniversaire, tu dois me promettre que tu reviendras la récupérer. C'est d'accord ?

– Je vous le promets.

– Je la conserverai pendant une année après tes dix-huit ans. Si tu ne reviens pas, je supposerai que tu as été fragmenté. Dans ce cas, j'enverrai la lettre.

Elle lui tendit l'enveloppe, se leva et se dirigea vers le coffre qui recouvrait la trappe. Elle l'ouvrit en dépit de sa lourdeur apparente et Connor découvrit des centaines d'enveloppes qui remplissaient presque entièrement le coffre.

– Mets-la ici, indiqua-t-elle. Elle sera en sécurité. Si je meurs, Hannah m'a promis de s'en occuper.

Connor songea à tous ceux que Sonia avait dû aider. Une autre vague d'émotion l'envahit et il se sentit, une fois de plus, sur le point de fondre en larmes.

– Ce que vous faites est merveilleux, dit-il.

– Tu penses que ça fait de moi une sainte ? répliqua-t-elle avec un geste de la main, comme pour chasser le compliment. Sache que j'ai eu une très longue vie. Je n'ai pas fait que des choses honorables.

– Ça m'est égal. Vous pouvez me donner autant de coups de canne que vous voulez, je pense que vous êtes quelqu'un de bien.

– Peut-être, peut-être pas. S'il y a une chose qu'on apprend en ayant vécu aussi longtemps, c'est que les gens ne sont ni totalement bons ni totalement mauvais. On ne cesse de naviguer entre l'ombre et la lumière.

Je suis contente de me trouver dans la lumière en ce moment.

En descendant l'escalier, Sonia assena à Connor un coup de canne sur les fesses, suffisamment fort pour lui faire mal, mais qui eut pour seul effet de le faire rire.

Il ne dévoila pas à Risa ce qui l'attendait – il aurait eu l'impression de lui voler quelque chose. Il préféra laisser ce moment entre Sonia, elle, et la feuille de papier.

Risa confia le bébé à Connor puis emprunta l'escalier pour aller affronter la vieille dame. L'enfant était endormi et, à ce moment précis, le tenir dans ses bras lui procura un sentiment si rassurant qu'il fut heureux de l'avoir sauvé. Il songea que si son âme avait une forme, ce serait celle-là : un bébé assoupi dans ses bras.

20.

Risa

Lorsque Sonia ouvrit à nouveau la trappe, Risa comprit que leur situation allait encore changer. L'heure était venue de quitter la sécurité de la cave.

Risa fut la première de la file quand Sonia les appela. Roland aurait bien aimé prendre cette place mais Connor avait brandi son bras à la manière d'un tourniquet pour que Risa puisse monter l'escalier la première.

Le bébé calé sous son bras droit, la main gauche agrippant la rampe rouillée, Risa grimpa les marches de pierre irrégulières. Elle avait pensé découvrir la lumière du jour, mais il faisait nuit noire. Les lumières étaient éteintes dans la boutique – seules quelques veilleuses avaient été placées çà et là pour qu'ils puissent se déplacer dans le terrain miné que constituait la collection d'antiquités du magasin.

Sonia les conduisit jusqu'à une porte à l'arrière de la boutique qui donnait sur une allée. Là, une petite camionnette de livraison les attendait, sur laquelle figurait le dessin d'un cône de glace.

Sonia n'avait pas menti : le marchand de glaces était bien venu les chercher.

Le conducteur était posté derrière le véhicule, devant les portières ouvertes. C'était un homme à l'apparence peu soignée qui ressemblait davantage à un trafiquant de drogue qu'à un passeur d'enfants. Roland, Hayden et Mai se dirigèrent vers la camionnette ; Sonia intercepta Risa et Connor.

– Pas si vite, vous deux !

Risa remarqua alors une silhouette tapie dans l'ombre. Sur la défensive, ses poils se hérissèrent. Mais lorsque la personne s'approcha, Risa reconnut Hannah, la femme qui les avait sauvés au lycée.

– Tu ne peux pas prendre le bébé avec toi, ma chérie, murmura Hannah.

Instinctivement, sans même comprendre pourquoi, Risa serra le bébé contre elle. Après tout, elle n'avait souhaité qu'une chose depuis le début : s'en débarrasser.

– Ne t'en fais pas, la rassura Hannah. J'en ai discuté avec mon mari. On racontera qu'on a reçu un refusé. Tout se passera très bien.

Risa scruta Hannah. Elle ne la voyait pas distinctement dans l'obscurité, mais elle sentait qu'elle était sincère.

– Est-ce que vous *voulez* ce bébé ? interrogea Connor.

– Elle accepte de le prendre, souffla Risa. C'est suffisant.

– Oui, mais est-ce qu'elle le veut vraiment ?

– Et toi, tu le voulais vraiment ?

Connor réfléchit un instant. Risa savait qu'il ne voulait pas vraiment de ce bébé, pourtant il avait accepté de le prendre pour lui épargner une vie malheureuse avec une famille médiocre, tout comme Hannah acceptait de le prendre pour lui épargner un futur incertain.

– C'est une fille, finit par dire Connor avant de se diriger vers la camionnette.

– Nous lui offrirons un bon foyer, affirma Hannah.

Elle avança de quelques pas et Risa lui tendit l'enfant. Au moment où le bébé quittait ses bras, Risa ressentit un immense soulagement mêlé d'une indéfinissable sensation de vide. Ce n'était pas un sentiment suffisamment puissant pour qu'elle fonde en larmes, mais assez intense pour laisser en elle une sorte de douleur fantôme, de celles que devaient ressentir les personnes amputées après avoir perdu un membre, avant qu'on leur en ait greffé un nouveau.

– Prenez soin de vous, dit Sonia en serrant Risa dans ses bras maladroitement. C'est un long voyage, mais je sais que vous pouvez y arriver.

– Un voyage pour aller où ?

Sonia ne répondit pas.

– Hé ! J'ai pas toute la nuit, moi ! cria le conducteur.

Risa dit au revoir à Sonia, fit un signe à Hannah et tourna les talons pour rejoindre Connor qui l'attendait à l'arrière du camion. Tandis qu'elle s'éloignait, le bébé se mit à pleurer. Elle ne se retourna pas.

Risa fut surprise de trouver une dizaine d'enfants dans le véhicule. Ils semblaient à la fois sur leurs gardes et paralysés par la peur. Roland était le plus grand et défendit ce statut en demandant à un garçon de changer de place, alors qu'il y en avait plusieurs de libres.

La camionnette était une caisse dure et froide. Autrefois, elle était équipée d'un système de réfrigération qui n'existait plus depuis longtemps. Il faisait tout de même une température glaciale et une odeur de lait tourné emplissait l'espace. Le conducteur ferma les portières et les verrouilla, enfermant à l'extérieur les pleurs du bébé, que Risa distinguait encore. Ou peut-être n'était-ce que son imagination...

La camionnette cahotait sur la chaussée abîmée. Le véhicule se balançait, et leurs dos tapaient sans arrêt contre la paroi derrière eux.

Risa ferma les yeux. Le bébé lui manquait, et cela la rendit furieuse. On le lui avait mis sur les bras au pire moment : elle n'avait aucune raison de regretter de s'en être débarrassé ! Elle songea à ce qu'était la vie avant la Guerre Cardinale : lorsqu'on pouvait simplement décider d'interrompre une grossesse non désirée. Les femmes qui faisaient ce choix ressentaient-elles ce que Risa éprouvait en ce moment ? Soulagées, libérées d'une responsabilité souvent injuste... mais aussi assaillies de regrets ?

À l'époque où elle vivait en maison-pupille, elle réfléchissait souvent à ce genre de choses quand elle s'occupait des bébés. Le bâtiment réservé aux nouveau-nés était immense, rempli de couffins identiques. Chacun contenait un bébé dont personne n'avait voulu. Les pupilles de la nation pouvaient à peine les nourrir, et encore moins les élever.

Une des infirmières, prénommée Greta, disait souvent que sans changer d'abord la nature humaine, il était impossible de changer les lois. Lorsqu'elle prononçait ce genre de phrases, il y avait toujours dans les parages une autre infirmière, bien plus respectueuse du système, pour répliquer qu'au contraire on ne pouvait changer la nature humaine si on ne changeait pas d'abord les lois. Greta l'ignorait ; elle se contentait de quitter la pièce en grognant.

Risa se demandait souvent ce qui était pire : faire vivre des dizaines de milliers d'enfants non désirés, ou les supprimer discrètement avant même leur naissance ? Selon les jours, Risa ne trouvait pas la même réponse.

Greta était suffisamment âgée pour se souvenir de l'époque qui avait précédé la guerre, même si elle en parlait rarement. Elle se consacrait entièrement à son métier, qui était extrêmement éprouvant puisqu'il n'y avait qu'une infirmière pour cinquante bébés. « Dans ce genre d'endroits, on n'a pas le choix : il faut faire le tri », avait-elle dit à Risa en faisant référence au fait qu'en cas d'urgence, il fallait choisir quels patients avaient le plus besoin de soins. « Aime ceux que tu peux et prie pour les autres », avait dit Greta. Risa avait suivi son conseil à la lettre et sélectionné quelques privilégiés à qui elle accordait une attention particulière. À eux, Risa attribuait un prénom, plutôt que de laisser le système informatique leur en imposer un de manière aléatoire. Risa aimait à penser que son prénom avait été choisi par une personne et non par un ordinateur. Après tout, son nom n'était pas commun. « C'est le diminutif de "sonrisa", lui avait appris un jour un enfant hispanophone. Ça veut dire "sourire" en espagnol. » Risa ignorait si elle avait du sang espagnol, mais elle se plaisait à croire que c'était le cas. Ça allait bien avec son prénom…

– À quoi tu penses ? lui demanda Connor en la tirant de ses pensées, la ramenant à la morne réalité.

– Ce ne sont pas tes oignons.

Connor ne la regardait pas, il semblait concentré sur une grosse tache rouillée.

– Tu n'es pas trop triste pour le bébé ? demanda-t-il.

– Bien sûr que non ! répondit-elle sur un ton délibérément offusqué.

– Hannah lui offrira une bonne éducation, bien plus que nous ou que cette grosse vache qui l'a trouvé sur son paillasson. (Il hésita un instant.) Je sais que j'ai déconné en prenant ce bébé, mais tout est bien qui finit bien, pas vrai ?

– Ne t'avise pas de déconner à nouveau, menaça Risa.

– On va où ? demanda Roland en se tournant vers le conducteur.

– C'est pas à moi qu'il faut le demander, rétorqua-t-il. On me file une adresse, j'y vais sans moufter et on me file le fric.

– C'est comme ça que ça marche, confirma un garçon qui était déjà dans la camionnette en arrivant chez Sonia. On nous trimbale d'un endroit à l'autre, et chacun est un peu plus près de notre destination finale.

– Et tu peux nous dire où ça se trouve exactement ? questionna Roland.

Le gamin regarda autour de lui dans l'espoir que quelqu'un pourrait répondre à sa place, mais personne ne lui vint en aide.

– Il paraît que l'endroit où on va s'appelle le « Cimetière », finit-il par répondre. Mais c'est seulement ce que j'ai entendu dire.

Il n'y eut aucune réaction. Seul le vrombissement du camion se faisait entendre.

Le Cimetière. À cette idée, Risa grelotta encore plus. Elle avait beau être recroquevillée, les genoux contre la poitrine et les bras autour des jambes pour essayer de se réchauffer, elle était frigorifiée. Connor, entendant le claquement de ses dents, enroula ses bras autour d'elle.

– Moi aussi j'ai froid, murmura-t-il. On va profiter de la chaleur humaine, d'accord ?

Bien que saisie d'une envie de le repousser, Risa se surprit à se pelotonner contre lui, au point qu'elle entendit le battement de son cœur résonner dans ses oreilles.

III
Transit

2003. Maternité ukrainienne numéro 6.

... La BBC a rencontré plusieurs mères de la ville de Kharkiv affirmant avoir donné naissance à des bébés en bonne santé, qui leur auraient été enlevés par le personnel de l'hôpital. En 2003, les autorités ont accepté d'exhumer une trentaine de corps dans le cimetière dont usait la maternité de l'hôpital numéro 6. Une journaliste a été autorisée à filmer l'autopsie pour obtenir des preuves vidéo. Elle a transmis son enregistrement à la BBC ainsi qu'au Conseil de l'Europe.

Dans son rapport, le Conseil fait état d'une pratique généralisée de trafic d'enfants enlevés dès la naissance et du silence du personnel de l'hôpital autour de ces activités. Les images montrent des corps démembrés dont on avait prélevé des organes, notamment des cerveaux. Un médecin légiste britannique a déclaré être très inquiet de voir de telles images car elles n'illustrent aucune pratique post-mortem existante. Celles-ci pourraient être le résultat de prélèvements de cellules dans la moelle osseuse.

L'hôpital numéro 6 réfute ces accusations.

Reportage de Matthew Hill,
correspondant santé de la BBC.
Extrait de BBC News : http ://news.bbc.co.uk/
go/pr/fr/-/2/hi/europe/6171083.stm
Publié le 12/12/2006, 9:34:50 GMT © BBC MMVI.

21.

Lev

– Personne ne peut dire ce qui se passe dans ton cœur, affirma-t-il à Lev. C'est toi qui dois le découvrir.

Lev et son nouveau compagnon de voyage marchaient le long d'une voie de chemin de fer bordée de mauvaises herbes.

– Te barrer pour pas te faire fragmenter, ça tu l'as dans le cœur, personne te dira que c'est pas le bon truc à faire, même si c'est pas légal. Le Bon Dieu te l'aurait pas mis dans le cœur sinon. Écoute-moi bien, Fry. Ce que je te dis là, c'est la sagesse, tu pourras l'emporter dans ta tombe, le jour où tu auras besoin d'une trêve. Ou de repos, si tu préfères.

– Je sais ce que trêve veut dire, répliqua Lev, agacé par l'évocation du « Bon Dieu » qui, à part lui compliquer la vie, n'avait pas fait grand-chose pour lui ces derniers temps.

Le garçon était âgé de quinze ans et répondait au nom de Cyrus Finch, mais personne n'utilisait ce nom. « Je préfère qu'on m'appelle CyFi », avait-il précisé à Lev peu de temps après leur rencontre.

Et comme il aimait bien les surnoms, il avait baptisé Lev « Fry », le diminutif de fripouille. Il trouvait que ça collait bien puisque « Fry » comportait le même nombre de lettres que Lev. Lev n'eut pas envie de paraître pinailleur en lui faisant remarquer que son véritable prénom était Levi.

CyFi adorait s'écouter parler.

– Moi, dans la vie, je trace ma route, déclara-t-il. C'est pour ça qu'on marche sur des rails et pas sur une route de campagne à la con.

CyFi était un Sienne-brûlée.

– Avant, ils nous traitaient de Noirs, t'imagines? Après, il y a eu ce mec, un artiste métis. Il est devenu célèbre pour avoir peint des Blacks, dans le sud du pays. La couleur qu'il utilisait le plus, c'était le sienne brûlée. Les gens ont grave adoré, et c'est resté. Tu savais pas d'où il venait, ce mot, pas vrai, Fry? Du coup, ils ont choisi une autre couleur pour les Blancs : sienne naturelle. C'était beaucoup mieux comme mots. Pas de jugement de valeur. Enfin, c'est pas comme si le racisme avait complètement disparu, mais comme mes papas disent souvent, le vernis de la civilisation s'est offert une deuxième couche. Je suis sûr que tu aimes ce genre de formules, Fry. Le « vernis de la civilisation ». (Il esquissa un geste lent de la main, comme s'il appréciait les finitions d'une table.) Mes papas sortent toujours ce genre de phrases.

Même s'il affirmait le contraire, CyFi était un fugueur. « Je fuis rien, moi, avait-il dit à Lev. J'avance. » Lorsque Lev avait voulu en savoir plus, la réponse ne s'était pas fait attendre : « Je te donnerai toutes les infos en temps voulu. »

Il pouvait garder son secret, Lev se fichait bien de savoir où il allait. Le simple fait que CyFi ait une destination suffisait à Lev, puisque lui n'en avait pas. Avoir un but, c'était avoir un avenir. Si ce garçon à la peau sienne-brûlée pouvait lui faire partager cela, alors ça valait la peine de voyager avec lui.

Ils s'étaient rencontrés dans un centre commercial dans lequel Lev s'était rendu, tiraillé par la faim. Après avoir perdu Connor et Risa, il avait passé deux jours à se cacher dans des coins sombres. Il ne connaissait pas la vie dans la rue et avait vite eu faim, une sensation qui finissait toujours par vous transformer en un pro de la survie.

Pour un nouveau petit rat des rues, les centres commerciaux étaient une véritable Mecque – le temple du gaspillage. L'astuce, Lev l'avait compris, consistait à repérer les personnes qui avaient les yeux plus gros que le ventre et à patienter jusqu'à ce qu'elles aient fini leur repas. La plupart du temps, les gens laissaient leurs restes sur la table. C'est ceux-là que Lev traquait, car il avait beau être suffisamment affamé pour manger des restes, il gardait assez de fierté pour ne pas faire les poubelles. Alors qu'il engloutissait la pizza d'une pom-pom girl, il avait entendu une voix derrière lui :

– Hé mec, me dis pas que t'es en train de bouffer les saloperies des autres !

Lev se figea, persuadé qu'il s'agissait d'un vigile s'apprêtant à l'attraper par la peau des fesses. Mais non, ce n'était qu'un grand gaillard sienne-brûlée qui affichait un drôle de sourire, et qui portait son arrogance telle de l'eau de Cologne.

– Je vais te montrer comment il faut s'y prendre.

Il se dirigea alors vers une jolie fille employée au restaurant chinois Wicked-Wok. Ils bavardèrent quelques minutes puis il revint les mains vides : rien à manger, rien à boire.

– Je crois que je vais m'en tenir aux restes, ironisa Lev.

– Attends un peu, mec. Ils vont pas tarder à fermer. Tous ces restos sont obligés de se débarrasser de toute la bouffe qu'ils ont cuisinée dans la journée. C'est la loi, ils ont pas le droit de la réutiliser le lendemain. Et elle finit où cette bouffe, à ton avis ? Je vais te le dire, moi : les employés la rapportent chez eux. Mais tu peux parier qu'ils vont pas tout manger, sinon ils se rendraient malades. T'as vu la fille à qui je parlais ? Elle a le béguin pour moi. Je lui ai raconté que je travaillais à Shirt Bonanza, en bas, et que je pouvais lui filer des fringues.

– C'est vrai ?

– Bien sûr que non ! Tu m'écoutes au moins ? Bref, je vais me pointer à Wicked-Wok juste avant la fermeture, j'vais lui faire un petit sourire et lui dire, genre : « Dis-moi, tu vas faire quoi de toute cette bouffe ? », et elle, elle va me répondre : « Pourquoi, t'as une idée ? » Et voilà, cinq minutes plus tard, je serai au paradis du canard laqué, et j'aurai de quoi nourrir une armée.

Le plan s'était déroulé exactement comme prévu. Lev n'en avait pas cru ses yeux.

– Reste avec moi, avait dit CyFi en brandissant son poing en l'air, et je t'assure que t'auras plus jamais faim, je le jure devant Dieu. Ça, ça vient d'*Autant en emporte le vent*.

– Je sais, avait menti Lev.

Si Lev avait accepté de le suivre, c'était parce qu'il savait que chacun avait besoin de l'autre. CyFi faisait penser à un prédicateur sans ses ouailles : il était incapable d'exister sans public. En revanche, il fallait à Lev quelqu'un capable de nourrir son esprit d'idées afin de combler le manque de toute une vie au cours de laquelle on lui avait volé les siennes.

Le lendemain, Lev se rendit compte que ses chaussures étaient usées et qu'il était perclus de courbatures. Le souvenir de Risa et Connor était une blessure encore récente qui ne semblait pas vouloir guérir. Il était probable qu'ils se soient fait coincer, ou qu'ils soient déjà fragmentés, et tout ça par sa faute. Cela faisait-il de lui le complice d'un meurtre ?

Comment serait-ce possible puisque les fragmentés ne meurent pas vraiment ?

Il ne savait plus à qui appartenait la voix qui résonnait dans sa tête. Son père ? Le pasteur Dan ? Cela le mettait hors de lui. Il préférait encore entendre celle de CyFi.

Le paysage n'avait guère changé depuis qu'ils avaient quitté la ville : des petits arbustes ; quelques arbres. Certains étaient encore verts, d'autres d'un jaune tirant sur le marron. Les mauvaises herbes proliféraient entre les rails de la voie ferrée.

– Les mauvaises herbes qui sont assez bêtes pour pousser n'ont aucune chance : elles seront décapitées par le prochain train. Décapiter, ça veut dire couper la tête.

– Je sais ce que ça signifie ! Ça te dérangerait de parler correctement ?

CyFi s'arrêta net, au beau milieu de la voie ferrée, et regarda Lev bien droit dans les yeux, comme s'il voulait le faire disparaître.

– T'as un problème avec ma manière de parler ? Ça te gêne, l'argot sienne-brûlée ?

– Oui, quand ce n'est pas authentique.

– Qu'est-ce que tu me chantes, mec ?

– C'est évident. Je suis sûr que plus personne ne dit « mec », sauf peut-être dans les vieux films débiles d'avant-guerre. Tu fais exprès de parler mal.

– Mal ? En quoi est-ce que c'est mal ? C'est classique, comme les vieux films. Et j'apprécie pas vraiment que tu insultes mon argot – argot, ça…

– Je sais ce que ça veut dire ! le coupa Lev même s'il n'en était pas certain. Je suis pas con !

– Ah ! Ah ! s'exclama CyFi en pointant un doigt accusateur. Tu as dit « con ». Alors, qui est-ce qui parle mal maintenant ?

– Ça ne compte pas ! J'ai dit ça parce que tu as une mauvaise influence sur moi. Au bout d'un moment, je ne peux pas m'empêcher de parler comme toi !

– Ouais, fit CyFi avec un grand sourire. Ça, c'est bien vrai. Le sienne-brûlée, c'est contagieux. C'est *dominant*. Et c'est pas parce que je parle comme ça que je suis débile. Je te ferai remarquer que c'est moi qui ai décroché les meilleures notes en lecture et en écriture dans mon école. Mais je dois respecter mes ancêtres qui en ont chié pour que je sois là aujourd'hui. Évidemment, je pourrais parler comme toi, mais je *choisis* de pas le faire. C'est comme l'art, tu vois. Picasso a été obligé de prouver au monde entier qu'il savait peindre avant de commencer à mettre des yeux n'importe où et des nez dans les tibias. Si tu peins mal parce que tu peux pas faire mieux, t'es un loser. Mais si tu le fais parce que c'est comme ça que tu veux faire, alors t'es un artiste. (Il adressa un sourire à Lev.) Ça, Fry, c'est la philosophie de CyFi. Tu peux l'emporter avec toi dans ta tombe et la ressortir quand tu as besoin.

CyFi se tourna et cracha son chewing-gum qui alla se coller sur un rail. Puis il en enfourna un autre dans sa bouche.

– En tout cas, aucun de mes deux papas n'a de problème avec ça. Pourtant, ils sont sienne-naturelle, comme toi.

Deux papas ? CyFi l'avait mentionné plus tôt, mais Lev avait cru qu'il s'agissait encore d'une phrase d'argot.

– Oui, j'en ai deux, avait confirmé CyFi en haussant les épaules.

Lev se concentra sur ce qu'il venait d'apprendre. Bien sûr, il avait déjà entendu parler des parents masculins, les « familles yin ». Mais pour sa famille plutôt traditionnelle, de telles pratiques appartenaient à un autre univers.

CyFi ne remarqua même pas la surprise de Lev et poursuivit son monologue.

– J'ai un QI de 155. Tu savais ça, Fry ? Bien sûr que non, comment pourrais-tu le savoir ? (Il hésita un instant.) J'ai perdu quelques points à cause de mon accident. J'étais à vélo et j'ai été renversé par un connard en Mercedes. (Il montra du doigt une cicatrice sur le côté de son crâne.) Quel bordel ça a fait. Ça a giclé partout. J'ai failli crever sur cette route. Mon lobe temporal droit était en bouillie. (À ce souvenir, il frissonna puis haussa les épaules.) Heureusement, les blessures au cerveau, c'est plus aussi grave qu'avant. Il suffit de remplacer les tissus et tu redeviens comme neuf. Mes pères ont même payé le chirurgien pour que j'aie le lobe entier d'un fragmenté plutôt que plein de petits bouts.

Lev connaissait le problème : sa sœur Clara souffrait d'épilepsie, et ils avaient remplacé un morceau de son cerveau par des centaines de minuscules fragments. Elle avait été guérie et se portait comme un charme depuis.

Jusqu'à aujourd'hui, Lev ne s'était jamais demandé d'où provenaient ces petits morceaux de cerveau.

– Les bouts de cerveau, ça marche, mais c'est pas génial, expliqua CyFi. C'est comme si tu mettais des petits bouts de plâtre pour colmater un mur. Même si tu le fais super bien, le mur sera jamais comme avant. C'est pour ça que mes papas ont voulu que j'aie le lobe d'un seul donneur. Mais ce mec était pas aussi intelligent que moi. Il était pas bête, mais il avait pas 155 de QI. Au dernier scanner, j'étais à 130. Je fais partie des cinq pour cent des personnes les plus intelligentes du pays et on me considère encore comme un génie, mais pas avec un grand G. Et toi, t'es une lumière ou pas ? T'as combien de watts de QI ?

– Je n'en sais rien, répondit Lev en soupirant. Mes parents ne croient pas aux scans d'intelligence. Ça fait partie de nos croyances : tous les hommes sont égaux devant Dieu.

– Ah, tu viens d'une famille comme ça…, lâcha CyFi en l'observant. Alors s'ils sont du genre religieux, pourquoi ils te fragmentent ?

Lev n'avait pas vraiment le cœur d'entrer dans les détails, mais CyFi était actuellement son seul ami, alors il décida de lui dire la vérité.

– Je suis un décimé.

CyFi écarquilla les yeux comme si Lev venait de lui annoncer qu'il était la réincarnation de Dieu.

– Merde alors ! Donc tu es croyant et tout ça…

– Plus maintenant.

CyFi hocha la tête. Pendant un moment, il demeura silencieux tandis qu'ils marchaient le long des rails. Les traverses n'étaient plus en bois mais en pierre et le gravier semblait mieux entretenu.

– On vient de passer la frontière ! annonça CyFi.

Lev aurait bien aimé lui demander où ils se trouvaient, mais il craignait de passer pour un ignorant.

*

À chaque endroit où les rails se séparaient, il y avait une petite bicoque à deux étages, un peu comme un phare placé au mauvais endroit, qui abritait le mécanisme d'aiguillage. Il y en avait beaucoup le long de la voie ferrée, et Lev et CyFi s'y abritaient chaque nuit.

– Tu n'as pas peur que quelqu'un nous trouve, ici ? demanda Lev tandis qu'ils s'approchaient d'une baraque à l'apparence désolée.

– Non, plus personne vient ici. Ça fait des années que le système est entièrement automatisé. Mais ça leur coûterait trop cher de détruire toutes les cabanes. Ils doivent se dire que la nature le fera toute seule, et gratuitement en plus.

La maisonnette était fermée par un cadenas, qui n'était pas plus résistant que la porte rongée par les termites. Un coup de pied suffit à le faire sauter. La porte s'ouvrit et une pluie de poussière et d'araignées mortes se déversa sur eux.

À l'étage, ils trouvèrent une pièce de grande taille agrémentée d'une fenêtre à chaque mur. Il y faisait un froid de canard. CyFi portait un manteau d'hiver manifestement coûteux qui lui tenait chaud la nuit. Lev, lui, n'avait qu'une veste en matière synthétique qu'il avait dérobée sur une chaise au centre commercial.

En le voyant faire, CyFi avait pris un air indigné.

– Le vol c'est pour les voyous, avait-il fait remarquer. Quand tu as un minimum de classe, tu ne voles pas ce dont tu as besoin, tu te débrouilles pour que les gens te le filent de leur plein gré, comme au resto chinois. Il faut savoir être malin, et discret. Tu apprendras vite.

La veste que Lev avait volée était blanche ; il la détestait. Toute sa vie, il n'avait porté que du blanc immaculé – qui lui ressemblait à l'époque –, mais aujourd'hui, il n'y voyait plus aucun attrait.

Ils mangèrent bien ce soir-là – des petits animaux écrasés par des trains –, grâce à Lev qui avait créé son propre guide de survie.

– Hors de question que je bouffe ça ! s'était exclamé CyFi en réponse à la suggestion de Lev. Si ça se trouve, ils pourrissent là depuis des semaines !

– Mais non... Écoute, voilà ce qu'on va faire : on va marcher quelques kilomètres et on posera un bout de bois à côté de chaque bestiole morte qu'on verra. Et la prochaine fois qu'un train passera, on reviendra sur nos pas. Tous les animaux qu'on trouvera sans bâton prouveront qu'ils viennent d'être écrasés et seront donc mangeables.

Bon, l'idée en elle-même était plutôt répugnante mais, d'un autre côté, ça ne différait en rien de la chasse, sauf que l'arme était un moteur diesel.

Ils allumèrent un petit feu près de la maison et dégustèrent un lapin rôti accompagné de tatou. Finalement, c'était plutôt bon. Après tout, c'était comme de faire un barbecue.

– Bien joué, Lev ! lança CyFi. Ça, c'est ce que j'appelle de la résolution de problèmes créative. T'es peut-être bien un génie finalement.

Avoir l'approbation de CyFi était un sentiment agréable.

*

Cette nuit-là, dans la petite chambre de la cabane d'aiguillage, CyFi posa la grande question :

– Pourquoi tes parents t'ont décimé, Fry ?

L'un des avantages avec CyFi, c'est qu'il parlait beaucoup de lui. Du coup, Lev n'était pas obligé de penser à sa propre existence. Sauf, bien sûr, quand CyFi se mettait à poser des questions. Lev lui répondit par un silence, faisant mine d'être endormi. Or, s'il y avait une chose que CyFi détestait, c'était le silence. Alors il le combla lui-même :

– T'es un refusé, c'est ça ? Du coup, tes vieux étaient impatients de se débarrasser de toi ?

Lev, immobile, garda les yeux résolument fermés.

– Eh bien moi, je suis un refusé, continua CyFi. Mes pères m'ont trouvé devant leur porte le premier jour de l'été. Ils en ont pas fait toute une histoire : ils étaient prêts à fonder une famille. En fait, ils étaient tellement contents qu'ils ont décidé de se mmarier pour officialiser la chose.

Lev ouvrit grand les yeux. CyFi avait piqué sa curiosité ; à présent, il se fichait de montrer qu'il était réveillé.

– Je croyais que depuis la Guerre Cardinale, le mariage entre hommes était interdit ?

– Ils ne se sont pas mariés, mais mmariés.

– Quelle est la différence ?

– La lettre M ! lâcha CyFi en regardant Lev comme s'il était complètement demeuré. Et au cas où tu te poserais la question, je suis pas comme eux. Mon truc à moi, c'est les filles, si tu vois ce que je veux dire.

– Oui, moi aussi.

Ce que Lev n'avoua pas, c'est que son unique expérience dans le domaine se résumait à un slow dansé avec une fille le soir de sa fête de décimation.

À l'évocation de cette soirée, une douloureuse angoisse s'empara de lui et lui donna envie de hurler. Il ferma les yeux pour chasser ce sentiment explosif. Désormais, tout ce qui faisait partie de son ancienne vie n'était plus dans sa tête qu'une bombe à retardement. Oublie tout ça, s'intima-t-il. Tu n'es plus le même.

– Comment sont tes parents ? demanda CyFi.

– Je les déteste, rétorqua Lev, surpris par sa réponse, et par sa sincérité.

– Ce n'était pas ma question.

Cette fois, CyFi n'accepta pas le silence de Lev, alors ce dernier raconta son histoire du mieux qu'il put :

– Mes parents font tout ce qu'on attend d'eux : ils paient leurs impôts, vont à la messe, votent comme leurs amis, pensent comme eux. Et ils nous envoient dans des écoles qui nous éduqueront de sorte que, nous aussi, nous pensions comme eux.

– Ça n'a pas l'air si terrible que ça.

– Non, c'est vrai, admit Lev, de plus en plus mal à l'aise. Mais ils aimaient Dieu plus que moi et c'est pour ça que je les déteste. Je vais sûrement aller tout droit en enfer.

– Garde-moi une place quand tu y seras.

– Pourquoi ? Qu'est-ce qui te fait dire que tu vas y aller ?

– Rien de spécial, c'est juste au cas où. Il vaut mieux être prévoyant, pas vrai ?

*

Deux jours plus tard, ils se retrouvèrent dans la ville de Scottsburg, dans l'Indiana. Au moins Lev savait-il maintenant dans quel État ils étaient. Il se demanda si CyFi était arrivé à destination, mais il n'avait rien mentionné de spécial. Ils avaient quitté la voie ferrée et CyFi l'avait informé qu'ils devaient maintenant emprunter des routes départementales.

CyFi se comportait bizarrement.

Ça avait commencé la veille soir. Quelque chose dans sa voix, et dans son regard. Lev avait d'abord cru qu'il s'imaginait des choses mais là, à la lumière pâle de cette journée d'automne, il était évident que CyFi n'était pas lui-même. Il était à la traîne derrière Lev, alors que c'était toujours lui qui menait la marche. Cela rendit Lev anxieux, un sentiment qu'il n'avait plus éprouvé depuis sa rencontre avec CyFi.

– Tu comptes me dire un jour où on va ? demanda Lev, qui songea qu'ils approchaient peut-être du but, ce qui aurait pu expliquer l'étrange attitude de son compagnon.

CyFi hésita, se demandant s'il était sage de répondre.

– On va à Joplin, finit-il par dire. C'est dans le sud-ouest du Missouri. Il y a encore une trotte.

Lev se rendit compte que CyFi avait abandonné son jargon sienne-brûlée. Il parlait maintenant comme n'importe quel adolescent que Lev aurait pu rencontrer chez lui. Mais sa voix était grave et rauque, légèrement menaçante. Un peu comme un loup-garou juste avant sa transformation.

– Il y a quoi à Joplin ?

– Ne t'inquiète pas pour ça.

Pourtant, Lev était bel et bien inquiet : une fois que CyFi aurait atteint sa destination, Lev se retrouverait à nouveau seul. Ce voyage était bien plus facile quand il ne savait pas où ils allaient.

Lev voyait bien que CyFi avait l'esprit ailleurs. Peut-être à Joplin ? Il se demanda ce qu'il pouvait y avoir là-bas. Une de ses anciennes petites amies ? Peut-être avait-il retrouvé la trace de sa mère biologique ? Lev trouva encore une bonne dizaine de raisons au voyage de CyFi, et il en existait probablement autant auxquelles il n'avait même pas songé.

Scottsburg comportait une rue principale qui se voulait pittoresque mais qui, en réalité, avait un air fané. Il était presque midi lorsqu'ils traversèrent la ville. Les restaurants se préparaient au coup de feu du déjeuner.

– Alors, tu vas user de ton charme pour nous obtenir un repas à l'œil, ou c'est à mon tour d'essayer ? questionna Lev.

Il se tourna vers CyFi, mais il avait disparu. Il inspecta d'un rapide coup d'œil les boutiques derrière lui et remarqua une porte qui se refermait. C'était un magasin de Noël. La vitrine était entièrement décorée de rouge et de vert ; un renne en plastique entouré de neige en coton trônait en son centre. CyFi n'avait pas pu entrer là ! Pourtant, lorsqu'il regarda à travers la vitre, il l'aperçut en train de flâner comme un banal client. Lev n'eut d'autre choix que d'entrer à son tour.

Il faisait bon à l'intérieur et une odeur de sapin artificiel régnait dans la boutique. Çà et là étaient disposés des sapins de Noël argentés, auxquels étaient suspendues une multitude de décorations. Chacun des arbres proposait un thème différent. À un autre moment, Lev aurait adoré traîner dans ce genre de magasin.

Derrière un comptoir, une vendeuse les observait d'un œil méfiant. Lev attrapa CyFi par l'épaule.

– Viens, tirons-nous de là, murmura Lev. Il faut qu'on aille jusqu'à Joplin, tu te rappelles ?

Mais CyFi ne bougea pas. La vendeuse se dirigea vers eux. Elle arborait un pull-over et un sourire typiquement Noël.

– Puis-je vous aider ?

– Non, répliqua Lev. On allait partir.

– Je cherche un casse-noisettes pour ma mère, dit CyFi.

– Vous les trouverez là-bas, au fond du magasin.

La vendeuse se retourna pour désigner le rayon et, au même moment, CyFi s'empara d'une boule dorée sur le sapin et la glissa dans sa poche.

Lev, abasourdi, resta cloué sur place.

CyFi suivit la vendeuse au fond du magasin, où elle lui présenta les casse-noisettes.

Au fond de lui, Lev sentit la panique l'envahir. CyFi discuta avec la vendeuse encore un moment, puis il la remercia avant de regagner l'avant de la boutique.

– Il faut que j'aille chercher de l'argent à la maison ! annonça CyFi d'une voix étrange. Je pense que le bleu plaira à ma mère.

« Tu n'as pas de mère ! » eut envie de crier Lev. Mais il se retint : tout ce qui comptait, c'était de sortir d'ici.

– Très bien, conclut la vendeuse. Bonne journée !

CyFi sortit et Lev lui emboîta le pas, au cas où son ami aurait une subite envie de voler autre chose.

Au moment où la porte se referma, CyFi s'en alla. Il ne partit pas en courant, non, il se propulsa vers l'avant, comme s'il essayait de quitter son corps. Il descendit la rue à toute blinde avant de revenir. Les voitures se mirent à klaxonner et il manqua de se faire renverser par un camion. Il courait dans tous les sens, comme un ballon qui se dégonfle, et finit par disparaître dans une allée, au bout de la rue.

Tout ça n'avait rien à voir avec une banale décoration de Noël. C'était impossible ! Lev était effondré, sous le choc. Un choc dont il ne parvenait même pas à déterminer la cause. Je devrais me contenter de le laisser filer et prendre la direction opposée, se dit Lev. Il pouvait très bien se passer de CyFi, il en savait maintenant suffisamment sur la vie dans la rue pour se débrouiller seul.

Seulement, CyFi avait un drôle de regard juste avant de s'enfuir. Un regard empli de désespoir – le même que celui de Connor au moment où il l'avait extirpé hors de la voiture de son père. Il s'était laissé embarquer par Connor, mais il ne commettrait pas deux fois la même erreur.

Lev traversa d'un pas assuré et longea la rue.

– CyFi ! appela-t-il discrètement, d'une voix suffisamment forte pour se faire entendre. CyFi ! (Il inspecta les bennes à ordures et les renfoncements.) Cyrus, où es-tu ?

Il arriva au bout de la rue, regarda à droite et à gauche. Aucune trace de CyFi. Puis, alors qu'il était sur le point de laisser tomber, il entendit son nom. Il tourna la tête et tendit l'oreille.

– Fry ! Par ici !

Cette fois, il distingua la provenance de la voix : un terrain de jeux sur sa droite. Plastique vert et métal bleu. Il n'y avait aucun enfant à l'horizon – l'unique signe de vie était la pointe de la chaussure de CyFi qui dépassait derrière le toboggan. Lev traversa une haie, avança sur le sable qui entourait le petit parc et contourna les jeux. Puis il aperçut CyFi.

Lev eut un mouvement de recul.

CyFi était accroupi par terre, les genoux contre son torse, dans la position du fœtus. Le côté gauche de son visage était agité de secousses, sa main gauche tremblait comme de la gélatine. Il grimaçait de douleur.

– Qu'est-ce qui t'arrive ? Dis-moi, je peux peut-être t'aider.

– Rien ! siffla CyFi. Ça va aller.

Pourtant, Lev avait l'impression qu'il était à l'agonie.

Dans sa main gauche, il tenait la boule de Noël dérobée plus tôt.

– Je l'ai pas volée ! affirma-t-il.

– CyFi…

– JE TE DIS QUE JE L'AI PAS VOLÉE ! hurla-t-il en frappant sa tête de sa main droite. C'EST PAS MOI !

– OK. Si tu le dis…

Lev regarda autour d'eux pour s'assurer qu'ils n'étaient pas épiés. CyFi se calma un peu.

– Cyrus Finch n'est pas un voleur et ne le sera jamais. C'est pas mon genre.

Il n'hésitait pas à l'affirmer haut et fort alors même que la preuve de son larcin se trouvait là, dans sa main. Mais une seconde après, il n'y avait plus de preuve. CyFi leva son poing droit et écrabouilla la boule. Le verre doré tomba sur le sol en tintant. Des gouttes de sang se formèrent sur sa paume et ses articulations.

– CyFi, ta main…

– T'inquiète pas pour ça. Je veux que tu fasses quelque chose pour moi, Fry. Fais-le avant qu'il me fasse changer d'avis.

Lev hocha la tête.

– Tu vois mon manteau, là-bas ? Regarde dans les poches.

Le manteau de CyFi était posé sur une balançoire, à quelques mètres de là. Lev s'en empara, glissa sa main dans une poche intérieure et y trouva, entre autres, un briquet doré.

– Tu veux une cigarette, c'est ça ?

S'il suffisait d'une cigarette à CyFi pour se sortir de cet état, Lev se précipiterait pour lui en allumer une. Il y avait plus grave, tout de même…

– Regarde dans les autres poches !

Lev les fouilla une à une, à la recherche d'un paquet de cigarettes. Sans succès. En revanche, il tomba sur un véritable petit trésor : boucles d'oreilles, montres, collier en or, bracelet en diamants. Les bijoux brillaient de mille feux en dépit de la faible luminosité.

– CyFi… Qu'est-ce que tu as fait ?

– Je t'ai déjà dit que c'était pas moi ! Prends tous ces trucs et débarrasse-t'en. Mais ne me dis pas ce que tu en as fait. (Après quoi il se couvrit les yeux, comme s'ils étaient au beau milieu d'une partie de cache-cache.) Dépêche-toi avant que je change d'avis !

Lev sortit tout l'attirail de la poche et traversa le terrain de jeux à toute vitesse. Puis il creusa un trou dans le sable froid, fourra le tout à l'intérieur et le recouvrit. Lorsqu'il eut terminé, il aplatit le sable avec le plat de sa chaussure et, pour finir, jeta quelques feuilles sur le dessus. Il retourna vers CyFi, qui n'avait pas bougé d'un pouce.

– C'est fait ! annonça Lev. Tu peux ouvrir les yeux.

Lorsqu'il ôta ses mains, le visage de CyFi était couvert de sang, à cause des coupures sur ses mains. CyFi les observa puis lança à Lev un regard plein de désespoir, comme… eh bien, comme un enfant qui venait de se blesser au terrain de jeux. Lev eut l'impression qu'il était sur le point de fondre en larmes.

– Attends-moi ici, dit Lev. Je vais te chercher des pansements.

Il serait obligé d'en voler. Il se demanda ce que le pasteur Dan penserait de tout ça.

– Merci, Fry. T'as été cool, mec, j'oublierai pas.

Il avait retrouvé son vocabulaire de sienne-brûlée ; ses bras et son visage avaient cessé de trembler.

– Tant mieux, dit Lev avec un sourire réconfortant avant de partir à la recherche d'une pharmacie.

Ce que CyFi ignorait, c'est que Lev avait gardé un bracelet en diamants qui se trouvait maintenant dans la poche intérieure de sa veste. Une veste plus vraiment immaculée…

*

Ce soir-là, Lev leur dénicha une chambre dans un motel. Comparé à ce qu'ils avaient connu jusqu'à présent, c'était le grand luxe. Lev n'avait pas eu tant de mal que ça à la trouver, il avait simplement tâché de repérer un endroit sans trop de voitures. Tant que les rideaux restaient fermés et les lumières éteintes, personne ne saurait qu'ils se trouvaient là.

– Mon génie est en train de déteindre sur toi, plaisanta CyFi.

CyFi était redevenu lui-même, comme si l'incident du matin ne s'était jamais produit. Seulement, il s'était bel et bien produit, et ils en étaient tous les deux conscients.

Ils entendirent une porte s'ouvrir dehors. Lev et CyFi se préparèrent à bondir au cas où quelqu'un entrerait, mais le bruit provenait d'une autre chambre, à quelques mètres de là. CyFi se détendit, mais pas Lev. Ils n'étaient pas encore tirés d'affaire.

– J'aimerais savoir ce qui s'est passé ce matin, dit Lev. Non, je *veux* savoir.

– C'est de l'histoire ancienne, répondit CyFi, impassible. Oublie le passé et vis le moment présent. Ça, c'est de la sagesse que tu peux emporter avec toi dans ta tombe et ressortir quand tu en as besoin.

– Et si j'ai envie de la ressortir maintenant ?

Lev réfléchit quelques instants, puis il plongea sa main dans sa poche et en sortit le bracelet en diamants. Il le tint devant lui en s'assurant que la lumière qui filtrait à travers les rideaux fasse miroiter les diamants.

– Où t'as trouvé ça ? s'écria CyFi d'une voix qui avait perdu toute jovialité.

– Je l'ai gardé, répondit Lev calmement. J'ai pensé que ça pourrait servir.

– Je t'avais demandé de t'en débarrasser !

– Ce n'est pas à toi de décider ! Tu l'as dit toi-même : ce n'est pas toi qui l'as volé.

Lev fit tournoyer le bracelet. Le reflet d'un diamant étincela dans l'œil de CyFi. Dans l'obscurité de la pièce, Lev ne distinguait pas grand-chose, mais il aurait juré que la joue de CyFi s'était remise à trembler.

CyFi se leva et s'approcha de Lev, qui se leva à son tour. Il avait une tête de moins que CyFi.

– Enlève ce truc de ma vue avant que je te réduise en miettes ! gronda CyFi.

Lev aussi avait une furieuse envie de lui mettre son poing dans la figure. CyFi serra les poings – avec ses pansements, on aurait dit un boxeur s'apprêtant à enfiler ses gants. Lev ne cilla pas. Il se contenta d'agiter le bracelet devant lui. Le bijou projetait dans la pièce des carrés de lumière scintillants, à la manière d'une boule à facettes paresseuse.

– À une condition : tu m'expliques pourquoi tous ces bijoux ont atterri dans tes poches.

– Pose-le d'abord et ensuite je t'explique.

– Très bien.

Lev glissa le bracelet dans sa poche et attendit. Mais CyFi demeura silencieux. Lev essaya de l'encourager.

– Comment s'appelait-t-il ? Ou bien était-ce une fille... ?

CyFi, vaincu, courba les épaules et s'effondra dans un fauteuil. À présent, Lev ne voyait plus du tout son visage, alors il l'écouta attentivement. Tant que la voix était celle de CyFi, Lev savait que tout allait bien. Lev s'assit sur le bord du lit, à quelques mètres de CyFi.

– C'était un garçon, commença CyFi, mais je ne connais pas son nom. Il était sûrement situé dans une autre partie de son cerveau. Je n'ai eu que le lobe temporal droit. Ça ne représente qu'un huitième du cortex cérébral. Je suis donc moi à sept-huitièmes. Pour le reste, c'est lui.

– Je me suis douté que c'était ça.

Lev avait compris juste avant d'aller voler les pansements à la pharmacie. CyFi lui avait donné un indice : « Fais-le avant qu'*il* ne me fasse changer d'avis. »

– Alors il était cleptomane ?

– Il avait pas mal de problèmes. C'est sûrement pour ça que ses parents ont décidé de le fragmenter. Maintenant, ses problèmes sont aussi les miens.

– Merde, ça craint...

– Eh oui, Fry, ça craint ! soupira CyFi avec un petit rire amer.

– C'est un peu ce qui est arrivé à mon frère Ray. Un jour, il est allé à une vente aux enchères organisée par l'État. Il a acheté un terrain de cinq hectares près d'un lac pour une bouchée de pain. Et puis il a découvert qu'il y avait sur le terrain un bunker plein de produits toxiques qui s'infiltraient dans le sol. Mais comme il était propriétaire, c'était devenu son problème. Ça lui a coûté dix fois le prix du terrain pour se débarrasser du produit.

– Merde alors...

– Enfin, les produits n'étaient pas dans son cerveau.

– C'est pas un mauvais garçon, mais il me fait beaucoup de mal, expliqua CyFi.

À la manière dont CyFi en parlait, on avait l'impression que ce garçon était là, avec eux.

– Il a cette pulsion de voler. C'est comme une addiction, tu vois ? C'est surtout des objets brillants. Il ne les veut pas vraiment, il a juste besoin de voler. Oui, je suppose qu'il est cleptomane.

– Est-ce qu'il te parle ?

– Non, pas vraiment. Je n'ai pas la partie de son cerveau qui gère la parole. J'ai surtout ses sentiments, parfois des images. Quand j'ai une pulsion et que je ne sais pas d'où elle vient, je sais que c'est lui. Comme ce jour où j'ai vu un setter irlandais dans la rue et que j'ai eu envie de le caresser. Je ne suis pas très chiens pourtant, mais tout d'un coup il fallait absolument que je le caresse.

Maintenant que CyFi avait ouvert les vannes, il avait du mal à s'arrêter :

– Caresser un chien, c'est une chose ; voler c'en est une autre. Ça me rend dingue. Je me retrouve dans la peau d'un délinquant alors que de toute ma vie, je n'avais jamais pris quoi que ce soit qui n'était pas à moi. Et me voilà coincé avec ce truc. Il y a des gens, comme cette vendeuse tout à l'heure, qui supposent que parce que je suis un Sienne-brûlée, je ne suis bon à rien, et ce mec dans mon cerveau leur donne raison. Et tu sais ce qui est drôle ? Le garçon était sienne-naturelle, comme toi. Un blond aux yeux bleus.

Lev fut surpris, non par la description du garçon en elle-même, mais par le fait que CyFi soit capable de le décrire.

– Tu sais à quoi il ressemblait ?

– Oui, il m'arrive de le voir. C'est rare, mais ça arrive. Je ferme les yeux et je m'imagine en train de me regarder dans un miroir. La plupart du temps, c'est mon reflet que je vois, mais parfois c'est le sien. Ça ne dure que quelques secondes. Un peu comme quand on essaie de visualiser un éclair alors qu'il a déjà pété. Mais quand je vole, c'est moi que les gens voient, pas lui.

– Les gens que tu aimes savent que ce n'est pas toi. Tes papas…

– Ils n'en savent rien ! s'écria CyFi. Ils pensent m'avoir rendu service en me refilant ce bout de cerveau. Si jamais je leur en parlais, ils se sentiraient coupables jusqu'à la fin des temps. Je ne peux pas.

Lev ne sut pas quoi dire. Il s'en voulut d'avoir évoqué le sujet et d'avoir insisté pour savoir. Mais, surtout, il aurait aimé que CyFi ne soit pas obligé d'endurer tout ça. C'était quelqu'un de bien, il méritait mieux que ça.

– Ce mec n'a même pas conscience qu'il fait partie de moi, continua CyFi. C'est comme les fantômes qui ne savent pas qu'ils sont morts. Il essaie d'être lui-même mais il ne comprend pas pourquoi le reste de lui n'est pas là.

Soudain, Lev comprit.

– Il habitait à Joplin, n'est-ce pas ?

CyFi mit un long moment avant de répondre. Lev en conclut qu'il avait vu juste.

– Il y a des choses enfouies dans ma tête auxquelles je n'ai pas accès, finit par expliquer CyFi. Tout ce que je sais, c'est qu'il faut qu'il aille à Joplin, alors j'y vais. Une fois là-bas, peut-être qu'il me fichera enfin la paix. (Il eut un mouvement d'épaules, comme quand votre dos vous gratte ou qu'un frisson vous parcourt l'échine.) Je n'ai plus envie de parler de lui. Quand je pénètre dans sa matière grise, les un-huitièmes paraissent beaucoup plus pesants.

Lev eut envie de passer son bras autour de ses épaules pour le réconforter, à la manière d'un grand frère, mais n'y parvint pas. Alors il prit la couverture sur le lit et l'enroula autour de CyFi.

– Qu'est-ce que tu fabriques ?

– Je m'assure que vous soyez bien au chaud tous les deux. Ne t'en fais pas. J'ai la situation bien en main.

– Toi ? s'exclama CyFi en riant. Tu sais même pas t'occuper de toi-même ! Si j'avais pas été là, tu serais encore au centre commercial à faire les poubelles.

– Tu as raison, mais tu m'as aidé. Maintenant, c'est à mon tour et je vais tout faire pour qu'on arrive à Joplin.

22.

Risa

Risa Megan Pupille observait tout autour d'elle. Elle en avait vu suffisamment à la maison-pupille pour savoir que pour survivre, il fallait ouvrir l'œil.

Pendant les trois dernières semaines, Connor, elle et un groupe de fragmentés avaient été transbahutés d'un endroit à un autre. Cette expédition clandestine de réfugiés paraissait interminable, et c'était très agaçant.

Il y avait plusieurs dizaines d'adolescents en tout, mais ils n'étaient jamais plus de cinq ou six dans un même refuge et Risa voyait rarement les mêmes visages plus de deux fois. Si Connor et elle n'étaient pas séparés, c'était uniquement parce qu'ils se faisaient passer pour un couple, une combine qui servait leurs intérêts à tous les deux.

On finit par les jeter dans un immense entrepôt vide à proximité d'un aéroport – bien immobilier bon marché, idéal pour cacher des fragmentés. C'était un bâtiment spartiate surmonté d'un toit en tôle ondulée qui tremblait tellement que Risa avait l'impression qu'il menaçait de s'écrouler à tout moment.

Lorsqu'ils arrivèrent, ils étaient presque trente – pour la plupart des fragmentés que Risa et Connor avaient croisés au cours des dernières semaines. Elle comprit qu'ils se trouvaient dans un endroit où les adolescents étaient entassés dans l'attente du voyage final. Les portes étaient fermées par des chaînes qui permettaient d'éloigner les importuns et d'enfermer les rebelles. Des radiateurs étaient disposés çà et là dans la pièce mais ils n'étaient d'aucune utilité tant le plafond était haut. Il n'y avait qu'une salle de bains, dont le verrou était cassé et, contrairement à la plupart des refuges, il n'y avait pas de douche. Ils seraient donc contraints de faire une croix sur l'hygiène. Ajoutez à cela à une bande de fragmentés effrayés et hargneux, et vous aviez une poudrière prête à exploser à tout moment. Cela expliquait sans doute pourquoi les personnes qui dirigeaient les opérations étaient armées.

L'équipe d'encadrement était composée de quatre hommes et trois femmes – des sortes de Sonia, version militaire. Tout le monde les surnommait les « vétérans », parce qu'ils affectionnaient les tenues militaires kakis, et aussi parce qu'ils semblaient exténués en permanence. Mais ils possédaient une détermination à toute épreuve que Risa admirait.

Tous les jours, de nouveaux fragmentés venaient grossir le groupe. Risa scrutait chaque nouvel arrivage avec attention et remarqua que c'était aussi le cas de Connor. Elle savait pourquoi.

– Tu cherches Lev, pas vrai ? lui demanda-t-elle.

– Peut-être que je cherche l'évadé d'Akron, comme tout le monde, répondit-il avec un haussement d'épaules.

Risa émit un petit rire. La rumeur selon laquelle un évadé d'Akron avait échappé à un Frag en retournant contre lui son pisto-tranq était arrivée jusqu'aux refuges.

« Il va peut-être arriver », murmuraient tous les gamins dans l'entrepôt comme s'ils parlaient d'une star. L'information n'ayant jamais filtré dans les journaux, Risa se demandait d'où la rumeur pouvait bien venir. Et puis elle ne pouvait s'empêcher d'être un peu vexée qu'on ne la mentionne même pas – Connor et elle auraient pu être les nouveaux Bonnie & Clyde… La machine à fabriquer les rumeurs était définitivement sexiste.

– Tu ne vas pas leur dire que c'est toi, l'évadé d'Akron ? chuchota-t-elle.

– Non, je n'ai pas envie d'attirer l'attention. De toute façon, personne ne me croirait. Ils en parlent tous comme d'un super-héros, je n'ai pas envie de les décevoir.

Aucun signe de Lev. La seule chose que les nouveaux arrivages apportaient, c'était davantage de tension. À la fin de la première semaine, ils étaient quarante-trois pour une seule salle de bains, et toujours pas de douche. Personne ne savait combien de temps ils allaient devoir rester là. L'impatience commençait à se faire sentir, les odeurs corporelles aussi.

Les vétérans faisaient de leur mieux pour les nourrir et les occuper, au moins pour atténuer la nervosité ambiante. Les fragmentés avaient à leur disposition quelques caisses remplies de jeux de société, de jeux de cartes incomplets et de livres abîmés dont aucune bibliothèque n'avait voulu. Il n'y avait ni gadgets électroniques ni ballons, en tout cas rien qui fût susceptible de provoquer ou d'encourager le moindre bruit.

« Si on vous entend à l'extérieur, vous êtes foutus », leur rappelaient régulièrement les vétérans. Risa se demandait souvent s'ils avaient une vie à eux ou s'ils la passaient à sauver des fragmentés.

– Pourquoi faites-vous tout ça pour nous ? leur demanda Risa au cours de la deuxième semaine.

La vétérane avait répondu machinalement, comme si elle s'adressait à un journaliste : « Vous sauver constitue un acte de conscience. L'acte en lui-même fait office de récompense. »

Tous les vétérans s'exprimaient de cette manière. Risa appelait ça le « discours grand format » : considérer l'ensemble et non les détails. Cela se traduisait également dans leur manière d'appréhender les choses : lorsqu'ils la regardaient, elle savait bien qu'ils ne la voyaient pas vraiment. Non, ce qu'ils voyaient, c'était une foule de fragmentés, un concept davantage qu'un groupe d'enfants terrorisés. Du coup, ils ne percevaient pas les frémissements imperceptibles qui faisaient trembler les choses avec autant de puissance que les avions secouaient le toit.

À la fin de la deuxième semaine, Risa s'était fait une idée assez précise des sources d'agitation. Tout provenait d'une seule personne. Une personne que Risa avait espéré ne jamais revoir, mais qui avait fait son apparition peu de temps après leur arrivée.

Roland.

De tous les fragmentés présents, il représentait de loin le plus grand danger potentiel. Le plus troublant, c'est que Connor s'était lui-même montré émotionnellement fragile ces derniers jours.

Tout s'était bien déroulé dans les refuges : il avait réussi à se contrôler, ne s'était pas montré impulsif ou irrationnel. Mais ici, entouré d'autant de monde, il était différent – irritable et provocateur. Il se mettait en rogne à tout bout de champ et avait déjà participé à une bonne demi-douzaine de bagarres. Risa se doutait que c'était sans doute la raison pour laquelle ses parents avaient décidé de le fragmenter. Parfois, un tempérament orageux pouvait conduire certains parents à prendre des décisions désespérées.

Le bon sens dicta à Risa de prendre ses distances. Ils avaient formé une alliance par nécessité, mais aujourd'hui, celle-ci n'avait plus de raison d'être. Malgré tout, chaque jour, elle se retrouvait attirée par lui... et surtout inquiète.

Un jour, après le petit déjeuner, elle décida d'aller lui parler pour tenter de lui ouvrir les yeux sur le danger qui menaçait. Elle le trouva assis, occupé à graver un portrait dans le béton à l'aide d'un vieux clou rouillé. Risa aurait aimé pouvoir lui dire que c'était joli, mais on ne pouvait pas vraiment dire que Connor soit un artiste. Cela l'attrista : elle aurait vraiment voulu lui trouver des qualités pour racheter le reste. S'il avait été doué, ils auraient pu partager leur goût pour l'art. Elle lui aurait parlé de sa passion pour la musique, et il l'aurait comprise. En réalité, elle n'était même pas sûre qu'il sache qu'elle jouait du piano, ni même si cela lui importait.

– Tu dessines qui ? interrogea-t-elle.

– Une fille que je connaissais avant.

Risa chassa rapidement le sentiment de jalousie qui l'étreignit.

– Une fille que tu aimais bien ?

– Si on veut.

Risa examina le dessin d'un peu plus près.

– Ses yeux sont trop grands par rapport à son visage.

– Sûrement parce que c'est ce dont je me souviens le mieux.

– Et son front est trop bas. Si elle était vraiment comme ça, elle n'aurait pas de place pour un cerveau.

– Elle n'était pas si intelligente que ça, de toute façon.

Risa rit, et Connor lui adressa un sourire. Tout à coup, elle avait du mal à croire que c'était la même personne qui passait son temps à se battre. Elle essaya de déterminer s'il était suffisamment réceptif pour entendre ce qu'elle avait à lui dire.

– Tu voulais quelque chose ou tu te la joues critique d'art aujourd'hui ? lança-t-il en détournant le regard.

– Je... je me demandais juste pourquoi tu étais seul.

– Ah, alors tu es aussi ma psy.

– On est censés être en couple, Connor. Si on veut continuer à donner le change, tu ne peux pas te permettre de faire l'asocial.

Connor jeta un coup d'œil à un groupe de fragmentés absorbés dans diverses activités. Risa suivit son regard. Il y avait quelques adolescents qui haïssaient le monde entier et passaient leur temps à cracher leur venin ; un peu plus loin, un gamin asthmatique relisait inlassablement la même bande dessinée. Mai, elle, était collée à un certain Vincent, un garçon lugubre aux cheveux coiffés en pics, habillé tout en cuir et couvert de piercings. Elle avait sûrement trouvé en lui son âme sœur puisqu'ils passaient leurs journées à s'embrasser, entourés de quelques gamins qui les observaient.

– Je n'ai pas envie d'être sociable, grommela Connor. Je n'aime pas les gens ici.

– Pourquoi ? interrogea Risa. Ils te ressemblent trop, c'est ça ?

– C'est une bande de losers.

– C'est bien ce que je disais.

Il lui lança un regard faussement méchant, puis reporta son attention sur son œuvre. Risa sentait que ce n'était pas à cette fille qu'il pensait – son esprit était ailleurs.

– Me mettre à l'écart m'évite de me bagarrer. (Il reposa le clou.) Je ne sais pas ce qui me prend dans ces moments-là, c'est peut-être à cause de toutes ces voix, de tous ces corps qui bougent autour de moi. J'ai l'impression que des fourmis grouillent dans mon cerveau, ça me donne envie de hurler. Quand je n'en peux plus, j'explose. Ça m'est arrivé chez moi, un jour. Tout le monde parlait en même temps. On était à table, toute ma famille était là et toutes ces voix m'ont rendu dingue. J'ai balancé une assiette contre le vaisselier. Il y avait du verre partout. J'ai gâché la soirée. Mes parents m'ont demandé ce qui m'avait pris, mais je n'en avais pas la moindre idée.

Le fait que Connor se confiât à elle lui mit du baume au cœur. Elle se sentit tout à coup plus proche de lui. Maintenant qu'il s'était ouvert à elle, il serait sans doute plus réceptif.

– Il faut que je te parle de quelque chose.

– Ah bon ?

Risa s'assit près de lui et baissa la voix.

– J'aimerais que tu observes les autres. Leurs allées et venues, à qui ils parlent.

– Tu veux que je surveille tout le monde ?

– Oui, mais individuellement. Tu vas voir, tu finiras par remarquer des choses.

– Comme quoi ?

– Comme le fait que ceux qui mangent en premier sont ceux qui passent le plus de temps avec Roland, même si lui ne se place jamais en premier dans la file. Le fait que ses plus proches amis s'infiltrent dans les autres bandes pour semer la zizanie. Ou le fait que Roland soit particulièrement gentil avec ceux qui inspirent le plus la pitié, jusqu'au moment où plus personne n'a pitié d'eux. Alors, il les utilise.

– Tu fais un exposé sur lui ou quoi ?

– Je ne plaisante pas. Ce n'est pas la première fois que je vois ça. Il est assoiffé de pouvoir, il est sans pitié et, surtout, il est très intelligent.

– Tu plaisantes ? s'exclama Connor en riant. Je dirais plutôt qu'il n'a pas inventé la poudre !

– Peut-être, mais il est suffisamment malin pour manipuler les gens et les écraser après.

Manifestement, cela fit cogiter Connor. Parfait, songea Risa. Qu'il réfléchisse, cela lui permettrait de mettre au point une stratégie.

– Pourquoi me dis-tu tout ça ?

– Parce que tu représentes la plus grande menace pour lui.

– Moi ?

– Tout le monde sait que tu es bagarreur et que tu n'es pas du genre à te laisser faire. Tu n'as pas entendu certains fragmentés dire qu'il fallait régler son compte à Roland ?

– Si.

– Ils ne le disent que quand tu es assez proche pour les entendre. Ils veulent que ce soit toi qui t'occupes du cas de Roland, et il le sait très bien.

Connor fit un geste de la main, mais Risa revint à la charge :

– Écoute-moi, Connor ! Je sais de quoi je parle ! À la maison-pupille, il y avait toujours des gamins qui utilisaient la force pour accéder au pouvoir. Et s'ils réussissaient leur coup, c'est parce qu'ils savaient exactement qui utiliser, et quand. Et celui qu'ils utilisaient le plus était toujours celui qui leur faisait le plus d'ombre.

Elle remarqua que Connor serrait les poings. De toute évidence, il comprenait son message de travers.

– S'il veut se battre, on va se battre !

– Non, Connor ! Il ne faut pas que tu mordes à l'hameçon, c'est exactement ce qu'il attend ! Il fera tout pour te pousser à bout, tu ne dois pas tomber dans le panneau.

Connor serra la mâchoire.

– Tu penses que je ne suis pas de taille à me mesurer à lui, c'est ça ?

Risa agrippa son poignet et le serra fermement.

– Quelqu'un comme Roland ne veut pas juste se battre avec toi. Ce qu'il veut, c'est ta mort.

23.

Connor

Même si Connor rechignait à l'admettre, Risa avait souvent vu juste et sa lucidité leur avait sauvé la mise plus d'une fois. Depuis qu'il observait les faits et gestes de Roland, il se rendait compte qu'une fois encore, Risa avait tapé en plein dans le mille. Roland était maître dans l'art d'organiser la vie autour de lui pour servir ses intérêts. Il martyrisait ses camarades, mais ce n'était qu'une façade : en réalité, il opérait une manipulation subtile. Tant qu'il était perçu comme un gros bêta, les gens ne remarquaient pas ses manigances. Par exemple, s'arranger pour qu'un vétéran le voie donner sa part de nourriture à un plus jeune pour se faire bien voir. À la manière d'un joueur d'échecs professionnel, chaque mouvement de Roland était savamment étudié, même si ce n'était pas évident tout de suite.

Risa n'avait pas seulement raison au sujet de Roland, elle avait aussi vu juste à propos de Lev. Connor n'arrivait pas à le sortir de son esprit. Il avait longtemps essayé de se convaincre que ce qui l'obsédait était le désir de vengeance – comme s'il n'attendait qu'une chose, prendre sa revanche. Pourtant, chaque fois qu'un nouveau groupe de fragmentés débarquait et que Lev n'en faisait pas partie, un sentiment de découragement prenait Connor aux tripes. Ça le rendait furieux, et c'était sûrement cette colère accumulée qui le poussait à se battre.

Seulement, Lev n'avait pas uniquement dénoncé Connor et Risa. Il s'était aussi dénoncé, *lui*. Ce qui signifiait que Lev était probablement parti. Fragmenté. Ses os, sa chair, son esprit déchiquetés et recyclés. Voilà ce que Connor avait tant de mal à admettre : il avait risqué sa vie pour sauver Lev, et pour le bébé refusé qu'ils avaient trouvé. Le bébé avait été tiré d'affaire, mais pas Lev. Et même s'il était conscient qu'il ne pouvait être tenu responsable de la fragmentation de Lev, il se sentait coupable. Il nourrissait donc l'espoir secret qu'un jour, au milieu des nouveaux arrivants, il retrouverait ce petit emmerdeur prétentieux.

24.

Risa

Les vétérans apportèrent le dîner de Noël avec une heure de retard. Ils servirent la même bouillie que d'habitude, mais aujourd'hui ils portaient des bonnets de Père Noël. L'impatience gronda toute la soirée. Les fragmentés étaient si affamés et agités qu'on eut l'impression d'assister à une distribution de rations en pleine famine. Pour couronner le tout, les vétérans n'étaient que deux au lieu des quatre habituellement présents.

– Une seule file ! crièrent les vétérans. Il y en aura pour tout le monde. Du calme !

Seulement ce soir, l'important n'était pas de se faire servir, mais de se faire servir *tout de suite*.

Risa avait faim, comme tout le monde, mais elle savait aussi que le moment du repas était le moment idéal pour s'octroyer quelques minutes d'intimité dans les toilettes, sans que quelqu'un débarque par surprise ou tambourine à la porte pour vous faire sortir plus vite. Ce soir, alors que tous les adolescents réclamaient leur assiette à corps et à cri, la salle de bains était déserte. Elle mit donc sa faim de côté et traversa l'entrepôt.

Une fois dans la salle de bains, elle suspendit à la poignée l'écriteau « OCCUPÉ » et ferma la porte. Elle s'examina quelques instants dans le miroir, mais n'aima pas la fille négligée aux cheveux mal coiffés qu'elle découvrit, et préféra écourter le supplice. Elle se nettoya le visage et, comme il n'y avait pas de serviettes, elle s'essuya avec sa manche. Alors qu'elle s'apprêtait à aller aux toilettes, elle entendit la porte grincer derrière elle.

Elle se retourna et s'efforça de masquer sa surprise. Roland venait d'entrer et refermait doucement la porte. Risa se rendit immédiatement compte de son erreur. Jamais elle n'aurait dû venir ici seule.

– Sors de là ! lança-t-elle.

Elle aurait aimé que sa voix soit plus assurée, mais Roland l'avait prise au dépourvu.

– Pas besoin d'être désagréable, murmura Roland en s'approchant d'elle lentement, à la manière d'un prédateur. On est tous amis ici, pas vrai ? Ils sont tous en train de dîner, ça nous laisse un peu de temps pour apprendre à mieux nous connaître.

– Ne t'approche pas de moi !

Elle considéra rapidement les options qui s'offraient à elle. Seulement, dans un espace aussi réduit doté d'une seule porte et d'aucun objet qu'elle puisse utiliser comme une arme, ses possibilités étaient plus que limitées.

Roland s'était dangereusement rapproché d'elle.

– De temps en temps, j'aime bien m'accorder une petite gâterie avant le dîner, pas toi ?

Lorsqu'il se retrouva tout près d'elle, elle voulut dégainer un coup de genou pour lui infliger une douleur qui ferait diversion et permettrait à Risa de s'enfuir. Mais il était trop rapide. Il lui attrapa les mains, la poussa contre le mur froid en carrelage vert et pressa son bassin contre elle, de sorte qu'elle ne pouvait plus bouger. Il esquissa un large sourire, comme pour signifier que c'était pour lui un jeu d'enfant. Il caressa la joue de Risa. Le requin tatoué sur son avant-bras n'était qu'à quelques centimètres de son visage et semblait sur le point de l'attaquer.

– Ça te dit qu'on prenne un peu de bon temps ? Histoire d'éviter que tu sois fragmentée pendant les neuf prochains mois…

Risa n'avait jamais été du genre à crier, elle avait toujours pensé que c'était une marque de faiblesse – un signe de défaite. Mais là, elle n'avait d'autre choix que d'abdiquer : même si elle avait l'habitude de repousser les emmerdeurs, Roland avait encore plus l'habitude d'en être un.

Elle poussa un cri à pleins poumons – un cri à vous glacer le sang. Mais elle n'aurait pu choisir plus mauvais timing : au même moment, un avion qui passait au-dessus de l'entrepôt fit trembler les murs et couvrit son hurlement.

– Il faut que tu apprennes à profiter de la vie, susurra Roland. Je vais te donner ta première leçon.

C'est alors que la porte s'ouvrit brusquement et, au-dessus de l'épaule de Roland, Risa découvrit Connor, le regard noir. Jamais elle n'avait été aussi heureuse de voir quelqu'un.

– Connor ! Arrête-le ! supplia Risa.

Roland vit le reflet de Connor dans le miroir, sans pour autant relâcher sa prise sur Risa.

– Tiens, tiens… la situation est un peu embarrassante, lâcha Roland.

Connor ne bougea pas. Ses yeux étaient pleins de rage, mais il ne serra même pas les poings. Ses bras étaient ballants le long de son corps. Qu'est-ce qui lui prenait, à la fin ?

Roland lança un clin d'œil à Risa, puis s'adressa à Connor par-dessus son épaule :

– Tu ferais mieux de sortir de là si tu ne veux pas avoir d'emmerdes.

Connor avança d'un pas mais, au lieu de se diriger vers eux, il alla jusqu'au lavabo.

– Tu permets que je me lave les mains avant le dîner ?

Risa crut qu'il allait attaquer Roland par surprise, mais non. Il se contenta de se laver les mains.

– Ta petite amie me reluque depuis le jour où vous êtes arrivés chez Sonia. Tu avais remarqué, non ?

Connor s'essuya les mains sur son pantalon.

– Vous faites ce que vous voulez. De toute façon, on a rompu ce matin. J'éteins la lumière en sortant ?

La trahison de Connor était tellement inattendue, tellement soudaine, qu'elle ne sut qui de Roland ou de Connor elle haïssait le plus. C'est alors que Roland la relâcha.

– Il a gâché l'ambiance maintenant. De toute manière, je plaisantais. Je ne t'aurais pas touchée. (Il recula et la gratifia de ce sourire qui n'appartenait qu'à lui.) On n'a qu'à attendre que tu sois prête.

Il quitta la pièce en pavanant, aussi subitement qu'il était arrivé.

Risa déversa toute son incompréhension et sa colère sur Connor. Elle le poussa contre le mur, l'agrippa et se mit à le secouer.

– Qu'est-ce qui t'a pris ? Tu avais l'intention de rester là à le regarder faire, c'est ça ?

– Je croyais que tu m'avais conseillé de ne pas tomber dans le panneau, répliqua-t-il en la repoussant.

– Quoi ?

– Avant de te suivre jusqu'à la salle de bains, il est passé devant moi et m'a bousculé. Il voulait que je le voie te suivre. Ce petit manège m'était destiné à moi, pas à toi. Il a voulu me faire sortir de mes gonds pour qu'on en vienne aux mains. Mais je ne suis pas tombé dans le panneau.

Risa secoua la tête – non pas d'incrédulité, mais stupéfaite par la lucidité de Connor.

– Mais... et s'il avait... ?

– Il n'a rien fait, n'est-ce pas ? Et je peux t'assurer qu'il ne t'embêtera plus. S'il pense qu'on n'est plus ensemble, tu lui es plus utile en étant de son côté. Je te parie qu'à partir de maintenant, il va être tout gentil avec toi.

Toutes les émotions qui tourbillonnaient en elle finirent par se loger dans une zone inconnue et elle fondit en larmes. Connor s'avança pour la réconforter mais elle le repoussa avec la même force qu'elle aurait utilisée avec Roland.

– Sors d'ici ! hurla-t-elle.

– Très bien. J'aurais dû aller dîner au lieu de me fatiguer.

Il sortit de la pièce et Risa referma la porte derrière lui en dépit de la file d'attente qui s'était formée à l'extérieur. Elle s'assit par terre, le dos contre la porte pour que personne ne puisse entrer, et tâcha de se ressaisir.

Connor avait eu la bonne réaction. Pour une fois, il avait mieux analysé la situation qu'elle et avait fait en sorte que Roland ne s'attaque plus à elle dans l'avenir. Pourtant, une partie d'elle ne pouvait s'empêcher de lui en vouloir de n'avoir pas levé le petit doigt. Après tout, on attendait des héros qu'ils se comportent d'une manière bien précise : ils étaient censés se battre, même si cela impliquait de risquer leur propre vie.

Risa se rendit compte qu'en dépit de tous ses défauts, elle considérait Connor comme un héros.

25.

Connor

Se maîtriser dans cette salle de bains était sans doute la chose la plus difficile que Connor ait jamais eue à faire. Même maintenant, alors qu'il venait de quitter Risa, il avait une furieuse envie d'aller voir Roland et de lui rentrer dans le lard. Mais il était conscient que la colère aveugle n'était pas constructive. Risa avait raison : tout ce que Roland cherchait, c'était une bagarre violente. Et Connor avait entendu dire que Roland s'était confectionné un couteau avec un morceau de métal qu'il avait trouvé dans l'entrepôt. Si Connor prenait le risque de se jeter sur lui, Roland l'achèverait d'un coup de couteau et serait capable de s'en tirer en prétendant qu'il n'avait agi que par légitime défense.

Savoir si Connor était capable de se mesurer à Roland n'était pas la question. Connor était presque certain qu'il parviendrait à retourner le couteau contre Roland ou à le neutraliser avant même qu'il ait pu l'attraper. Non, la véritable question était la suivante : Connor était-il prêt à livrer une bataille qui finirait avec un mort ? Connor avait sans doute beaucoup de défauts, mais il n'était pas un assassin. Il préférait donc se contrôler.

Tout cela était nouveau pour lui. Le bagarreur qui se nichait en lui essayait de refaire surface, mais une autre partie de lui-même – une partie qui était en train de s'affirmer avec de plus en plus d'assurance – appréciait l'exercice du pouvoir silencieux. Et c'était bien de pouvoir qu'il s'agissait, puisque Roland se comportait désormais exactement comme Risa et Connor l'avaient planifié. Ce soir-là, Connor vit Roland offrir son dessert à Risa en guise d'excuses. Bien entendu, elle le refusa mais cela ne changeait rien au fait qu'il le lui avait proposé. À croire que Roland pensait faire oublier son agression en feignant le remords – non parce qu'il était sincèrement désolé de son geste, mais parce qu'être gentil avec Risa servait ses intérêts. Il était loin de se douter que Connor et Risa le tenaient avec une laisse invisible, même si Connor était convaincu que Roland ne tarderait pas à la mordiller pour s'en débarrasser.

IV
Destinations

En 2002, un internaute voulut mettre son âme aux enchères sur le site Internet eBay. Voici la réponse du site :

> *Merci d'avoir pris le temps d'écrire à eBay. Nous sommes heureux de pouvoir vous aider.*
>
> *Si l'âme n'existe pas, eBay ne peut autoriser sa mise en vente puisqu'il n'y aurait rien à vendre. S'il s'avérait que l'âme humaine existe, eBay ne pourrait non plus autoriser sa mise en vente, conformément à la réglementation en vigueur concernant le corps humain. L'âme serait alors considérée comme une partie du corps humain et, bien que ce ne soit pas spécifiquement indiqué dans nos conditions générales, eBay ne peut autoriser la mise en vente d'une âme humaine. Par conséquent, votre mise aux enchères a été supprimée de notre site et ne sera pas rétablie. Nous*

vous prions de ne pas remettre en vente cet article à l'avenir.

Vous trouverez l'ensemble des conditions générales d'eBay sur la page suivante :

http://pages.ebay.com/help/policies/remains.html.

Nous restons à votre disposition. Merci d'avoir choisi eBay.

26.

Prêteur sur gages

L'homme avait hérité du commerce de prêt sur gages de son frère, décédé d'une crise cardiaque. Au début, il n'en avait pas voulu, mais l'accident était survenu alors qu'il était au chômage et il s'était dit qu'il pourrait s'en occuper jusqu'à ce qu'il trouve un meilleur job. C'était il y a vingt ans, et il savait maintenant qu'il était condamné à vie.

Un soir, un garçon qui n'avait rien du client habituel entra dans la boutique juste avant la fermeture. La plupart des gens venaient chez lui à tout hasard, prêts à échanger tout ce qu'ils possédaient contre quelques billets, depuis un poste de télévision jusqu'à des héritages de famille. Certains le faisaient pour de la drogue, d'autres avaient des motivations plus légales. Dans tous les cas, la prospérité du prêteur sur gages reposait sur la misère des autres. Ça ne le dérangeait plus, il s'y était habitué.

Ce garçon-là était différent. Bien sûr, il lui arrivait de voir entrer des ados qui espéraient obtenir une ristourne sur des objets que personne n'avait jamais réclamés, mais ce gosse avait quelque chose de sensiblement différent. Il paraissait plus soigné que les jeunes qu'il voyait habituellement débarquer. Ses gestes, sa démarche étaient gracieux, raffinés, comme s'il avait connu une vie de prince et qu'il se faisait maintenant passer pour un clochard. Il portait un blouson blanc un peu sale. Finalement, c'était peut-être bien un clochard...

La télévision posée sur le comptoir diffusait un match de football que le prêteur sur gages avait cessé de suivre. Il avait les yeux rivés sur le poste, mais son esprit suivait à la trace le gosse tandis qu'il déambulait dans les rayons. Il examinait les articles comme s'il avait l'intention d'acheter quelque chose.

Au bout de quelques minutes, le garçon s'approcha du comptoir.

– Qu'est-ce que je peux faire pour toi ? demanda le prêteur, sincèrement curieux.

– Vous êtes prêteur sur gages, c'est bien ça ?

– C'est écrit sur la porte, non ?

– Ça veut dire que vous échangez des objets pour de l'argent ?

L'homme poussa un soupir. Finalement, ce gosse était comme les autres, juste un peu plus naïf que tous ceux qui venaient dans l'espoir de se faire un peu de fric avec leur collection de cartes de base-ball. En général, c'était pour acheter des cigarettes, de l'alcool ou tout ce que leurs parents leur interdisaient. Mais malgré tout, ce gamin n'avait pas le profil.

– On *prête* de l'argent et on garde des objets en garantie. Mais je ne fais pas affaire avec les mineurs. Tu peux acheter ce que tu veux, mais je ne prendrai pas tes cartes de base-ball.

– Qui vous dit que c'est ce que j'ai apporté ?

Le garçon fourra sa main dans sa poche et en sortit un bracelet en or orné de diamants.

Les yeux du prêteur sur gages sortirent de leurs orbites tandis que l'adolescent balançait le bijou sous ses yeux. Puis il partit d'un grand rire.

– Tu as volé ça à ta maman, c'est ça ?

Le gamin ne flancha pas.

– Vous m'en donnez combien ?

– Je vais te faire sortir à coups de pied aux fesses, oui !

Le garçon ne montra aucun signe de peur ou de déception. Il posa le bijou sur le comptoir en bois avec la grâce princière qui le caractérisait.

– Allez, range-moi ça et rentre chez toi.

– Je suis un fragmenté.

– Quoi ?

– Vous avez bien entendu.

Cette révélation ébranla le prêteur pour plusieurs raisons. D'abord, les fragmentés en fuite qui venaient chez lui ne révélaient jamais qu'ils l'étaient. Ensuite, ils paraissaient toujours à la fois effrayés et désespérés, et n'avaient que des bricoles à lui proposer. Ils n'étaient jamais aussi calmes, aussi... angéliques.

– Tu es un fragmenté ?

– Oui. Le bracelet a été volé, mais pas dans la région.

Les fragmentés n'avouaient jamais non plus qu'ils détenaient des objets volés : ils inventaient des bobards sur leur identité et les objets qu'ils avaient en main. Le prêteur sur gages les écoutait, histoire de se divertir un peu. Quand l'histoire était amusante, il se contentait de jeter le gamin dehors. Sinon, il appelait les Frags pour qu'ils viennent l'embarquer. Mais ce gosse-là ne racontait pas d'histoires ; il disait simplement la vérité. Le prêteur sur gages ne sut comment réagir.

– Alors, vous êtes intéressé ou pas ? demanda le garçon.

L'homme haussa les épaules.

– Je ne sais pas qui tu es et ça ne me regarde pas, mais je ne fais pas de business avec les mineurs, je te l'ai déjà dit.

– Vous pouvez peut-être faire une exception.

Le prêteur observa l'adolescent, examina le bracelet et jeta un coup d'œil en direction de la porte pour s'assurer que personne n'était sur le point d'entrer dans la boutique.

– Je t'écoute, dit-il enfin.

– Je veux cinq cents dollars en liquide. Tout de suite. Ensuite je m'en vais, et vous gardez le bracelet.

L'homme afficha un visage impassible.

– Tu te fous de moi ? Cinq cents dollars pour cette merde ? C'est du plaqué or, du zirconium, et les finitions sont mal faites. Je t'en donne cent dollars, pas un centime de plus.

– Vous mentez, affirma le garçon sans détacher son regard du prêteur.

Bien sûr, l'adolescent avait raison. Mais l'homme était vexé.

– Et si j'appelais les Frags, hein ? Qu'est-ce que tu en dis ?

Le garçon reprit le bijou sur le comptoir.

– Vous pourriez. Mais c'est eux qui récupéreraient le bracelet, pas vous.

Le prêteur caressa sa barbe. Ce gamin n'était peut-être pas aussi naïf qu'il en avait l'air...

– Si c'était du toc, vous ne m'auriez pas proposé cent dollars, reprit le gamin. Je suis prêt à parier que vous ne m'auriez rien proposé du tout. Je ne sais pas combien coûte un tel objet, mais certainement plusieurs milliers de dollars. Je ne vous en demande que cinq cents, ce qui signifie que quoi qu'il arrive, vous faites une affaire.

L'homme se décomposa. Ses yeux étaient rivés sur le bracelet – il en aurait presque bavé. Il connaissait la valeur réelle de ce bracelet, ou en tout cas pouvait-il la deviner. Il aurait pu le revendre pour cinq fois le prix que lui en demandait le gamin. Ça le changerait... Il pourrait enfin emmener sa femme en vacances, depuis le temps qu'elle en rêvait...

– Deux cent cinquante. C'est mon dernier mot.

– Cinq cents. Vous avez trois secondes et je m'en vais. Un... Deux...

– Vendu, concéda le vendeur en soupirant, comme s'il venait d'être vaincu. Tu es un sacré négociateur.

Voilà comment il fallait jouer, se dit-il. Faire croire au gosse qu'il avait gagné la partie, alors qu'en réalité, c'était lui qui se faisait avoir !

Le prêteur sur gages tendit le bras pour s'emparer du bracelet, mais l'adolescent le tenait hors de sa portée.

– L'argent d'abord.

– Le coffre est dans l'arrière-boutique. Je reviens dans une seconde.

– Je vous accompagne.

L'homme ne broncha pas. Le gosse se méfiait de lui, c'était tout à fait compréhensible. S'il avait fait confiance aux gens, il serait déjà fragmenté à l'heure qu'il était. Dans l'arrière-boutique, le prêteur sur gages se plaça devant l'adolescent pour qu'il ne puisse pas voir la combinaison qui ouvrait le coffre. Il tira la porte et, à ce moment-là, il sentit quelque chose de lourd et dur lui cogner le crâne. Son esprit s'embrouilla instantanément. Il perdit conscience et s'écroula au sol.

Plus tard, l'homme revint à lui avec un mal de tête carabiné et la vague impression qu'il s'était passé quelque chose d'anormal. Il lui fallut quelques secondes pour se ressaisir. Ce petit vaurien s'était payé sa tête ! Il avait fait en sorte d'être là quand il ouvrait le coffre, l'avait assommé et avait tout raflé.

Naturellement, le coffre était grand ouvert – mais, contre toute attente, il n'était pas entièrement vide : le bracelet trônait à l'intérieur, l'or et les diamants plus étincelants que jamais sur l'acier gris du coffre-fort. Combien d'argent y avait-il avant que le gosse arrive ? Mille cinq cents, au plus. Le bracelet valait au moins trois fois cette somme. Ça restait une bonne affaire, et le gosse le savait.

Le prêteur frotta la bosse douloureuse sur son crâne, à la fois furieux contre le gosse pour ce qu'il avait fait et admiratif du caractère étrangement noble de son crime. S'il avait eu plus de cran étant jeune et s'il avait été aussi intelligent que ce gamin, il serait peut-être plus qu'un simple prêteur sur gages aujourd'hui.

27.

Connor

Le jour qui suivit l'incident de la salle de bains, ils furent réveillés en fanfare par les vétérans avant l'aube. « Tout le monde debout ! Tout de suite ! Allez, du nerf ! » Manifestement , les vétérans étaient sur le qui-vive et la première chose que Connor remarqua, c'est que les crans de sécurité de leurs armes étaient baissés. Les yeux encore ensommeillés, il se leva et chercha Risa. Il l'aperçut qui se faisait emmener par deux vétérans vers une immense double porte qui, jusqu'à présent, était toujours cadenassée.

– Laissez vos affaires ici ! Allez, on se dépêche !

À sa droite, un adolescent grincheux bouscula un vétéran qui lui avait arraché sa couverture. Le vétéran lui assena un coup sur l'épaule avec la crosse de son fusil – pas suffisamment fort pour le blesser, mais suffisamment pour lui faire comprendre, à lui et à tous les autres, qu'ils n'étaient pas là pour rire. Le garçon tomba à genoux et agrippa son épaule en lançant des jurons, tandis que le vétéran retournait à ses occupations. Malgré la douleur, l'adolescent semblait d'humeur à se battre.

En passant devant lui, Connor l'attrapa par le bras pour l'aider à se relever.

– Calme-toi, lui conseilla Connor. Ne jette pas de l'huile sur le feu.

– Lâche-moi ! s'écria l'autre en s'écartant. J'ai pas besoin de ton aide !

Le garçon s'éloigna, furibond. Connor secoua la tête. Avait-il jamais été aussi agressif lui-même ?

Un peu plus loin, la gigantesque double porte s'ouvrit pour révéler une partie de l'entrepôt que les fragmentés n'avaient jamais vue. La pièce était remplie de grosses caisses en bois – des caisses qui avaient été conçues, de par leur forme et leur solidité, pour transporter des marchandises par avion. Connor comprit immédiatement à quoi elles étaient destinées, et pourquoi on les avait amenés, eux, aussi près d'un aéroport : quelle que soit leur destination, on allait les y acheminer par avion.

– Les filles à gauche, les garçons à droite ! Allez, plus vite !

On entendit des grognements, mais pas de véritable protestation. Connor se demanda combien d'entre eux comprenaient ce qui se passait.

– Quatre par caisse ! Les garçons avec les garçons, les filles avec les filles ! Allez, allez !

Les adolescents se mirent à grouiller, tentant de se rapprocher de leurs plus proches amis. Seulement, les vétérans n'avaient ni le temps ni la patience d'attendre. Ils formaient des groupes de quatre de manière aléatoire avant de les pousser vers les caisses en bois.

Connor remarqua alors qu'il se trouvait à proximité de Roland – et ce n'était pas un hasard. Roland s'était intentionnellement glissé près de lui. Connor voyait déjà la scène : contact rapproché dans un espace noir comme un four. S'il se retrouvait dans la même caisse que Roland, il serait mort avant même que l'avion ait décollé.

Connor essaya de s'éloigner mais un vétéran attrapa Roland, Connor et deux des alliés bien connus de celui-ci.

– Vous quatre, là-bas !

Connor s'efforça de ne pas laisser paraître la panique qui s'emparait de lui. Hors de question que Roland s'aperçoive de quoi que ce soit. Connor aurait dû prévoir une arme, comme celle que Roland avait certainement dissimulée sur lui. Il aurait dû se préparer à l'inévitable confrontation qui serait fatale à l'un d'eux. Maintenant, ses possibilités étaient limitées.

Comme il n'avait pas le temps de réfléchir, il s'abandonna à ses instincts bagarreurs. Il se tourna vers l'un des complices de Roland et lui envoya un coup de poing si violent que l'autre se mit à saigner – il lui avait sans doute cassé le nez. La puissance du coup envoya valser le garçon mais, avant qu'il ait eu le temps de contre-attaquer, un vétéran agrippa Connor et le poussa contre un mur de béton. Le vétéran ne le savait pas, mais c'était exactement ce que Connor voulait.

– Ce n'était pas le jour pour faire ça, lança-t-il en maintenant Connor contre le mur avec son fusil.

– Vous comptez faire quoi ? Me tuer ? Je croyais que votre but, c'était de nous sauver.

L'homme resta bouche bée.

– Hé, laisse tomber ! cria un autre vétéran. Il faut qu'on les fasse embarquer.

Puis il attrapa un autre adolescent pour compléter le trio formé par Roland et ses acolytes. Personne ne se soucia du garçon qui avait le nez en sang.

– Plus vite tu seras dans une boîte, plus vite on sera débarrassés de toi, siffla le vétéran qui maintenait Connor contre le mur.

– Sympas, vos chaussettes, lança Connor.

On plaça Connor dans une caisse en bois où trois fragmentés attendaient une quatrième personne pour compléter leur convoi. La caisse fut refermée avant même qu'il ait pu voir qui s'y trouvait. Enfin, tant qu'il n'y avait pas Roland, tout devrait bien se passer.

– On va tous crever ici, murmura une voix nasale, suivie d'un reniflement qui ne semblait pas nettoyer grand-chose.

Connor identifia le garçon à ses muqueuses : il ne connaissait pas son prénom, mais tout le monde l'appelait « l'Asthmatique » à cause de sa difficulté à respirer. Son diminutif, c'était Asthma. Il passait son temps à lire des bandes dessinées, c'était presque une obsession – sauf qu'il ne pourrait pas le faire ici.

– Ne dis pas ce genre de choses, dit Connor. Si les vétérans avaient voulu nous tuer, ils l'auraient déjà fait depuis longtemps.

L'haleine fétide de l'Asthmatique se répandait dans la caisse.

– Peut-être qu'ils se sont fait coincer, que les Frags sont déjà à leurs trousses et qu'ils sont obligés de détruire les preuves pour sauver leur peau.

Connor avait une patience très limitée avec les pleurnichards, qui lui rappelaient trop son petit frère – celui que ses parents avaient choisi de garder.

– Ferme-la, Asthma, ou je te jure que je vais fourrer mes chaussettes dans ta bouche qui pue. Je peux t'assurer que tu apprendras très vite à respirer par le nez.

– Fais-moi signe si tu as besoin d'une chaussette supplémentaire, lança une voix en face de lui. Salut Connor, c'est moi, Hayden.

– Salut Hayden. (Il tendit la main, sentit sa chaussure et la serra. C'est ce qui s'apparentait le plus à un bonjour dans cet espace noir et confiné.) Alors, qui est le quatrième veinard ? demanda Connor sans obtenir de réponse. On dirait qu'on voyage avec un sourd-muet.

Un autre long silence suivit. Puis une voix grave dotée d'un fort accent se fit entendre :

– Diego.

– Diego n'est pas très bavard, lança Hayden.

– J'avais remarqué.

Un silence s'installa, ponctué par la respiration bruyante de l'Asthmatique.

– J'ai besoin d'aller aux toilettes, marmonna ce dernier.

– Tu aurais dû y penser avant de partir, le sermonna Hayden en affectant un ton maternel. Combien de fois faut-il te le répéter ? Toujours aller aux petits coins avant de monter dans une caisse.

À l'extérieur, ils entendirent des bruits mécaniques, puis ils sentirent la caisse bouger.

– Je n'aime pas ça, gémit Asthma.

– On nous déplace, dit Hayden.

– Probablement sur un chariot élévateur, ajouta Connor.

Les vétérans étaient sûrement déjà partis depuis un moment. Qu'avait dit ce vétéran déjà ? *Plus vite tu seras dans une boîte, plus vite on sera débarrassés de toi*. Ceux qu'on avait engagés pour les transporter n'avaient probablement aucune idée du contenu des caisses. Ils ne tarderaient pas à se trouver dans un avion, en direction d'une destination inconnue. Il songea à sa famille et à leur voyage aux Bahamas – celui qu'ils avaient prévu de faire une fois Connor fragmenté. Étaient-ils quand même partis en vacances alors que Connor avait déserté ? Sûrement. En quoi sa fuite les en aurait-elle empêchés ? Tiens, ce qui serait vraiment drôle, c'est qu'il se retrouve aux Bahamas...

– On va mourir étouffés, c'est sûr ! s'écria Asthma.

– Tu vas la fermer, oui ? s'emporta Connor. Je suis certain qu'il y a bien assez d'air pour nous quatre.

– Qu'est-ce que tu en sais ? J'ai déjà du mal à respirer. Je pourrais mourir d'une crise d'asthme !

– Parfait, répliqua Connor. Ça fera une personne en moins à pomper de l'oxygène.

Cette réflexion cloua le bec d'Asthma, mais Connor se sentit coupable.

– Personne ne va mourir, le rassura-t-il. Détends-toi.

– Remarque, la mort c'est toujours mieux que la fragmentation, non ? interrogea Hayden. Tiens, faisons un petit sondage : qu'est-ce que vous préféreriez ? La mort ou la fragmentation ?

– Je n'ai aucune envie de penser à tout ça ! s'insurgea Connor.

Quelque part à l'extérieur de l'exiguïté de leur caisse, Connor distingua un bruit de clapet en métal qu'on refermait et sentit des vibrations sous ses pieds tandis que l'avion roulait lentement sur la piste. Les moteurs montèrent en puissance ; l'accélération propulsa Connor contre la paroi. Hayden tomba sur lui et Connor se poussa pour lui laisser de l'espace.

– Que se passe-t-il ? Que se passe-t-il ? cria Asthma.

– Rien. On décolle, c'est tout.

– Quoi ? Tu veux dire qu'on est dans un avion ?

Connor leva les yeux au ciel mais, à cause de l'obscurité, personne ne le remarqua.

*

La caisse était semblable à un cercueil, semblable à un ventre. Toute notion de temps s'était envolée et les turbulences chargeaient l'espace obscur d'une tension à couper au couteau.

Après le décollage, les quatre adolescents restèrent silencieux pendant un long moment. Une demi-heure, une heure peut-être. Difficile à dire. Chacun avait l'esprit accaparé par ses propres tourments. Chaque fois qu'il y avait des trous d'air, des bruits de ferraille se faisaient entendre. Connor se demanda s'il y avait d'autres caisses pleines de fragmentés autour d'eux. Si c'était le cas, il n'entendait pas leurs voix. Il avait plutôt l'impression qu'ils étaient seuls au monde. Asthma se soulagea en silence. Connor, comme les autres, sentit l'odeur mais personne ne fit de commentaire. Cela aurait pu arriver à n'importe lequel d'entre eux et, en fonction du temps que ce voyage allait durer, cela restait à envisager.

Finalement, après ce qui parut une éternité, le plus silencieux du groupe prit la parole.

– Fragmenté, déclara Diego. Je préférerais être fragmenté.

Même si la question d'Hayden avait été posée il y a un bout de temps, Connor comprit immédiatement à quoi Diego faisait référence. *Préféreriez-vous la mort ou la fragmentation ?* C'était comme si la question était restée suspendue dans l'obscurité, dans l'attente d'une réponse.

– Pas moi, dit Asthma. Au moins si tu meurs, tu vas au paradis.

– Qu'est-ce qui te fait dire que les fragmentés n'y vont pas ? rétorqua Diego.

– Les fragmentés ne meurent pas vraiment. Ils restent vivants… enfin, plus ou moins. La loi les oblige à utiliser chaque partie de notre corps, n'est-ce pas ?

C'est alors qu'Hayden posa la question. Pas *une* question, *la* question. Le tabou suprême chez les fragmentés. Tous y songeaient, mais jamais personne n'osait l'énoncer.

– Mais alors, dit Hayden, si chaque partie de nous est vivante dans le corps de quelqu'un d'autre, est-on vivant ou mort ?

Connor se rendit compte qu'encore une fois, Hayden était en train de passer sa main au-dessus d'une flamme. Suffisamment près pour la sentir, mais pas assez pour se brûler. Seulement, il ne s'agissait plus de sa propre main, mais de leur main à tous, et cela agaça Connor.

– Parler gâche de l'oxygène, maugréa-t-il. La fragmentation, ça craint, point barre.

Ils ne demeurèrent silencieux qu'une minute. Puis Asthma reprit la parole :

– Je ne pense pas que la fragmentation soit une mauvaise chose. Seulement je n'ai pas envie que ça m'arrive, c'est tout.

Connor aurait aimé l'ignorer, mais c'était impossible. S'il y avait une chose qui l'horripilait, c'était quand les fragmentés défendaient la fragmentation.

– Et ça ne te dérange pas que ça nous arrive à nous ?

– Ce n'est pas ce que j'ai dit.

– Si.

– Ah, voilà qui devient intéressant ! s'exclama Hayden.

– Il paraît que ça ne fait pas mal, dit Asthma, comme si cette information pouvait leur être d'un quelconque réconfort.

– Ah bon ? fit Connor. Tu devrais peut-être aller poser la question à tous les morceaux d'Humphrey Dunfee.

L'évocation d'Humphrey Dunfee jeta un froid dans le groupe. Les secousses s'accentuèrent.

– Toi aussi, tu connais cette histoire ? demanda Diego.

– Ce genre d'histoire ne signifie pas forcément que la fragmentation soit une chose négative, intervint Asthma. Ça peut aider certaines personnes.

– Tu me fais penser à un décimé, lâcha Diego.

Cette remarque agaça Connor.

– Je ne suis pas d'accord. Je connais un décimé. Ses idées sont peut-être un peu bizarres, mais il est loin d'être débile.

Penser à Lev submergea Connor d'une vague de tristesse. Connor n'essaya pas de la repousser, il laissa ce sentiment l'emplir, puis disparaître. Il ne connaissait pas un décimé ; il en *avait* connu un. Un décimé qui avait certainement rencontré son destin à l'heure qu'il était.

– Tu me traites de débile, c'est ça ? s'offusqua Asthma.

– On dirait bien, rétorqua Connor.

– L'Asthmatique n'a pas tort ! lança Hayden en riant. Si la fragmentation n'existait pas, on verrait à nouveau des gars chauves. L'horreur !

Diego émit un petit rire, mais Connor n'était pas d'humeur à plaisanter.

– Asthma, fais-nous plaisir : arrête de parler et utilise plutôt ta bouche pour respirer jusqu'à ce qu'on atterrisse. Ou qu'on s'écrase.

– Vous pensez peut-être que je suis débile, mais j'ai de bonnes raisons de dire ce que je dis. Quand j'étais petit, on a diagnostiqué chez moi une fibrose pulmonaire. Mes deux poumons étaient atteints, j'étais condamné. Mais on m'a greffé les poumons d'un fragmenté. Si je suis vivant, c'est uniquement parce que le donneur a été fragmenté.

– Donc ta vie est plus importante que la sienne ? demanda Connor.

– Il était déjà fragmenté ! s'écria Asthma. Ce n'est pas comme si c'était ma faute ! Si je n'avais pas eu ce poumon, quelqu'un d'autre en aurait profité.

Avec la colère, Connor se mit à crier alors qu'Asthma n'était qu'à quelques centimètres de lui :

– Si la fragmentation n'existait pas, il y aurait moins de chirurgiens et plus de médecins, et ils essaieraient de guérir les gens plutôt que de se contenter de remplacer leurs organes !

Soudain, la voix d'Asthma résonna avec une fureur qui surprit Connor :

– J'aimerais bien savoir ce que tu dirais si c'était toi qui étais sur le point de crever !

– Plutôt crever que de recevoir un morceau de fragmenté ! cria Connor.

L'Asthmatique voulut balancer une réplique cinglante, mais il fut pris d'une quinte de toux qui dura une bonne minute et qui effraya presque Connor. À croire qu'il allait cracher un poumon.

– Ça va ? s'inquiéta Diego.

– Oui, articula péniblement Asthma en essayant de se ressaisir. Je vous l'ai dit, ce poumon a de l'asthme, mais c'est tout ce qu'on pouvait s'offrir.

– Si tes parents se sont autant démenés pour toi, pourquoi ont-ils décidé de te fragmenter ? demanda Hayden.

Hayden et ses questions… Celle-là fit réfléchir Asthma pendant un long moment. De toute évidence, c'était pour lui un sujet délicat, encore plus que pour la plupart des fragmentés.

– Ce ne sont pas mes parents qui ont signé l'ordre, finit-il par répondre. Mon père est mort quand j'étais petit, et ma mère il y a deux mois. Ma tante m'a accueilli chez elle. Le truc, c'est que ma mère avait laissé de l'argent et ma tante a trois enfants qui vont devoir aller à l'université, alors…

Il n'avait pas besoin de terminer sa phrase. Les autres avaient compris.

– Merde, ça craint, lâcha Diego.

– Ouais, renchérit Connor dont la colère s'était maintenant reportée sur la tante d'Asthma.

Le silence s'installa à nouveau, uniquement perturbé par le bourdonnement du moteur et le bruit des caisses qui s'entrechoquaient. L'air était humide et ils respiraient avec difficulté. Connor se demanda si les vétérans avaient sous-estimé la quantité d'oxygène dont ils disposaient. « On va mourir étouffés », avait dit Asthma. Connor appuya sa tête contre la paroi dans l'espoir de chasser les pensées désagréables qui s'accrochaient à son esprit. Ce n'était pas l'endroit idéal pour se retrouver seul avec ses pensées, sans doute était-ce pour cela qu'Hayden ne cessait de parler.

– Personne n'a répondu à ma question, fit-il remarquer. On dirait que personne n'en a le courage.

– Laquelle ? demanda Connor. Tu en débites autant que de pets un jour de Thanksgiving.

– J'ai demandé si après avoir été fragmenté, on était morts ou vivants. Allez, ne me dites pas que vous n'y avez jamais réfléchi.

Asthma garda le silence. Manifestement, la toux ajoutée à la conversation l'avait épuisé. Connor n'avait pas non plus envie de se porter volontaire.

– Ça dépend où va ton âme après la fragmentation, risqua Diego.

En temps normal, Connor aurait préféré éviter ce genre de discussion. Il ne croyait qu'à ce qui était tangible : ce qu'on pouvait voir, entendre, toucher. Dieu, l'âme – toutes ces choses n'avaient jamais constitué à ses yeux que des secrets enfermés dans une boîte noire à laquelle il n'avait pas accès, et qu'il était plus simple d'occulter. Seulement voilà : aujourd'hui, il se trouvait *à l'intérieur* de la boîte noire.

– Qu'est-ce que tu en penses, Connor? demanda Hayden. À ton avis, que devient l'âme après la fragmentation?

– Qui me dit que j'en ai une?

– Disons que c'est le cas, juste pour le débat.

– Qui a dit que j'avais envie de débattre?

– *Ijolé*! Donne-lui une réponse, mec, sinon il ne te lâchera pas la grappe.

Connor esquissa une grimace. Il n'allait pas s'en tirer aussi facilement.

– Comment veux-tu que je le sache? Peut-être que l'âme finit en mille morceaux, comme notre corps.

– Impossible, objecta Diego. L'âme est indivisible.

– Alors peut-être qu'elle s'étire, comme un ballon géant, entre tous les morceaux de notre corps. Très poétique.

Cette idée paraissait peut-être poétique à Hayden, mais elle terrifiait Connor. Il essaya de se représenter son corps, tellement étiré qu'il pouvait atteindre les quatre coins du monde. Il imagina son âme comme une toile tendue entre les milliers de personnes qui recevraient ses mains, ses yeux, les fragments de son cerveau, sur lesquels Connor n'aurait plus aucun contrôle et qui seraient entièrement absorbés par les corps et les volontés d'autres personnes. La conscience pouvait-elle exister sous cette forme ? Il repensa au camionneur qui avait exécuté un tour de magie grâce à la main d'un fragmenté. Le garçon à qui appartenait cette main avait-il ressenti la satisfaction de réussir ce tour ? Son esprit était-il encore entier alors que son corps, lui, avait été distribué comme un jeu de cartes ? Ou avait-il été déchiqueté au-delà de toute possibilité de conscience, au-delà du Paradis, de l'Enfer, de tout ce qui était éternel ? Connor ignorait si l'âme existait, mais la conscience, oui, il en était certain. Si toutes les parties des fragmentés demeuraient vivantes, leur conscience devait bien continuer à exister d'une manière ou d'une autre.

– Je vais vous poser une colle, dit Hayden. Je connaissais une fille qui pensait que les fragmentés naissaient sans âme.

– Je n'aime pas cette idée, grommela Diego.

– Elle avait bien réfléchi à tout ça, poursuivit Hayden. Pour elle, les fragmentés étaient comme des fœtus.

– Attends une minute, intervint Asthma. La loi affirme que les fœtus ont une âme depuis le moment de leur conception.

Connor n'avait pas envie de se disputer à nouveau avec Asthma, mais il ne put s'empêcher de mettre son grain de sel :

– Ce n'est pas parce que la loi le dit que c'est forcément vrai.

– Ça ne signifie pas non plus que c'est faux. Les lois sont établies par des gens intelligents qui ont déterminé que ça avait du sens.

– L'Asthmatique n'a pas tort, remarqua Diego.

– Comment peut-on faire passer des lois quand on n'a aucune connaissance sur un sujet ? interrogea Connor.

– Ça arrive tout le temps, répondit Hayden. C'est ça, les lois : des intellos qui décident de ce qui est bien ou mal.

– Moi je suis d'accord avec ce que dit la loi, conclut Asthma.

– Donc si la loi affirmait le contraire, tu changerais d'avis ? demanda Hayden. Fais-nous partager ta propre opinion, Asthma. Prouve-nous que tu as autre chose dans le crâne que de la morve.

– Tu perds ton temps, soupira Connor.

– Laisse une chance à notre ami enrhumé, dit Hayden.

Ils attendirent. Le bruit des moteurs changea. Connor comprit que l'avion entamait sa descente et se demanda si les autres le sentaient aussi. Puis Asthma reprit la parole :

– Les fœtus... Il arrive qu'ils sucent leur pouce et qu'ils donnent des coups de pied, pas vrai ? Peut-être qu'avant ça ils ne sont qu'un tas de cellules, et qu'ils ont une âme à partir du moment où ils font ce genre de choses.

– Bravo ! s'exclama Hayden. Enfin une opinion ! Je savais que tu en étais capable.

La tête de Connor se mit à tourner. Était-ce l'atterrissage ou le manque d'oxygène ?

– Chacun son tour, Connor, annonça Hayden. Asthma a réussi à dénicher une idée quelque part dans sa matière grise douteuse, maintenant c'est à toi.

Connor poussa un soupir – il n'avait plus la force de lutter. Il songea au bébé qu'il avait brièvement partagé avec Risa.

– Si on a une âme – ce dont je doute – alors c'est à partir de la naissance. Avant ça, le bébé n'est qu'une partie de sa mère.

– C'est faux ! protesta Asthma.

– Il voulait mon opinion, je la donne.

– Mais c'est faux !

– Tu vois où ça nous mène, Hayden ?

– Parfaitement ! répondit Hayden, tout excité. On dirait qu'on va avoir droit à une petite Guerre Cardinale. Dommage qu'il fasse trop noir pour qu'on puisse y assister.

– Si vous voulez mon avis, vous avez tous les deux tort, intervint Diego. Je pense qu'il ne s'agit pas de loi, mais d'amour.

– Ouh là là ! Diego devient romantique ! plaisanta Hayden. Je préfère m'écarter !

– Je suis sérieux. Je pense qu'on n'a pas d'âme si on n'est pas aimé. Si une mère aime son bébé, qu'elle le désire, alors il a une âme à partir du moment où elle apprend sa grossesse. *Punto !*

– Et qu'est-ce que tu fais des bébés refusés ? demanda Connor. Et de tous ceux qui finissent dans des maisons-pupille ?

– Ils ont plutôt intérêt à espérer que quelqu'un les aime un jour.

Connor avait beau être sceptique, il ne pouvait occulter tout ce qu'il venait d'entendre. Il pensa à ses parents. Ils l'avaient sûrement aimé quand il était enfant, et ce n'était pas parce qu'ils avaient cessé de l'aimer que son âme s'était envolée… même s'il avait parfois l'impression que c'était le cas. Une part de son âme avait dû s'éteindre le jour où ses parents avaient signé l'ordre de fragmentation.

– C'est beau ce que tu dis, Diego, ironisa Hayden. Tu devrais l'écrire sur des cartes de vœux.

– Et pourquoi pas sur ton visage ?

– Tu ne cesses de demander l'avis des autres, dit Connor à Hayden. Comment se fait-il que tu ne donnes jamais le tien ?

– Oui, c'est vrai, renchérit Asthma.

– Tu fais parler les gens pour te divertir. À ton tour, maintenant. On t'écoute : dans le Monde-Selon-Hayden, quand commence la vie ?

Hayden se tut pendant un long moment.

– Je n'en sais rien, finit-il par admettre, gêné.

– Ce n'est pas une réponse ! se moqua Asthma.

Connor agrippa le bras d'Asthma pour le faire taire, car il se trompait. Même si Connor ne distinguait pas le visage d'Hayden, il perçut la sincérité dans sa voix. Sa réponse n'était en aucun cas une tentative de dérobade, elle n'avait rien de désinvolte. C'était sans doute la première fois que Connor voyait Hayden vraiment sincère.

– Si, c'est une réponse, dit Connor. Et c'est sans doute la meilleure qui soit. Si les gens admettaient plus souvent leur ignorance, il n'y aurait peut-être jamais eu de Guerre Cardinale.

L'avion tressauta. Asthma en eut le souffle coupé.

– C'est le train d'atterrissage, informa Connor.

Dans quelques minutes, ils auraient atteint leur destination. Connor essaya de déterminer combien de temps le vol avait duré. Une heure et demie ? Deux heures ? Impossible de dire dans quelle direction ils étaient allés ; ils auraient pu se trouver n'importe où.

– On est peut-être dans un camp de collecte, finalement, suggéra Asthma.

Connor ne lui intima pas de se taire, car il venait de se faire la même réflexion.

– Si c'est le cas, j'aimerais que mes mains aillent à un sculpteur, dit Diego. Comme ça, il s'en servira pour créer une œuvre éternelle.

– Si je suis fragmenté, continua Hayden, j'aimerais qu'un photographe de mode hérite de mes yeux, pour qu'ils voient plein de top-models.

– Ma bouche ira à un chanteur de rock, annonça Connor.

– Ces jambes participeront aux Jeux Olympiques !

– Mes oreilles seront pour un chef d'orchestre.

– Mon estomac ira à un critique gastronomique.

– Mes biceps à un culturiste.

– Je ne souhaite mes sinus à personne !

Tous éclatèrent de rire tandis que l'avion touchait le sol.

28.

Risa

Risa ignorait ce qui s'était passé dans la caisse de Connor. Sûrement des discussions de garçons, supposa-t-elle. Elle était loin d'imaginer qu'en réalité, ce qui s'était passé dans la caisse de Connor s'était produit dans quasiment toutes les caisses de l'avion : des craintes, des doutes, des questions restées en suspens, des non-dits. Bien sûr, les détails et les protagonistes étaient différents, mais la trame restait la même. Aucun d'eux n'évoquerait à nouveau ces sujets, ni n'avouerait en avoir discuté un jour, mais des liens invisibles s'étaient tissés durant ce voyage. Risa avait fait la connaissance d'une fille un peu boulotte et pleurnicharde, d'une accro à la nicotine sevrée depuis une semaine et, enfin, d'une pupille de la nation qui, comme elle, avait été victime des restrictions budgétaires. Elle s'appelait Tina. Risa ne se souvenait pas des autres prénoms.

– On se ressemble toutes les deux, avait dit Tina pendant le vol. On pourrait être jumelles.

Bien que Tina fût une Sienne-brûlée, Risa devait admettre qu'elle avait raison. Savoir que d'autres personnes avaient connu la même situation que vous avait un côté réconfortant, même si l'idée que votre existence n'était qu'une parmi des milliers de copies pirates n'était pas très agréable. Si les fragmentés qui venaient de maisons-pupille avaient des visages différents, leurs histoires étaient toutes similaires. Sans compter qu'ils portaient tous le même nom de famille. Tous les orphelins maudissaient la personne ayant décrété un jour qu'ils s'appelleraient tous Pupille – comme si en être une ne suffisait pas.

L'avion atterrit, et les quatre filles durent patienter.

– Qu'est-ce qui peut prendre autant de temps ? demanda la fumeuse avec impatience. C'est trop chiant !

– Peut-être qu'ils nous déplacent jusqu'à un autre camion, ou un autre avion, suggéra la fille rondelette.

– J'espère que non, protesta Risa. Il n'y a pas suffisamment d'oxygène ici pour un autre voyage.

Du bruit se fit entendre – il y avait quelqu'un à l'extérieur.

– Chut ! ordonna Risa. Écoutez.

Des bruits de pas. Des coups. Elle entendit des voix, sans parvenir à distinguer ce qu'elles disaient. Puis quelqu'un souleva le loquet sur un côté de la caisse et l'ouvrit. De l'air chaud et sec s'engouffra à l'intérieur. Après autant de temps passé dans la pénombre, le mince rai de lumière qui pénétra dans la soute semblait aussi éclatant que le soleil.

– Tout va bien là-dedans ?

Risa comprit immédiatement que ce n'était pas un vétéran – la voix était bien trop jeune.

– Ça va, répondit Risa. On peut sortir ?

– Pas encore. On doit d'abord ouvrir toutes les caisses pour donner de l'air à tout le monde.

À en juger par ce que vit Risa, il s'agissait d'un garçon de son âge, peut-être même un peu plus jeune. Il était vêtu d'un pull-over sans manches beige et d'un pantalon kaki. Il transpirait et ses joues étaient bronzées – brûlées par le soleil, même.

– Où est-on ? interrogea Tina.

– Au Cimetière ! répondit l'adolescent avant de se diriger vers la caisse en bois suivante.

*

Quelques minutes plus tard, les quatre filles purent sortir. Risa prit quelques instants pour observer ses compagnes de voyage. Les trois filles étaient totalement différentes de l'image que Risa en avait gardée. Apprendre à connaître quelqu'un dans le noir le plus complet modifiait totalement vos impressions. La fille obèse n'était finalement pas si grosse, Tina pas si grande, et la fumeuse loin d'être aussi moche que Risa se les était représentées.

Un escalier permettait de sortir de la soute et Risa dut attendre son tour dans une interminable file de fragmentés. Elle tendit l'oreille et essaya de démêler le vrai du faux dans ce qu'elle entendit.

– Des fragmentés sont morts pendant le voyage.

– Tu rigoles ?

– J'ai entendu dire que la moitié étaient morts.

– C'est dingue !

– Regarde autour de toi, gros débile ! Tu as vraiment l'impression qu'il manque la moitié d'entre nous ?

– Ben, c'est ce que j'ai entendu dire.

– Non, une seule caisse n'a pas survécu.

– Ouais, il paraît qu'ils ont pété les plombs et qu'ils se sont mangés entre eux.

– N'importe quoi. Ils sont morts asphyxiés.

– Comment tu le sais ?

– Je les ai vus. Ils étaient dans la caisse à côté de la mienne. Il y avait cinq mecs au lieu de quatre, et ils sont morts étouffés.

– Tu es sûr de ce que tu dis ? intervint Risa.

À en juger par l'expression bouleversée du garçon, Risa comprit qu'il ne mentait pas.

– Je ne plaisanterais pas avec ce genre de choses.

Risa chercha Connor des yeux mais son champ de vision se limitait aux quelques personnes autour d'elle. Elle effectua un rapide calcul. Ils étaient environ soixante avant de partir, et cinq étaient morts asphyxiés. Il y avait une chance sur douze pour que Connor en fasse partie. Non – le fragmenté avait dit que c'était une caisse de garçons. Cela faisait donc une chance sur six. Avait-on fait entrer Connor dans une caisse déjà pleine ? Risa n'en savait rien. Il y avait eu une telle agitation ce matin au moment du départ qu'elle avait déjà eu du mal à s'occuper d'elle-même. *Mon Dieu, je vous en supplie. Faites que ce ne soit pas Connor*. Les dernières paroles qu'elle lui avait adressées étaient des mots de colère. Il avait beau l'avoir sauvé des griffes de Roland, elle était furieuse contre lui. « Sors d'ici ! » avait-elle hurlé. Elle ne supportait pas l'idée qu'il puisse être mort en ayant entendu ces derniers mots de sa part. Elle ne supportait pas l'idée qu'il puisse être mort, point.

En sortant de la soute, elle se cogna la tête.

– Attention à ta tête ! lança un des adolescents qui dirigeait les opérations.

– Merci, répondit Risa.

Le garçon était lui aussi vêtu de vêtements militaires, mais il était beaucoup trop maigre pour faire partie de l'armée.

– Pourquoi cette tenue ? interrogea Risa.

– Surplus de l'armée, répondit l'adolescent. Vêtements volés pour âmes volées.

À l'extérieur, la lumière du soleil était aveuglante, et la chaleur si suffocante que Risa eut l'impression de pénétrer dans un four. L'escalier était raide, et elle dut faire attention à ne pas trébucher. Lorsqu'elle arriva sur la terre ferme, ses yeux s'étaient habitués à la lumière et elle put examiner les alentours. Tout autour d'elle, *partout*, des rangées d'avions s'alignaient à perte de vue. Pourtant, il n'y avait aucun aéroport à proximité. Beaucoup appartenaient à des compagnies aériennes qui n'existaient même plus. Elle se retourna pour regarder celui qui les avait conduits jusqu'ici – il était frappé du logo FedEx, mais c'était un modèle fatigué. Il semblait prêt pour la casse – ou pour le *Cimetière*, songea Risa...

– C'est fou, marmonna quelqu'un près de Risa. Ce n'est pas comme si cet avion était invisible. Ils vont forcément nous retrouver !

– Tu ne comprends pas ? fit Risa. Cet avion a juste été retiré de la circulation. C'est comme ça qu'ils procèdent : ils attendent qu'un avion soit hors-service, puis ils nous chargent dans la soute. L'avion allait être expédié ici de toute façon, personne ne se rendra compte de rien.

Les appareils reposaient sur un terrain dur et aride. Au loin, on apercevait des montagnes rouges. Ils devaient se trouver quelque part dans le sud-ouest du pays.

Il y avait une enfilade de cabines de toilettes devant lesquelles se pressaient déjà des files de fragmentés. Les adolescents qui les supervisaient s'employaient à les compter tout en s'efforçant de maintenir le calme au sein du groupe. L'un d'eux était muni d'un mégaphone.

– Merci de rester sous l'aile si vous n'avez pas besoin d'aller aux toilettes. Vous avez réussi à tenir jusque-là, ce serait dommage de mourir d'une insolation.

Une fois tout le monde sorti de la soute, Risa se mit à chercher Connor désespérément. Enfin, elle finit par le trouver. Dieu merci ! Elle eut envie de s'élancer vers lui mais se souvint qu'ils avaient officiellement mis un terme à leur fausse idylle. En dépit de la vingtaine d'adolescents qui les séparaient, ils échangèrent un regard et un signe de la tête. Un geste lourd de sens, qui sous-entendait qu'ils décidaient de laisser derrière eux les événements de la veille et de repartir de zéro.

Puis Risa aperçut Roland. Il croisa son regard et lui adressa un grand sourire. Ce sourire-là en disait long, lui aussi. Elle tourna la tête. Dommage qu'il ne soit pas mort asphyxié, pensa-t-elle. L'espace d'un instant, elle se dit qu'elle devrait se sentir coupable d'avoir de telles pensées, puis elle se rendit compte que ce n'était pas le cas.

Une voiturette de golf, conduite par un adolescent, s'avança le long des avions, soulevant dans son sillage un nuage de poussière rouge. De toute évidence, le passager était un militaire, un vrai. Ses vêtements n'étaient pas kaki, mais bleu marine. Il semblait habitué à la chaleur – même vêtu d'un uniforme, il ne transpirait pas. La voiturette s'arrêta devant la foule de jeunes réfugiés. Le conducteur descendit en premier et rejoignit les quatre autres adolescents qui les escortaient. Le garçon au mégaphone prit la parole :

– Votre attention, s'il vous plaît ! L'Amiral va s'adresser à vous dans une seconde. Je vous conseille de l'écouter attentivement.

L'homme sortit de la petite voiture de golf. Le garçon lui tendit le mégaphone, mais il l'écarta d'un geste de la main – sa voix n'avait nul besoin d'être amplifiée.

– J'aimerais être le premier à vous souhaiter la bienvenue au Cimetière.

L'Amiral était âgé d'une soixantaine d'années et son visage était recouvert de cicatrices. Ce n'est qu'à cet instant que Risa comprit que son uniforme datait de la guerre. Elle ne parvint pas à se souvenir si les uniformes bleu marine étaient ceux de l'armée pro-vie ou pro-choix, mais ça n'avait pas vraiment d'importance. Après tout, les deux avaient perdu.

– Vous résiderez ici jusqu'au jour de vos dix-huit ans, ou bien nous vous confierons à des sponsors disposés à falsifier votre identité de manière permanente. Ne vous bercez pas d'illusions : ce que nous faisons ici est hautement illégal mais ça ne signifie pas pour autant qu'on ne respecte pas de loi – *ma* loi.

Il marqua une pause et regarda dans les yeux autant de fragmentés que possible. Peut-être son but était-il de mémoriser autant de visages qu'il le pouvait avant la fin de son discours ? Son regard était pénétrant, sa concentration intense. Risa était convaincue qu'il avait la capacité de connaître chacun d'eux avec un simple regard appuyé. C'était à la fois intimidant et rassurant.

– Vous êtes tous destinés à être fragmentés, mais vous avez réussi à vous enfuir et, grâce à l'aide de mes nombreux associés, vous êtes arrivés jusqu'ici. Je ne veux pas savoir qui vous étiez avant, ni qui vous serez quand vous repartirez d'ici. Tout ce que je veux savoir, c'est qui vous êtes pendant votre séjour ici. Et pendant cette période, vous ferez ce qu'on vous demande.

Une main se leva dans la foule. Celle de Connor. Risa aurait préféré que ce soit celle de quelqu'un d'autre. L'Amiral prit le temps de l'observer avant de reprendre la parole :

– Oui ?

– Qui êtes-vous, au juste ? demanda Connor.

– Vous n'avez pas besoin de connaître mon nom. Il vous suffit de savoir que je suis un ancien amiral de la Marine américaine. On pourrait dire qu'aujourd'hui je suis un poisson hors de l'eau. Le climat politique actuel m'a conduit à donner ma démission. La loi m'ordonnait de fermer les yeux, mais j'ai refusé de le faire, et je ne le ferai jamais. (Puis il s'adressa à l'ensemble de l'assistance :) Il n'y a aucune fragmentation sous ma surveillance.

Une salve d'ovation s'éleva de la foule, incluant les adolescents vêtus de kaki qui faisaient déjà partie de sa petite armée. L'Amiral eut un large sourire qui révéla une rangée de dents parfaitement alignées et d'une blancheur éclatante. Cela procurait une étrange impression car, si ses dents étaient étincelantes, le reste de son apparence était plutôt fade.

– Nous formons une communauté. Vous en apprendrez les règles, et vous les respecterez. Sinon, vous devrez en assumer les conséquences, comme dans n'importe quelle société. Ceci n'est pas une démocratie, c'est une dictature. Et le dictateur, c'est moi. C'est non seulement nécessaire, mais c'est aussi la manière la plus efficace pour que vous restiez cachés, en bonne santé et entiers. (Il sourit à nouveau.) Je me plais à penser que je suis un gentil dictateur, mais vous pourrez en juger par vous-mêmes.

L'Amiral avait à présent balayé toute l'assistance du regard. Tous les adolescents présents eurent le sentiment d'avoir été scannés comme des marchandises à la caisse d'un supermarché. Scannés et enregistrés.

– Ce soir, vous dormirez dans les quartiers des nouveaux arrivants. Demain, vous effectuerez un bilan de compétences et vous serez affectés dans vos brigades permanentes. Félicitations, vous êtes arrivés !

Il se tut quelques instants pour les laisser assimiler cette idée, puis il reprit place dans la voiturette de golf et disparut dans des volutes de poussière rouge.

– On a peut-être le temps de remonter dans l'avion, ironisèrent certains.

– Votre attention, s'il vous plaît ! cria le garçon au mégaphone. Vous allez me suivre jusqu'à l'avion des fournitures. Vous y trouverez des vêtements, de la nourriture et tout ce dont vous aurez besoin ici.

Ils découvrirent rapidement que le garçon au mégaphone était surnommé « Ampli ». Quant au chauffeur de l'Amiral, on l'appelait « Le Servant ».

– Il va falloir pas mal marcher, continua Ampli. Si vous pensez ne pas en être capables, dites-le nous tout de suite. Que ceux qui ont soif lèvent la main.

Toutes les mains ou presque se dressèrent.

– Bien, mettez-vous en rang ici.

Risa s'aligna à côté des autres. Des murmures s'élevaient du groupe, mais ils n'avaient rien des plaintes désespérées des dernières semaines. Aujourd'hui, on avait davantage l'impression de se trouver dans une file d'attente pour la cantine.

Tandis qu'ils se mettaient en route, l'avion qui les avait transportés était remorqué jusqu'à son ultime lieu de stationnement, dans l'immense cimetière d'avions. Risa prit une profonde inspiration, relâchant un mois entier de tension. Ce n'est qu'à cet instant qu'elle s'autorisa le luxe merveilleux d'espérer.

29.

Lev

À plus de mille six cents kilomètres de là, Lev était lui aussi tout près du but. Cependant, la destination – Joplin, Missouri – n'était pas la sienne, mais celle de Cyrus Finch.

– La ville des Joplin High Eagles, précisa CyFi. L'équipe championne incontestée en basket féminin.

– Tu en sais beaucoup sur cet endroit, s'étonna Lev.

– C'est *lui* qui sait plein de choses, grommela CyFi. Ou savait. Enfin bref...

Leur périple n'avait pas été une mince affaire. Bien sûr, ils disposaient maintenant d'une coquette somme d'argent grâce au marché conclu par Lev chez le prêteur sur gages, mais elle ne leur servait qu'à se procurer de la nourriture. Ils ne pouvaient pas l'utiliser pour acheter des billets de train ou de bus – il n'y avait rien de plus suspect que des adolescents qui payaient eux-mêmes leur voyage.

Entre Lev et CyFi, rien n'avait changé à l'exception d'un détail majeur, mais inexprimé : même si CyFi continuait de jouer le rôle de leader, c'était maintenant Lev qui prenait les choses en main et il éprouvait un malin plaisir à penser que, sans lui, CyFi ne tiendrait pas le coup.

Joplin n'étant plus qu'à une trentaine de kilomètres, les tremblements de CyFi s'étaient accentués au point qu'il en avait du mal à marcher. Ce n'étaient plus de simples tremblements : CyFi était maintenant en proie à de violentes secousses, comme s'il était pris de crises d'épilepsie. Lev lui proposa sa veste mais CyFi lui assena un coup sur le bras.

– J'ai pas froid ! Mon problème, c'est pas d'avoir froid, c'est qu'il y a à la fois de l'huile et de l'eau dans mon cerveau !

Ce que CyFi devait faire une fois à Joplin restait pour Lev un mystère, et il se rendait compte que CyFi n'en avait pas la moindre idée lui non plus. Ce que le garçon – ou le morceau de ce garçon – forçait CyFi à faire dépassait manifestement son entendement. Lev espérait qu'il ne s'agissait pas de quelque chose de destructeur. En réalité, Lev savait au fond de lui que c'était sûrement quelque chose de néfaste. De très néfaste.

– Pourquoi es-tu encore avec moi, Fry ? demanda CyFi après une énième crise de tremblements. N'importe quel mec normal se serait barré depuis longtemps.

– Qui t'a dit que j'étais normal ?

– Tu l'es, Fry. T'es tellement normal que tu me fais peur. Tellement normal que ça en devient anormal.

Lev réfléchit un moment. Il aurait voulu donner une véritable réponse à Cyrus, pas une qui se contenterait de balayer sa question.

– Si je reste, énonça Lev lentement, c'est parce que quelqu'un doit être témoin de ce qui va se passer à Joplin. Je ne sais pas ce que tu comptes faire, mais il faut que quelqu'un le comprenne.

– Ouais, c'est ça. J'ai besoin d'un témoin.

– Tu es comme un saumon qui remonte le courant, expliqua Lev. Tu *dois* le faire, ça fait partie de toi. Et moi, je dois t'aider à y arriver.

– Un saumon..., répéta CyFi, songeur. Un jour, j'ai vu une affiche avec un saumon qui sautait dans une cascade. Sauf qu'en haut, il y avait un ours, et ce poisson était sur le point de se jeter dans sa gueule. La légende, qui était censée être drôle, disait : « Un voyage de plusieurs milliers de kilomètres peut parfois prendre fin très brutalement. »

– Il n'y a pas d'ours à Joplin, le rassura Lev.

Il décida d'abandonner les métaphores avec CyFi : il était tellement malin qu'il arrivait toujours à y voir un double sens.

Cent trente points de QI employés à construire le destin. Comment Lev pouvait-il lutter ?

Les jours passèrent, kilomètre après kilomètre, ville après ville. Puis un jour, ils franchirent un écriteau qui indiquait : BIENVENUE À JOPLIN, 45 504 HABITANTS.

30.

Cy-Ty

CyFi ne connaissait pas un seul instant de répit. Fry ne pouvait pas comprendre ce qu'il subissait, il ne pouvait se douter que les sentiments déferlaient sur lui comme les vagues houleuses s'abattent inlassablement contre la digue. Il savait que la digue n'allait pas tarder à s'effondrer et, lorsque ça arriverait, CyFi perdrait la boule. Il perdrait tout. Son esprit lui sortirait des oreilles et s'écoulerait dans les rues de Joplin. Il le savait.

Il aperçut le panneau. BIENVENUE À JOPLIN. Son cœur avait beau être le sien, il battait à tout rompre dans sa poitrine, menaçant d'éclater. Ça ne serait pas bien grave, en vérité. On le conduirait en vitesse dans un hôpital, on lui en grefferait un nouveau et il serait contraint de cohabiter avec son propriétaire.

Le garçon qui logeait dans un coin de sa tête ne s'adressait pas à lui avec des mots, mais plutôt avec des sensations, des émotions. Il n'avait pas l'air de comprendre qu'il n'était qu'une partie de quelqu'un d'autre. C'était un peu comme dans les rêves : il y avait des choses qu'on savait, d'autres qu'on aurait dû savoir mais qu'on ne savait pas. Eh bien, ce garçon ignorait qu'il faisait maintenant partie de quelqu'un d'autre. Il ne cessait de chercher dans la tête de Cyrus des choses qui ne s'y trouvaient pas – des souvenirs, des liens, des mots. Seulement, le cerveau de Cyrus ne fonctionnait pas avec les mêmes codes. Alors le garçon déversait sa colère, sa peur, sa douleur. Les vagues se brisaient contre la digue, et un courant tirait CyFi vers l'avant. Il fallait agir, mais seul le garçon savait ce qu'il fallait faire.

– Ça serait peut-être plus simple si on avait une carte, suggéra Fry.

Cette remarque mit CyFi en rogne.

– J'ai pas besoin d'une carte ! s'écria-t-il. Il faut que je voie des choses, des endroits. Une carte, c'est qu'une carte. Moi, je veux être sur le terrain.

Ils se trouvaient à une intersection, aux abords de la ville. C'était comme de chercher de l'eau avec une baguette, à la manière des sourciers. Rien ne lui était familier.

– Il connaît pas cet endroit, annonça CyFi. Allons ailleurs.

Rue après rue, croisement après croisement, tout se ressemblait. Joplin était une petite ville, mais pas au point qu'on aurait pu la connaître comme sa poche. Ils finirent par arriver dans la rue principale, bordée de boutiques et de restaurants. La rue ressemblait à n'importe quelle autre rue d'une ville de cette taille, sauf...

– Attends !

– Quoi ?

– Il connaît cette rue ! s'exclama CyFi. Là ! Ce magasin de glaces ! Je sens le goût d'une glace à la citrouille. J'ai horreur de ça, pourtant...

– Il devait aimer, lui.

– C'était sa préférée, confirma CyFi avec un hochement de tête. Quel nul...

Il désigna la boutique du doigt puis fit un mouvement vers la gauche avec son bras.

– Il arrivait par là, et ensuite il repartait là-bas, indiqua-t-il en montrant la direction opposée.

– Alors qu'est-ce qu'on fait ?

CyFi choisit de prendre à gauche et ils se retrouvèrent au lycée de Joplin, résidence de l'équipe des Eagles. Une image de fleuret lui apparut et il comprit immédiatement.

– Il faisait partie de l'équipe d'escrime !

– Un fleuret, ça brille ! fit remarquer Fry.

CyFi lui aurait jeté un regard incendiaire s'il n'avait pas eu raison. Or, il avait vu juste : les fleurets brillaient. Il se demanda si le garçon avait déjà volé une arme. Oui, probablement. Dérober les fleurets de l'équipe adverse était une tradition ancienne dans la pratique de l'escrime.

– Il a dû partir d'ici et se diriger vers le magasin de glaces, avant de rentrer chez lui, supposa Fry. On cherche sa maison, n'est-ce pas ?

La réponse s'imposa à CyFi comme une pulsion, au plus profond de son cerveau, qui le prenait aux tripes. Un saumon ? Non, plutôt un espadon qui se tortillait au bout d'une ligne, le tirant sans relâche.

La nuit était en train de tomber. Il y avait des enfants dans la rue, la plupart des conducteurs avaient allumé les phares de leur voiture. Ils devaient passer pour deux gamins du quartier comme les autres. Personne ne sembla les remarquer, mais une voiture de police était stationnée quelques mètres plus haut. Elle démarra à ce moment-là.

Au moment où ils passaient devant le magasin de glaces, CyFi sentit quelque chose changer dans sa démarche, dans sa manière de se tenir. Tous les points de tension de son visage changèrent : ses sourcils s'abaissèrent, sa mâchoire se détendit. Je ne suis plus moi-même, songea-t-il. L'autre était en train de prendre le dessus. Fallait-il lutter ? Il était déjà trop tard pour se battre... La seule manière d'en finir, c'était de se laisser faire.

– CyFi ! appela le garçon à ses côtés.

CyFi le regarda et, même si une part de lui savait que c'était Lev, l'autre part se mit à paniquer et il sut immédiatement pourquoi. Il ferma les yeux quelques instants en s'efforçant de se convaincre que l'autre savait que Fry n'était pas une menace. Il eut l'air de comprendre et la panique s'estompa.

CyFi atteignit une intersection et tourna à gauche, comme des centaines de fois auparavant. Son corps était secoué de tremblements ; il faisait de son mieux pour n'obéir qu'à son lobe temporal. Tout à coup, une grande nervosité s'empara de lui. Il fallait qu'il trouve un moyen de la traduire avec des mots.

– Je vais être en retard et ils vont être furieux. Comme d'habitude.

– En retard pour quoi ?

– Pour le dîner. Il faut manger à l'heure, sinon je me fais engueuler. Ils pourraient dîner sans moi mais ils ne le font pas. Jamais. Ils m'attendent. Le repas finit par refroidir, et c'est ma faute. C'est toujours ma faute. Je suis assis là et ils me demandent comment s'est passée ma journée. Bien. Qu'est-ce que j'ai appris aujourd'hui ? Rien. Est-ce que j'ai encore fait des conneries ? Oui.

Ce n'était pas le son de sa voix, même si c'étaient bien ses cordes vocales. Il s'agissait du même ton, mais les inflexions et l'accent étaient différents – sûrement la manière dont il aurait parlé s'il venait de Joplin, résidence de l'équipe des Eagles.

Tandis qu'ils arrivaient à un autre croisement, CyFi aperçut un autre véhicule de police qui les suivait lentement. Et ce n'était pas tout : une autre voiture était garée un peu plus loin, devant une maison. *Sa* maison. *Ma* maison. Finalement, CyFi était le saumon, et la voiture de police, l'ours. Mais rien ne pouvait l'arrêter : il fallait à tout prix qu'il aille jusqu'à cette maison.

Alors qu'il approchait du portail d'entrée, deux hommes sortirent d'une Toyota qui lui était familière de l'autre côté de la rue. Les deux papas. Ils le regardèrent et une expression de soulagement mêlée à de la peine se peignit sur leurs visages. Manifestement, ils savaient où le trouver.

– Cyrus ! cria l'un d'eux.

Il eut envie de courir vers eux, qu'ils le ramènent à la maison, mais il se retint. Il ne pouvait pas rentrer. Pas tout de suite. Ils s'élancèrent tous deux vers lui, sans pour autant se mettre sur son passage.

– Je dois le faire, dit-il d'une voix qui n'était pas la sienne.

À cet instant, les agents de police bondirent hors de leur voiture pour l'attraper. Ils étaient trop forts pour que CyFi puisse se débattre. Il lança à ses pères un regard suppliant.

– Je dois le faire ! répéta-t-il. Ne soyez pas l'ours !

Ils se regardèrent sans comprendre mais finirent par s'écarter, et demandèrent aux policiers de le relâcher.

– Je vous présente Lev, annonça Cyrus, stupéfait à l'idée que Fry se mette en danger en prenant le risque de rester à ses côtés. Je veux qu'on le laisse tranquille lui aussi.

Les deux pères lancèrent un bref coup d'œil à Fry avant de reporter leur attention sur Cyrus.

Les agents de police fouillèrent Cyrus pour s'assurer qu'il n'était pas armé puis, une fois rassurés, le laissèrent se diriger vers la maison. Sauf qu'il *était* armé : une arme lourde et tranchante. À cet instant précis, elle se trouvait dans un recoin de son esprit, mais ce ne serait plus le cas dans quelques minutes. CyFi était terrorisé, seulement il n'était plus question de reculer.

Devant la porte d'entrée, un officier de police discutait à voix basse avec un couple. Ils jetèrent un coup d'œil nerveux à CyFi.

La part de CyFi qui n'était pas lui connaissait bien cette femme et fut assailli d'une vague d'émotions si puissante qu'il eut l'impression qu'il allait se consumer sur place.

Comme il se dirigeait vers la porte, l'allée en pierre semblait ondoyer sous ses pieds. Finalement, il arriva devant le couple. Ils avaient une mine terrifiée – horrifiée même, ce qui le rendit à la fois heureux et triste. Une partie de lui-même aurait voulu être ailleurs, mais il ne savait plus quelle partie c'était.

Il ouvrit la bouche pour parler et essayer de transcrire ses émotions en mots.

– Donnez-la-moi ! ordonna-t-il. Papa, maman, donnez-la-moi !

La femme couvrit sa bouche de sa main et détourna la tête. Elle déversait autant de larmes qu'une éponge qu'on essore.

– Tyler ? fit l'homme. C'est toi ?

C'était la première fois que Cyrus pouvait associer un nom à cette partie de lui. Tyler. Oui, je suis Cyrus, mais je suis aussi Tyler, songea-t-il. Je suis Cy-Ty.

– Plus vite ! cria-t-il. Donnez-la-moi, j'en ai besoin maintenant !

– De quoi as-tu besoin ? demanda la femme.

Cy-Ty essaya de le formuler, mais impossible de trouver le mot. Il n'arrivait même pas à visualiser une image. C'était un objet. Une arme. Si l'image ne lui apparaissait toujours pas, l'action, si. Il mima quelque chose. Il se pencha en avant, plaça un bras devant l'autre. Il tenait dans sa main un objet long, pointé vers le bas. Il projetait ses deux bras vers le bas. Il comprit qu'il n'était pas à la recherche d'une arme, mais d'un outil, car il reconnut l'action qu'il était en train de mimer : il creusait.

– Une pelle ! lâcha-t-il avec un soupir de soulagement. J'ai besoin d'une pelle !

L'homme et la femme échangèrent un regard. L'officier leur fit un signe de la tête.

– Elle est dans l'abri, informa l'homme.

Cy-Ty traversa la maison à tout blinde et sortit dans le jardin par la porte de derrière, suivi du couple, des policiers, des deux pères et de Fry. Il alla droit vers l'abri, s'empara de la pelle – il sut exactement où la trouver – puis se dirigea vers un coin du jardin où des brindilles disposées en croix étaient plantées dans le sol.

Cy-Ti connaissait cet endroit du jardin. Il le sentait au fond de lui. C'est ici qu'il avait enterré ses animaux. Il ne se rappelait ni leur nom ni quel genre d'animal c'était, mais il devina que l'un d'eux était un setter irlandais. Il visualisa des images de ce qui leur est arrivé. L'un deux s'était retrouvé face à une horde de chiens sauvages ; un autre s'était fait écraser par un bus ; le troisième était mort de vieillesse. Il saisit la pelle et l'enfonça dans la terre, à l'écart de leurs tombes – jamais il ne les aurait dérangés. Jamais. Au lieu de cela, il enfonça la pelle dans la terre meuble à quelques mètres des tombes.

Chaque effort lui arrachait un cri tandis qu'il jetait la terre sur le côté. Puis il se mit à quatre pattes et entreprit de gratter la terre avec ses mains.

Il plongea ses mains dans le trou et attrapa une poignée qu'il tira de toutes ses forces. Il sortit une mallette imbibée d'eau et recouverte de terre. Cy-Ty la posa sur le sol et l'ouvrit.

À l'instant où il vit ce qu'elle contenait, son cerveau disjoncta. Complètement bloqué. Impossible de bouger, de penser. C'était trop brillant dans les rayons rouges du soleil. Il y avait tant de belles choses à contempler qu'il en était paralysé. Il fallait qu'il réagisse, qu'il aille jusqu'au bout.

Il enfonça ses deux mains dans la mallette pleine de bijoux, sentit l'or fin des chaînes glisser entre ses doigts, entendit le cliquetis du métal. Il y avait des diamants et des rubis, du zirconium et du plastique. Des bijoux hors de prix mélangés à d'autres en toc. Il ne se rappelait pas quand ni où il avait volé tous ces objets, seulement que c'était bien lui. Il les avait dérobés, amassés puis dissimulés. Il leur avait confectionné un petit cercueil, qu'il déterrait quand nécessaire. S'il les rendait, peut-être que…

Les mains ligotées par les bijoux emmêlés, tels les menottes accrochées à la ceinture des policiers, il avança vers le couple en titubant. Bagues et broches s'échappaient du butin et atterrissaient sur l'herbe. Les bijoux glissaient entre ses doigts mais il faisait de son mieux pour en retenir le plus possible. Il finit par arriver devant l'homme et la femme qui étaient blottis l'un contre l'autre comme s'ils se trouvaient sur la trajectoire d'une tornade. Puis il tomba à genoux, lâcha à leurs pieds le trésor et, se balançant d'avant en arrière, se lança dans une complainte désespérée.

– Je vous en prie ! Je suis désolé, sincèrement désolé ! Je vous en prie, reprenez-les, je n'en veux pas ! Je vous en prie ! Faites tout ce que vous voulez, mais ne me fragmentez pas !

Et tout à coup, CyFi se rendit compte que Tyler ne savait pas : la partie du garçon qui comprenait les notions de temps et d'espace n'était pas là, et ne le serait plus jamais. Tyler ne pouvait pas comprendre qu'il était déjà parti et Cy ne pourrait rien y faire. Alors il continua sa complainte :

– Je vous en supplie, ne me fragmentez pas ! Je ferai tout ce que vous voudrez, mais ne me fragmentez pas ! S'il vous plaît !

C'est alors qu'il entendit une voix derrière lui.

31.

Lev

– Dites-lui ce qu'il a besoin d'entendre ! cria Lev.

Il contenait en lui tant de colère qu'il eut le sentiment que le sol allait se fissurer sous ses pieds. Il avait promis à CyFi d'être témoin de la scène. Mais il ne pouvait pas rester là sans rien faire.

Les parents de Tyler étaient dans les bras l'un de l'autre au lieu d'aller réconforter CyFi, ce qui ne fit qu'accentuer sa fureur.

– DITES-LUI QUE VOUS NE LE FRAGMENTEREZ PAS ! hurla-t-il.

Le couple le dévisagea.

Il s'empara alors de la pelle et la balança derrière son épaule comme une batte de base-ball.

– DITES-LUI QUE VOUS NE LE FRAGMENTEREZ PAS OU JE JURE QUE JE VOUS FRACASSE LE CRÂNE !

Jamais auparavant il n'avait parlé comme ça à quelqu'un. C'était la première fois qu'il proférait des menaces. Et ce n'étaient pas des menaces en l'air – il les mettrait à exécution s'il le fallait.

Les agents de police sortirent leurs armes. Mais Lev les ignora.

– Lâchez cette pelle ! ordonna l'un d'eux.

L'arme était pointée sur la poitrine de Lev, mais il n'obéit pas pour autant. Qu'il tire, se dit-il. J'aurai le temps de donner un coup de pelle aux parents de Tyler avant de tomber. Si je meurs, au moins l'un d'eux me suivra. Jamais il ne s'était senti aussi proche de l'explosion.

– DITES-LUI ! TOUT DE SUITE !

Tout se figea : les policiers et leurs pistolets, Lev et sa pelle. Finalement, l'homme et la femme mirent fin à la scène. Ils se tournèrent vers CyFi, qui se balançait en sanglotant, versant des larmes sur les bijoux emmêlés à leurs pieds.

– Nous ne te fragmenterons pas, Tyler.

– JUREZ-LE !

– Nous te le jurons, Tyler.

Les épaules de CyFi se relâchèrent et les sanglots de désespoir se transformèrent en larmes de soulagement.

– Merci, lâcha-t-il. Merci...

Lev laissa tomber la pelle, les policiers baissèrent leurs armes et le couple en pleurs se hâta vers la sécurité de son foyer. Les pères de Cyrus étaient là pour prendre le relais. Ils l'aidèrent à se relever et le prirent dans leurs bras.

– C'est fini, Cyrus. Tout va s'arranger

– Je sais. Tout va bien maintenant, répondit Cyrus entre deux sanglots.

Lev choisit ce moment pour s'éclipser. Il était l'unique inconnue de l'équation qui restait à résoudre et la police n'allait pas tarder à s'en rendre compte. Il recula donc lentement pendant que les officiers étaient occupés avec le couple, l'enfant en pleurs, les deux pères et les bijoux. Puis, une fois dans l'ombre, il se retourna et se sauva en courant. Ils découvriraient sa disparition dans quelques minutes, mais il avait toujours été très rapide et n'avait guère besoin de plus de temps. En une dizaine de secondes, il avait traversé la haie, le jardin des voisins, et regagné la rue.

L'expression sur le visage de CyFi au moment où il avait lâché les bijoux aux pieds de ces personnes détestables, la manière dont ils s'étaient comportés, comme si c'étaient eux les victimes, tout cela resterait gravé dans sa mémoire jusqu'à la fin de sa vie. Il savait qu'à compter de ce jour, il ne serait plus jamais le même. Cet épisode l'avait profondément transformé. Où que son périple le mène maintenant, ça n'avait plus d'importance, car dans son cœur, il était déjà arrivé à destination. Il était devenu comme cette mallette enterrée sous terre, remplie de pierres précieuses mais privée de lumière. Plus rien ne brillait, plus rien n'étincelait.

Les dernières lueurs du jour avaient disparu. Le ciel était bleu sombre, presque noir. Les réverbères n'étaient pas encore allumés et Lev s'éloigna à travers d'interminables nuances de noir. Pour mieux courir. Pour mieux se cacher. Et pour mieux se perdre maintenant que l'obscurité était son alliée.

V
Le Cimetière

« [Le sud-ouest de l'Arizona] constitue l'endroit idéal pour un cimetière d'avions. La région bénéficie d'un climat sec dépourvu de pollution, ce qui permet de réduire la corrosion. En outre, le sol est alcalin et ferme, de sorte que les avions peuvent être parqués sans risquer de s'enfoncer. Un cimetière d'avions ne se résume pas à entasser des carcasses d'avions et des tas de ferrailles. Il s'agit plutôt de préserver l'industrie aéronautique en sauvant pour des millions de dollars de pièces en surplus. »

Joe Zentner,
Cimetière d'Avions, www.desertusa.com

32.

L'Amiral

Le soleil éclatant cuisait la terre aride de l'Arizona le jour, tandis que la température devenait glaciale la nuit. Plus de quatre mille avions de toutes les époques de l'aviation étincelaient sous la lumière du soleil. Vues de haut, les rangées d'avions évoquaient des champs de récolte – une moisson de technologie à l'abandon.

1. VOUS ÊTES ARRIVÉS ICI PAR NÉCESSITÉ. VOUS Y RESTEREZ PAR CHOIX.

Depuis le ciel, nul ne pouvait s'apercevoir que certains de ces appareils – trente-trois pour être exact – étaient habités. Des satellites espions auraient pu détecter de l'activité, mais détecter et remarquer étaient deux choses bien distinctes. Les analystes de données de la CIA avaient mieux à faire que d'essayer de localiser une bande de fragmentés en fuite. Même si l'Amiral se reposait sur cette idée, les règles du Cimetière étaient extrêmement strictes, au cas où. Toute activité devait avoir lieu à l'intérieur des avions ou sous leurs ailes, sauf en cas de nécessité absolue. La canicule contribuait largement au respect de cette règle.

2. Avoir réussi à survivre vous donne le droit d'être respecté.

L'Amiral n'était pas propriétaire du Cimetière, mais son autorité était indiscutable. Il ne répondait à personne d'autre qu'à lui-même. Un sens des affaires aiguisé, quelques services rendus et une hiérarchie militaire désireuse de se débarrasser de lui lui avaient permis de négocier ce marché très avantageux.

3. La seule loi qui vaille est la mienne.

La Cimetière était un commerce prospère. La plupart des transactions se faisaient sur Internet, et l'Amiral parvenait à acquérir un jet par mois. Bien sûr, chaque avion arrivait chargé d'une cargaison clandestine de fragmentés. C'était le véritable business du Cimetière, et il était prolifique.

4. Votre vie est un cadeau que je vous fais. Ne le sous-estimez pas.

De temps à autre, il arrivait que des acheteurs viennent inspecter ou emporter de la marchandise. Avant ces visites, les fragmentés étaient toujours avertis bien à l'avance. Depuis l'entrée du Cimetière jusqu'aux avions, il fallait parcourir environ huit kilomètres, ce qui leur laissait le temps de disparaître comme des gremlins. Ce type de visiteurs ne venait qu'une fois par semaine. Certaines personnes se demandaient à quoi l'Amiral occupait le reste de son temps. Il leur répondait qu'il construisait une réserve naturelle.

5. Vous êtes meilleurs que ceux qui vous fragmentent. Soyez à la hauteur.

L'équipe de l'Amiral ne comportait que trois adultes : deux employés de bureau installés dans une caravane à l'écart des fragmentés et un pilote d'hélicoptère, Cleaver, qui était en charge de deux missions : faire

faire le tour du propriétaire aux acheteurs importants et, une fois par semaine, emmener l'Amiral pour une petite virée autour du Cimetière. Cleaver était le seul à être au courant qu'une armée de fragmentés était séquestrée au Cimetière, mais il touchait une coquette somme d'argent pour fermer les yeux et bénéficiait de l'entière confiance de l'Amiral. Il fallait toujours faire confiance à son pilote.

6. AU CIMETIÈRE, TOUT LE MONDE DOIT APPORTER SA CONTRIBUTION. IL N'Y A AUCUNE EXCEPTION À CETTE RÈGLE.

Au Cimetière, le gros du travail était effectué par les fragmentés. Des équipes étaient préposées au démontage des avions, au tri des pièces détachées et à leur préparation avant la revente. Cela ressemblait à n'importe quelle autre ferraillerie, à une échelle beaucoup plus grande. Tous les avions n'étaient pas démontés : si l'Amiral estimait qu'il pouvait les revendre entiers, ils restaient en l'état. D'autres étaient réaménagés en espaces de vie pour les fragmentés qui vivaient, au sens propre et figuré, sous leur aile.

7. LES RÉBELLIONS D'ADOLESCENTS SONT RÉSERVÉES AUX GOSSES DE BANLIEUE. OUBLIEZ.

L'âge, la mission, les besoins personnels étaient autant d'éléments pris en compte pour former les équipes. Une vie entière passée à former des militaires pour en faire une force de combat digne de ce nom avait préparé l'Amiral à créer une société fonctionnelle avec des adolescents à problèmes.

8. JE REFUSE QUE MON CIMETIÈRE SOIT GOUVERNÉ PAR LES HORMONES.

Filles et garçons n'étaient jamais mélangés dans les équipes.

9. Passé l'âge de dix-huit ans, je ne veux plus avoir affaire à vous.

L'Amiral avait affiché le règlement dans tous les avions où les fragmentés vivaient et travaillaient. Les adolescents l'avaient baptisé « Les Dix Exigements ». L'Amiral ne prêtait aucune attention à ce qui se disait ; l'essentiel, c'était que tous les fragmentés connaissent les règles par cœur.

10. Faites quelque chose de vous-même. Ceci est un ordre.

Arriver à garder près de quatre cents adolescents dissimulés, en bonne santé et entiers, était un véritable challenge. Jamais l'Amiral n'avait reculé devant un défi à relever. Il préférait garder pour lui ses motivations, tout comme son identité.

33.

Risa

Pour Risa, les premiers jours au Cimetière furent éprouvants et semblèrent durer une éternité. Son séjour débuta par une séance d'humiliation.

Tout nouvel arrivant devait passer devant un tribunal, installé derrière un bureau dans la carcasse dépouillée d'un gros-porteur. Le jury était composé de deux garçons et une fille, tous trois âgés de dix-sept ans. Ils formaient, avec Ampli et Servant – que Risa avait rencontrés en sortant de l'avion – le groupe d'élite que tout le monde appelait « Les Protégés ». C'est en eux cinq que l'Amiral avait le plus confiance et, par conséquent, c'étaient eux qui dirigeaient les opérations.

Lorsque le tour de Risa arriva, ils avaient déjà vu passer quarante adolescents.

– Parle-nous de toi, demanda le garçon de droite. (Elle le surnomma « Tribord ». Après tout, ils se trouvaient dans une espèce de vaisseau.) Qu'est-ce que tu sais faire ?

La dernière fois que Risa s'était retrouvée face à un tribunal, c'était à la maison-pupille, lorsqu'il avait été décidé qu'elle serait fragmentée. Elle voyait bien que les trois adolescents s'ennuyaient à mourir et qu'ils se fichaient bien de ce qu'elle pouvait leur dire, du moment qu'ils pouvaient se débarrasser de cette corvée. Elle se mit à les détester, tout comme elle avait détesté le directeur de la maison-pupille qui lui avait expliqué pourquoi il révoquait son appartenance à l'humanité.

La jeune fille assise au centre dut lire dans ses pensées puisqu'elle la rassura :

– Ne t'inquiète pas, ce n'est pas un test. Nous voulons juste t'aider à savoir où tu t'adapteras le mieux ici.

C'était une remarque étrange étant donné que l'incapacité à s'adapter était justement le problème de tous les fragmentés. Risa prit une profonde inspiration.

– J'étudiais la musique à la maison-pupille, expliqua-t-elle.

Elle regretta immédiatement d'avoir dévoilé d'où elle venait – même parmi les fragmentés, il y avait des préjugés et un ordre hiérarchique. Tribord s'appuya contre le dossier de sa chaise et croisa les bras avec une mine désapprobatrice. Mais Bâbord intervint.

– Je suis pupille de la nation moi aussi, annonça-t-il. Maison-pupille Floride 18.

– Ohio 23.

– De quel instrument joues-tu ? demanda la fille.

– Du piano.

– Navré, lâcha Tribord. Nous avons suffisamment de musiciens et il n'y a pas de piano ici.

– Avoir survécu me donne le droit d'être respectée, énonça Risa. Cela fait partie des règles de l'Amiral, non ? Je pense qu'il n'apprécierait pas ton attitude.

– Bon, on continue ? fit Tribord en grimaçant.

– C'est vrai que dans la situation actuelle, une virtuose n'est pas ce dont nous avons le plus besoin, confirma la fille avec un sourire désolé. Que sais-tu faire d'autre ?

– Donnez-moi quelque chose à faire et je le ferai. De toute façon, c'est comme ça que ça se passe, non ?

– Ils ont toujours besoin d'aide en cuisine, concéda Tribord. Surtout après les repas.

La fille adressa à Risa un regard suppliant, espérant sans doute qu'elle trouverait une meilleure réponse.

– La plonge, c'est parfait, se contenta de répondre Risa. Je peux partir ?

Elle quitta l'avion, s'efforçant de masquer son dégoût, et croisa un garçon. Il avait une sale tête : son nez était enflé et violet, sa chemise maculée de sang séché et ses deux narines saignaient.

– Qu'est-ce qui t'est arrivé ?

– Ton petit ami, voilà ce qui m'est arrivé. Il va payer pour ce qu'il a fait.

Risa eut envie de lui poser mille questions, mais la priorité était d'arrêter le saignement. Le garçon pencha la tête en arrière.

– Non ! s'écria Risa. Penche-toi vers l'avant sinon tu vas t'étouffer.

L'adolescent s'exécuta. Le jury sortit de l'avion pour aider Risa, mais elle avait la situation bien en main.

– Pince ton nez comme ça, ordonna Risa. Maintenant il faut que tu sois patient.

Une fois que le sang se fut arrêté de couler, Bâbord s'approcha de Risa.

– Bien joué ! lança-t-il.

Ils la promurent immédiatement au rang d'infirmière. En quelque sorte, c'était grâce à Connor, puisque c'était lui qui avait amoché le garçon.

Ce dernier fut affecté à la plonge.

*

Les premiers jours, se comporter comme une infirmière alors qu'elle n'en avait pas la formation la paniqua. Il y avait dans l'avion médical d'autres personnes qui semblaient en savoir bien plus qu'elle, mais elle comprit rapidement qu'ils avaient été lâchés ici comme elle, dès leur arrivée.

– Je suis sûr que tu vas très bien t'en tirer, affirma le médecin en chef qui n'avait que dix-sept ans. Tu as ça dans le sang.

Il avait vu juste : une fois habituée à l'idée, se charger des premiers soins, des maladies basiques et même des points de suture pour les plaies superficielles lui parut aussi naturel que de jouer du piano. Les journées passaient vite et, un jour, elle se rendit compte qu'elle était là depuis déjà un mois. Chaque jour, elle se sentait un peu plus en sécurité. L'Amiral était un oiseau étrange, mais il avait fait quelque chose que personne d'autre n'avait réussi à faire depuis son départ de la maison-pupille. Il lui avait rendu le droit à la vie.

34.

Connor

Tout comme Risa, Connor trouva sa voie par hasard. Il ne s'était jamais considéré comme étant particulièrement doué en mécanique, mais voir une bande d'abrutis plantés devant un objet cassé en se demandant qui allait le réparer avait le don de l'exaspérer. Durant cette première semaine, alors que Risa apprenait à être un bon faux-médecin, Connor avait décidé d'essayer de comprendre le fonctionnement d'une unité d'air conditionné à plat et de chercher les pièces détachées nécessaires pour la remettre en marche.

Il se rendit rapidement compte que le procédé était le même pour tous les objets en panne. Bien sûr, il avait commis beaucoup d'erreurs au début, mais elles devenaient de moins en moins fréquentes avec le temps. Beaucoup d'autres fragmentés se prétendaient mécaniciens et excellaient dans l'art d'expliquer pourquoi telle ou telle chose était cassée. Connor, lui, les réparait.

Ainsi, il passa rapidement de l'équipe chargée des ordures à celle des réparateurs et, comme il y avait sans cesse des objets à rafistoler, cela lui évitait de penser à d'autres choses, comme le fait de ne presque jamais voir Risa dans le petit monde bien organisé de l'Amiral, ou la vitesse à laquelle Roland gravissait les échelons de cette société.

Roland avait réussi à s'assurer la meilleure mission au Cimetière. En arrondissant les angles et en maniant la flatterie, il avait réussi à se faire embaucher comme assistant du pilote. Sa tâche consistait à nettoyer l'hélicoptère et à remettre de l'essence quand il fallait mais, en réalité, il avait tout d'un apprenti.

Un jour, Connor avait entendu Roland dire qu'il prenait des cours de pilotage. Imaginer Roland aux commandes d'un hélicoptère lui avait donné des sueurs froides, mais nombreux étaient ceux que Roland impressionnait. Son âge lui conférait une sorte d'ancienneté, et ses manigances inspiraient la crainte ou le respect chez un nombre surprenant de fragmentés. Roland puisait son énergie négative chez les autres, et il avait largement de quoi faire.

Manipuler les gens n'avait jamais été le fort de Connor. Même pour les membres de son équipe, il restait un mystère. Ils savaient qu'il ne valait mieux pas le chercher car il avait une tolérance très limitée pour la bêtise et les sources d'irritation. D'un autre côté, s'il y avait quelqu'un qu'il fallait avoir dans son équipe, c'était bien lui.

– Les gens t'aiment bien parce que tu es intègre, fit remarquer Hayden, même quand tu te comportes comme un connard.

Connor eut envie de rire. Lui, intègre ? Certaines personnes n'auraient pas été d'accord. Mais il avait changé. Il se bagarrait moins, peut-être parce qu'ils avaient plus d'espace ici qu'à l'entrepôt. Ou peut-être parce qu'il s'était suffisamment entraîné à maîtriser ses impulsions. C'était en grande partie grâce à Risa : chaque fois qu'il se forçait à réfléchir avant d'agir, c'est sa voix qu'il entendait. Il aurait aimé le lui dire, seulement elle était très occupée à l'infirmerie, et puis, il se serait mal vu lui balancer : « Je suis une meilleure personne parce que j'entends ta voix dans ma tête. »

Risa aussi était dans la tête de Roland, et cela inquiétait Connor. Au début, elle n'avait été qu'un outil qui lui avait servi à provoquer Connor. Mais aujourd'hui, il la considérait comme un trophée et, plutôt que de jouer les durs, il lui faisait du charme à tout bout de champ.

– Tu n'es pas en train de tomber amoureuse de lui, si ? lui demanda-t-il un jour, lors d'une des rares occasions où il se retrouva seul avec elle.

– Je vais faire comme si je n'avais pas entendu, répondit-elle avec une moue de dégoût.

Mais Connor avait de bonnes raisons de se poser des questions.

– La première nuit qu'on a passée ici, il t'a proposé sa couverture et tu l'as acceptée.

– Simplement parce que je savais qu'il aurait froid.

– Et quand il te propose sa nourriture, tu la prends aussi.

– Seulement pour qu'il ait faim.

Ses propos étaient d'une logique imparable. Connor trouvait incroyable qu'elle parvienne à mettre ses émotions de côté, à devenir aussi calculatrice que Roland et à le battre à son propre jeu. Connor ne l'en admirait que davantage.

*

– Appel d'offres !

Les réunions d'appels d'offres avaient lieu environ une fois par semaine sous la verrière. C'est la seule structure du Cimetière qui ne faisait pas partie d'un avion et le seul endroit suffisamment grand pour accueillir quatre cent vingt-trois personnes. Les appels d'offres donnaient l'occasion de retourner au monde réel, d'avoir une vie. Enfin, plus ou moins...

L'Amiral n'y assistait jamais mais, à cause de caméras vidéo installées sous les verrières, comme partout dans le Cimetière, tout le monde savait qu'il veillait au grain. Nul ne savait si les caméras étaient surveillées en permanence, mais le risque était toujours là. Le jour de son arrivée, Connor n'avait pas vraiment prêté attention à l'Amiral, mais la présence de tous ces espions ne lui avait pas laissé une bonne impression. À croire que chaque jour, un nouvel événement s'ajoutait aux autres pour renforcer le sentiment général de dégoût envers cet homme.

Ampli menait la réunion ; il était muni de son mégaphone et d'un bloc-notes.

– Un homme a besoin de cinq personnes dans l'Oregon pour couper à blanc quelques hectares de forêt, annonça-t-il. Vous serez logés et nourris et on vous apprendra à vous servir des outils nécessaires. La mission doit durer quelques mois et, à la fin, vous obtiendrez une nouvelle identité. Des identités de personnes majeures.

Ampli ne leur communiquait jamais de salaire, car il n'y en avait pas. L'Amiral, lui, touchait une somme – le prix d'achat des fragmentés.

– Des volontaires ?

Il y en avait toujours et, comme à chaque fois, une dizaine de mains se levèrent. Pour la plupart, des adolescents âgés de seize ans. Ceux qui avaient dix-sept ans étaient trop proches de leur dix-huitième anniversaire pour que cela vaille la peine. Quant aux plus jeunes, cette perspective les terrifiait.

– Adressez-vous à l'Amiral après la réunion, c'est lui qui prendra la décision finale.

Ces réunions mettaient Connor hors de lui. Il ne se portait jamais volontaire même quand il jugeait une offre intéressante.

– L'Amiral nous utilise, disait-il aux autres, vous ne vous en rendez pas compte ?

La plupart se contentaient de hausser les épaules, mais Hayden ne perdait jamais l'occasion d'apporter sa propre vision des choses.

– Je préfère qu'on m'utilise entier qu'en pièces détachées, fit-il remarquer.

Ampli examina son bloc de papier et porta le mégaphone à sa bouche.

– Services de ménage ! cria-t-il. Trois personnes, de sexe féminin de préférence. Pas de faux papiers, mais le lieu est sûr et isolé, ce qui signifie que vous serez à l'abri des Frags jusqu'au jour de vos dix-huit ans.

– Dis-moi que personne n'a levé la main, murmura Connor sans même oser regarder.

– Six filles. Je dirais dix-sept ans, répondit Hayden. J'imagine que personne n'a envie d'être femme de ménage pendant plus d'un an.

– On est dans un commerce d'esclaves, pas dans un refuge. Comment se fait-il que personne ne s'en rende compte ?

– Qui te dit que personne ne s'en rend compte ? C'est simplement qu'à côté de la fragmentation, l'esclavage est un moindre mal.

– Je ne vois pas pourquoi on devrait choisir entre la peste et le choléra.

Alors que la réunion prenait fin, Connor sentit une main sur son épaule. Il se dit qu'il devait s'agir d'un ami, mais c'était Roland. Connor fut tellement surpris qu'il lui fallut quelques instants avant de réagir et de repousser sa main.

– Qu'est-ce que tu veux ?

– Parler, c'est tout.

– Tu n'as pas un hélicoptère à nettoyer ?

Roland sourit.

– Je pilote de plus en plus. Je suis le copilote officieux de Cleaver.

– Il a peut-être envie de mourir.

Connor se demanda qui le débectait le plus : Roland ou le pilote qui s'était fait embobiner. Roland jeta un coup d'œil à la foule qui se dispersait.

– L'Amiral est à la tête d'un sacré trafic ici. La plupart des losers qui sont ici n'en ont rien à faire. Mais toi, ça te dérange, pas vrai ?

– Où veux-tu en venir ?

– Tu n'es pas le seul à penser que l'Amiral aurait besoin d'un petit... recyclage.

Connor n'aimait pas le tour que prenait cette discussion.

– Ce que je pense de l'Amiral me regarde, lâcha-t-il.

– Bien sûr. Au fait, tu as remarqué ses dents ?

– Qu'est-ce qu'elles ont ?

– Ce ne sont pas les siennes, c'est évident. Il paraît que dans son bureau, il a une photo du donneur. Un fragmenté, comme nous, qui, grâce à lui, n'a jamais connu le jour de ses dix-huit ans. À se demander combien de fois il s'est servi chez les fragmentés et s'il lui reste des pièces d'origine !

Cela faisait beaucoup d'informations à analyser et, étant donné leur source, Connor n'avait pas vraiment envie de les examiner, même s'il finirait sans doute par le faire.

– Que les choses soient claires, Roland. Je ne te fais pas confiance. Je ne t'aime pas. Et je ne veux pas avoir affaire à toi.

– Moi non plus je ne t'aime pas. Mais nous partageons le même ennemi, dit Roland en pointant du doigt l'avion de l'Amiral.

Roland s'éloigna avant que quiconque ait pu remarquer leur petite conversation. Connor avait une boule dans l'estomac. L'idée que Roland et lui puissent se trouver du même côté lui donna l'impression d'avoir avalé un aliment rance.

*

Pendant la semaine qui suivit, la graine plantée par Roland dans l'esprit de Connor eut tout loisir de pousser. Il faut dire qu'elle bénéficiait d'un sol fertile puisque Connor se méfiait déjà de l'Amiral. Désormais, chaque fois qu'il le voyait, Connor remarquait un nouvel élément. Ses dents étaient bel et bien parfaites – elles n'avaient rien de celles d'un vétéran de l'armée. À la manière dont il regardait les gens – droit dans les yeux –, on avait l'impression qu'il examinait leurs yeux, à la recherche d'une paire qui aurait pu lui convenir. Et ces fragmentés qui disparaissaient après les appels d'offres… ils ne revenaient jamais. Comment savoir où ils finissaient en réalité ? Comment être certains qu'ils n'étaient pas fragmentés ? L'Amiral prétendait que son but était de sauver les fragmentés, mais peut-être ses intentions étaient-elles tout autres? Ces interrogations empêchèrent Connor de dormir la nuit mais il ne put se résoudre à partager ses inquiétudes : cela l'aurait placé d'office du côté de Roland. Et il était hors de question qu'il accepte de former une telle alliance.

*

Au cours de leur quatrième semaine au Cimetière, alors que Connor continuait d'accumuler les indices contre l'Amiral, un avion atterrit – le premier depuis leur arrivée. Celui-là aussi était rempli d'une cargaison vivante. Tandis que les Protégés se dirigeaient vers l'appareil, Connor était occupé à réparer un groupe électrogène défectueux. Il observa le groupe avec un intérêt mitigé, en se demandant si l'un d'entre eux était plus doué que lui pour la mécanique et le rétrograderait dans une position moins enviable.

À ce moment-là, il aperçut dans le groupe un visage qu'il crut reconnaître. Quelqu'un de son école ? Non, ce n'était pas ça. Subitement, il comprit de qui il s'agissait. C'était le garçon qu'il pensait fragmenté depuis plusieurs semaines. Le garçon qu'il avait kidnappé pour le sauver. Lev !

Connor lâcha son outil et s'élança vers lui en courant, s'efforçant de dissimuler le mélange d'émotions qui l'envahissait derrière une attitude nonchalante. Après tout, c'était aussi le garçon qui l'avait trahi, celui qu'il avait juré de ne jamais pardonner. Pourtant, l'idée qu'il ait pu être fragmenté avait été trop difficile à supporter. Mais Lev était bien là, se dirigeant vers l'avion de fournitures. Connor était fou de joie. Et furieux.

Lev ne le vit pas immédiatement, ce qui permit à Connor d'assimiler ce qu'il venait de voir. Lev n'avait plus rien de commun avec le décimé soigné qu'il avait tiré de la voiture de ses parents plus de deux mois auparavant. Ses cheveux étaient longs et emmêlés, son regard dur. Il avait troqué ses vêtements blancs contre un jean déchiré et un tee-shirt rouge taché. Connor hésita à le laisser passer, mais Lev l'aperçut et lui adressa un large sourire. Ça aussi, c'était nouveau : durant le peu de temps qu'ils avaient passé ensemble, Lev n'avait jamais manifesté aucun signe de joie devant Connor

Lev se dirigea vers lui.

– Restez en ligne ! cria Ampli. C'est par ici.

– C'est bon, je le connais, expliqua Connor.

Ampli céda à contrecœur.

– D'accord mais assure-toi qu'il aille bien récupérer ses fournitures, dit-il avant de retourner à ses moutons.

– Alors, quoi de neuf? demanda Lev.

Quoi de neuf? C'était tout ? À croire qu'ils étaient de simples camarades de classe se retrouvant à la rentrée scolaire

Connor sut ce qu'il devait faire, et c'était la seule chose qui arrangerait les choses entre eux. Une fois de plus, il s'apprêtait à suivre son instinct sans réfléchir. Un comportement instinctif, et non irrationnel. Passionné, et non impulsif. Connor avait appris à faire la différence.

Il se jeta sur lui et lui assena un coup de poing en plein visage, pas suffisamment puissant pour le mettre à terre, mais assez pour le faire valdinguer et lui laisser en prime un mauvais œil au beurre noir.

– Ça, c'est pour ce que tu nous as fait, lança Connor.

Et, avant que Lev ait eu le temps de réagir, Connor l'attira contre lui et le serra dans ses bras, comme il l'avait fait avec son petit frère le jour où il était arrivé premier à l'épreuve départementale de pentathlon.

– Je suis vraiment content que tu sois en vie, Lev.

– Oui, moi aussi.

Lev partit avant que la situation ne devienne embarrassante, et Connor remarqua que son œil commençait déjà à enfler. Une idée lui vint alors à l'esprit.

– Viens, je t'emmène à l'infirmerie. Je connais quelqu'un qui pourra te soigner.

*

Ce ne fut que plus tard cette nuit-là que Connor se rendit compte à quel point Lev avait changé. Une lumière aveuglante braquée sur lui le réveilla en sursaut.

– Hé ! Qu'est-ce qui se passe ? s'écria-t-il.

– Chuuut ! murmura une voix derrière la lampe de poche. C'est moi, Lev.

Lev aurait dû se trouver dans l'avion des nouveaux arrivants, c'était là qu'étaient placés les fragmentés jusqu'à leur affectation dans une équipe. Sans compter que les règles étaient strictes : il était formellement interdit de sortir la nuit. Manifestement, Lev n'était plus gouverné par aucune règle.

– Qu'est-ce que tu fiches ici ? Est-ce que tu as idée du pétrin dans lequel tu vas te fourrer ?

Il ne distinguait toujours pas le visage de Lev.

– Tu m'as frappé tout à l'heure, rappela Lev.

– Parce que tu le méritais.

– Peut-être. Mais ne t'avise pas de recommencer ou tu le regretteras.

Même si Connor n'avait en aucun cas l'intention de se battre à nouveau avec Lev, il n'aimait pas vraiment qu'on lui lance des ultimatums.

– Je recommencerai si tu le mérites, répliqua Connor.

Silence derrière la lampe de poche.

– D'accord. Mais tu as intérêt à t'assurer que ce soit bien le cas.

La lumière s'éteignit et Lev repartit. Pourtant, Connor n'arriva pas à retrouver le sommeil. Tous les fragmentés avaient une histoire qu'ils préféraient garder secrète. Il était convaincu que désormais, Lev aussi avait la sienne.

*

Deux jours plus tard, l'Amiral convoqua Connor, soi-disant pour un objet à réparer. Il logeait dans un vieux 747 qui avait autrefois appartenu à l'armée de l'air, bien avant la naissance des fragmentés présents. Les moteurs avaient été enlevés et le sigle présidentiel recouvert de peinture, même si on en devinait encore le dessin.

Connor grimpa les marches, armé d'une caisse à outils, avec l'espoir qu'il se débarrasserait de cette tâche le plus vite possible. Comme tout le monde, il nourrissait une curiosité malsaine à l'égard de cet homme et il se demandait à quoi ressemblait un ancien avion présidentiel à l'intérieur, mais l'idée de se trouver à proximité de l'Amiral le terrifiait.

Il passa la porte et trouva plusieurs adolescents occupés à faire du rangement. Ils étaient plutôt jeunes et c'était la première fois que Connor les voyait. Il s'était attendu à tomber sur les Protégés, mais il s'était manifestement trompé. Quant à l'appareil, il était loin d'être aussi luxueux que ce que Connor avait imaginé. Les sièges en cuir étaient déchirés et la moquette usée jusqu'à la corde. Cela ressemblait davantage à un vieux camping-car qu'à un avion d'Air Force One.

– Où est l'Amiral ?

Ce dernier sortit d'une alcôve. En dépit de l'obscurité qui régnait à l'intérieur, Connor remarqua que l'Amiral tenait une arme.

– Connor ! Je suis ravi que tu aies pu venir.

Connor grimaça à la vue du pistolet et à l'idée que l'Amiral connaissait son prénom.

– Pourquoi avez-vous besoin d'une arme ? demanda-t-il.

– Oh, je l'ai sortie pour la nettoyer.

S'il disait vrai, pourquoi l'arme était-elle équipée d'un chargeur ? se demanda Connor. Il décida qu'il était plus sage de se taire. L'Amiral plaça le pistolet dans un tiroir et le verrouilla. Puis il congédia les deux adolescents et referma la porte derrière eux. Voilà exactement le genre de situations que Connor redoutait. Il sentit une vague d'adrénaline le parcourir de la tête aux pieds. Sa vigilance s'accrut.

– Vous aviez besoin de moi, monsieur ?

– En effet. Ma cafetière est cassée.

– Vous pourriez en prendre une dans un autre avion, fit remarquer Connor.

– Je pourrais, mais je préférais que celle-ci soit réparée, répondit l'homme calmement.

L'Amiral conduisit Connor à l'autre bout de l'avion qui, avec ses cabines, ses salles de réunions et ses bureaux paraissait encore plus grand vu de l'intérieur.

– J'entends souvent parler de toi, tu sais, dit l'Amiral.

Connor fut surpris – et ce n'était pas une bonne surprise.

– Pourquoi ?

– Pour ton travail de mécanicien. Et pour les bagarres.

Connor crut qu'il allait se faire passer un savon. Bien sûr, il se battait moins que d'habitude, mais l'Amiral était partisan de la tolérance zéro.

– Je suis désolé.

– Ne le sois pas. Tu es un franc-tireur mais, de toute évidence, tu tires souvent dans la bonne direction.

– Je ne comprends pas, monsieur.

– D'après ce que je sais, chaque bagarre que tu as provoquée a permis de résoudre un problème, même celles que tu as perdues. On peut dire que tu es un bon réparateur, dans tous les sens du terme !

Il sourit, dévoilant ses dents éclatantes de blancheur. Connor frissonna et, même s'il essaya de le cacher, il était convaincu que l'Amiral l'avait remarqué.

Ils entrèrent dans une salle à manger, avec une petite cuisine attenante.

– Nous y voilà, annonça l'Amiral.

La vieille cafetière trônait sur le comptoir. Connor était sur le point de sortir ses outils lorsqu'il remarqua que la machine n'était pas branchée. Alors il la brancha simplement, une petite lumière s'alluma et le café se mit à gargouiller dans le réceptacle en verre.

– Eh bien, c'est du joli travail ! s'exclama l'Amiral avec un grand sourire.

– Vous ne m'avez pas fait venir ici pour la cafetière, n'est-ce pas ?

– Assieds-toi.

– Je préfère rester debout.

– Fais ce que je te dis.

C'est à cet instant que Connor aperçut la photo. Il y en avait plusieurs accrochées au mur, mais l'une d'elles en particulier attira l'attention de Connor : c'était un garçon de son âge environ, qui souriait. Roland avait raison !

Connor eut envie de bondir, mais il entendit la voix de Risa qui lui recommandait d'évaluer la situation. Il aurait pu partir en courant et, avec un peu de chance, il arriverait à la porte avant l'Amiral, mais l'ouvrir ne serait pas facile. Il aurait pu assommer l'Amiral avec un de ses outils, ce qui lui laisserait le temps de s'enfuir. Mais où aller ? Au-delà du Cimetière, il n'y avait que le désert à perte de vue. Il conclut que la meilleure chose à faire était de s'exécuter, et s'assit.

– Tu ne m'aimes pas, hein ? demanda l'Amiral.

– Vous m'avez sauvé la vie en me permettant de venir ici, murmura Connor sans le regarder.

– Tu n'échapperas pas à cette question. Tu ne m'aimes pas ?

Connor frissonna à nouveau, sans essayer cette fois de le cacher.

– Non, monsieur, je ne vous aime pas.

– J'aimerais connaître tes raisons.

Pour toute réponse, Connor émit un petit rire.

– Tu penses que je suis un marchand d'esclaves et que j'utilise les fragmentés pour me faire de l'argent. Je me trompe ?

– Pourquoi me posez-vous la question si vous savez déjà ce que je vais répondre ?

– Regarde-moi.

Mais Connor ne voulait pas croiser le regard de cet homme. Ou plus exactement, il ne voulait pas que l'Amiral croise le sien.

– Je t'ai dit de me regarder !

Connor leva les yeux à contrecœur et fixa l'Amiral.

– Je pense que tu es un garçon intelligent, et j'aimerais que tu réfléchisses. Je suis un amiral de l'armée de l'air des États-Unis. J'ai été décoré plusieurs fois au cours de ma carrière. Tu penses vraiment que je m'amuserais à vendre des gosses pour gagner un peu d'argent ?

– Je n'en sais rien.

– Réfléchis ! À ton avis, suis-je intéressé par l'argent et les choses matérielles ? Je ne vis pas dans un palace, je ne pars pas en vacances dans les Caraïbes. Je passe mon temps au fin fond du désert, j'habite dans un avion déglingué 365 jours par an. Qu'est-ce que tu en conclus ?

– Je ne sais pas !

– Je pense que si.

Connor se leva. En dépit du ton de l'Amiral, Connor était de moins en moins intimidé et décida de lui donner ce qu'il attendait, sans savoir si c'était une décision sage ou inconsciente.

– Si vous faites tout ça, c'est pour le pouvoir. Parce que ça vous permet d'avoir des centaines de gamins sans défense à votre merci. Et aussi parce que vous pouvez décider qui fragmenter, et choisir de quelles parties de leur corp vous hériterez.

L'Amiral fut pris au dépourvu et, tout à coup, se mit sur la défensive.

– C'est évident ! reprit Connor. Vous êtes couvert de cicatrices ! Et vos dents ! Ne me dites pas que vous êtes né avec celles-là ! Qu'est-ce que vous voulez de moi ? Mes yeux ? Mes oreilles ? Ou peut-être mes mains qui sont si habiles. C'est pour ça que je suis là, pas vrai ?

– Tu dépasses les bornes ! rugit l'Amiral.

– Non, c'est vous qui dépassez les bornes !

Les yeux de l'Amiral étaient brillants de colère, ce qui aurait dû effrayer Connor, mais il était sur sa lancée et rien ne pouvait l'arrêter.

– Nous sommes désespérés en arrivant ici, ce que vous faites est dégueulasse !

– Alors, je suis un monstre, c'est ça ?

– Oui.

– Et mes dents en sont la preuve ?

– Oui.

– Alors je te les donne.

L'Amiral fit alors une chose qui dépassait l'imagination. Il porta sa main à sa bouche, agrippa sa mâchoire et arracha ses dents. Les yeux rivés sur Connor, il jeta sur la table le petit objet rose.

Connor poussa un cri. Deux rangées de dents blanches trônaient devant lui. Deux gencives roses. Pourtant, il n'y avait pas une goutte de sang, ni sur la table ni dans la bouche de l'Amiral. Comment était-ce possible ? Son visage semblait s'être affaissé, sa bouche n'était plus qu'une fente fripée. Connor ne sut ce qui était le plus impressionnant : le visage de l'Amiral ou les dents immaculées posées sur la table.

– On appelle ça un dentier. C'était un objet courant avant l'existence de la fragmentation. Aujourd'hui, qui voudrait de fausses dents quand on peut s'en procurer de vraies pour moitié moins cher ? J'ai été obligé de faire fabriquer celles-là en Thaïlande.

– Je… je ne comprends pas, bredouilla Connor en tournant la tête machinalement vers le portrait du jeune garçon.

– C'était mon fils, expliqua l'Amiral. Ses dents ressemblaient beaucoup aux miennes au même âge, ils se sont inspirés de ses empreintes dentaires pour fabriquer ce dentier.

– Je suis désolé, admit Connor, soulagé d'entendre une autre explication que celle qu'avait échafaudée Roland.

L'Amiral ignora ses excuses.

– L'argent que je gagne pour les appels d'offres sert à nourrir ceux qui restent ici, à payer les maisons et les entrepôts qui hébergent les fragmentés en fuite, les avions qui les amènent jusqu'ici, et aussi à acheter ceux qui exigent des pots-de-vin pour se taire. L'argent qui reste va dans les poches des fragmentés qu'on renvoie dans ce monde sans pitié lorsqu'ils atteignent l'âge de dix-huit ans. Je suis peut-être le marchand d'esclaves que tu imaginais, mais je suis loin d'être un monstre.

Connor jeta un coup d'œil au dentier qui étincelait sur la table. Il envisagea de le tendre à l'Amiral en gage de réconciliation, mais rien que d'y penser, il en avait la nausée. Alors il laissa l'Amiral le récupérer lui-même.

– Crois-tu à ce que je viens de te raconter ? demanda l'homme.

Connor réfléchit un instant mais conclut que sa perception était troublée. La vérité, les rumeurs, les faits et les mensonges s'embrouillaient dans sa tête au point qu'il n'arrivait plus à les démêler.

– Je crois, finit-il par répondre.

– Sois en sûr, car les choses que tu vas voir aujourd'hui sont bien plus terrifiantes que le dentier d'un vieil homme. Je dois être certain que je ne me trompe pas en t'accordant ma confiance.

*

À environ un kilomètre de là, allée numéro 14, lot 32, se trouvait un avion de la FedEx qui n'avait pas bougé depuis qu'il avait été remorqué là plus d'un mois auparavant.

L'Amiral se fit conduire jusqu'à l'appareil par Connor, dans sa voiturette de golf, après avoir emporté son arme par « pure précaution ».

Sous l'aile tribord, il y avait cinq monticules de terre surmontés de pierres tombales de fortune. Les cinq fragmentés morts asphyxiés pendant le trajet. Ces tombes justifiaient maintenant l'appellation du Cimetière...

La soute était ouverte.

– Monte à l'intérieur et va jusqu'à la caisse numéro 2933, ordonna l'Amiral. Une fois que tu l'auras trouvée, ressors, et nous discuterons.

– Vous ne m'accompagnez pas ?

– J'y suis déjà allé, répliqua-t-il en tendant à Connor une lampe de poche. Tiens, tu en auras besoin.

Connor grimpa sur le toit de la voiturette, s'engouffra dans l'avion et alluma la lampe de poche. Les souvenirs remontèrent à sa mémoire. Les choses étaient telles qu'ils les avaient laissées le mois dernier : des caisses ouvertes, des flaques d'urine – le placenta de leur arrivée. Il avança, passa devant la caisse qu'il avait occupée avec Hayden, Asthma et Diego, puis finit par tomber sur celle qu'il cherchait. La caisse numéro 2933. L'une des premières à avoir été chargée. Elle était légèrement entrouverte. Connor l'ouvrit un peu plus et dirigea le faisceau de sa lampe à l'intérieur.

Lorsqu'il vit ce qui s'y trouvait, il poussa un cri et recula instinctivement. L'Amiral aurait pu le prévenir, mais il n'avait rien dit. Pas de panique, songea-t-il. Je sais ce que j'ai vu. Je ne peux rien y faire. Et il n'y a rien ici qui puisse me nuire. Malgré tout, il dut se préparer psychologiquement avant de risquer un autre coup d'œil.

Il y avait cinq adolescents morts dans la caisse.

Tous âgés de dix-sept ans. Il y avait Ampli et Servant. Et puis Kevin, Melinda et Raul, les trois qui avaient attribué les missions le premier jour. Les Protégés au grand complet. Ils ne portaient sur eux aucune trace de sang, aucun signe de blessures. On aurait presque pu les croire endormis, à l'exception d'Ampli, dont les yeux étaient grands ouverts, le regard perdu dans le vide. Connor avait la tête qui tournait. Était-ce l'Amiral ? Était-il fou ? Pourquoi aurait-il fait une telle chose ? Non, c'était forcément quelqu'un d'autre.

Lorsque Connor ressortit à la lumière du jour, l'Amiral était en train de prier devant les tombes des cinq fragmentés. Il redressa les pierres tombales et aplanit la terre avec son pied.

– Ils ont disparu hier soir. Je les ai trouvés enfermés dans la caisse ce matin, expliqua l'Amiral. Ils sont morts asphyxiés, comme les cinq premiers, dans la même caisse.

– Qui a pu faire une chose pareille ?

– En effet, qui ? répéta l'Amiral en se tournant vers Connor. Celui qui a commis ce meurtre a éliminé les cinq fragmentés les plus influents, ce qui signifie que cet individu a pour objectif de démanteler la structure qui régit notre société afin de gravir les échelons plus rapidement.

Connor ne connaissait qu'un fragmenté capable d'un tel acte. Pourtant, il avait du mal à croire que Roland ait pu commettre un acte aussi terrible.

– Ils voulaient que je les découvre, reprit l'Amiral. Ils avaient laissé ma voiture de golf ici exprès. C'est une déclaration de guerre, Connor, j'espère que tu t'en rends compte. Ces cinq personnes étaient mes yeux et mes oreilles ici. J'en suis désormais privé. Ce soir, nous reviendrons tous les deux pour les enterrer.

Cette perspective mit Connor mal à l'aise. Il se demanda ce qu'il avait bien pu faire à Dieu pour mériter d'être le nouveau lieutenant de l'Amiral.

– Nous les enterrerons loin d'ici, continua l'homme, et nous ne dirons à personne qu'ils sont morts. Si nous laissons l'information filtrer, les assassins auront remporté leur première victoire. Si quelqu'un parle, ce qui finira forcément par se produire, nous remonterons jusqu'aux coupables.

– Et après ? interrogea Connor.

– Justice sera faite. Mais jusque-là, ce sera notre secret.

Pendant le trajet de retour, l'Amiral exposa son plan à Connor.

– Il me faut de nouveaux yeux, de nouvelles oreilles. J'ai besoin de quelqu'un qui me tienne informé de tout ce qui se passe et qui m'aidera à trouver le traître qui se cache parmi nous. Je te charge de cette mission.

– Vous voulez que je vous serve d'espion ?

– De quel côté es-tu ? Le mien ou celui de ces assassins ?

Connor comprit pourquoi l'Amiral l'avait amené jusqu'ici et pourquoi il avait tenu à ce qu'il voie les corps de ses propres yeux. Il comprit brusquement qu'il serait maintenant obligé d'être fidèle à l'Amiral.

– Pourquoi moi ? demanda Connor.

– Parce que tu es un moindre mal, mon ami, répliqua l'Amiral en dévoilant sa dentition parfaite.

*

Le lendemain matin, l'Amiral annonça que les Protégés étaient partis aider à l'organisation de nouveaux entrepôts. Connor guetta une éventuelle réaction de Roland – un sourire, un regard en coin à un de ses complices –, mais rien. Roland ne laissa transparaître aucun indice. En réalité, il semblait même distrait, comme s'il avait hâte de retourner à ses occupations. Et pour cause : ses leçons de pilotage avec Cleaver s'étaient avérées payantes. Depuis quelques semaines, Roland pilotait l'hélicoptère comme un pro et offrait des tours gratuits à qui, selon lui, le méritait. Il affirmait que cela ne dérangeait pas Cleaver, mais Connor était pratiquement sûr que ce dernier n'était au courant de rien.

Connor aurait pensé que Roland réserverait cette faveur à son cercle d'amis, mais ce n'était pas le cas. Roland gratifiait le travail bien fait, même celui de ceux qu'il ne connaissait pas. Il récompensait ceux qui se montraient loyaux envers leur équipe et laissaient les autres fragmentés voter pour désigner l'heureux élu. En fait, Roland se comportait comme s'il était le chef.

Lorsque l'Amiral était dans les parages, il faisait mine d'être obéissant, mais lorsque les autres fragmentés étaient autour de lui – et il y en avait toujours –, il ne perdait pas une occasion de descendre l'Amiral. « L'Amiral n'est pas proche de nous, disait-il. Il ne sait pas ce qu'on vit, il ne peut pas comprendre qui nous sommes et ce dont nous avons besoin. » Aux fragmentés déjà acquis à sa cause, Roland servait ses théories à propos des dents et des cicatrices de l'Amiral et exposait les plans machiavéliques qu'il avait soi-disant conçus contre eux. Il instillait la peur et le dégoût pour rassembler le plus grand nombre.

Lorsque Connor entendait Roland déblatérer ainsi, il devait se mordre la langue pour ne rien dire : s'il prenait ouvertement la défense de l'Amiral, Roland saurait immédiatement dans quel camp il s'était rangé.

*

Le Cimetière comptait un avion-loisirs. On y trouvait des postes de télévision, des jeux électroniques et, sous les ailes, des tables de billard, un flipper et quelques fauteuils assez confortables. Connor s'était proposé d'installer un brumisateur géant pour donner un peu de fraîcheur pendant la journée. Mais cela lui permettrait surtout d'écouter les conversations, d'identifier les clans – de jouer à l'espion, en somme. Mais au lieu de cela, il devint le centre d'attention. Certains se proposèrent de l'aider, comme s'il était Tom Sawyer qui repeignait une clôture. Tous le considéraient comme un leader, alors qu'il ne souhaitait qu'une chose : passer inaperçu. Il était bien content de n'avoir jamais révélé qu'il était l'évadé d'Akron. Si l'on en croyait les rumeurs du moment, le fragmenté en question aurait neutralisé une patrouille entière de Frags, semé la garde nationale et libéré une demi-douzaine de camps de collecte. Il récoltait déjà suffisamment d'attention sans devoir en plus se montrer à la hauteur d'une telle réputation.

Tandis que Connor s'employait à installer le brumisateur, Roland, en pleine partie de billard, le surveillait d'un œil. Il reposa la queue et se dirigea vers lui.

– Tu es un sacré petit bosseur, dis-moi, lança Roland en s'assurant d'être entendu par les autres.

Connor était juché sur un escabeau, fixant l'engin à l'aile de l'avion. Cela lui donna la satisfaction de parler avec Roland tout en le regardant de haut.

– J'essaie simplement de nous rendre la vie plus agréable, répliqua-t-il. On a besoin d'un peu de fraîcheur ou on va tous mourir *asphyxiés*.

Roland resta de marbre.

– On dirait que tu es le nouveau chouchou de l'Amiral maintenant que les autres sont partis, railla-t-il en regardant autour de lui pour s'assurer qu'il avait l'attention du groupe. Je t'ai vu entrer dans son avion.

– Sa cafetière était cassée. Je l'ai réparée, c'est tout.

Avant que Roland puisse pousser plus loin son interrogatoire, Hayden prit la parole :

– Connor n'est pas le seul à y être allé. Il y en a qui lui apportent de la nourriture, d'autres qui viennent nettoyer. J'ai même entendu dire qu'il s'intéressait de près à un certain asthmatique qu'on connaît et qu'on aime tous ici.

Tous les regards se tournèrent vers Asthma, qui était accroché au flipper depuis son arrivée.

– Quoi ?

– Tu as rendu visite à l'Amiral, pas vrai ? reprit Hayden. Ne mens pas.

– Et alors ?

– Qu'est-ce qu'il veut ? Je suis sûr que tout le monde aimerait bien savoir.

Asthma grimaça, subitement gêné d'avoir tous les regards braqués sur lui.

– Il m'a juste posé des questions sur ma famille.

Cette information surprit Connor. Peut-être l'Amiral avait-il besoin d'une personne supplémentaire pour démasquer le tueur ? De fait, Asthma se faisait moins remarquer que Connor.

– Moi je sais ce qu'il veut, intervint Roland. Tes cheveux !

– N'importe quoi !

– Il perd ses cheveux, pas vrai ? Et toi tu as une jolie petite crinière. Il a l'intention de te scalper, et de te fragmenter ensuite.

– Ferme-la, Roland !

La plupart des adolescents se mirent à rire. Ce n'était qu'une plaisanterie, mais Connor se demanda combien d'entre eux pensaient qu'il y avait dans les paroles de Roland un fond de vérité. À en juger par l'expression d'Asthma, il devait lui aussi avoir quelques doutes. Connor était furieux.

– C'est ça, attaque-toi à Asthma, s'énerva Connor. C'est vraiment bas.

Connor descendit de l'escabeau et se planta en face de Roland.

– Ampli a laissé son mégaphone, tu devrais le remplacer puisque tu es une grande gueule. Tu serais parfait dans ce rôle.

– On ne me l'a pas proposé, rétorqua Roland sans sourire.

*

Ce soir-là, Connor et l'Amiral avaient un rendez-vous clandestin dans ses quartiers. Connor lui confia ses soupçons à l'égard de Roland. Seulement, aux yeux de l'Amiral, ce n'était pas suffisant.

– Je ne veux pas des soupçons, je veux des preuves.

L'homme versa un peu de whisky dans son café.

Une fois que Connor eut terminé son rapport, il se leva pour partir mais l'Amiral le retint. Il servit à Connor une autre tasse de café, qui le tiendrait sans doute éveillé toute la nuit. De toute façon, il doutait de parvenir fermer l'œil cette nuit.

– Très peu de gens savent ce que je m'apprête à te dire, commença l'Amiral.

– Alors pourquoi le faire ?

– Parce que cela sert mes intérêts.

C'était une réponse honnête, mais qui ne révélait pas ses motivations pour autant. L'Amiral avait dû exceller en temps de guerre.

– Quand j'étais bien plus jeune, j'ai combattu pendant la Guerre Cardinale. Les cicatrices que tu vois ont été causées par une grenade, et non par des transplantations comme tu semblais le penser.

– De quel côté étiez-vous ?

– Que sais-tu de cette guerre ? demanda l'Amiral en fixant Connor.

– C'était le dernier chapitre de notre livre d'histoire, mais à cause des examens, on n'est jamais arrivés jusque-là.

– De toute façon, les bouquins édulcorent la réalité, lâcha-t-il avec un geste de dégoût. Personne ne veut se souvenir des faits tels qu'ils se sont passés. Tu m'as demandé de quel côté j'étais. En réalité, il y en avait trois, et non pas deux. Il y avait l'Armée pour la Vie, la Brigade du Choix, et ce qu'il restait de l'Armée américaine, qui avait pour mission de ne pas les laisser s'entretuer. Je faisais partie de ceux-là. Malheureusement, nous n'avons pas été très efficaces. Les conflits naissent toujours d'un débat, de divergences d'opinions. Lorsque ça se transforme en guerre, le sujet de discorde n'a déjà plus d'importance. La seule chose qui compte, c'est à quel point les deux parties se haïssent.

L'Amiral ajouta un peu plus de whisky dans sa tasse avant de continuer son récit :

– Une sombre période a précédé la guerre. Tout ce qui définissait le bien et le mal a été chamboulé. D'un côté, des gens assassinaient les médecins qui pratiquaient l'avortement, pour protéger le droit à la vie ; de l'autre, des femmes tombaient enceintes dans l'unique but de vendre leur fœtus. Et tous choisissaient leurs leaders non pour leurs capacités à diriger, mais en fonction de leurs positions sur ce seul et unique sujet. De la folie pure ! Les forces militaires se sont divisées, les deux camps ont pris les armes, bien décidés à s'entretuer. Puis la Charte de la Vie a été créée.

L'évocation de la Charte donna des sueurs froides à Connor. Il n'y avait jamais vraiment pensé avant d'être un fragmenté.

– J'étais présent lorsqu'a été soulevée l'idée qu'une grossesse pourrait être interrompue rétroactivement, une fois que l'enfant aurait atteint l'âge de raison, expliqua l'Amiral. Ce n'était qu'une boutade au début, personne n'avait l'intention de prendre cela au sérieux. Mais cette année-là, le prix Nobel a été attribué à un neurochirurgien qui avait mis au point la neuro-greffe, une technique permettant d'utiliser toutes les parties d'un donneur pour une transplantation.

L'Amiral but une grande gorgée de son café. Connor n'avait pas encore touché au sien. Il était incapable d'avaler quoi que ce soit.

– Lorsque la situation est devenue critique, nous avons négocié la paix en réunissant les deux parties. Nous avons alors proposé le concept de fragmentation, qui consistait à « résilier » l'existence des enfants non désirés sans pour autant mettre fin à leur vie. Nous étions persuadés que les deux parties seraient choquées par cette idée, que quelqu'un protesterait. Mais non. Au contraire, avec cette proposition, tout le monde était content. La Charte de la Vie a été signée, l'Accord de

Fragmentation a pris effet et la guerre a cessé. Les gens étaient si contents que le conflit soit enfin terminé que personne ne s'est soucié des conséquences.

L'Amiral demeura silencieux un moment puis il fit un geste de la main.

– Je suis sûr que tu connais la suite.

Connor avait maintenant appris l'essentiel.

– Les gens voulaient des organes.

– Je dirais plutôt qu'ils l'ont exigé. Désormais, un colon cancéreux pouvait être remplacé par un autre. Un accidenté qui autrefois serait mort de blessures internes pouvait maintenant recevoir des organes tout neufs. Une main ridée percluse d'arthrite pouvait être remplacée par une autre, beaucoup plus jeune. Il fallait bien que tout cela vienne de quelque part. La fragmentation a donné lieu à un gigantesque business et les gens ont laissé faire.

L'Amiral regarda la photo de son fils. Connor comprit pourquoi, mais lui laissa le temps d'aller jusqu'au bout de sa confession.

– Mon fils, Harlan, était un garçon fantastique. Il était intelligent mais il avait des problèmes, tu vois ce que je veux dire.

– Oui, il était comme moi, murmura Connor avec un faible sourire.

L'homme hocha la tête.

– C'était il y a tout juste dix ans. Il avait de mauvaises fréquentations et s'est fait attraper en train de voler. Bon Dieu, j'étais comme lui à son âge ! Mes parents m'ont envoyé dans une école militaire pour me remettre dans le droit chemin. Seulement, pour Harlan, il y avait une autre solution. Une solution plus… efficace.

– Vous l'avez fait fragmenter.

– En tant que co-fondateur de l'Accord de Fragmentation, on s'attendait à ce que je donne l'exemple. (Il pressa son pouce et son index contre ses paupières pour repousser les larmes.) Nous avons signé l'ordre, puis nous avons changé d'avis. Mais il était trop tard. Ils avaient déjà retiré Harlan de l'école et l'avaient emmené au camp de collecte. C'était fait.

Connor n'avait jamais pensé à ce que pouvaient ressentir ceux qui signaient l'ordre de fragmentation. Il n'avait jamais envisagé pouvoir un jour éprouver de la sympathie pour un parent qui avait choisi de fragmenter son enfant, encore moins pour une personne qui avait rendu cette pratique possible.

– Je suis désolé, dit Connor avec sincérité.

L'Amiral se raidit et retrouva sa retenue dans l'instant.

– Tu ne devrais pas l'être. Vous ne seriez pas là si ça n'était pas arrivé. Peu de temps après, ma femme m'a quitté et a créé une association à la mémoire d'Harlan. J'ai quitté l'armée, j'ai passé plusieurs années à boire plus que de raison et, il y a trois ans, j'ai eu la Grande Idée. Cet endroit, ces gosses, et tout ce qui en résulte. Jusqu'à ce jour, j'ai sauvé plus d'un millier de fragmentés.

Connor comprit pourquoi l'Amiral lui avait raconté son histoire. C'était bien plus qu'une simple confession : c'était un moyen de s'assurer la loyauté de Connor. Et sa tactique fonctionnait. L'Amiral était un homme mû par une obsession morbide, mais cette obsession permettait de sauver des vies. Un jour, Hayden avait dit à Connor qu'il était une personne intègre. Ce trait de caractère l'obligeait maintenant à rester fidèle à l'Amiral.

– À Harlan ! s'exclama Connor en levant sa tasse.

– À Harlan ! répéta l'Amiral.

Et, ensemble, ils trinquèrent à sa mémoire.

– Morceau par morceau, je remets les choses en ordre, dit l'Amiral. Oui, littéralement, morceau par morceau.

35.

Lev

Ce que Lev avait fait entre le moment où il avait quitté CyFi et son arrivée au Cimetière importait moins que les chemins qu'avaient empruntés ses pensées : elles s'étaient tapies dans des endroits bien plus glacés, bien plus sombres que tous les endroits où il avait été contraint de se cacher.

Il avait réussi à survivre pendant un mois à la faveur de compromis pénibles et de crimes de commodité. En bref, il avait fait ce qu'il fallait pour rester vivant. Lev avait rapidement appris les combines qui permettaient de survivre dans la rue. On dit qu'il faut s'immerger dans la culture d'un pays pour en apprendre la langue et les usages. Il n'avait pas fallu beaucoup de temps à Lev pour connaître la langue des désespérés.

Une fois qu'il avait rejoint le réseau des entrepôts, il avait vite fait comprendre aux autres qu'il valait mieux ne pas jouer avec lui. Il n'avait pas révélé qu'il était un décimé, préférant raconter que ses parents avaient signé l'ordre de fragmentation parce qu'il s'était fait arrêter pour vol à main armée – plutôt ironique pour quelqu'un qui n'avait jamais touché à un pistolet de sa vie. Ayant toujours été un piètre menteur, il avait trouvé effarant que les autres gobent tout. Cela dit, lorsqu'il se regardait dans une glace, ce qu'il y voyait l'effrayait.

À son arrivée au Cimetière, la plupart des fragmentés savaient qu'il ne fallait pas l'approcher, et c'était tout ce qu'il voulait.

*

Ce soir-là, Lev se glissa dans la nuit noire sans lune, sa lampe de poche éteinte. Le soir de son arrivée, il avait réussi à s'éclipser et à rejoindre Connor pour clarifier une ou deux choses. Depuis, le bleu laissé par le coup assené par ce dernier s'était estompé et ils n'avaient plus abordé le sujet. De toute façon, Lev n'avait pas beaucoup parlé à Connor ces derniers temps, car il avait autre chose en tête.

Chaque soir, il avait essayé de s'enfuir mais, à l'exception du premier jour, il s'était fait coincer à chaque fois. Maintenant que les chiens de garde de l'Amiral n'étaient plus là, les fragmentés de faction étaient bien moins regardants. Tandis qu'il se faufilait entre les avions, il remarqua que certains s'étaient même endormis. L'Amiral avait vraiment pris un risque en ne remplaçant pas sa garde rapprochée...

Une fois à bonne distance, Lev alluma sa lampe de poche et essaya de se repérer. Une fille qu'il avait rencontrée quelques semaines plus tôt lui avait fourni des indications. Elle lui ressemblait beaucoup.

Allée 30, lot 12. Difficile d'être plus loin de l'Amiral tout en restant dans le Cimetière. L'espace était occupé par un vieux DC-10 qui tombait en ruine. Lorsque Lev entra, il trouva deux personnes, qui sursautèrent en l'entendant.

– Je m'appelle Lev, annonça-t-il. On m'a dit de venir ici.

Il ne connaissait pas ces fragmentés. Rien d'étonnant : il n'était là que depuis peu de temps. Il y avait une fille d'origine asiatique avec des cheveux roses et un garçon au crâne rasé couvert de tatouages.

– Qui t'a dit de venir là ? interrogea le crâne d'œuf.

– Une fille que j'ai connue dans le Colorado. Julie-Ann.

Une troisième personne émergea de l'obscurité. C'était un adulte, vingt-cinq ans environ, sourire aux lèvres. Ses cheveux étaient roux et graisseux, il arborait un bouc et avait un visage osseux rehaussé de pommettes saillantes. C'était Cleaver, le pilote d'hélicoptère.

– Alors comme ça, c'est Julie-Ann qui t'envoie ! lança-t-il. Comment elle va ?

Lev réfléchit quelques instants.

– Elle a fait son boulot, répondit-il.

– Eh bien, tant mieux.

Les deux adolescents se présentèrent. Le garçon rasé répondait au nom de Blaine et la fille s'appelait Mai.

Lev s'apprêtait à leur servir l'histoire du vol à main armée mais il changea d'avis. Le moment se prêtait à l'honnêteté. Il leur raconta tout : le kidnapping de Connor, les semaines passées en compagnie de CyFi, et le reste. Une fois le récit de Lev terminé, Cleaver eut l'air ravi.

– Alors comme ça tu es un décimé. C'est génial, tu n'imagines pas à quel point !

– Alors ? Je peux faire partie de votre groupe ?

Les autres se turent. Leurs visages étaient graves. Il sentit qu'un rituel était sur le point de débuter.

– Dis-moi, Lev, demanda Cleaver, à quel point détestes-tu les gens qui allaient te fragmenter ?

– Beaucoup.

– Navré, ce n'est pas suffisant.

Lev ferma les yeux, baissa la tête et pensa à ses parents. Il songea à ce qu'ils avaient prévu de lui infliger, et au fait qu'il avait fini par le souhaiter lui aussi.

– À quel point les détestes-tu ? répéta Cleaver.

– Totalement et complètement.

– Et à quel point détestes-tu ceux qui allaient hériter des parties de ton corps ?

– Totalement et complètement.

– À quel point souhaites-tu les faire payer, eux et le reste du monde ?

– Totalement et complètement.

Quelqu'un devait payer pour cette injustice. *Tout le monde* devait payer. Et il s'en chargerait.

– Parfait, fit Cleaver.

Lev était stupéfait par l'intensité de sa colère, mais elle l'effrayait de moins en moins. Il se persuada que c'était une bonne chose.

– Il a l'air sincère, dit Blaine.

Si Lev prenait cet engagement, il ne serait plus question de faire machine arrière. Il en était conscient.

– J'ai besoin de savoir une chose, dit Lev. Julie-Ann n'a pas été très claire. J'aimerais savoir ce en quoi vous croyez.

– Quoi ? fit Mai.

Elle regarda Blaine, qui se mit à rire. Cleaver leva la main pour le faire taire.

– Non, c'est une bonne question. Une véritable question qui mérite une véritable réponse. Si tu demandes si nous servons une cause, la réponse est non. (Cleaver se mit à faire de grands gestes). Les causes, c'est dépassé !

Nous croyons à l'aléatoire : les tremblements de terre, les tornades ! Nous croyons aux forces de la nature, *nous* sommes des forces de la nature. Nous sommes les dégâts, nous sommes le chaos. Nous semons la zizanie dans le monde.

– En tout cas, on a semé la zizanie au Cimetière, pas vrai ? fit Blaine avec un air narquois.

Cleaver lui jeta un regard noir, qui fit froid dans le dos à Mai. Lev eut presque envie de rebrousser chemin.

– Qu'est ce que vous avez fait ? questionna Lev.

– Tu n'as pas à savoir. On l'a fait, c'est tout, rétorqua Mai, manifestement anxieuse. Rien ne sert de parler de ce qui est déjà fait, pas vrai ?

Cleaver lui adressa un signe de tête et Mai parut se détendre.

– L'important n'est pas de savoir comment on sème la zizanie, expliqua-t-il, mais d'agir. Selon nous, le monde ne bouge pas si on ne le secoue pas un peu.

– C'est vrai, admit Lev.

– Eh bien c'est nous qui nous chargeons de le secouer, tu vois. (Cleaver sourit et pointa Lev du doigt.) La question est de savoir si, toi, tu es prêt à le secouer aussi ? Es-tu suffisamment courageux pour faire partie des nôtres ?

Lev les observa longuement. C'était le genre de personnes que ses parents auraient détesté. Il aurait pu se liguer avec eux par dépit, mais ce n'était pas suffisant. Pas cette fois. Il fallait qu'il y ait autre chose. Et là, il comprit qu'en effet, il y avait autre chose. Quelque chose d'invisible, mais de tangible, comme la charge mortelle dans une ligne à haute tension. De la colère, mais pas uniquement. Il y avait aussi une volonté d'agir pour changer les choses.

– C'est d'accord, je suis des vôtres, finit-il par annoncer.

Chez lui, Lev avait toujours pensé faire partie de quelque chose d'un plus grand tout. Il se rendait compte aujourd'hui que ce sentiment lui avait manqué.

– Bienvenue dans notre famille ! déclara Cleaver en lui donnant une grande tape dans le dos qui fit voir des étoiles à Lev.

36.

Risa

Risa fut la première à remarquer que quelque chose ne tournait pas rond chez Connor. Elle fut aussi la première à se faire du souci pour Lev.

Dans un élan d'égoïsme, elle ressentit une pointe d'agacement car, pour une fois, tout allait bien pour elle. Elle avait enfin trouvé sa place. Elle aurait voulu que la vie dans ce sanctuaire ne s'arrête pas le jour de son dix-huitième anniversaire. Elle ne pourrait jamais faire dans le monde extérieur tout ce qu'elle faisait ici. Pratiquer la médecine sans diplôme n'était possible que dans une situation où il fallait survivre, pas dans un environnement civilisé. Elle pourrait peut-être s'inscrire à la fac de médecine, mais il fallait avoir de l'argent, des connaissances et la compétition serait encore plus féroce que dans ses cours de musique. Peut-être pourrait-elle rejoindre l'armée et y officier en tant que médecin ? Quelle que soit la décision qu'elle prendrait au final, l'essentiel était qu'elle puisse avoir le choix. Pour la première fois depuis longtemps, elle arrivait à se projeter dans l'avenir. La dernière chose qu'elle souhaitait, c'est que quelque chose vienne tout gâcher.

Voilà les pensées qui occupaient l'esprit de Risa tandis qu'elle se rendait dans l'un des biblio-avions. L'Amiral avait réquisitionné trois des jets les mieux aménagés pour en faire des espaces d'étude. Ils étaient équipés de bibliothèques, d'ordinateurs et de toutes les ressources nécessaires pour se cultiver sur n'importe quel sujet. « Ceci n'est pas une école, avait dit l'Amiral peu de temps après leur arrivée. Il n'y a pas de professeurs, pas d'examens. » Paradoxalement, c'était cette absence de pression qui faisait que les avions-bureaux étaient pleins la plus grande partie du temps.

Le travail de Risa débutait à l'aube et elle avait pris l'habitude de commencer ses journées en allant faire un tour dans un des biblio-avions car, à cette heure matinale, elle y était souvent seule. C'était mieux ainsi, car ce qui l'intéressait – anatomie, médecine – mettait les autres mal à l'aise. Ce n'était pas tant le sujet en lui-même que le fait que ce soit Risa qui l'étudie. Les autres supposaient que parce qu'elle travaillait à l'infirmerie, elle était censée savoir tout ce qu'il y avait à savoir. Le fait qu'elle doive apprendre les dérangeait.

Mais ce matin-là, Connor était là avant elle. Surprise, elle s'arrêta sur le pas de la porte. Il était tellement absorbé dans sa lecture qu'il ne l'avait pas entendue arriver. Elle l'observa quelques instants. Elle ne l'avait jamais vu aussi fatigué, même à l'époque où ils étaient en cavale. Mais elle était aux anges de le voir. Ces derniers temps, ils étaient tous les deux très occupés et n'avaient pas passé beaucoup de temps ensemble.

– Salut, Connor.

Il leva brusquement la tête et referma son livre d'un coup sec. Lorsqu'il aperçut Risa, il se détendit.

– Salut, Risa.

Lorsqu'elle s'assit près de lui, il était tout sourires et ne semblait tout à coup plus si fatigué. Avoir un tel effet sur lui mit du baume au cœur de Risa.

– Tu t'es levé tôt, remarqua-t-elle

– Non, je ne me suis pas couché, répondit Connor. Je n'arrivais pas à fermer l'œil alors je suis venu ici. (Il jeta un coup d'œil à travers le hublot.) C'est déjà le matin ?

– Oui. Qu'est-ce que tu lis ?

Il essaya de dissimuler le livre, mais trop tard. Il avait sorti deux ouvrages. Celui du dessous était consacré à l'ingénierie, ce qui n'était pas surprenant puisqu'il s'intéressait au fonctionnement des appareils. C'est le second, celui qu'il consultait lorsque Risa était arrivée, qui la déconcerta au point de lui donner envie de rire.

– *La Criminologie pour les nuls* ?

– Il faut bien avoir des hobbies dans la vie.

Elle l'observa, mais il détourna le regard.

– Il s'est passé quelque chose, n'est-ce pas ? demanda-t-elle. Pas besoin de lire *Connor pour les nuls* pour deviner que tu as des ennuis.

– Ce n'est pas moi qui ai des ennuis, affirma-t-il en évitant le regard de Risa. Enfin, peut-être que si, je n'en sais rien.

– Tu veux en parler ?

– C'est la dernière chose dont j'ai envie, rétorqua-t-il. Ne t'inquiète pas, ça va aller.

– Tu n'as pas l'air très sûr de toi.

Il regarda Risa, puis en direction de la porte pour s'assurer qu'ils étaient seuls. Enfin il se pencha vers elle et chuchota à son oreille :

– Maintenant que les Protégés sont… partis, l'Amiral va leur chercher des remplaçants. Si jamais il te demandait de l'aider, je veux que tu me promettes de refuser.

– L'Amiral ne sait même pas que j'existe, pourquoi me demanderait-il une telle chose ?

– Parce qu'il me l'a demandé, à moi, murmura Connor. Et je crois qu'il a rencontré Asthma aussi.

– Asthma ?

– Écoute, je ne veux pas que tu sois une cible !

– Une cible pour quoi ? Pour qui ?

– Chut ! Parle moins fort !

Elle regarda à nouveau l'ouvrage de criminologie, essayant de rassembler les morceaux du puzzle, mais il lui manquait des pièces. Elle s'approcha de Connor et planta ses yeux dans les siens.

– Je veux t'aider ! murmura-t-elle. Je suis inquiète pour toi. Je t'en prie, laisse-moi t'aider.

Il inspecta tout autour de lui pour échapper au regard de Risa. Mais c'était impossible. Tout à coup, il s'approcha d'elle et l'embrassa. Elle fut prise au dépourvu et ; lorsqu'il s'écarta, elle se rendit compte en voyant son expression que ce baiser avait été aussi inattendu pour lui que pour elle.

– Pourquoi as-tu fait ça ?

Il fallut un moment à Connor pour retrouver ses esprits.

– Au cas où il t'arriverait quelque chose et qu'on ne se revoie pas.

– D'accord, répondit-elle avant de l'attirer vers elle pour lui donner un deuxième baiser, plus long que le premier. Et ça, c'est au cas où on se reverrait.

Il se leva, s'éloigna et faillit se casser la figure en descendant les marches. En dépit de ce qui venait de se passer entre eux, Risa ne put s'empêcher d'esquisser un sourire. Elle trouvait incroyable qu'un simple baiser puisse aider à surmonter les plus vives inquiétudes.

*

Les problèmes de Lev, de nature bien différente, préoccupaient Risa. Ce matin-là, il se présenta à l'infirmerie avec une mauvaise insolation. Étant un excellent sprinteur, il avait été désigné messager, une mission qui consistait à se rendre d'un avion à l'autre pour délivrer des notes. L'Amiral avait imposé une règle selon laquelle tous les messagers devaient porter de l'écran total mais, de toute évidence, Lev n'obéissait plus à aucune règle.

Ils bavardèrent quelques instants, mais il y avait de la gêne entre eux et Risa décida d'aller droit au but.

– Comme tes cheveux ont poussé, ton front et ta nuque ont été épargnés. Enlève ton tee-shirt.

– Je ne me mets jamais torse nu.

– J'aimerais quand même t'examiner.

Il ôta son tee-shirt à contrecœur. Il y avait quelques brûlures, même si elles n'étaient pas aussi alarmantes que sur ses bras et son visage. Cependant, une marque en forme de main sur son dos attira son attention. Elle y passa ses doigts.

– Qui t'a fait ça ? demanda-t-elle.

– Personne ! répliqua-t-il en lui arrachant son tee-shirt des mains. Un mec, c'est tout.

– Est-ce que tu as des problèmes avec une personne de ton équipe ?

– Je te l'ai déjà dit, ce n'est rien. Tu te prends pour ma mère ou quoi ?

– Non, répondit Risa. Si j'étais ta mère, je t'aurais déjà envoyé au camp de collecte.

Sa plaisanterie n'était pas du goût de Lev.

– Contente-toi de me filer un truc pour mon coup de soleil.

L'absence de vitalité dans sa voix était impressionnante. Elle se dirigea vers l'armoire à pharmacie, trouva un tube de crème à l'aloès mais ne le lui tendit pas immédiatement.

– L'ancien Lev me manque, dit-elle.

– Sans vouloir te vexer, tu ne me connais pas.

– Peut-être pas, mais au moins j'avais envie d'apprendre.

– Et ce n'est plus le cas ?

– Je ne sais pas, admit Risa. Le garçon que je vois me fait un peu peur.

Elle remarqua qu'elle l'avait touché. C'était étonnant – il avait l'air plutôt fier de sa nouvelle personnalité.

– L'ancien Lev a joué un rôle pour que lui fassiez confiance et vous a livré à la police dès qu'il a pu.

– Le nouveau Lev ne le ferait pas ? interrogea Risa.

Il réfléchit quelques secondes.

– Le nouveau Lev a mieux à faire.

Elle posa le tube de crème dans la main de Lev.

– En tout cas, si tu croises l'ancien – celui qui pensait sans cesse à Dieu, à son but dans la vie, tout ça –, dis-lui qu'on aimerait bien qu'il revienne.

Il y eut un silence empreint de gêne, durant lequel Lev garda les yeux rivés sur le tube de crème. L'espace d'un instant, Risa eut le sentiment qu'il allait dire une chose qui ramènerait un peu de l'ancien Lev.

– J'en mets combien de fois par jour ? se contenta-t-il de demander.

*

Le lendemain, il y eut une réunion d'appels d'offres.

Risa les détestait car elle savait qu'il n'y avait jamais rien pour elle. Hélas, elles étaient obligatoires. Aujourd'hui, la réunion n'était pas menée par un fragmenté, mais par Cleaver. Manifestement, c'était lui qui remplaçait Ampli. Risa ne l'aimait pas. Il dégageait quelque chose de désagréable et de complaisant.

Il y eut peu de propositions de travail ce jour-là. On avait besoin d'un plombier dans un trou du nom de Beaver's Breath et d'un employé agricole en Californie. Quant à la troisième offre, elle était très étrange.

– Prudhoe Bay, Alaska, annonça Cleaver. Vous travaillerez dans un oléoduc jusqu'à votre dix-huitième anniversaire. D'après ce que je sais, il s'agit d'un des endroits les plus froids et les plus hostiles de la terre. Mais bon, c'est un moyen de s'en sortir, pas vrai ? Il me faut trois volontaires.

Le premier à lever la main était un garçon plus âgé qui avait une mine accablée, comme s'il était destiné depuis sa naissance à travailler dur. La seconde personne à se porter volontaire surprit Risa. C'était Mai. Qu'est-ce qui lui prenait ? Pourquoi quitterait-elle le garçon auquel elle était si attachée à l'entrepôt pour aller travailler dans un oléoduc ? Cela dit, Risa ne se rappelait pas avoir revu ce garçon au Cimetière. Tandis que Risa essayait de comprendre, une troisième main se leva. Ce volontaire-là était plus jeune, plus petit. Il souffrait d'une insolation. Le bras de Lev était tendu bien haut, et il fut sélectionné pour le job.

Risa n'en crut pas ses yeux. Elle chercha Connor dans la foule. Il avait lui aussi assisté à la scène mais se contenta de hausser les épaules.

Lorsque la réunion prit fin, elle se dirigea tout droit vers Lev mais il avait disparu. De retour à l'infirmerie, elle appela un messager, puis un deuxième, puis un troisième. Enfin, elle vit apparaître Lev.

Il dut reconnaître la colère sur son visage car il n'osa pas entrer.

– Là-bas, tout de suite ! cria Risa.

– Tu n'as pas d'ordres à me donner, remarqua Lev.

– Là-bas ! répéta-t-elle plus fermement. TOUT DE SUITE !

Apparemment, il lui arrivait d'obéir : il monta les marches et avança vers le fond de l'appareil. Une fois dans la pièce de rangement, elle ferma la porte et lui passa un savon.

– Qu'est-ce qui t'a pris, bon sang ?

Le visage de Lev était impassible, telle la porte d'un coffre auquel il était impossible d'accéder.

– Je ne suis jamais allé en Alaska, répondit-il. C'est l'occasion.

– Ça fait à peine une semaine que tu es là ! Pourquoi es-tu si pressé de partir ? Et pour un boulot comme celui-là, en plus !

– Je ne te dois aucune explication, ni à toi ni à personne. Je me suis porté volontaire, j'ai été choisi, point.

Risa croisa les bras en signe de défi.

– Tu ne peux aller nulle part sans certificat médical. Je pourrais dire à l'Amiral que tu es atteint de… d'une hépatite infectieuse.

– Tu ne le feras pas.

– On parie ?

Furieux, il sortit en trombe, donna un coup de pied dans le mur puis revint sur ses pas.

– Il ne te croira pas. Et de toute façon, tu ne pourras pas prétendre que je suis malade indéfiniment.

– Pourquoi as-tu tellement envie de partir ?

– J'ai des choses à faire. Je ne m'attends pas à ce que tu comprennes. Je suis navré de ne pas être celui que tu aimerais, mais j'ai changé. Je ne suis plus le mec débile et naïf que vous avez kidnappé il y a deux mois. Tu ne m'empêcheras pas de partir d'ici pour faire ce que j'ai à faire.

Risa resta silencieuse. Elle savait qu'il avait raison. Au mieux, elle pouvait retarder son départ, mais elle ne pourrait pas l'empêcher.

– Alors, reprit Lev plus calmement, j'ai une hépatite infectieuse ou pas ?

– Non, soupira-t-elle.

Il tourna les talons pour partir. Il était tellement déterminé qu'il ne la gratifia même pas d'un au revoir.

– Tu as tort à propos d'une chose, lança-t-elle. Tu es aussi naïf qu'avant et peut-être deux fois plus débile.

Dans l'après-midi, une camionnette blanche arriva pour les emmener, lui, Mai et le garçon au crâne rasé. Une fois de plus, Risa était persuadée qu'elle ne reverrait jamais Lev. Une fois de plus, elle avait tort.

37.

Asthma et l'Amiral

Asthma était loin d'imaginer ce qui se tramait autour de lui, ni même qu'il faisait partie d'un plan. Son monde se résumait aux quatre coins de bandes dessinées et aux contours bien définis d'un flipper. Se confiner à l'intérieur de ces frontières avait constitué un moyen efficace de se protéger de l'injustice et de la cruauté du monde qui l'entourait.

Il préféra ne pas penser à l'étrangeté du trio qui venait de partir pour l'Alaska – ça ne le regardait pas. Il n'avait pas remarqué à quel point Connor était nerveux. De toute manière, il était suffisamment grand pour se débrouiller tout seul. Il ne se posait pas non plus de questions à propos de Roland, se contentant de ne pas l'approcher.

Pour autant, s'il se faisait discret, cela ne signifiait pas qu'il était en sécurité. En réalité, Asthma était le bumper principal du flipper, celui sur qui chaque bille du jeu allait rebondir.

*

L'Amiral l'avait fait appeler.

Fou de nervosité, il se trouvait maintenant devant l'entrée de ce qui avait autrefois été le centre de décisions mobile du président des États-Unis. Il y avait deux hommes, habillés de chemises blanches et de cravates sombres. La berline noire garée en bas des marches était sans doute la leur. L'Amiral était assis à son bureau. Asthma hésita à entrer et envisagea de partir en courant. Mais l'Amiral le vit. Son regard cloua Asthma sur place.

– Vous m'avez appelé, monsieur ?

– Oui. Assieds-toi, Zachary.

Il s'obligea à marcher jusqu'à la chaise, face à l'Amiral.

– Tout le monde m'appelle Asthma, précisa-t-il.

– Est-ce toi qui as choisi ce surnom ?

– Eh bien, non… mais je m'y suis habitué.

– Ne laisse jamais quiconque t'imposer un nom.

Il feuilleta un dossier, sur lequel était agrafée une photo d'Asthma en première page. Le dossier était épais et Asthma s'étonna qu'il existe autant de choses intéressantes sur sa vie.

– Tu ne t'en rends peut-être pas compte, dit l'Amiral, mais tu es quelqu'un de très spécial.

Asthma fixa ses lacets qui, comme toujours, étaient défaits.

– C'est pour ça que je suis ici, monsieur ?

– Oui, Zachary. Et c'est aussi la raison pour laquelle tu vas nous quitter aujourd'hui.

– Quoi ? s'écria Asthma.

– Quelqu'un aimerait te rencontrer. Quelqu'un qui s'est occupé de toi pendant très longtemps.

– C'est vrai ?

– Ces messieurs vont t'y emmener.

– Qui est-ce ?

Depuis toujours, Asthma nourrissait l'espoir fou qu'un de ses parents soit encore en vie. Il imaginait que son père était un espion qui combattait le mal aux quatre coins du monde, tel un héros de bande dessinée grandeur nature, et que sa mort n'était en fait qu'une couverture.

– Personne que tu connaisses, expliqua l'Amiral, réduisant à néant les espoirs d'Asthma. Mais c'est une femme bien, tu verras. C'est mon ex-femme.

– Je... je ne comprends pas.

– Tu ne vas pas tarder à comprendre, ne t'inquiète pas.

En réalité, les mots de l'Amiral étaient pour Asthma source de la plus grande inquiétude. Il se mit à faire de l'hyperventilation et ses tubes bronchiques se resserrèrent. Il respirait avec difficulté. L'Amiral le regarda, visiblement préoccupé.

– Est-ce que ça va ?

– J'ai une crise d'asthme.

Il sortit un inhalateur de sa poche et en aspira une bouffée.

– Je vois, fit l'Amiral. Mon fils était asthmatique, lui aussi. Le Xolair était efficace. (Il s'adressa à un des hommes derrière Asthma.) Vous lui achèterez du Xolair.

– Très bien, amiral Dunfee.

Asthma mit un long moment avant de comprendre.

– Dunfee ? Vous vous appelez Dunfee ?

– Il n'y a pas de noms de famille au Cimetière. (Il se leva et serra la main d'Asthma.) Au revoir, Zachary. Tu transmettras mes amitiés à mon ex-femme.

Asthma ne réussit qu'à émettre un couinement aigu tandis que les deux hommes l'agrippaient par les bras et se dirigeaient vers la berline.

*

Une fois le garçon parti, l'Amiral s'adossa à son fauteuil. Avec tout ce qui menaçait son domaine en ce moment, il pouvait au moins se réjouir d'une chose. Il s'accorda un moment de satisfaction, observa la photo de son fils Harlan, mieux connu sous le nom légendaire d'Humphrey. Oui, petit à petit, l'Amiral était en train de se racheter et de remettre les choses en ordre.

38.

Fragmentés

Pendant deux jours, la disparition d'Asthma passa inaperçue, jusqu'au moment où quelqu'un remarqua qu'il y avait un vide près du flipper.

« Où est passé l'asthmatique ? » La question ne tarda pas à être sur toutes les lèvres. Le lendemain matin, il était évident qu'il avait disparu.

Certains affirmèrent qu'ils l'avaient vu errer dans le désert, d'autres qu'une mystérieuse voiture l'avait emmené. Ralphy Sherman prétendit même qu'il avait été téléporté dans un ravitailleur pour retrouver les siens. Toutes les possibilités furent prises en compte, toutes les théories envisagées. Une battue fut organisée par l'équipe d'Asthma. Sans succès.

Durant tout ce temps, l'Amiral demeura silencieux.

Asthma, celui qui se trouvait à l'échelon le plus bas de la hiérarchie, était tout à coup devenu le meilleur ami de tous et sa disparition ne fit qu'alimenter les rumeurs ambiantes. Roland s'en servit pour continuer à distiller la peur autour de lui – après tout, n'avait-il pas prédit la disparition d'Asthma ? Bien sûr, il n'y avait pas cru un seul instant, mais il avait maintenant l'attention de tout le monde.

– Regardez bien, dit Roland à son auditoire. Un de ces jours, l'Amiral va se pointer avec la belle chevelure d'Asthma cachée sous sa casquette – et le prochain sur la liste est parmi nous. Il a regardé vos yeux, écouté le son de votre voix ? S'il veut une partie de votre corps, vous finirez comme Asthma !

Il était tellement convaincant qu'il finissait par croire lui-même à ses histoires.

Connor, lui, avait une vision toute différente des choses. Il était persuadé que Roland s'était débarrassé d'Asthma pour pouvoir utiliser sa disparition pour se faire de nouveaux alliés. Aux yeux de Connor, c'était un indice de plus prouvant que Roland avait assassiné les Protégés. Rien ne l'arrêterait pour obtenir ce qu'il voulait.

Connor fit part de ses soupçons à l'Amiral, qui l'écouta sans faire de commentaires. L'Amiral était conscient qu'admettre sa responsabilité dans la disparition d'Asthma ne ferait qu'accentuer le climat de paranoïa créé par Roland. L'Amiral aurait pu avouer à Connor qu'il savait où Asthma avait été envoyé, mais cela soulèverait des questions auxquelles il n'avait aucune envie de répondre. Il décida donc de laisser Connor penser que Roland était le coupable. Cela le motiverait sûrement à trouver le maillon manquant entre Roland et les meurtres. D'ailleurs, l'Amiral aussi était maintenant convaincu de la culpabilité de Roland.

– Oublie l'asthmatique, conseilla-t-il à Connor, et emploie-toi à prouver que Roland a tué ma garde rapprochée. Il s'est sûrement fait aider de complices. À l'heure actuelle, Roland a trop de disciples, on ne pourra pas le faire tomber sans preuves irréfutables.

– Je vous en trouverai, assura Connor. Je le ferai pour Asthma.

Après le départ de Connor, l'Amiral réfléchit aux tenants et aux aboutissants de cette affaire. Par le passé, il était arrivé que certaines situations deviennent risquées au Cimetière. Les résoudre était la spécialité de l'Amiral. Il était convaincu qu'il parviendrait à surmonter cette nouvelle difficulté et à reprendre le contrôle. Il ressentit une pointe de douleur dans l'épaule, qui se propagea le long de son bras. Aucun doute, il s'agissait d'une de ses nombreuses blessures de guerre. Il demanda qu'on lui apporte de l'aspirine.

39.

Roland

Roland décacheta l'enveloppe qu'Hayden venait de lui tendre et lut le papier qu'il en sortit.

JE SAIS CE QUE TU AS FAIT. JE TE PROPOSE UN DEAL.
RETROUVE-MOI À L'AVION FEDEX.

Le message n'était pas signé mais Roland savait qui en était l'auteur. Connor était le seul à avoir suffisamment de cran pour lui faire du chantage. Il était aussi le seul à être assez bête. L'esprit de Roland était en ébullition. « JE SAIS CE QUE TU AS FAIT. » Connor pouvait faire référence à plusieurs de ses activités : Roland avait saboté les générateurs pour pouvoir reprocher à l'Amiral des conditions de vie inacceptables. Il avait fait mine de flirter avec Risa pour voler un flacon de vomitif à l'infirmerie, histoire de corser un peu les boissons et de causer un festival de vomi, pour accuser ensuite l'Amiral de les avoir empoisonnés. Oui, Connor aurait pu découvrir plusieurs choses. Impassible, Roland fourra le morceau de papier dans sa poche et lança un regard menaçant à Hayden.

– Tu es le messager privé de Connor maintenant ?

– Moi, je suis comme la Suisse, se défendit Hayden. Je suis neutre et j'aime bien le chocolat.

– Tu finiras en enfer !

– J'y suis déjà ! lança Hayden en s'éloignant.

L'éventualité d'avoir à négocier avec Connor agaçait Roland, mais bon, il y avait pire et puis, après tout, le trafic et la ruse étaient pour lui un véritable mode de vie. Il partit en direction de l'avion FedEx après avoir emporté un couteau. Juste au cas où il n'y aurait pas de négociation possible.

40.

Connor

– Je suis là ! cria Roland en arrivant devant l'appareil. Qu'est-ce que tu veux ?

Connor était caché dans la soute. Il ne disposait que d'une seule chance – il n'avait pas le droit à l'erreur.

– Viens à l'intérieur, on discutera après.

– Non. Sors, toi.

C'était bien tenté, sauf que c'était Connor qui fixait les conditions.

– Si tu ne montes pas, je révélerai à tout le monde ce que je sais et je leur montrerai ce que j'ai découvert.

Le silence s'installa quelques instants. Puis Connor reconnut la silhouette de Roland qui pénétrait dans la soute. Désormais, Connor avait un avantage sur Roland : ses yeux s'étaient habitués à l'obscurité. Il bondit vers l'avant et planta le pistolet de l'Amiral dans le dos de Roland.

– Ne bouge pas ! ordonna-t-il.

Spontanément, Roland leva les mains en l'air, comme s'il avait l'habitude de se retrouver dans ce genre de situation.

– C'est ça, ton deal ?
– Ferme-la !
Connor le fouilla à l'aide de sa main libre et trouva le couteau, qu'il jeta à l'autre bout de la soute. Satisfait, il pressa l'arme plus fermement dans le dos de Connor.
– Avance.
– On va où ?
– Tu le sais très bien. Caisse 2933. Plus vite !
Roland avança, se faufilant dans les rangées étroites de caisses en bois. Connor sentait chaque mouvement de Roland. Même avec une arme pointée sur lui, il demeurait arrogant et sûr de lui.
– Tu ne me feras rien, affirma Roland. Tout le monde ici m'apprécie. S'il m'arrivait quoi que ce soit, ils te tueraient.
Ils atteignirent la caisse numéro 2933.
– Entre.
C'est à ce moment-là que Roland tenta le tout pour le tout. Il fit volte-face, envoya un coup de poing à Connor et tenta de s'emparer du pistolet. Connor s'était attendu à une telle réaction. Il éloigna l'arme et, en s'appuyant sur la caisse qui était derrière lui, il poussa Roland en arrière. Celui-ci perdit l'équilibre, trébucha et tomba à l'intérieur de la caisse. Connor bondit en avant et s'empressa de la refermer. Tandis que Roland s'époumonait à l'intérieur, Connor tira une fois, puis deux, puis trois.
Les coups de feu retentirent, se mêlant aux hurlements terrifiés de Roland.
– Qu'est-ce que tu fous ? T'es dingue ? s'écria-t-il.
Connor avait tiré avec précision, dans le coin inférieur gauche de la caisse.
– Je t'offre quelque chose que tes victimes n'ont pas eu la chance d'avoir. De l'air. Maintenant, on peut discuter, déclara-t-il en s'asseyant.

41.

Fragmentés

À un peu plus d'un kilomètre de là, une équipe de fouilles revenait du désert. Ils n'avaient pas trouvé Asthma, mais étaient tombés sur cinq tombes anonymes derrière des rochers. En quelques minutes, la nouvelle se répandit comme une traînée de poudre : on avait retrouvé les Protégés morts. Il fallait croire qu'ils n'étaient pas si protégés que ça, finalement... Quelqu'un suggéra que l'Amiral lui-même les avait tués. La rumeur enfla et ne tarda pas à devenir une vérité acceptée. L'Amiral avait assassiné sa garde rapprochée ! Roland avait vu juste... D'ailleurs, où était-il ? Il avait disparu ! Et Connor aussi ! Qu'avait fait l'Amiral ?

Une armée de fragmentés dotés de mille raisons d'être fous de rage venait d'en trouver une de plus. La goutte d'eau qui faisait déborder le vase. La foule en furie se dirigea vers l'avion de l'Amiral, grossissant ses rangs sur son passage.

42.

Risa

Quelques minutes plus tôt, Risa avait répondu à l'appel de l'Amiral et lui avait apporté un tube d'aspirine. Elle fut accueillie par l'Amiral, qui ne connaissait pas son prénom. Celui-ci engagea la discussion : il expliqua à Risa que l'expérience qu'elle était en train d'acquérir ici était bien plus bénéfique que ce qu'elle aurait pu connaître à son âge dans le monde extérieur. Elle lui fit part de son ambition de devenir médecin dans l'armée, et il parut ravi. Puis il se plaignit d'une douleur à l'épaule et lui demanda de lui donner une aspirine. Elle s'exécuta et, par précaution, prit sa pression artérielle. L'Amiral la félicita pour sa conscience professionnelle.

Risa entendit du grabuge à l'extérieur, qui l'empêcha de se concentrer. Une telle agitation n'était pas habituelle. Cela va sûrement finir avec des pansements et des sacs de glaces, songea-t-elle. Décidément, son travail n'était jamais fini…

43.

Fragmentés

Une foule de fragmentés déchaînés arrivait devant l'avion de l'Amiral.

– Attrapez-le ! Sortez-le de là !

Ils grimpèrent les marches en métal. La porte était entrouverte. Risa jeta un coup d'œil à l'extérieur : une véritable marée humaine fonçait droit sur elle.

– Il y a une fille avec lui !

Le premier arrivé escalada les marches et ouvrit la porte en grand. Il fut accueilli par Risa et un violent coup de poing dans la mâchoire qui l'envoya valser, si bien qu'il tomba au sol. Mais c'était loin d'être terminé.

– Ne la laissez pas fermer cette porte !

Un autre garçon faisait face à Risa. Elle lui aspergea les yeux d'antiseptique. La douleur était insoutenable. Il chancela en arrière et rentra dans ceux qui montaient. Ils dégringolèrent comme des dominos. Risa referma brusquement la porte et la verrouilla de l'intérieur.

Les adolescents se tenaient maintenant sur les ailes de l'avion, détachant toutes les pièces en métal qu'ils pouvaient. Il était incroyable qu'une bande d'adolescents en furie puisse réduire un avion en miettes.

– Cassez les vitres ! Sortez-les de là !

Des adolescents se mirent à jeter des pierres qui, une fois sur deux, atterrissaient sur leurs camarades. De l'intérieur, cela sonnait comme une tempête de grêle. L'Amiral assistait à la scène, livide, le cœur battant la chamade. Il avait mal à l'épaule et au bras.

– Comment est-ce arrivé ? Comment ai-je pu laisser une telle chose se produire ?

Un déluge de pierres s'abattait sur le fuselage sans parvenir à entamer l'acier blindé de l'avion. C'est alors que quelqu'un débrancha le générateur qui fournissait l'appareil en électricité. Les lumières s'éteignirent, l'air conditionné s'arrêta et l'avion tout entier se mit à bouillonner sous le soleil brûlant.

44.

Connor

– Tu as assassiné Ampli, Servant et les autres ! accusa Connor.

– Tu délires !

Connor était assis devant la caisse 2933 et épongeait régulièrement la transpiration qui perlait sur son front. La voix de Roland était étouffée, mais Connor la distinguait malgré tout.

– Tu les as supprimés pour pouvoir prendre leur place, reprit Connor.

– Dès que je sors de là, je te jure que…

– Quoi ? Tu comptes me tuer, comme tu as tué les Protégés et Asthma ?

Roland ne répondit pas.

– Je t'ai dit que je te proposais un deal et je tiens parole. Si tu avoues, je ferai en sorte que tu aies la vie sauve.

Nouveau silence.

– Avoue, Roland. Il n'y a que comme ça que tu sortiras d'ici.

Connor était convaincu qu'en exerçant suffisamment de pression sur Roland, celui-ci finirait par craquer. L'Amiral voulait des preuves, et quelle meilleure preuve que des aveux circonstanciés ?

– Je n'ai rien à avouer ! se défendit Roland.

– Très bien. Je peux attendre, j'ai tout mon temps.

45.

Fragmentés

La forteresse de l'Amiral était imprenable. À l'intérieur, la température avoisinait les quarante degrés. Si Risa supportait assez bien la chaleur, l'Amiral n'était pas beau à voir. Il n'était pas question d'ouvrir puisqu'une horde de fragmentés essayait de forcer la porte sans relâche.

À l'extérieur, ceux qui ne s'étaient pas pressés devant l'avion de l'Amiral se dispersaient. S'ils n'arrivaient à s'en prendre directement à l'Amiral, alors ils détruiraient tout le reste : les avions-bureaux, les avions-dortoirs et même l'avion-loisirs. Ils mirent le feu à tout ce qui était inflammable. Une fureur insatiable s'était emparée d'eux, accompagnée de l'étrange euphorie d'avoir enfin l'opportunité de déverser toute leur colère.

Loin de là, Cleaver vit des volutes de fumée s'élever dans le ciel, à la manière d'une alarme à incendie qui le préviendrait d'un danger. Cleaver fut attiré par le grabuge. Il fallait qu'il soit témoin de cette rébellion ! Il se rua dans son hélicoptère et se dirigea vers la foule hargneuse.

Il se posa aussi près que possible de la scène de chaos. Son dessein avait-il conduit à toute cette agitation ? Il l'espérait. Il éteignit le moteur, attendit que les pales ralentissent pour écouter le merveilleux son de la révolte… Puis il vit les fragmentés foncer droit sur lui.

– C'est Cleaver ! Il travaille pour l'Amiral !

Subitement, Cleaver se retrouva dans l'œil du cyclone. Il ne put s'empêcher de penser que c'était une excellente chose.

46.

Connor

Roland commençait à craquer. Il avoua plusieurs de ses forfaits – du petit vandalisme et des vols dont Connor se fichait éperdument, mais ces aveux prouvaient que sa stratégie était sur le point de fonctionner. Il fallait que ça marche, Connor n'avait pas prévu de plan B.

– J'ai fait beaucoup de conneries, admit Roland à travers les trous de la caisse en bois, mais je n'ai jamais tué personne !

Connor se contentait de l'écouter ; moins il en disait, plus Roland parlait.

– Qu'est-ce qui te fait dire qu'ils sont morts ? demanda Roland.

– Parce que je les ai enterrés avec l'Amiral.

– Alors c'est toi le coupable ! s'écria Roland. Tu les as tués et maintenant tu essaies de me faire porter le chapeau !

Connor commençait à entrevoir les failles de son plan. S'il laissait Roland sortir sans avoir obtenu d'aveux, il était un homme mort. Et il ne pouvait le laisser là-dedans indéfiniment. Ses options étaient maintenant plus minces que l'espace qui séparait les caisses. C'est alors qu'une voix se fit entendre à l'extérieur.

– Il y a quelqu'un ? Connor ? Roland ?

C'était Hayden.

– Au secours ! hurla Roland. Il est fou ! Venez me délivrer !

Mais ses cris ne filtrèrent pas hors de la soute. Connor se leva et alla jusqu'à la porte. Hayden avait perdu son flegme habituel et son front était marqué d'un énorme bleu, comme s'il s'était cogné quelque part.

– Dieu merci, tu es là ! Il faut absolument que tu viennes ! C'est du délire, il faut que tu nous aides. Ils t'écouteront, toi !

– De quoi tu parles ?

– L'Amiral a assassiné les Protégés, et tout le monde pense qu'il t'a tué aussi !

– L'Amiral n'a rien fait !

– Va leur faire comprendre !

– À qui ?

– À tous ! Ils sont en train de tout démolir !

Connor aperçut de la fumée au loin, lança un rapide coup d'œil dans la soute et décida que Roland pouvait attendre. Il sauta à terre et partit en courant avec Hayden.

– Raconte-moi tout depuis le début.

*

Lorsque Connor arriva sur les lieux de la catastrophe, il resta bouche bée. Il examina les alentours avec l'espoir que cette vision cauchemardesque allait disparaître. On aurait dit qu'une catastrophe naturelle venait de se produire. Le sol était jonché de morceaux de métal, de verre et de bois. Des pages de livres déchirées volaient au-dessus d'objets écrabouillés. Les fragmentés avaient allumé des feux, qu'ils alimentaient en y jetant davantage de décombres.

– Mon Dieu...

Près de l'hélicoptère, un groupe d'adolescents bras dessus bras dessous, comme dans une mêlée au rugby, s'amusait à donner des coups de pied dans quelque chose. Connor se rendit compte que ce n'était pas *quelque chose*, mais *quelqu'un*. Il se jeta sur eux pour les séparer. Ceux qui connaissaient Connor s'écartèrent immédiatement, puis les autres les imitèrent. Au sol, un homme ensanglanté venait d'être passé à tabac. C'était Cleaver. Connor s'agenouilla et lui souleva la tête.

– Ça va aller, tout va bien se passer, le rassura Connor tout en sachant que c'était faux.

Cleaver, la bouche en sang, esquissa une grimace. Connor s'aperçut alors que ce n'était pas une grimace, mais un sourire.

– Le chaos, mec, articula-t-il faiblement. C'est beau. C'est vraiment beau.

Connor ne sut que répondre. Cet homme divaguait, c'était impossible autrement.

– Ne t'en fais pas, c'est une belle façon de mourir. C'est mieux que de crever asphyxié, pas vrai ?

Connor était abasourdi.

– Quoi ? Qu'est-ce que vous venez de dire ?

Hormis l'Amiral, Connor et l'assassin, personne d'autre n'était au courant.

– C'est vous qui avez tué les Protégés avec Roland !

– Roland ? répéta Cleaver qui, en dépit de la douleur, parut sincèrement vexé. Non, Roland ne fait pas partie des nôtres. Il n'est au courant de rien.

Cleaver rencontra le regard de Connor et se mit à rire, un rire qui se transforma en râle et se termina en un ultime soupir. Son rictus resta figé sur son visage, et ses yeux ouverts, vides de toute expression. Exactement comme sa victime, Ampli.

– Et merde ! Il est mort, non ? demanda Hayden. Ils l'ont tué. Fais chier !

Connor abandonna le pilote dans la poussière et se dirigea en courant vers l'avion de l'Amiral. Il passa devant l'infirmerie qui avait été mise à sac. Risa ! songea-t-il. Où était-elle ? Il y avait encore des fragmentés autour de l'appareil. Les pneus avaient été lacérés, les ailes ressemblaient à des plumes brisées. L'avion tout entier était incliné sur le côté.

– Arrêtez ça tout de suite ! s'écria Connor. Qu'est-ce que vous fabriquez ? Regardez ce que vous avez fait !

Il tendit un bras vers l'aile de l'avion, agrippa la cheville d'un garçon et le fit sauter à terre. Seulement, ils étaient nombreux. Alors il s'empara d'un poteau en métal et donna de grands coups contre l'appareil jusqu'à ce qu'ils s'interrompent.

– Regardez autour de vous ! cria-t-il. Vous avez tout détruit ! Comment avez-vous pu faire une chose pareille ? Vous mériteriez d'être fragmentés ! Tous !

Tout le monde se tut – sur l'aile de l'avion, près des feux. Entendre de tels mots dans la bouche d'un des leurs leur fit l'effet d'une douche glacée. Quant à Connor, s'entendre prononcer de telles paroles – des paroles sincères – le choqua autant que la scène dont il venait d'être témoin.

L'escalier qui menait aux quartiers de l'Amiral était tombé à terre.

– Par ici ! appela Connor. Venez m'aider !

Une dizaine d'adolescents, leur colère retombée, accoururent. Ils remirent l'escalier d'aplomb et Connor grimpa les marches. Il regarda à travers le hublot mais ne voyait presque rien. L'Amiral était allongé sur le sol, immobile. Si l'Amiral était incapable d'aller jusqu'à la porte, jamais ils ne pourraient entrer. Mais… était-ce quelqu'un d'autre, là, avec lui ?

Tout à coup, on tira un levier à l'intérieur de l'avion, et la porte s'ouvrit. La chaleur suffocante frappa Connor de plein fouet – c'était une véritable fournaise. Le visage qui apparut était si rouge et gonflé qu'il lui fallut un moment avant de le reconnaître.

– Risa ?

Elle se mit à tousser et manqua de s'effondrer dans ses bras, mais parvint à se ressaisir.

– Je vais bien, articula-t-elle. Mais l'Amiral…

Ils entrèrent dans l'appareil et s'agenouillèrent près de lui. Il respirait encore, mais son souffle était superficiel.

– C'est à cause de la chaleur ! cria Connor.

Il ordonna aux fragmentés présents d'ouvrir toutes les portes.

– Ce n'est pas uniquement la chaleur, précisa Risa. Ses lèvres sont cyanosées et sa tension est très basse.

Pour Connor, c'était du chinois.

– Il a une crise cardiaque ! expliqua Risa. Je lui ai fait un massage cardiaque mais je ne suis pas médecin ! Je ne peux pas faire de miracles !

– C'est… ma… faute…, bredouilla l'Amiral. Ma… faute…

– Chut, murmura Connor. Tout va bien se passer.

Cependant, il était parfaitement conscient que ses chances de s'en sortir étaient très minces.

Ils portèrent l'Amiral au bas des marches et les fragmentés s'écartèrent sur leur passage, comme s'ils transportaient déjà un cercueil. Ils l'allongèrent à l'ombre d'un arbre.

Autour de lui, les murmures allaient bon train.

– Il a assassiné les Protégés ! s'écria un fragmenté. Il n'a que ce qu'il mérite.

Connor bouillonnait intérieurement mais, désormais, il savait se contenir.

– C'est Cleaver le coupable, annonça Connor d'une voix suffisamment forte pour que tout le monde l'entende.

– Vraiment ? Et où est passé Asthma ?

La main de l'Amiral se leva faiblement.

– Mon... fils...

– Asthma est son fils ? s'écria un garçon.

La rumeur commença à se propager dans la foule. Les mots de l'Amiral se perdirent tandis qu'il sombrait dans l'inconscience.

– Si on ne le transporte pas dans un hôpital, il va mourir ! s'écria Risa en recommençant un massage cardiaque.

Connor regarda autour de lui. Ce qui s'apparentait le plus à une voiture était la voiturette de golf.

– Il y a l'hélicoptère, fit remarquer Hayden. Mais étant donné que le pilote est mort, je crois qu'on l'a dans l'os.

Risa glissa un regard à Connor. Pas besoin de lire *Risa pour les Nuls* pour comprendre ce qu'elle avait en tête.

– J'ai la solution ! s'exclama Connor. Je m'en occupe !

Connor se leva et examina les alentours – les visages recouverts de suie, les feux qui crépitaient. Après aujourd'hui, plus rien ne serait jamais pareil.

– Hayden, je te laisse gérer la situation ! annonça Connor.

– Tu plaisantes, j'espère ?

Connor laissa Hayden se débattre avec sa nouvelle autorité et choisit les trois fragmentés les plus costauds dans son champ de vision.

– Toi, toi et toi ! dit-il. Vous allez m'accompagner jusqu'à l'avion FedEx.

Les trois adolescents se mirent en marche et Connor les mena jusqu'à la caisse 2933, où se trouvait Roland. La conversation à venir n'allait pas être facile.

47.

Internes de 1re année

Durant les six mois qu'elle avait passés aux urgences, le jeune médecin avait vu suffisamment de choses bizarres pour écrire un livre entier. Mais c'était bien la première fois qu'elle voyait un hélicoptère atterrir au beau milieu du parking de l'hôpital.

Elle se rua à l'extérieur, accompagnée d'une équipe d'infirmières, d'aides-soignants et de quelques médecins. C'était un petit hélicoptère privé de quatre places. Il était encore entier et les pales continuaient de tourner. L'appareil s'était écrasé à moins de cinquante centimètres d'une voiture. Quelqu'un allait se faire confisquer son brevet de pilote…

Deux adolescents descendirent de l'hélicoptère, soutenant un vieil homme en piteux état. Une civière était déjà là, prête à l'accueillir.

– Le toit de l'hôpital est équipé d'une hélistation, vous savez.

– Il n'était pas sûr d'arriver à s'y poser, répondit la fille.

Lorsque le médecin jeta un coup d'œil au pilote, encore assis derrière les manettes, elle réalisa que la confiscation de son brevet n'était pas le plus gros problème. Ce gosse n'avait pas plus de dix-sept ans ! Elle se précipita vers le vieil homme et l'ausculta à l'aide de son stéthoscope. Elle ne perçut presque aucun son. Elle se tourna vers son équipe.

– Stabilisez-le et préparez-le pour une greffe, ordonna-t-elle.

Puis elle reporta son attention sur les adolescents.

– Vous avez de la chance, cet hôpital possède une banque d'organes. Sinon, nous aurions dû le faire évacuer d'urgence dans un autre établissement.

Sur la civière, l'homme souleva péniblement son bras. Il agrippa sa manche avec davantage de force que son état ne le lui permettait.

– Pas de greffe, souffla-t-il.

S'il vous plaît, pas ça ! se lamenta le médecin intérieurement.

– C'est une opération courante, monsieur, le rassura un aide-soignant.

– Il ne veut pas de greffe ! insista le garçon.

– Vous venez de le transporter en hélico de Dieu sait où, avec un pilote mineur par-dessus le marché, et vous refusez l'opération ? Nous avons une banque pleine de cœurs en bonne santé, vous savez.

– Pas de greffe ! répéta l'homme.

– C'est... euh... interdit par sa religion, intervint la jeune fille.

– Écoutez, pourquoi ne faites-vous pas ce que les médecins faisaient à l'époque où ils n'avaient pas tous ces cœurs en bonne santé ?

Le médecin poussa un soupir. Heureusement, ses années de fac n'étaient pas loin et elle se souvenait de tout.

– Cela réduira considérablement ses chances de survie, informa-t-elle. Vous en êtes conscients, n'est-ce pas ?

– Oui.

Elle accorda quelques minutes de réflexion supplémentaires à son patient puis abandonna. L'équipe médicale emmena l'homme jusqu'aux urgences, suivie par les deux adolescents.

Une fois seule, le médecin essaya de reprendre ses esprits. Quelqu'un l'attrapa par le bras. Elle fit volte-face et tomba nez à nez avec le pilote, qui n'avait pas dit un mot depuis leur arrivée. Son visage était suppliant mais déterminé. Elle crut savoir de quoi il était question. Elle jeta un coup œil à l'hélicoptère, puis au garçon.

– Vous vous arrangerez avec la Fédération de l'Aviation. S'il survit, je suis sûre qu'ils vous laisseront tranquilles. Vous passerez peut-être même pour un héros.

– Il faut que vous appeliez les Frags, murmura-t-il en resserrant son emprise.

– Pardon ?

– Ce sont des fragmentés en fuite. Dès que le vieux sera sur la table d'opération, ils ficheront le camp. Ne les laissez pas faire, appelez les Frags. Tout de suite !

– Très bien, concéda-t-elle en se libérant de son étreinte. Je vais voir ce que je peux faire.

– Et quand ils arriveront, tâchez qu'ils viennent me voir d'abord.

Elle tourna les talons et, tout en se dirigeant vers l'hôpital, elle sortit son téléphone portable de sa poche. Il voulait les Frags, il les aurait. Et plus vite ils arriveraient, plus vite cet épisode cesserait de la concerner.

48.

Risa

Les Frags avaient toujours la même dégaine : ils avaient l'air fatigués et énervés. En fait, ils ressemblaient sous bien des aspects aux fragmentés qu'ils arrêtaient. Le Frag qui surveillait Risa et Connor ne faisait pas exception à la règle. Il était assis devant la porte du bureau dans lequel on les avait enfermés, et deux autres vigiles étaient postés à l'extérieur de la pièce, au cas où. Il demeurait parfaitement silencieux tandis qu'un autre Frag interrogeait Roland dans une pièce voisine. Risa n'avait aucune envie de savoir quels sujets ils étaient en train d'aborder.

– Comment va l'homme qu'on a amené ici ? demanda-t-elle.

– J'en sais rien, rétorqua le Frag. Vous connaissez les toubibs, ils ne disent ce genre de choses qu'à la famille proche, et je suppose que vous n'en faites pas partie.

Risa ne lui ferait pas le plaisir de répondre. Elle le détestait instinctivement pour tout ce qu'il représentait.

– Sympas vos chaussettes, lança Connor.

Le Frag ne baissa pas le regard. Il ne montrait aucun signe de faiblesse.

– Jolies oreilles, répliqua-t-il en retour. Je les essaierais bien un jour.

Selon Risa, deux types de personnes devenaient Frags : les petits durs qui voulaient passer leur vie à revivre leurs jours de gloire, et les victimes de ces derniers qui voyaient en chaque fragmenté leur tyran d'autrefois. Ceux-ci passaient leur vie à enfourner de la vengeance dans un puits sans fonds. Risa trouvait assez inouï que tyrans et victimes finissent par s'allier pour infliger des souffrances aux autres.

– Ça vous fait quoi d'envoyer des enfants dans un endroit où on met fin à leur vie ? interrogea-t-elle.

Manifestement, ce n'était pas la première fois qu'on lui sortait ce couplet.

– Ça vous fait quoi de vivre une vie qui n'a de valeur pour personne ?

Une réponse coup de poing qui était censée lui fermer son clapet. Et c'était réussi.

– Moi, je pense que sa vie a de la valeur, intervint Connor en lui prenant la main. Qui peut en dire autant pour vous ?

L'homme sembla vexé même s'il fit en sorte de ne pas le montrer.

– Vous avez eu quinze ans pour faire vos preuves et vous avez échoué. Ne rejetez pas la faute sur les autres.

Risa sentait la rage de Connor. Elle serra sa main, puis l'entendit prendre une profonde inspiration et souffler à fond pour évacuer sa colère.

– Ça ne vous vient jamais à l'esprit que vous seriez sûrement plus heureux dans un état divisé ? reprit le Frag.

– C'est comme ça que vous vous donnez bonne conscience ? s'indigna Risa. En vous persuadant que nous serons plus heureux ?

– Si vous dites vrai, pourquoi tout le monde ne se ferait-il pas fragmenter ? suggéra Connor. On pourrait commencer par vous ?

Le Frag foudroya Connor du regard, puis jeta un rapide coup d'œil à ses chaussettes. Connor poussa un petit cri moqueur.

Risa ferma ses paupières pour tenter d'y voir clair. En vain. En venant ici, ils avaient couru le risque de se faire coincer. Le simple fait de retourner au monde civilisé constituait un danger. Ce qui surprenait Risa, c'était la rapidité avec laquelle les Frags les avaient trouvés. Même avec leur arrivée peu orthodoxe à l'hôpital, ils auraient dû pouvoir profiter de l'agitation pour filer en douce. Que l'Amiral survive ou pas, cela ne changerait plus rien pour eux. Ils allaient être fragmentés ; tous les espoirs de Risa venaient de s'envoler en fumée. Avoir eu la possibilité d'espérer, ne fût-ce que brièvement, rendait la situation encore plus douloureuse.

49.

Roland

Les yeux du Frag qui questionnait Roland étaient légèrement dépareillés, et il dégageait une odeur acide de transpiration. Tout comme son collègue dans la pièce voisine, l'homme n'était pas du genre à se laisser impressionner. Et Roland n'avait pas, comme Connor, un sens de la repartie à lui faire perdre son sang-froid. De toute façon, ça ne faisait pas partie de son plan.

Roland avait commencé à élaborer sa stratégie peu de temps après que Connor l'eut libéré de la caisse en bois. Il avait eu envie de le hacher en petits morceaux mais celui-ci était accompagné de trois fragmentés aussi baraqués que Roland. Des fragmentés qui auraient dû se trouver de son côté. *Auraient* dû. C'est à ce premier indice que Roland avait compris que la donne avait changé.

Connor lui avait relaté la révolte des fragmentés et l'épisode de la mort de Cleaver. Il lui avait présenté des excuses bidon pour l'avoir accusé du meurtre des Protégés, excuses que Roland n'avait pas acceptées. Si Roland avait été présent, la révolte aurait été organisée et victorieuse. S'il avait participé, ça n'aurait pas été une révolte, mais une révolution. En enfermant Roland dans cette caisse, Connor lui avait usurpé son statut de leader.

Lorsqu'ils étaient arrivés sur les lieux de l'émeute, toute l'attention s'était portée sur Connor : c'était à lui qu'on posait les questions, c'était lui qui donnait les instructions et tout le monde l'écoutait. Mêmes les plus proches amis de Roland n'avaient osé le regarder en face quand ils l'avaient revu. Il avait tout de suite compris que tous ses fidèles l'avaient abandonné. Son absence pendant la crise avait fait de lui un outsider, et jamais il ne retrouverait la place qu'il avait perdue. Il était donc temps de mettre sur pied un nouveau plan d'action.

Si Roland avait accepté de piloter l'hélicoptère, ce n'était pas pour sauver la vie de l'Amiral, mais parce que cette petite expédition lui ouvrait de nouveaux horizons.

– Je suis curieux, dit le Frag à l'odeur de sueur. Pourquoi avoir balancé tes deux amis, puisque ça t'obligeait à te dénoncer aussi ?

– Une récompense de cinq cents dollars est prévue pour toute dénonciation de fragmenté en fuite, pas vrai ?

– Donc ça fait mille cinq cents avec toi, conclut-il.

Roland regarda le Frag droit dans les yeux et eut l'aplomb de lui proposer un marché.

– Et si je vous disais que je connais un endroit où il y a plus de quatre cents fragmentés en fuite ? Je peux vous aider à démanteler un réseau entier de contrebande. Ça vaudrait quelle récompense, selon vous ?

Le Frag sembla se figer sur place. Il scruta Roland attentivement.

– Je t'écoute.

50.

Connor

Il avait tenu beaucoup plus longtemps que prévu. C'était la maigre consolation à laquelle il se raccrochait tandis que deux Frags armés les conduisaient jusqu'à la pièce où était interrogé Roland. Mais à en juger par l'air suffisant qu'affichait ce dernier, Connor devina qu'il s'était agi d'une négociation plutôt que d'un interrogatoire.

– Asseyez-vous, dit un Frag assis sur le coin d'un bureau près de Roland.

Roland n'accorda pas un seul regard à Connor et Risa, et fit comme s'ils n'étaient pas là. Il se contenta de s'adosser à sa chaise. S'il n'avait pas été menotté, il aurait croisé les bras.

Le Frag alla droit au but.

– Votre ami avait beaucoup de choses à nous raconter et il nous a fait une offre très alléchante : sa liberté contre quatre cents fragmentés. Il se propose même de nous révéler où ils se trouvent.

Connor savait que Roland les dénoncerait, Risa et lui, mais dénoncer tous les fragmentés – ça, c'était inattendu. Roland continuait de les ignorer mais sa moue arrogante s'était accentuée.

– Quatre cents, hein ? lança le deuxième Frag.

– Il ment ! s'écria Risa sur un ton particulièrement convaincant. Il essaie de vous tendre un piège alors qu'en réalité, il n'y a que nous trois !

– En fait, reprit le policier, il dit la vérité. Cela dit, nous sommes surpris du nombre qu'il nous a annoncés. Nous pensions que vous étiez au moins six cents, mais il faut croire que certains finissent par avoir dix-huit ans.

Roland le regarda, déconcerté.

– Quoi ?

– Navré de vous décevoir, mais nous sommes au courant des activités de l'Amiral au Cimetière depuis plus d'un an.

L'autre flic ricana, amusé par la mine ahurie de Roland.

– Mais... mais...

– Pourquoi n'avons-nous pas organisé une descente ? L'Amiral, c'est un peu comme les chats abandonnés que personne n'aime, mais dont personne ne veut se séparer parce qu'ils débarrassent le quartier des rats. Pour nous, les fragmentés en fuite sont un problème. Mais l'Amiral les récupère dans la rue et les stocke dans le petit ghetto qu'il a créé dans le désert. Sans le savoir, il nous rend service en nous débarrassant des rats.

– Bien sûr, si le vieux passait l'arme à gauche, nous serions obligés d'aller faire un peu de nettoyage là-bas.

– Non ! s'écria Risa. Quelqu'un d'autre peut prendre la relève !

– Il faudrait que ce soit un bon dératiseur, fit remarquer le Frag en haussant les épaules.

Tandis qu'un Roland incrédule voyait son plan s'effondrer, Connor sentit le soulagement l'envahir et entrevit une lueur d'espoir.

– Alors vous nous laissez retourner là-bas ? demanda-t-il.

Le Frag s'empara d'un dossier sur le bureau.

– J'ai bien peur que ce soit impossible. C'est une chose de fermer les yeux, c'en est une autre de relâcher un criminel. (Il se mit à lire le dossier.) Connor Lassiter. Ta fragmentation était prévue pour le 21 novembre, mais tu as déserté. Tu as ensuite provoqué un accident qui a causé la mort d'un chauffeur de bus, fait plusieurs dizaines de blessés et immobilisé la circulation sur une autoroute pendant plusieurs heures. Par-dessus le marché, tu as pris quelqu'un en otage et tiré sur un Frag avec son pisto-tranq.

– Quoi ? C'est lui, l'évadé d'Akron ? s'écria Roland, abasourdi.

Connor lança un coup d'œil à Risa, puis à l'agent de police.

– Très bien, j'avoue. Mais Risa n'a rien fait, elle ! Vous pouvez la libérer !

Le policier secoua la tête.

– Des témoins affirment qu'elle était complice. Il n'y a qu'un seul endroit où vous allez vous rendre : le camp de collecte le plus proche.

– Et moi ? interrogea Roland. Je n'ai rien à voir avec tout ça !

– Coupable par association, ça te dit quelque chose ? Tu devrais être plus vigilant dans le choix de tes amis.

Puis il fit signe aux vigiles de les emmener.

VI
Fragmentés

Pour votre tranquillité d'esprit, nous mettons à votre disposition un large éventail de camps de collecte. Tous nos établissements sont privés, détiennent une licence officielle et sont financés par vos impôts. Quel que soit le site que vous choisirez, soyez certains que votre fragmenté recevra les meilleurs soins de nos équipes diplômées, qui assureront la meilleure transition possible vers son état divisé.

Extrait du *Manuel d'accompagnement pour parents de fragmentés*.

51.

Camp de collecte

On aurait pu débattre de l'existence de l'âme – chez les fœtus ou chez les fragmentés – pendant des heures entières. En revanche, nul ne s'était jamais demandé si les centres de fragmentation en avaient une. En réalité, ils étaient dépourvus de toute âme. C'était sans doute la raison pour laquelle ceux qui avaient construit ces gigantesques usines médicales avaient tout fait pour les rendre les plus accueillantes possibles.

Tout d'abord, on ne les appelait plus « centres de fragmentation » comme à l'époque de leur conception, mais « camps de collecte ».

Ensuite, chaque établissement était situé dans un décor spectaculaire, peut-être dans le but de rappeler à ses hôtes la beauté du monde qui les entourait.

Enfin, les camps étaient aussi bien entretenus que des résidences de vacances. Il y avait une multitude de teintes pastel et aussi peu de rouge que possible, couleur inconsciemment associée à la colère, à l'agressivité et, bien évidemment, au sang.

Le camp de collecte du Gai Bûcheron, situé dans une charmante ville du nord de l'Arizona, représentait un parfait modèle du genre. Niché sur une colline recouverte de pins, le camp donnait sur une forêt paisible et, à l'ouest, sur le spectacle époustouflant des montagnes rouges de Sedona. Au XXe siècle, ce paysage avait sans nul doute ravi les bûcherons qui, à l'époque, avaient fondé cette petite ville et lui avaient donné son nom.

Le dortoir des garçons était peint en bleu avec des touches de vert, tandis que celui des filles était dans des tons de rose et lavande. L'uniforme du personnel était composé de shorts confortables et de chemises hawaïennes, à l'exception des chirurgiens qui portaient des blouses jaune vif.

L'établissement était entouré de barbelés dissimulés par des haies d'hibiscus et, même si les fragmentés résidents voyaient débarquer chaque jour des bus surpeuplés au portail principal, la vision des camions en partance leur était épargnée – ceux-là s'en allaient par la petite porte.

En moyenne, le séjour des fragmentés durait trois semaines mais variait en fonction de leur groupe sanguin et de l'offre et la demande. Comme dans la vie, on ne savait jamais quand viendrait son heure.

Cependant, en dépit de l'attitude professionnelle et positive du personnel, il arrivait que des crises éclatent. Cette semaine-là, l'esprit de rébellion se manifesta sous la forme d'un graffiti qui avait été peint sur une aile de la clinique : ON N'EST PAS DUPES.

*

Le 4 février, trois fragmentés arrivèrent au camp escortés par des agents de police. Deux d'entre eux furent débarqués sans cérémonie dans le centre d'accueil de l'établissement, comme n'importe quel autre nouvel arrivant. Le troisième, lui, emprunta un chemin plus long : il fut conduit à travers les dortoirs, les terrains de sport et tous les autres lieux que fréquentaient les résidents.

Il boitillait à cause des liens qui enserraient ses jambes, et des menottes comprimaient ses poignets. Encadré par des Frags armés, il marchait courbé, à minuscules enjambées.

Tout, dans le camp du Gai Bûcheron, respirait le calme et la sérénité, mais cet épisode fit figure d'exception. De temps à autre, un fragmenté difficile était publiquement humilié avant d'être réintégré au reste du groupe. Chaque fois, le fragmenté en question essayait de se rebeller. Chaque fois, il était conduit à la clinique et se faisait fragmenter quelques jours seulement après son arrivée.

Cela constituait une mise en garde implicite à l'attention de tous les fragmentés : faites ce qu'on vous dit ou votre séjour ici sera très, très court. Ces leçons s'avéraient toujours efficaces.

Mais ce que les employés du camp ignoraient, c'est que cette fois, la réputation de Connor Lassiter l'avait précédé. L'annonce de l'arrivée de l'évadé d'Akron n'avait pas entamé le moral des fragmentés. Au contraire, les résidents avaient élevé ce qui n'était que rumeurs au rang de véritable légende.

52.

Risa

« Avant que nous débutions notre session, il est de mon devoir de te dire que, même si tu t'es liée d'amitié avec l'évadé d'Akron, il est dans ton intérêt de prendre tes distances avec lui. »

Roland, Connor et Risa furent immédiatement séparés. Diviser pour mieux régner, comme le disait l'expression. Risa ne voyait aucun inconvénient à ne plus fréquenter Roland ; en revanche, savoir ce qu'on avait infligé à Connor ne faisait qu'accroître son envie de le voir. Il n'avait pas été physiquement blessé – non, abîmer la marchandise serait idiot. Mais psychologiquement, c'était une autre histoire. On l'avait exhibé pendant plus de vingt minutes. Puis, on lui avait ôté ses menottes et on l'avait laissé là, en plein milieu du camp : on ne l'avait pas conduit au centre d'accueil, on ne lui avait donné aucune indication. Rien. Il avait dû se débrouiller seul. Risa savait que le but de la manœuvre n'était pas de le mettre au défi ni même de le punir. On avait voulu le pousser à la faute. Ainsi, toutes les sanctions à venir seraient faciles à justifier. Risa ne s'était pas inquiétée bien longtemps : si Connor venait à fauter, ce serait forcément pour une bonne cause.

« Je vois que tu as obtenu d'excellents résultats aux tests d'aptitude, Risa. Bien au-dessus de la moyenne. Je te félicite. »

Après une demi-journée passée au camp du Gai Bûcheron, Risa n'en revenait toujours pas du cadre dans lequel elle se trouvait. Elle s'était toujours imaginé les camps de collecte comme des blockhaus où l'on entassait les fragmentés comme du bétail : des troupeaux d'enfants aux regards éteints, souffrant de malnutrition, enfermés dans de minuscules cellules grises. Un véritable cauchemar de déshumanisation. Étrangement, la réalité était bien plus terrifiante. Alors que le Cimetière était un paradis déguisé en enfer, le camp était exactement l'inverse.

« Tu as l'air en bonne condition physique. Tu as fait beaucoup de sport, n'est-ce pas ? De la course à pied, peut-être ? »

Le sport constituait l'une des principales occupations au camp. Risa crut d'abord que les nombreuses activités étaient destinées à occuper les fragmentés jusqu'à ce que leur heure soit venue. Mais un jour, en passant devant un terrain de basket alors qu'elle se rendait au centre d'accueil, elle remarqua que cinq totems trônaient au beau milieu du court. Dans les yeux de chacun d'eux étaient enchâssées des caméras de surveillance. Dix joueurs, dix caméras. Cela signifiait que quelque part, quelqu'un étudiait chaque fragmenté, prenait des notes sur ses capacités de coordination, évaluait ses aptitudes musculaires. Risa avait alors compris que ce match de basket n'avait pas pour but de les divertir, mais de fixer un prix pour chacune des parties de leurs corps.

« Durant les semaines à venir, tu vas participer à diverses activités. Tu m'écoutes, Risa ? Est-ce que je vais trop vite pour toi ? »

La conseillère qui lui faisait passer l'entretien semblait croire qu'en dépit de leurs résultats aux tests d'aptitudes, les fragmentés étaient débiles. La femme portait une blouse rose imprimée de motifs à fleurs. Risa eut une furieuse envie de l'asperger d'insecticide.

– As-tu des questions, Risa ? Si c'est le cas, c'est le moment de les poser.

– Que faites-vous des organes qui ne servent à rien ?

La question de Risa prit son interlocutrice au dépourvu.

– Je te demande pardon ?

– Oui, les pieds-bots, les oreilles sourdes, tout ça... Est-ce que vous les utilisez ?

– Tu n'es pas concernée, si ?

– Non, mais j'ai encore mon appendice. Qu'est-ce que vous allez en faire ?

– Eh bien, mieux vaut une oreille sourde que pas d'oreille du tout, répondit la conseillère avec une patience à toute épreuve. Et certaines personnes n'ont pas les moyens de s'offrir mieux. En ce qui concerne ton appendice, ça ne sera utile à personne de toute façon.

– Pourtant, la loi précise qu'un fragmenté doit rester vivant à 100 %.

Le sourire de la femme s'évapora brusquement.

– Eh bien, à 99,44 % en fait. Ce chiffre prend en compte les petites choses comme les appendices.

– Je vois.

– Passons maintenant au formulaire de pré-admission. Tu n'as pas eu l'occasion de le remplir à cause des conditions atypiques de ton arrivée. (Elle feuilleta le dossier.) La plupart des questions ne sont pas importantes pour le moment. Cependant, si tu as des dispositions particulières qui pourraient être intéressantes... tu sais, le genre de choses qui pourraient être utile à la communauté pendant ton séjour ici...

Risa n'avait qu'une envie – se lever et partir. Alors que la fin de sa vie était proche, elle était encore obligée de répondre à l'inévitable question : « À quoi es-tu bonne ? »

– J'ai de l'expérience dans les premiers secours et la réanimation, informa Risa sur un ton neutre.

La femme lui adressa un sourire navré.

– Eh bien, s'il y a une chose dont on ne manque pas ici, c'est de personnel médical.

Si cette bonne femme répétait « eh bien » encore une fois, Risa pourrait bien lui flanquer un coup de poing.

– Rien d'autre ?

– Je m'occupais des nouveau-nés à la maison-pupille.

– Navrée, il n'y a pas de bébés ici. C'est tout ?

– J'ai étudié le piano, répondit Risa en soupirant.

Les sourcils de la conseillère s'élevèrent d'au moins deux centimètres.

– Vraiment ? Tu joues du piano ? Eh bien, eh bien, eh bien !

53.

Connor

Connor crevait d'envie de se battre, de mener la vie dure au personnel, de désobéir car il savait que ça pourrait écourter son séjour ici. Mais il ne céderait pas à la tentation pour deux raisons : primo, c'était exactement ce qu'ils attendaient de lui ; deuzio, pour Risa. Elle serait effondrée si on l'emmenait à la Boucherie. « La Boucherie », c'était le mot utilisé par les fragmentés même s'ils ne le prononçaient jamais devant le personnel.

Connor était une véritable star dans son dortoir. Le fait que les autres le considèrent comme un symbole lui paraissait quelque peu absurde et surréaliste puisqu'il n'avait fait qu'une chose : survivre.

– Tout ce qu'on raconte n'est pas vrai, si? lui demanda son voisin de dortoir le premier soir. Enfin, tu n'as pas vraiment neutralisé toute une brigade de Frags avec leurs pisto-tranqs ?

– Bien sûr que non! répondit Connor qui se rendait compte qu'en démentant, il ne faisait qu'alimenter la légende.

– Il paraît qu'ils ont fermé plusieurs autoroutes pour te chercher. C'est vrai ? demanda un autre fragmenté.

– Non, une seule en fait, et c'est moi qui l'ai bloquée. Enfin, plus ou moins.

– Alors c'est vrai !

C'était peine perdue. Il avait beau essayer de minimiser les faits, les autres s'étaient mis dans la tête que l'évadé d'Akron était une sorte de héros grandeur nature.

Roland, lui, profitait de la popularité de Connor alors qu'en réalité, il le méprisait au plus haut point.

Même si Roland logeait dans une autre unité, Connor eut vent d'un scénario complètement farfelu selon lequel Roland et Connor avaient volé un hélicoptère et libéré une centaine de fragmentés détenus dans un hôpital de Tucson. Connor envisagea de révéler qu'en vérité, Roland les avait dénoncés, mais décida que la vie était vraiment trop courte pour se risquer à mettre de l'huile sur le feu.

Connor aimait bien discuter avec un garçon du nom de Dalton qui, lui au moins, savait démêler le vrai du faux. Il avait dix-sept ans, était plutôt costaud en dépit de sa petite taille, et ses cheveux semblaient vivre leur propre vie. Connor lui raconta ce qui s'était réellement passé le jour où il avait déserté, et fut soulagé que quelqu'un croie à sa version des faits. Cela dit, Dalton avait sa propre vision des choses.

– Même s'il ne s'est passé que ce que tu racontes, c'est quand même super impressionnant, dit Dalton. C'est ce qu'on aurait tous aimé faire.

Connor dut admettre qu'il avait raison.

– Tu es un peu le roi des fragmentés ici, continua Dalton. Mais les mecs comme toi se font fragmenter très vite, fais gaffe. Tu as peur ?

– Oui, répondit Connor à contrecœur.

Dalton parut soulagé.

– Ici, ils nous répètent que la peur est passagère et que nous allons vers un lieu d'acceptation. Ça fait presque six mois que je suis là, et j'ai toujours autant la frousse.

– Six mois ? répéta Connor. Je croyais que les séjours ici ne duraient pas plus de quelques semaines.

Dalton se pencha vers Connor, comme si les informations qu'il s'apprêtait à lui révéler étaient hautement confidentielles.

– Pas si tu fais partie du groupe.

Un groupe ? Connor trouva absurde l'idée qu'on puisse écouter de la musique dans un lieu où les vies étaient réduites au silence.

– Ils nous installent sur le toit de la Boucherie et nous font jouer pendant que les fragmentés y entrent, expliqua Dalton. On joue toutes sortes de musiques : classique, pop, rock... Je suis le meilleur bassiste qu'ils aient jamais connu ! (Il eut un grand sourire.) Tu devrais venir nous écouter demain. Il y a une nouvelle pianiste. Elle est canon.

*

Connor joua au volley-ball le lendemain matin – sa première activité officielle. Plusieurs membres du personnel vêtus de chemises arc-en-ciel ou fleuries étaient postés sur le bord de terrain, carnets à la main puisque le court n'était pas équipé de caméras. Derrière eux, sur le toit de la Boucherie, le groupe de Dalton jouait sa bande sonore pour la matinée.

En apercevant Connor, l'équipe adverse se démonta complètement, comme si sa simple présence leur assurait un échec. Connor était nul en volley, mais peu importait – l'évadé d'Akron excellait forcément dans toutes les disciplines. Roland faisait partie de cette équipe mais, contrairement aux autres, il ne se découragea pas. Il lança un regard noir à Connor, le ballon à la main, prêt à le lui balancer en pleine figure.

La partie débuta. L'intensité du jeu était accompagnée d'une onde de peur presque palpable. Les deux équipes jouaient avec autant de ferveur que si les perdants risquaient la fragmentation immédiate. Même si Dalton avait assuré à Connor que les choses ne se passaient pas ainsi, perdre ne pouvait pas aider. Cela rappela à Connor le jeu maya du pok-a-tok, dont il avait entendu parler en cours d'histoire. Cela ressemblait beaucoup au basket mais les perdants se voyaient sacrifiés aux dieux mayas. À l'époque, Connor avait bien aimé le concept.

Roland smasha le ballon, qui atteignit un employé au visage. Avant de s'excuser, il esquissa un large sourire. L'homme l'incendia du regard puis fit quelques annotations sur son carnet. Connor se demanda si l'attitude de Roland lui vaudrait quelques jours en moins au camp.

Tout à coup, le match fut interrompu. L'attention des joueurs fut attirée par un groupe d'adolescents vêtus de blanc qui passait de l'autre côté du terrain.

– Ce sont des décimés, dit un garçon à Connor. Tu sais ce que c'est ?

– Oui, je sais.

– Non mais regarde-les… Ils se croient supérieurs à tout le monde.

Connor avait déjà entendu dire que les décimés n'étaient pas traités comme tout le monde. Le personnel faisait la distinction entre les « décimés » et les « dégénérés ». Ils n'étaient pas affublés des mêmes uniformes roses et bleus que les autres. Leurs tenues de soie blanche étincelaient sous le soleil éclatant, à tel point qu'il fallait se protéger les yeux pour ne pas être ébloui.

On eût dit des répliques de Dieu en plus jeunes. Aux yeux de Connor, ils ressemblaient plutôt à une bande d'extraterrestres. Les dégénérés haïssaient les décimés de la même manière que les paysans détestent les aristocrates. Connor aussi avait ressenti ce mépris autrefois, mais maintenant qu'il avait connu un décimé, il éprouvait plutôt de la pitié à leur égard.

– Il paraît qu'ils connaissent la date et l'heure de leur fragmentation, lança un garçon.

– J'ai entendu dire qu'ils le décidaient eux-mêmes ! dit un autre.

L'arbitre donna un coup de sifflet.

– Allez, on reprend !

Les fragmentés détournèrent le regard des élus en uniforme blanc et reprirent la partie encore un peu plus énervés.

L'espace d'une seconde, tandis que les décimés disparaissaient derrière une colline, Connor crut reconnaître un visage, mais se ressaisit. Son imagination devait lui jouer des tours.

54.

Lev

L'imagination de Connor ne lui avait pas joué de tour.

Levi Jedediah Calder faisait partie des hôtes très spéciaux du camp de collecte du Gai Bûcheron et, une fois de plus, il avait revêtu son uniforme de décimé. Les décimés ayant reçu l'ordre de ne pas regarder les dégénérés, Lev n'avait pas vu Connor sur le terrain de volley-ball. Après tout, pourquoi les regarderaient-ils ? Depuis le jour de leur naissance, on n'avait cessé de leur répéter qu'ils appartenaient à une caste supérieure et qu'ils avaient reçu l'appel divin.

Le visage de Lev portait encore des traces de son insolation, mais ses cheveux étaient maintenant coupés courts, comme autrefois, et il était redevenu doux et sensible. Au moins en apparence.

Sa fragmentation était prévue pour dans treize jours.

55.

Risa

Depuis le toit de la Boucherie, les notes que Risa jouait s'envolaient jusqu'aux oreilles de milliers d'âmes attendant leur fragmentation. La joie de poser à nouveau ses doigts sur un clavier était ternie par l'horreur de ce qui se passait à ses pieds.

Depuis son point de vue, elle les voyait marcher le long du chemin dallé rouge foncé que tous avaient surnommé le « tapis rouge ». Les fragmentés qui l'empruntaient étaient flanqués de deux vigiles qui les maintenaient fermement par les bras pour qu'ils ne s'échappent pas, tout en veillant à ne pas leur laisser de bleus.

Malgré tout, Dalton et le reste du groupe jouaient comme si rien de tout cela n'avait aucune importance.

– Comment faites-vous ? leur demanda Risa pendant une de leurs pauses. Comment arrivez-vous à les regarder rentrer là-dedans et ne jamais ressortir, tous les jours ?

– Tu vas t'habituer, tu verras, répondit le batteur.

– Non ! Je ne veux pas m'habituer ! s'écria Risa.

Elle songea à Connor qui, lui, ne bénéficierait d'aucun sursis. Il n'avait aucune chance.

– Je refuse d'être leur complice ! continua Risa.

– Hé ! lança Dalton, de plus en plus agacé. Ici, c'est chacun pour soi. On fait ce qu'on peut pour sauver notre peau. Tu as été choisie parce que tu savais jouer du piano, et tu es douée. Profites-en. Soit tu t'habitues à voir des fragmentés défiler sur le tapis rouge, soit c'est pour toi qu'on jouera.

– C'est ce qui arrivé au précédent pianiste ? demanda Risa.

Elle savait que c'était un sujet qu'ils n'avaient pas vraiment envie d'aborder. Ils échangèrent un regard. Aucun d'eux ne voulait répondre. Puis la chanteuse fit tournoyer ses cheveux, comme pour signifier que ça n'était pas très important.

– Jack allait avoir dix-huit ans. Ils l'ont emmené une semaine avant son anniversaire.

– On ne peut pas dire qu'il ait été un gai bûcheron, dit le batteur en faisant claquer ses baguettes sur la caisse claire.

– Quoi, c'est tout? Ils l'ont emmené, comme ça? s'écria Risa.

– Le business est roi, expliqua la chanteuse. Ils perdent énormément d'argent si l'un de nous atteint l'âge de dix-huit ans, parce qu'ils sont obligés de nous laisser partir.

– Mais moi j'ai un plan, dit Dalton en adressant aux autres un clin d'œil de connivence. Quand mon anniversaire approchera, je me jetterai du haut du toit.

– Tu vas te suicider ?

– J'espère que non. Il y a une chance sur deux pour que j'y reste. Le truc, c'est qu'ils ne peuvent pas te fragmenter comme ça, ils sont obligés d'attendre que tu sois guéri. Mais d'ici là, j'aurai eu dix-huit ans et je les aurai bien eus !

Il tapa dans la main du batteur et ils éclatèrent de rire. Risa les regardait, perplexe.

– Moi, j'espère qu'ils vont baisser la majorité à dix-sept ans, dit la chanteuse. Si ça arrivait, j'irais voir tout le personnel, les conseillers et ces foutus médecins et je leur cracherais au visage. Et ils seront obligés de me regarder passer le portail en un seul morceau !

Le guitariste, qui n'avait pas dit un mot de toute la matinée, prit son instrument.

– Celle-là, c'est pour Jack, dit-il.

Puis il entonna les premiers accords de *Don't Fear the Reaper*, un classique d'avant-guerre. Les autres l'accompagnèrent, jouant avec toute leur âme. Risa s'efforça de ne pas regarder en direction du tapis rouge.

56.

Connor

Les dortoirs étaient divisés en plusieurs unités. Chacune comportait trente lits dans une longue pièce étroite agrémentée de grandes fenêtres incassables qui laissaient filtrer la lumière du jour. Tandis que Connor se préparait à aller dîner, il remarqua que deux lits avaient été défaits, et ceux qui les occupaient avaient disparu. Si tous l'avaient remarqué, personne ne fit de commentaire, mais un garçon s'attribua un des lits car les ressorts du sien étaient cassés.

– Je laisse le nouveau se coltiner le cassé ! lança-t-il. Autant que je sois à l'aise pour ma dernière semaine.

Connor ne se souvenait ni des noms ni des visages des deux fragmentés partis, et ça l'obsédait. Cette journée avait été éprouvante. Les autres fragmentés paraissaient penser que Connor pouvait les sauver, alors qu'en réalité, il ne pouvait même pas se sauver lui-même. Et les membres du personnel qui n'avaient qu'une hâte – qu'il commette une erreur... La seule chose qui le réconfortait était de savoir Risa en sécurité – au moins pour le moment.

Il l'avait vue après le déjeuner, quand il s'était arrêté pour écouter le groupe. Il l'avait cherchée partout alors qu'elle était juste là, jouant de tout son cœur. Elle lui avait dit qu'elle jouait du piano, mais il n'y avait jamais vraiment pensé. C'était une fille formidable et il s'en voulait de ne pas avoir pris davantage de temps pour apprendre à la connaître. Lorsqu'elle l'avait aperçu cet après-midi-là, elle avait souri – ce qui lui arrivait rarement –, puis la tristesse avait rapidement repris le dessus. Elle était là-haut, et lui en bas.

Connor était absorbé dans ses pensées et, lorsqu'il leva la tête, il s'aperçut que tous les fragmentés de son unité étaient partis dîner. Alors qu'il se levait pour les rejoindre, il vit quelqu'un près de la porte et s'arrêta net. C'était Roland.

– Tu n'as pas le droit d'être ici, dit Connor.

– C'est vrai, mais grâce à toi, je suis là, rétorqua Roland.

– Ce n'est pas ce que je voulais dire. Si on t'attrape en dehors de ton unité, tu perdras des points et ils te fragmenteront plus vite.

– C'est gentil de t'inquiéter pour moi.

Connor se dirigea vers la porte mais Roland lui bloquait le passage. Pour la première fois, Connor remarqua qu'ils étaient presque de la même taille, même si Roland était bien plus musclé.

– Si tu es venu dans un but précis, lâche le morceau, lança Connor. Sinon, pousse-toi de là pour que je puisse aller manger.

L'expression de haine sur le visage de Roland était tellement vénéneuse qu'elle aurait pu venir à bout d'une unité entière de fragmentés.

– J'aurais pu te tuer au moins dix fois. J'aurais dû le faire, au moins tu ne serais plus là.

– C'est toi qui nous as dénoncés à l'hôpital, lui rappela Connor. Si tu ne l'avais pas fait, on aurait pu rentrer tranquillement au Cimetière.

– Qu'est-ce que tu racontes ? Il n'y a plus rien ! Tu m'as enfermé dans une caisse et tu les as laissés tout détruire ! Je les en aurais empêchés, moi, mais à cause de toi je n'ai pas pu !

– Si tu avais été là, tu aurais trouvé un moyen de tuer toi-même l'Amiral. Tu aurais même tué les Protégés s'ils n'étaient pas déjà morts ! Tu es comme ça !

Roland resta silencieux et Connor comprit qu'il était allé trop loin.

– Si je suis un assassin, je perds du temps, lâcha Roland. Je ferais mieux de m'y mettre tout de suite !

Il commença à donner des coups mais Connor les esquiva. Puis Connor ne se contenta plus de se défendre : il puisa dans sa propre colère et se mit à attaquer lui aussi.

C'était la bagarre qu'ils n'avaient pas eue à l'entrepôt, celle que Roland avait voulu provoquer le jour où il avait coincé Risa dans la salle de bains. Leurs poings étaient remplis de toute la haine du monde. Ils s'envoyèrent valser contre les murs, les lits superposés, se rouant de coups sans relâche. Jamais auparavant Connor ne s'était battu ainsi. Quant à Roland, il n'avait pas besoin d'arme : il en était une.

Connor avait beau être bagarreur, Roland lui était physiquement supérieur, et tandis que Connor commençait à faiblir, Roland l'attrapa à la gorge, l'écrasa contre le mur et pressa sa main contre sa trachée. Connor essaya de se débattre mais Roland était trop fort. Il le cogna contre le mur à plusieurs reprises sans jamais relâcher la pression sur son cou.

– Tu me traites d'assassin, mais le seul criminel ici, c'est toi ! tonna Roland. Ce n'est pas moi qui ai pris un otage et descendu un Frag ! Je n'ai jamais tué personne, moi ! Jusqu'à aujourd'hui, en tout cas !

Il resserra ses doigts autour de la gorge de Connor, le privant d'oxygène. Connor n'avait plus la force de se défendre. Sa poitrine se souleva à cause du manque d'air, sa vision se troubla et, bientôt, il ne distingua plus que le rictus de fureur de Roland. *Préférerais-tu être fragmenté ou mourir ?* À présent, il connaissait la réponse. Peut-être était-ce ce qu'il souhaitait. Peut-être était-ce pour cela qu'il restait là à provoquer Roland. Parce qu'il préférait mourir aux mains d'une personne remplie de haine que d'être démembré dans une froide indifférence.

Le champ de vision de Connor se remplit de gribouillis psychédéliques, l'obscurité l'enveloppa et il perdit conscience.

Seulement un instant.

Car sa tête tapa contre le sol et il revint brusquement à lui. Lorsqu'il ouvrit les yeux, il vit Roland qui le regardait. À la grande surprise de Connor, les yeux de Roland étaient remplis de larmes, qu'il essayait de dissimuler derrière sa colère. Il contemplait la main qui avait presque mis fin à la vie de Connor. Il avait été incapable d'aller jusqu'au bout et semblait aussi étonné que son adversaire.

– Estime-toi heureux, lâcha Roland avant de quitter la pièce.

Connor n'aurait su dire si Roland était déçu ou soulagé de ne pas être l'assassin qu'il croyait être, mais c'était sans doute un mélange des deux.

57.

Lev

Au camp du Gai Bûcheron, les décimés étaient un peu comme les passagers première classe du *Titanic*. Le bâtiment qui leur était réservé était meublé avec goût, il était équipé d'un théâtre, d'une piscine et la nourriture y était encore meilleure que chez soi. Bien sûr, leur destin était le même que celui des « dégénérés », mais au moins, ils y étaient préparés avec classe.

Un soir, après le dîner, Lev se trouvait dans la salle de sport de la maison des décimés, sur un tapis de course qu'il n'avait pas mis en route. Il portait des chaussures de sport et deux paires de chaussettes. Cependant, ce n'était pas ses pieds qui le préoccupaient, mais ses mains. Il les observait, perdu dans ses pensées. Jamais auparavant les lignes qui barraient sa paume ne l'avaient tant intrigué. La ligne de vie d'un décimé se séparait-elle comme les branches d'un arbre ? Lev examina les tourbillons sur les extrémités de ses doigts. Devoir identifier une personne ayant reçu les mains d'un fragmenté devait être un véritable casse-tête. À quoi servaient les empreintes si elles n'étaient pas forcément les vôtres ?

En tout cas, personne n'hériterait des empreintes de Lev. Ça, c'était certain.

Les décimés avaient le choix entre un large éventail d'activités mais, contrairement aux déchus, ils n'étaient pas obligés d'y participer. La préparation à la décimation incluait un programme d'un mois d'exercices physiques et intellectuels avant la fête de décimation – les décimés effectuaient donc le gros du travail chez eux, avant leur arrivée au camp. Le Gai Bûcheron n'était pas le camp que Lev et ses parents avaient choisi, mais son statut de décimé lui procurait un passe valable partout.

À cette heure-là, la plupart des décimés se trouvaient dans la salle de jeux ou assistaient à un groupe de prière en compagnie des pasteurs. Ici, on trouvait des représentants de toutes les confessions – pasteurs, prêtres, rabbins –, puisque la tradition qui consistait à rendre à Dieu le meilleur de ses ouailles était aussi ancienne que la religion elle-même.

Lev se rendait aussi souvent que possible aux groupes de prière. Pendant les cours d'étude de la Bible, il disait ce qu'on attendait de lui pour ne pas éveiller les soupçons et, lorsqu'ils lisaient des passages qui justifiaient la fragmentation, il préférait rester silencieux. Les autres, en revanche, voyaient dans les fragments le visage de Dieu.

– Mon oncle a reçu le cœur d'un décimé. Il paraît que maintenant, il peut faire des miracles.

– Moi, je connais une femme qui a une oreille de décimé. Un jour elle a entendu pleurer un bébé qui se trouvait à plusieurs pâtés de maisons de là et elle l'a sauvé des flammes.

– Nous sommes la communion sainte.

– Nous sommes la manne providentielle.
– Nous sommes la manifestation de Dieu en chacun. Amen.

Lev récitait les prières, espérant qu'elles pourraient le transformer et l'élever comme autrefois, sauf que son cœur s'était endurci. Il aurait aimé qu'il soit suffisamment dur pour être un diamant plutôt que du jade friable – alors peut-être aurait-il emprunté un autre chemin. Mais c'était le bon chemin pour la personne qu'il était devenu, pour ce qu'il ressentait et ne ressentait pas. Et si ce n'était pas le bon, eh bien tant pis. Il n'avait plus envie d'en changer.

Les autres décimés savaient que Lev était différent. C'était la première fois qu'ils voyaient un décimé déchu et surtout un qui, comme le fils prodigue, avait abjuré ses péchés et était rentré au bercail. Cela dit, les décimés fréquentaient très peu leurs semblables, et le fait d'être entouré d'autant de décimés leur donnait la sensation de former un cercle d'élus. Mais Lev, lui, n'appartenait pas à ce cercle.

Il mit en marche le tapis de course et veilla à ce que ses foulées soient aussi régulières et légères que possible. La machine était à la pointe de la technologie : elle était équipée d'un écran avec fonds d'écran programmables. Vous pouviez faire votre jogging en forêt, participer au marathon de New York et même marcher sur l'eau. Lorsqu'il était arrivé une semaine plus tôt, Lev s'était vu prescrire des exercices supplémentaires. Ses analyses sanguines avaient révélé un niveau de triglycéride élevé. Il aurait parié que celles de Mai et Blaine présentaient le même problème. Mais comme ils avaient été « capturés » indépendamment et qu'ils étaient arrivés au camp à plusieurs jours d'intervalle, il était impossible d'établir un quelconque lien entre eux.

« Ça peut être génétique ou dû à une alimentation trop grasse », avait expliqué le médecin. Il lui avait prescrit un régime pauvre en graisses pendant son séjour au camp et lui avait conseillé de faire du sport. Lev savait qu'il existait une autre raison à la présence de triglycéride dans son sang : en réalité, il ne s'agissait pas de triglycéride mais d'un composé similaire. Un composé un peu moins stable.

Un garçon entra dans la salle de gym. Ses cheveux fins étaient si blonds qu'ils étaient presque blancs, et ses yeux si verts qu'il avait sûrement subi une quelconque manipulation génétique. Ces yeux-là se vendraient à prix d'or.

– Salut, Lev. Quoi de neuf?

Le garçon grimpa sur le tapis de course qui jouxtait celui de Lev et se mit à courir.

– Rien de spécial, je cours.

Lev savait que le garçon n'était pas venu là de lui-même – les décimés n'avaient pas le droit de traîner seuls. On l'avait envoyé ici pour se lier d'amitié avec Lev.

– La cérémonie des bougies va commencer. Tu viens ?

Chaque soir, on allumait une bougie pour chaque décimé qui allait être fragmenté le lendemain. Chacun d'eux prononçait un petit discours, et tout le monde applaudissait. Lev trouvait ce rituel écœurant.

– Oui, je serai là, répondit Lev.

– Tu as commencé à préparer ton discours ? Moi, j'ai presque fini.

– Je n'ai écrit que des fragments pour l'instant, plaisanta Lev.

L'autre décimé ne parut pas saisir le jeu de mots. Lev éteignit la machine. Tant qu'il resterait là, le garçon ne le laisserait pas tranquille, et Lev n'avait aucune envie de discuter avec lui de la fierté d'être un élu. Il préférait penser à ceux qui n'avaient pas été choisis et qui avaient la chance de ne pas se trouver au camp de collecte, comme Risa et Connor qui, à sa connaissance, se trouvaient encore dans le sanctuaire du Cimetière. Savoir qu'ils allaient continuer à vivre après sa mort était pour Lev un immense soulagement.

*

Derrière le réfectoire, il y avait un local poubelle qui ne servait plus. Lev l'avait découvert la semaine précédente et avait décidé qu'il constituait le lieu idéal pour organiser des réunions secrètes. Lorsqu'il y entra ce soir-là, Mai faisait les cent pas. Plus les jours passaient, plus sa nervosité grandissait.

– Combien de temps va-t-on encore attendre ? demanda-t-elle.

– Pourquoi es-tu si pressée ? répliqua Lev. On attendra le bon moment.

Blaine tira six petits carrés de papier de sa poche et en déchira un duquel il sortit un petit pansement circulaire.

– Pourquoi a-t-on besoin de pansements ? demanda Mai.

– Ah, va savoir !

– Tu es un vrai gamin !

Mai se mettait facilement en rogne, surtout avec Blaine. Mais ce soir, on aurait dit qu'il y avait autre chose.

– Qu'est-ce qui se passe, Mai ? questionna Lev

Mai mit un moment avant de répondre :

– Aujourd'hui, j'ai vu une fille jouer du piano sur le toit de la Boucherie. Je l'ai connue au Cimetière, et elle me connaît aussi.

– Impossible. Si elle était au Cimetière, pourquoi serait-elle ici ? fit remarquer Blaine.

– Je sais ce que j'ai vu, et je crois bien qu'il y a d'autres fragmentés du Cimetière. Qu'est-ce qu'on fait s'ils nous reconnaissent ?

Blaine et Mai regardèrent Lev comme s'il détenait la réponse – ce qui était le cas.

– On a dû les envoyer pour une mission et ils se sont fait coincer, c'est tout.

Mai se détendit tout à coup.

– Ah oui, ça doit être ça.

– Si jamais ils nous reconnaissent, dit Blaine, on prétendra qu'il nous est arrivé la même chose.

– Et voilà ! conclut Lev. Problème résolu.

– Parfait, dit Blaine. Retournons à nos affaires. Je pense qu'on devrait agir après-demain. J'ai un match de foot prévu dans trois jours et j'ai l'impression que ça ne va pas très bien se passer.

Il tendit un petit pansement à Mai et deux à Lev.

– C'est pour quoi faire ? s'enquit Mai.

– On m'a demandé de vous les remettre après notre arrivée ici. (Blaine joua avec un pansement entre ses doigts.) Ce ne sont pas des pansements, ce sont des détonateurs.

*

La mission en Alaska n'avait jamais existé. Quel fragmenté se serait porté volontaire pour une telle proposition ? Le but avait été de s'assurer que personne d'autre que Lev, Mai et Blaine ne proposerait sa candidature. La camionnette les avait conduits du Cimetière jusqu'à une maison délabrée, dans un quartier isolé où des personnes abîmées par la vie échafaudaient des scénarios complètement délirants.

Lev était terrorisé par ces gens mais, en même temps, il se sentait lié à eux. Ils comprenaient le chagrin d'avoir été trahi par la vie, le sentiment d'être totalement vide. Et lorsqu'ils avaient expliqué à Lev à quel point il était essentiel pour leur plan, Lev s'était senti important pour la première fois depuis longtemps.

Ces gens-là n'utilisaient jamais le mot « mal », hormis pour décrire le mal que le monde leur avait fait. Ce qu'ils demandaient à Lev, Mai et Blaine n'était pas mal, non, pas du tout. C'était l'expression de tout ce qu'ils ressentaient. C'était l'esprit, l'essence et la manifestation de ce qu'ils étaient devenus. Ils n'étaient pas simplement des messagers, ils étaient *le message*. Ils avaient insufflé toutes ces idées dans la tête de Lev, des idées aussi mortelles que la substance qu'ils avaient injectée dans son sang. C'était vicieux. C'était mal. Et pourtant, Lev n'y voyait aucune objection.

« Notre n'avons pas d'autre cause que le chaos », disait toujours Cleaver, leur recruteur.

Ce que Cleaver n'avait jamais compris, même à la fin de sa vie, c'est que le chaos était une cause, au même titre que les autres, qui risquait de se transformer en religion pour les malheureux qui se laissaient entraîner, ceux qui ne trouvaient de consolation que dans ses eaux souillées.

Lev n'était pas au courant de la mort de Cleaver. Il ne se rendait pas compte qu'on l'utilisait. Tout ce qu'il savait, c'est que le monde ne tarderait pas à partager une infime part du sentiment de perte, de vide et de désillusion qui le hantait. Ce moment viendrait au moment où il lèverait les mains pour applaudir.

58.

Connor

Connor avala son petit déjeuner à toute vitesse, non pas parce qu'il était affamé mais parce qu'il voulait être ailleurs. Risa prenait son petit déjeuner juste avant lui : si elle prenait son temps et qu'il était rapide, ils pourraient se croiser sans attirer l'attention des employés du camp.

Ils se rejoignirent dans les toilettes des filles. La dernière fois qu'ils s'étaient retrouvés dans un tel endroit, ils s'étaient enfermés dans des cabines séparées. Aujourd'hui, ils partageaient la même. Ils étaient enlacés, délivrés de toute gêne. Ils n'avaient plus de temps à perdre à jouer, à se sentir embarrassés ou à faire semblant de ne pas avoir de sentiments l'un pour l'autre. Ils s'embrassèrent donc comme si c'était un geste tout naturel, et comme s'il était aussi essentiel que l'air qu'ils respiraient.

Elle effleura du doigt les hématomes sur son visage et son cou, séquelles de sa rixe avec Roland. Elle lui demanda ce qui était arrivé ; il lui répondit que ça n'avait pas d'importance. Puis elle lui dit qu'elle devait partir

– Dalton et les autres l'attendaient sur le toit de la Boucherie.

– Je t'ai entendue jouer, dit Connor. Tu es très douée.

Il l'embrassa à nouveau. Ils évitèrent le sujet de la fragmentation. À cet instant, rien de tout cela n'existait plus. Connor savait qu'ils seraient allés plus loin s'ils avaient pu, mais pas ici, pas dans ce genre d'endroit. Ils ne connaîtraient jamais ce moment, pourtant l'idée qu'il aurait pu se produire dans un autre lieu et à un autre moment l'emplit de bonheur. Il la tint serrée contre lui pendant dix, vingt, trente secondes. Puis il s'écarta et regagna le réfectoire. Quelques minutes plus tard, il entendit Risa jouer. Les accords se déversaient, inondant le camp du Gai Bûcheron de la musique vibrante destinée aux damnés.

59.

Roland

Ce matin-là, on emmena Roland juste après le petit déjeuner. Un conseiller et deux vigiles l'attrapèrent dans le couloir des dortoirs.

– Ce n'est pas moi que vous cherchez ! s'écria Roland. L'évadé d'Akron, c'est Connor ! Vous vous trompez !

– J'ai bien peur que non, répondit le conseiller.

– Mais... ça ne fait que quelques jours que je suis là.

Roland savait qu'ils l'emmenaient parce qu'il avait frappé ce type sur le terrain de volley. Ou peut-être était-ce parce qu'il s'était battu avec Connor. Il aurait dû se douter qu'il le balancerait !

– C'est à cause de ton groupe sanguin. AB négatif. C'est très rare et nous avons énormément de demandes, expliqua le conseiller en souriant. Tu n'as qu'à te dire que tu vaux beaucoup plus que tes petits camarades.

– Petit veinard ! lança un garde en agrippant Roland par le bras.

– Si ça peut te consoler, reprit le conseiller, ton ami Connor va être fragmenté cet après-midi.

*

Roland avait les jambes flageolantes en arrivant à l'extérieur. Le tapis rouge, couleur sang séché, s'étirait devant lui. Chaque fois que les fragmentés devaient traverser cette allée maudite, ils sautaient par-dessus, comme si la toucher allait leur porter malheur. Aujourd'hui, Roland était bien obligé de marcher dessus.

– Je veux un prêtre ! exigea Roland. On y a droit, non ? J'en veux un.

– Les prêtres donnent les derniers sacrements, répondit le conseiller en posant une main sur l'épaule de Roland. C'est destiné aux personnes qui sont sur le point de mourir. Toi, tu ne vas pas mourir. Tu vas rester vivant, mais sous une forme différente, c'est tout.

– J'en veux un quand même !

– Très bien, je vais voir ce que je peux faire.

Sur le toit de la Boucherie, le groupe avait entamé sa session du matin. Ils exécutaient un morceau de danse connu, comme pour ridiculiser l'hymne funèbre qui résonnait dans la tête de Roland. Il savait que Risa faisait partie du groupe – il la voyait, assise au piano. Même s'il était convaincu qu'elle le détestait, il lui fit un signe de la main pour attirer son attention. Un simple regard de quelqu'un qui le détestait était toujours mieux que de mourir entouré d'étrangers.

Elle ne tourna pas la tête, ne le vit même pas. Elle ne savait pas. Quelqu'un lui dirait sûrement qu'il avait été fragmenté aujourd'hui. Il se demanda ce qu'elle ressentirait.

Ils arrivèrent au bout du tapis rouge. Cinq marches en pierre menaient aux portes de la Boucherie. Roland s'arrêta. Les gardes voulurent le tirer, mais il résista.

– J'ai besoin de plus de temps. Juste une journée, c'est tout. Une seule journée ! Demain, je serai prêt, je vous le promets !

Là-haut, le groupe continuait de jouer. Il eut envie de hurler, mais ses cris seraient couverts par la musique. Le conseiller fit signe aux gardes. Ils resserrèrent leur prise et l'obligèrent à monter les marches. Il franchit les portes qui se refermèrent après son passage, laissant derrière elles le monde extérieur. Il n'entendait plus la musique. La Boucherie était totalement insonorisée. Ce n'était pas étonnant.

60.

Collecte

Nul ne savait comment se déroulait la collecte. Il s'agissait d'un rituel médical confidentiel dont les détails ne sortaient pas des murs des cliniques. En ce sens, la collecte n'était donc pas si différente de la mort puisque nul ne savait non plus quels mystères se cachaient derrière ses portes.

Que fallait-il pour fragmenter un être non désiré ? Il fallait douze chirurgiens, qui travaillaient en binômes et se relayaient en fonction de leur spécialité. Il fallait neuf assistants opératoires et quatre infirmières. Il fallait trois heures.

61.

Roland

Roland était au bloc depuis quinze minutes.

Les membres du personnel médical qui s'affairaient autour de lui étaient vêtus de blouses couleur bonheur.

Ses bras et ses jambes étaient attachés à la table d'opération avec des liens rembourrés, afin qu'il ne se blesse pas s'il venait à se débattre. Une infirmière épongeait la sueur qui perlait sur son front.

– Détends-toi, je suis là pour t'aider à traverser cette épreuve, dit-elle.

Il sentit une aiguille s'enfoncer dans son cou, à droite puis à gauche.

– C'est quoi, ça ?

– La seule douleur que tu ressentiras aujourd'hui, le rassura l'infirmière.

– Vous m'endormez, c'est ça ?

Sa bouche avait beau être cachée sous le masque chirurgical, Roland devinait le sourire de l'infirmière dans son regard.

– Non, répondit-elle en lui prenant la main. La loi nous oblige à vous garder éveillés pendant toute la durée de la procédure. Vous avez le droit de suivre toutes les étapes de l'opération.

– Et si je ne veux pas ? protesta Roland.

– Tu n'as pas le choix, intervint une assistante opératoire en badigeonnant ses jambes d'un produit marron. Vous êtes tous logés à la même enseigne.

– Nous venons d'introduire des cathéters dans ton artère carotide et ta veine jugulaire, informa l'infirmière. Nous remplaçons ton sang par une solution synthétique riche en oxygène.

– Nous faisons directement partir ton sang, précisa l'aide-soignant posté à l'autre bout de la table. Comme ça, on n'en perd pas une goutte. Ah ça, des vies, tu vas en sauver !

– La solution contient aussi un anesthésiant qui endort les nocicepteurs, précisa l'infirmière en caressant la main de Roland. Tu seras totalement conscient, mais tu ne sentiras rien.

Déjà, Roland sentait ses membres s'engourdir. Il eut du mal à déglutir.

– Je déteste ce que vous faites. Je vous déteste tous.

– Je comprends.

*

Vingt-huit minutes au bloc.

La première équipe de chirurgiens arriva.

– Ne fais pas attention à eux, murmura l'infirmière. Parle-moi.

– De quoi ?

– Ce que tu veux.

Quelqu'un fit tomber un instrument, qui tinta contre la table et atterrit sur le sol. Roland tressaillit ; l'infirmière pressa sa main un peu plus fort.

– Vous allez sentir une sorte de tiraillement au niveau des chevilles, annonça le chirurgien. Ne vous en faites pas, c'est normal.

*

Quarante-cinq minutes.

Autant de chirurgiens, autant d'agitation – Roland ne se rappelait pas avoir jamais été le centre d'autant d'attention. Il eut envie de regarder ce qui se passait autour de lui mais l'infirmière ne cessait de lui parler. Elle avait pris connaissance de son dossier et savait tout de lui – le bon comme le mauvais, les choses dont il n'avait jamais parlé à personne, et celles dont il avait tout à coup envie de parler.

– Ce qu'a fait ton beau-père est ignoble.

– Je n'ai fait que protéger ma mère.

– Scalpel, dit un chirurgien.

– Elle aurait dû être reconnaissante.

– Elle a préféré me fragmenter.

– Cela n'a pas dû être facile pour elle.

– Allez, on coupe.

*

Une heure et quinze minutes.

Les chirurgiens se succédaient. Ceux qui venaient d'arriver examinaient son abdomen. Il voulut regarder ses orteils, mais ils avaient disparu. Il ne vit qu'un aide-soignant occupé à nettoyer la moitié inférieure de la table d'opération.

– J'ai failli tuer un fragmenté hier, confessa Roland.

– Ça n'a plus d'importance maintenant.

– J'avais vraiment envie d'aller jusqu'au bout, mais j'ai eu peur. Je ne sais pas pourquoi.

– Laisse-toi aller.

Jusque-là, l'infirmière tenait sa main. Plus maintenant.

– Tu as de bons abdos, remarqua un médecin. Tu fais du sport ?

Un son métallique résonna. On venait de détacher la moitié de la table d'opération pour la ranger. Roland songea au jour où sa mère l'avait emmené à Las Vegas, quand il avait douze ans. Elle l'avait laissé assister à un spectacle de prestidigitation pendant qu'elle jouait aux machines à sous. Le magicien avait coupé une femme en deux. Elle avait continué à agiter ses orteils, sans se départir de son sourire. Il y avait eu un tonnerre d'applaudissements dans la salle.

Roland éprouva une sensation désagréable au niveau du ventre – comme un chatouillement –, mais aucune douleur. Les chirurgiens rangeaient leurs ustensiles et Roland ne pouvait s'empêcher de regarder. Il n'y avait pas une goutte de sang, seulement la solution riche en oxygène, vert fluo comme de l'antigel.

– J'ai peur, chuchota-t-il.

– Oui, je sais, le rassura l'infirmière.

– Je veux que vous finissiez tous en enfer.

– C'est tout à fait naturel.

Une équipe de chirurgiens fut remplacée par une autre. Celle-ci s'intéressa à son torse.

*

Une heure et quarante-cinq minutes.

– Je suis navrée, mais nous allons devoir arrêter de parler.

– Ne partez pas !

– Je reste là, mais nous ne pourrons plus nous parler.

La panique l'enveloppa. Il essaya de la remplacer par de la colère, mais la peur était trop forte. Il s'efforça alors de penser que Connor n'allait pas tarder à subir le même sort, mais ça ne le réconforta pas non plus.

– Vous allez sentir comme un fourmillement dans votre thorax, annonça le chirurgien. Ne vous en faites pas, c'est normal.

*

Deux heures et cinq minutes.

– Cligne deux fois des paupières si tu m'entends.

Deux clignements.

– Tu es très courageux.

Il tenta de penser à autre chose, à d'autres lieux, mais son esprit était sans cesse ramené au présent. Les médecins étaient maintenant tout près de sa tête. Des visages jaunes se penchaient au-dessus de son visage, tels des pétales de fleurs qui se referment. On ôta une autre partie de la table. Les pétales se rapprochèrent. Il ne méritait pas ça. Il avait fait beaucoup de choses dont il n'était pas fier, mais il ne méritait pas ça. Et il n'avait pas eu de prêtre.

*

Deux heures et vingt minutes.

– Tu vas sentir comme un picotement dans ta mâchoire. Ne t'en fais pas, c'est normal.

– Cligne deux fois des paupières si tu m'entends.

Deux clignements.

– Très bien.

Il riva ses yeux sur l'infirmière, dont le regard était toujours souriant. Comme toujours. On lui avait donné des yeux qui seraient à jamais souriants.

– Je suis navrée, mais il va falloir que tu arrêtes de cligner des yeux maintenant.

*

– Où est l'horloge ? demanda un chirurgien.

– Deux heures et trente-trois minutes.

– On a pris du retard.

Ce n'était pas vraiment le noir complet, plutôt une absence de lumière. Il entendait tout ce qui se passait autour de lui, mais il ne pouvait plus communiquer. Une autre équipe fit son entrée.

– Je suis là, dit l'infirmière.

Mais quelques secondes plus tard, il entendit des bruits de pas et comprit qu'elle était partie.

– Tu vas sentir comme un picotement dans ton crâne, dit un chirurgien. Ne t'en fais pas, c'est normal.

Ce fut la dernière fois qu'ils lui adressèrent la parole. Les médecins se mirent à parler comme si Roland n'était plus là.

– Vous avez assisté à l'opération d'hier ?

– Du vrai travail de pro...

– Vous avez vu quand il a retiré le corps calleux ?

– Jolie technique.

– Ouais, enfin, c'est pas de la neurochirurgie !

Éclats de rire.

Les souvenirs se déformaient, déferlaient. Des visages. Des vibrations de lumière, comme dans un rêve. Des sensations. Des choses auxquelles il n'avait pas pensé pendant des années. Les souvenirs affluaient, puis s'évanouissaient. Il avait dix ans, il se cassait le bras. Le médecin avait dit à sa mère qu'on pouvait lui en donner un nouveau ou lui poser un plâtre. Le plâtre était moins cher. Il avait dessiné un requin dessus. Quand on le lui avait enlevé, il s'en était fait tatouer un pour qu'il soit définitif.

– S'ils avaient mis le panier à trois points…

– Ça va encore être les Bulls. Ou les Lakers.

– On attaque le cortex cérébral gauche.

Un autre souvenir lui revint en mémoire.

Quand j'avais six ans, mon père est allé en prison pour un délit qu'il avait commis avant ma naissance. Je n'ai jamais su de quoi il s'agissait, mais maman affirme que je ne m'en porte pas plus mal.

– Les Suns n'ont aucune chance.

– Il faudrait déjà qu'ils aient un entraîneur digne de ce nom !

– Lobe temporal gauche.

Quand j'avais trois ans, j'avais une baby-sitter. Elle était belle. Elle a secoué ma sœur. Très fort. Ma sœur est devenue toute bizarre après. Elle n'a plus jamais été la même. La beauté, c'est dangereux.

– Ils prendront leur revanche l'année prochaine.

– Ou l'année d'après.

– Est-ce qu'on a enlevé les nerfs auditifs ?

– Pas encore. Je le fais tout de s…

Je suis seul. Je pleure. Personne ne vient me voir dans mon berceau. La veilleuse s'est éteinte. Je suis furieux. Furieux.

Lobe frontal gauche.

Je… Je… Je ne me sens pas très bien.

Lobe occipital gauche.

Je… Je… Je ne me souviens plus où…

Lobe pariétal gauche.
Je… Je… Je ne sais plus comment je m'appelle, mais… mais…
Temporal droit.
…mais je suis encore là.
Frontal droit.
Je suis encore là…
Occipital droit.
Je suis encore…
Pariétal droit.
Je suis…
Cervelet.
Je suis…
Thalamus.
Je…
Hypothalamus.
Je…
Hippocampe.
…
Substance médullaire.
…
…
…

*

– Horloge ?
– Trois heures et dix-neuf minutes.
– Je prends une pause. Préparez la salle pour le prochain.

62.

Lev

Les détonateurs étaient dissimulés dans une chaussette, derrière son lit. Quiconque les trouverait croirait tomber sur des pansements. Il s'efforça ne pas y penser. C'était à Blaine de décider quand le moment serait venu.

Aujourd'hui, les membres de l'unité de Lev faisaient une promenade pour communier avec la nature. Le pasteur qui les accompagnait était l'un des plus prétentieux. Il prononçait chaque parole comme s'il énonçait des perles de sagesse, marquait des pauses après chaque idée comme s'il s'attendait à ce que quelqu'un les note.

Il les emmena jusqu'à un arbre d'apparence bizarre, complètement dénudé. Lev, qui était habitué aux hivers avec de la neige et de la glace, trouva étrange qu'en Arizona les arbres perdent encore leurs feuilles à cette époque. L'arbre comportait une multitude de branches dépareillées – chacune avait une écorce et une texture différente.

– Je voulais vous montrer cet arbre, annonça le pasteur au groupe de décimés. Il n'y a pas grand-chose à voir en ce moment, mais si vous le voyiez au printemps ! Ces dernières années, nous avons été nombreux à ajouter au tronc une branche de notre arbre favori. Celle-ci donne des cerises, celle-là se couvre de feuilles de sycomore et celle-ci, là, de fleurs de jacaranda mauves. Et celle-là nous donne beaucoup de pêches.

Les décimés examinèrent l'arbre, touchèrent les branches avec précaution comme si elles pouvaient se transformer à tout moment en buisson ardent.

– Quel genre d'arbre était-ce avant ? demanda un garçon.

– Je ne sais pas, répondit le pasteur, mais ça n'a pas vraiment d'importance. Ce qui compte, c'est ce qu'il est devenu. Nous l'avons baptisé « l'arbre de vie ». C'est magnifique, non ?

– Il n'y a rien de magnifique ! lança Lev.

Les mots étaient sortis de sa bouche involontairement. Tous les regards se braquèrent sur lui. Il essaya aussitôt de se rattraper.

– C'est l'œuvre de l'homme, il n'y a pas de quoi être orgueilleux, dit Lev. Quand vient l'orgueil, la honte vient aussi ; mais la sagesse est avec les hommes modestes.

– Tout à fait, renchérit le pasteur. Livre des proverbes, 11, n'est-ce pas ?

– 11, 2.

– Très bien. (Il sembla humilié.) En tout cas, cet arbre est magnifique au printemps.

Sur le chemin qui les ramenait à la maison des décimés, ils passèrent près des terrains où les dégénérés s'entraînaient pour atteindre la meilleure condition physique possible avant leur fragmentation. Les décimés, tels des martyrs, essuyèrent les moqueries et les sifflements.

C'est en passant devant un dortoir que Lev se retrouva nez à nez avec une personne qu'il ne pensait jamais revoir : Connor.

Ils se dirigeaient dans des directions opposées et s'entraperçurent au même instant. Ils s'arrêtèrent net, abasourdis.

– Lev ?

Tout à coup, le pasteur pédant attrapa Lev par les épaules.

– Écarte-toi de lui ! ordonna-t-il à Connor. Tu ne penses pas lui avoir fait suffisamment de tort comme ça ?

Puis il éloigna Lev, laissant Connor seul.

– Ce n'est rien, affirma le pasteur, la main agrippant fermement l'épaule de Lev. Nous savons tous qui il est et ce qu'il t'a fait. Nous ne voulions pas que tu apprennes qu'il se trouvait dans le même camp que toi, mais je te promets qu'il ne te fera plus de mal. Il va être fragmenté cet après-midi, chuchota-t-il.

– Quoi ?

– Bon débarras !

Même si les décimés avaient plutôt tendance à se déplacer en groupe ou deux par deux, il arrivait de voir des décimés non accompagnés dans le camp. En tout cas, il était extrêmement inhabituel de voir un décimé seul, courant comme un dératé à travers le camp.

De retour à la maison des décimés, Lev avait saisi la première occasion pour se glisser dehors et partir à la recherche de Blaine et Mai.

Connor allait être fragmenté cet après-midi. Comment était-ce possible ? Comment était-il arrivé ici ? Il était censé se trouver au Cimetière, en sécurité ! Est-ce que l'Amiral l'avait jeté dehors ? Ou était-il parti de son plein gré ? Quoi qu'il en soit, Connor s'était fait coincer et avait atterri ici. La seule certitude qui avait jusque-là rassuré Lev – savoir ses amis en sécurité – venait d'être réduite en miettes. Il ne pouvait laisser la fragmentation de Connor avoir lieu… et il avait le pouvoir de l'empêcher.

Il trouva Blaine sur une pelouse, entre le réfectoire et les dortoirs, en pleine séance de gymnastique avec ses camarades d'unité. On ne pouvait pas dire que Blaine y mettait du sien : ses gestes étaient délibérément lents et dépourvus de toute énergie.

– Il faut que je te parle.

Blaine lui décocha un regard à la fois étonné et furieux.

– T'es dingue ou quoi ? Qu'est-ce que tu fous là ?

Un employé l'aperçut et fonça droit sur lui. Tout le monde savait que les décimés ne devaient pas se mélanger aux dégénérés.

– C'est bon, dit Lev à l'entraîneur. Je le connais. Je venais juste lui dire au revoir.

– D'accord, mais fais vite, céda l'homme à contrecœur.

Lev entraîna Blaine à l'écart et s'assura que personne ne pouvait les entendre.

– On va agir aujourd'hui, annonça Lev. On ne peut plus attendre.

– C'est moi qui décide du moment ! objecta Blaine. Et on n'agira pas aujourd'hui.

– Plus on attend, plus on risque de se faire exploser sans le faire exprès.

– Et alors ? On peut aussi le faire de manière aléatoire.

Lev eut soudain envie de frapper Blaine mais, s'il le faisait, il laisserait un cratère d'au moins cinquante mètres de diamètre. Il préféra dire à Blaine la seule chose qui le ferait céder à coup sûr.

– Ils sont au courant.
– Quoi ?
– Ils savent qu'il y a des claqueurs ici, mais ils ne savent pas qui. Tu peux être sûr qu'à l'heure qu'il est, ils sont en train de passer en revue toutes les analyses sanguines pour trouver un indice. Ils ne vont pas tarder à nous démasquer.
Blaine marmonna un juron. Il réfléchit un moment puis secoua la tête.
– Non, je ne suis pas prêt.
– On s'en fout ! Tu veux le chaos, n'est-ce pas ? Eh bien, c'est pour aujourd'hui, que tu le veuilles ou non ! Réfléchis. Qu'est-ce qu'ils vont faire d'après toi s'ils découvrent notre petit secret ?
Blaine s'assombrit.
– Ils nous feront exploser dans la forêt ?
– Ou en plein désert pour que personne ne l'apprenne.
Blaine réfléchit encore quelques instants puis inspira profondément.
– J'irai voir Mai au moment du déjeuner pour lui annoncer. On agira à quatorze heures.
– Disons plutôt treize heures.

*

Lev fouilla sa cabine, fou de nervosité. Ces chaussettes étaient quelque part par là, il en était certain ! Pourtant, impossible de mettre la main dessus. Les détonateurs n'étaient pas essentiels, mais ce serait plus propre avec. Lev voulait que le travail soit bien fait. Bien fait et rapide.
– C'est chez moi, ici.

Lev se retourna et vit le garçon blond aux yeux émeraude.

– C'est ma cabine. La tienne est là-bas.

Lev regarda autour de lui et réalisa qu'il s'était trompé de cabine. Rien ne permettait de les différencier.

– Si tu as besoin de chaussettes, je peux t'en prêter.

– Non merci, j'en ai plein.

Lev poussa un soupir de soulagement, ferma les yeux pour reprendre ses esprits et regagna sa cabine, dans laquelle il trouva la chaussette qui contenait les détonateurs. Il la glissa dans sa poche.

– Ça va, Lev ? Tu as l'air bizarre.

– Ça va. Je viens de courir, c'est tout.

– C'est faux, répondit l'autre. Je reviens justement de la salle de sport.

– Occupe-toi de tes oignons, tu veux ? On n'est pas amis.

– Mais on pourrait l'être.

– Non. Tu ne me connais pas. Je ne suis pas comme toi, c'est clair ? Alors fous-moi la paix.

Il entendit une voix grave derrière lui.

– Ça suffit, Lev.

Il se retourna et aperçut un homme en costume. Ce n'était pas un pasteur, mais le conseiller qui l'avait accueilli une semaine plus tôt. Ce n'était pas bon signe.

L'homme fit un signe à l'autre garçon.

– Merci, Sterling.

Le garçon baissa les yeux et quitta la pièce à la hâte.

– Nous avons demandé à Sterling de garder un œil sur toi pour être sûrs que tu t'intégrais bien. Nous sommes inquiets à ton sujet.

*

Lev était assis dans une salle en compagnie du conseiller et de deux pasteurs. Il sentait la chaussette dans sa poche. Son genou tressaillait de nervosité. Il se rappela alors que le moindre mouvement brusque risquait de le faire exploser. Il s'efforça de se calmer.

– Tu as l'air préoccupé, Lev, dit le conseiller. Nous aimerions comprendre ce qui ne va pas.

Lev jeta un coup d'œil à l'horloge. 12 h 48. Il avait rendez-vous avec Mai et Blaine dans douze minutes pour finaliser leur projet.

– Je vais être décimé, répondit Lev. C'est une bonne raison d'être préoccupé, non ?

Le plus jeune des deux pasteurs se pencha en avant.

– Nous faisons tout notre possible pour que chaque décimé soit dans le meilleur état d'esprit pour appréhender cette épreuve.

– Nous ne ferions pas notre travail correctement si nous ne nous efforcions pas de vous faciliter les choses, expliqua l'autre pasteur avec un sourire si forcé qu'il évoquait davantage une grimace.

Lev eut envie de hurler, mais cela ne lui serait d'aucune aide.

– C'est simplement que je n'ai pas très envie d'être avec d'autres personnes en ce moment. Je préférerais me préparer à ma décimation tout seul.

– Ce n'est pas ainsi que nous procédons ici, objecta le plus âgé des deux pasteurs. Vous êtes censés vous entraider.

– Tu dois laisser une chance aux autres décimés, renchérit l'autre pasteur. Ils sont très gentils, tu sais.

– Peut-être que je ne le suis pas, moi.

Lev ne put s'empêcher de regarder à nouveau l'horloge. 12 h 50. Mai et Blaine seraient en position dans dix minutes et, si ça se trouve, il serait encore coincé dans ce fichu bureau. Génial...

– Tu as un rendez-vous ? demanda le conseiller. Tu ne cesses de regarder l'heure.

Il fallait que Lev trouve une réponse satisfaisante ou il éveillerait les soupçons.

– Je... J'ai entendu dire que le garçon qui m'avait kidnappé allait être fragmenté aujourd'hui. Je me demandais juste si c'était déjà fait.

Les pasteurs consultèrent le conseiller du regard. Celui-ci s'adossa à sa chaise, impassible.

– Si ça n'a pas encore été fait, ça le sera incessamment sous peu. Lev, je crois qu'il serait bon que tu discutes de ce que tu as vécu pendant cette prise d'otage. Je suis convaincu que cela a été une expérience terrifiante, mais en parler peut te permettre d'alléger le poids du souvenir. J'aimerais organiser un groupe de discussion ce soir avec les membres de ton unité. Ce sera l'occasion pour toi de partager avec les autres ce que tu gardes au fond de toi. Tu te rendras compte, j'en suis sûr, que tes camarades sont très compréhensifs.

– Ce soir ? répéta Lev. Très bien. Vous avez peut-être raison, je me sentirai sans doute mieux après en avoir parlé.

– Tout ce que nous souhaitons, c'est t'apaiser, dit l'un des pasteurs.

– Je peux y aller maintenant ?

Le conseiller le détailla un moment.

– Tu sembles tellement nerveux. J'aimerais te conseiller quelques exercices de relaxation.

63.

Vigile

Il détestait son boulot, il détestait la chaleur et il détestait faire le pied de grue pendant des heures devant la Boucherie pour s'assurer que personne n'y entre sans y avoir été autorisé. À l'époque où il vivait en maison-pupille, il rêvait de créer une entreprise avec ses amis. Seulement, on ne prêtait pas d'argent aux orphelins. Et même après avoir changé son nom de famille de Pupille à Mullard – le patronyme de la plus riche famille de la ville – il n'avait dupé personne. En réalité, la moitié des jeunes qui avaient grandi dans cette maison-pupille avaient adopté le même nom, pensant être plus malins que tout le monde. Finalement, il n'avait pas été si malin que ça. Depuis qu'il avait quitté la maison-pupille il y a un an, il n'avait réussi qu'à enchaîner les boulots médiocres, le dernier en date étant un poste de vigile dans un camp de collecte.

Sur le toit, le groupe avait entamé sa session de l'après-midi. Au moins, ça permettait de faire passer le temps plus vite.

Deux fragmentés s'approchèrent et montèrent les marches jusqu'à lui. Ils n'étaient pas escortés et ils portaient des assiettes recouvertes de papier d'aluminium. Le vigile n'aimait pas trop leur dégaine. Le garçon avait le crâne rasé et la fille était d'origine asiatique.

– Qu'est-ce que vous voulez ? Vous n'avez pas le droit d'être là.

– On nous a demandé d'apporter ça pour le groupe.

Ils avaient l'air louche et paraissaient nerveux. Rien d'étonnant : tous les fragmentés étaient nerveux à proximité de la Boucherie et, aux yeux du vigile, tous les fragmentés étaient louches.

Le garde souleva la feuille d'aluminium : poulet rôti et purée de pommes de terre. Il arrivait que le groupe reçoive de la nourriture, mais c'était toujours des membres du personnel qui l'apportaient, jamais des fragmentés.

– Je croyais qu'ils venaient de déjeuner, dit le garde.

– Apparemment pas, rétorqua le crâne rasé.

Le garçon semblait extrêmement nerveux, alors le vigile décida de faire durer le plaisir.

– Je dois demander la confirmation.

Le vigile sortit son téléphone portable pour appeler le bureau principal mais la ligne était occupée. Typique... Il se demanda ce qui lui attirerait le plus d'ennuis : laisser les gosses apporter la nourriture ou les envoyer balader s'ils avaient réellement été envoyés par la direction.

– Montre-moi ça, lança-t-il en en désignant l'assiette que tenait la fille.

Il ôta la feuille d'aluminium et prit le plus gros morceau de poulet.

– Passez les portes en verre. L'escalier sera sur votre gauche. Si jamais je vous vois bifurquer, je vous colle une balle tranquillisante dans les fesses.

Une fois à l'intérieur du bâtiment, ils étaient hors de sa vue, hors de son esprit. Ce que le vigile ignorait, c'est que si Blaine et Mai avaient bien emprunté l'escalier, ils s'étaient empressés de se débarrasser des assiettes, qu'ils n'avaient bien sûr jamais apportées au groupe. Il n'avait pas non plus remarqué les petits pansements circulaires collés sur leurs paumes.

64.

Connor

Connor, effondré, regardait par la fenêtre du dortoir. Lev se trouvait au camp du Gai Bûcheron ! Comment il avait atterri là n'avait pas d'importance ; ce qui comptait, c'était qu'il allait être fragmenté. Tout ça pour rien... Connor eut l'impression qu'on lui avait déjà enlevé une partie de son corps, qu'on avait mise sur le marché.

– Connor Lassiter ?

Il se retourna et aperçut deux vigiles près de la porte. La plupart des fragmentés étaient partis s'adonner à leur activité de l'après-midi. Ceux qui étaient présents jetèrent un rapide coup d'œil aux vigiles, puis à Connor, et détournèrent le regard, faisant mine d'être occupés à tout autre chose.

– Oui. Qu'est-ce que vous voulez ?

– On te demande à la clinique de collecte, informa le premier garde tandis que son collègue se contentait de mastiquer son chewing-gum.

Connor n'en crut pas ses oreilles : c'était impossible ! Peut-être était-ce Risa qui les avait envoyés ? Peut-être voulait-elle lui jouer un morceau ? Après tout, maintenant qu'elle faisait partie du groupe, elle avait davantage d'influence qu'un fragmenté ordinaire...

– La clinique de collecte ? répéta Connor. Pour quoi faire ?

– Disons que tu quittes le camp aujourd'hui.

– Comment ça ?

– Tu veux qu'on te fasse un dessin ? Tu es un problème ici. Il y a beaucoup trop de gamins qui t'admirent, et ce n'est jamais une bonne chose dans un camp de collecte. L'administration a décidé de régler le problème.

Ils avancèrent vers Connor et l'attrapèrent sous les bras.

– Non ! Non ! Vous ne pouvez pas faire ça !

– On va se gêner ! C'est notre boulot, et que tu nous facilites la tâche ou pas, ça ne changera rien. On fera quand même notre job.

Connor regarda les autres adolescents, comme s'ils pouvaient lui venir en aide.

– Au revoir, Connor, se risqua l'un d'eux sans même lever les yeux vers lui.

Le garde au chewing-gum semblait plus sympathique : il existait sûrement un moyen de l'amadouer. Connor lui glissa un regard implorant. L'autre cessa de mâcher un instant et réfléchit.

– J'ai un pote qui cherche des yeux marron. Apparemment, sa petite amie n'aime pas les siens. C'est un mec plutôt cool, tu pourrais plus mal tomber.

– Quoi ?

– On est prioritaires sur la liste des receveurs, c'est un des avantages de ce job. Bref, tout ça pour te dire que tu peux partir l'esprit tranquille. Au moins, tu sais que tes yeux n'iront pas à une crapule !

L'autre vigile se mit à ricaner.

– Allez, on y va.

Ils poussèrent Connor vers l'avant. Ce dernier s'efforça de se préparer, mais comment se préparer à un tel événement ? Peut-être avaient-ils raison finalement. Peut-être qu'il n'allait pas mourir mais vivre sous une autre forme ? Ce n'était pas si terrible que ça, si ?

Il essaya de se mettre dans la peau d'un condamné à mort qu'on conduit à son exécution. Est-ce qu'ils essayaient de lutter ? Connor s'imagina en train de se débattre et de hurler en allant à la Boucherie, mais à quoi bon ? Si son existence sur terre en tant que Connor Lassiter prenait fin aujourd'hui, autant en profiter et passer ses derniers instants à aimer la personne qu'il avait été. Non, qu'il était encore ! Il devrait apprécier l'air qui entrait et sortait de ses poumons tant qu'ils étaient encore les siens, ressentir la tension dans *ses* muscles, admirer les paysages du Gai Bûcheron avec *ses* yeux, les enregistrer dans *son* cerveau.

– Lâchez-moi, je peux marcher tout seul, ordonna-t-il aux gardes qui le libérèrent aussitôt, sans doute surpris par l'autorité qui perçait dans sa voix.

Il détendit ses épaules, fit craquer son cou et se mit en marche. Le premier pas fut le plus difficile mais il décida à cet instant qu'il ne flancherait pas. Il ne tremblerait pas, ne se battrait pas. Il effectuerait cet ultime trajet d'un pas assuré. Et, dans quelques semaines, quelqu'un ici garderait le souvenir de ce jeune homme qui avait affronté sa fragmentation avec fierté et dignité.

65.

Claqueurs

Qui pouvait savoir ce qui se passait dans la tête d'un claqueur dans les secondes qui précédaient son acte maléfique ? Ses pensées ne pouvaient être autre chose que des mensonges. Toutefois, à l'image de toutes les illusions dangereuses, les mensonges des claqueurs arboraient les plus séduisants artifices.

Pour les claqueurs convaincus que Dieu approuvait leurs actes, le mensonge était vêtu d'habits saints et offrait de ses bras tendus la promesse d'une récompense illusoire.

Pour ceux qui pensaient que leur acte permettrait de changer le monde, le mensonge prenait la forme d'une foule les regardant depuis le futur, éperdue de reconnaissance.

Pour les claqueurs qui ne cherchaient qu'à faire partager leur malheur au reste du monde, le mensonge ressemblait à une image d'eux-mêmes libérés de leur douleur, témoins de celle des autres.

Enfin, pour les claqueurs guidés par la vengeance, le mensonge était la balance de la Justice enfin en équilibre.

Ce n'était qu'à la seconde où les claqueurs tapaient dans leurs mains que le mensonge se révélait, à cet instant-là qu'il abandonnait le claqueur à lui-même, de telle sorte qu'il quittait ce monde totalement seul, sans même un leurre pour l'accompagner dans l'oubli.

Le chemin qui avait conduit Mai jusque-là était bordé de colère et de déception. Son point de départ avait pour nom Vincent, un garçon que personne ne connaissait. Elle l'avait rencontré à l'entrepôt il y avait plus d'un mois et en était tombée amoureuse. Il était mort dans les airs, écrasé dans une caisse avec quatre autres fragmentés qui s'étaient asphyxiés avec leur propre gaz carbonique. Personne n'avait vraiment remarqué son absence et, de toute évidence, tout le monde s'en fichait. À l'exception de Mai, qui avait trouvé son âme sœur et l'avait perdue le jour de son arrivée au Cimetière.

Elle en avait voulu au monde entier, mais lorsqu'elle avait vu les Protégés enterrer Vincent et les autres, elle avait pu mettre des visages sur sa colère. Les Protégés n'avaient pas inhumé Vincent dans le respect, mais dans le blasphème. Ils avaient échangé des plaisanteries et ri de bon cœur, avant de recouvrir de terre les cinq corps sans aucune considération, comme des chats auraient recouvert leurs besoins. Jamais Mai n'avait ressenti une telle rage.

Plus tard, elle s'était liée d'amitié avec Cleaver et lui avait raconté ce qu'elle avait vu. Il avait alors décrété que la vengeance s'imposait. C'était Cleaver qui avait eu l'idée de tuer les Protégés. Blaine les avait drogués et emmenés jusqu'à l'avion FedEx, mais c'était Mai qui avait scellé la caisse. Elle avait trouvé inouï que donner la mort fût aussi simple que de fermer une porte.

Après cet épisode, il n'avait plus été question pour Mai de faire machine arrière. Son lit était fait, il ne lui restait plus qu'à s'y allonger. Aujourd'hui, l'heure était venue pour elle de se coucher pour de bon et, enfin, de se reposer.

Une fois à l'intérieur de la Boucherie, elle trouva un réduit qui contenait des gants chirurgicaux, des seringues et une pléiade d'instruments qu'elle ne sut identifier. À cet instant précis, Blaine se trouvait quelque part dans l'aile nord du bâtiment. Lev devait être en position, lui aussi, sur l'aire de livraison. C'est en tout cas ce qui était prévu. 13 heures pile. L'heure d'agir.

Mai entra dans le réduit, referma la porte derrière elle, mais ne bougea pas. Elle allait passer à l'acte. Mais pas tout de suite. Elle attendrait que Lev ou Blaine se lancent d'abord. Elle n'avait pas envie d'être la première.

*

Au deuxième étage, Blaine attendait dans un couloir désert. Manifestement, cette partie de la Boucherie était désaffectée. Il avait décidé de ne pas se servir des détonateurs – c'était pour les mauviettes. Pour les vrais claqueurs, il suffisait d'une seule tape puissante dans les mains pour exploser. Et Blaine avait envie de croire qu'il faisait partie de ceux-là, comme son frère. Il se tenait au bout du couloir, les jambes légèrement écartées, et sautillait à la manière d'un joueur de tennis qui attend le service de son adversaire. Ses mains étaient écartées. Pourtant, il ne bougeait pas. Il était un vrai claqueur, oui, mais il ne se lancerait pas le premier.

*

Lev avait réussi à convaincre le psychologue qu'il s'était détendu, en offrant la meilleure performance d'acteur de sa vie. Son cœur battait à tout rompre et il y avait tant d'adrénaline dans son sang qu'il eut peur de se consumer sur place.

– Pourquoi ne retournerais-tu pas à la maison des décimés ? suggéra le médecin. Tu pourrais essayer d'apprendre à connaître tes camarades. Fais un petit effort, Lev, tu seras content de toi.

– Bonne idée. Merci. Je me sens déjà beaucoup mieux.

– Parfait.

Le conseiller se tourna vers les pasteurs, et tous se levèrent. Il était 13 h 04. Lev eut envie de partir en courant mais il savait qu'un tel comportement lui vaudrait une autre séance de thérapie. Il quitta la pièce avec les pasteurs qui discutaient des joies de la décimation. Ce n'est qu'en arrivant à l'extérieur que Lev remarqua l'agitation qui régnait parmi les fragmentés : ils avaient tous interrompu leurs activités et se précipitaient vers la Boucherie. Blaine et Mai étaient-ils déjà passés à l'acte ? Il n'avait pas entendu d'explosion, pourtant. Non, c'était autre chose.

– C'est l'évadé d'Akron ! cria un garçon. Il va être fragmenté !

C'est à cet instant que Lev aperçut Connor marchant sur le tapis rouge, flanqué de deux vigiles. Les fragmentés s'étaient réunis sur les pelouses mais se tenaient à distance tandis que d'autres accouraient depuis les dortoirs, le réfectoire – partout.

Le groupe s'était interrompu en plein milieu d'un morceau. La pianiste regardait Connor progresser sur le chemin de pierre rouge ; des larmes coulaient sur son visage. Connor leva les yeux vers la jeune fille, s'arrêta quelques secondes et lui envoya un baiser avant de repartir. Lev l'entendait pleurer.

Les vigiles, le personnel et les conseillers, affolés, essayèrent de calmer la foule de fragmentés et de les renvoyer à leurs dortoirs. Sans succès. Les adolescents restèrent en place – s'ils ne pouvaient empêcher la fragmentation de Connor, au moins pouvaient-ils être présents pour ses derniers moments.

– Faites du bruit pour l'évadé d'Akron ! lança un fragmenté. Faites du bruit pour Connor !

Et il se mit à taper dans ses mains, bientôt imité par la foule d'adolescents qui applaudit et ovationna Connor.

Applaudissements.

Claquements de mains...

Mai et Blaine !

Tout à coup, Lev réalisa ce qui était sur le point de se produire. Il ne pouvait pas laisser Connor entrer dans la Boucherie ! Pas maintenant ! Il fallait absolument qu'il l'en empêche.

Lev s'éloigna des pasteurs. Connor avait presque atteint les marches de la Boucherie. Il se faufila entre les fragmentés, mais il ne pouvait pas les bousculer, ou il risquait de se faire exploser. Il fallait être rapide mais prudent – et cela allait le ralentir.

– Connor ! hurla-t-il.

Mais son cri fut noyé sous les acclamations et sous la musique du groupe qui avait recommencé à jouer. Ils interprétaient maintenant l'hymne national, comme s'il s'agissait des funérailles d'un grand homme d'État. Les vigiles et le personnel du camp étaient impuissants. Ils étaient tellement occupés à tenter de calmer la foule que Lev parvint à se glisser jusqu'au tapis rouge.

Lev n'était plus très loin de Connor, qui avait commencé à monter les marches. Lev cria à nouveau le nom de Connor, mais il ne l'entendit pas. Lev avait beau courir comme un dératé, une vingtaine de mètres le séparaient encore de l'entrée lorsqu'il vit les portes en verre s'ouvrir et Connor pénétrer dans la Boucherie accompagné des vigiles.

– Non, Connor ! Non !

Les portes se refermèrent. Connor était à l'intérieur de la Boucherie, mais il n'allait pas être fragmenté : il allait mourir, comme tous ceux qui s'y trouvaient. Et, comme pour parfaire son échec, Lev leva les yeux et croisa le regard de la pianiste.

C'était Risa.

Quel idiot ! Il aurait dû deviner que c'était elle en la voyant pleurer et envoyer un baiser à Connor. Lev se tenait là, immobile, abasourdi…

… lorsque le monde s'écroula.

*

– Hé ! Qui t'es, toi ? Qu'est-ce que tu fous là ? cria un vigile à l'attention de Blaine.

Blaine était posté à l'autre bout du couloir, attendant qu'un de ses camarades se jette à l'eau.

– Restez où vous êtes ! ordonna Blaine.

Le garde sortit son pisto-tranq et prononça quelques mots dans son talkie-walkie.

– J'ai un fragmenté en liberté dans la Boucherie. Envoyez-moi du renfort.

– Je vous préviens…

Mais le garde savait exactement comment réagir dans ce genre de situation : il visa la cuisse gauche de Blaine et tira.

– Non !

Trop tard. Un impact de balle tranquillisante était bien plus puissant que n'importe quel détonateur. Blaine et le garde prirent feu instantanément tandis que les six litres de liquide explosif qui coulaient dans les veines de Blaine s'enflammaient.

*

Mai entendit l'explosion. Le réduit fut secoué comme dans un tremblement de terre. Elle n'y pensa pas. Elle ne pouvait plus. C'était trop tard. Elle examina les détonateurs sur ses paumes. C'était pour Vincent. Pour ses parents, qui avaient signé l'ordre de fragmentation. Pour le monde entier.

Elle tapa dans ses mains une première fois.

Rien.

Une deuxième fois.

Rien.

Une troisième fois.

La troisième fois fut la bonne.

*

À l'instant où Risa reconnut Lev en contrebas, sur le tapis rouge, une déflagration démolit toute l'aile nord de la Boucherie, qui s'effondra sous ses yeux.

– Mon Dieu ! Mon Dieu !

– Il faut qu'on se tire de d'ici ! hurla Dalton.

Mais avant d'avoir pu faire un geste, une deuxième explosion rugit. Sous leurs pieds, le sol se fissura comme de la glace et le toit s'affaissa. Risa et les autres membres du groupe tombèrent dans l'abysse fumant. Elle ne songea qu'à Connor et au fait que le groupe n'avait pas pu terminer son hymne d'adieu.

*

Du verre brisé atterrit devant Lev. Il vit le toit s'effondrer et les musiciens tomber. Un hurlement monta en lui et s'échappa de sa bouche ; un son inhumain issu d'une douleur atroce. Son monde venait de s'écrouler. À présent, il devait finir sa mission.

Posté devant le bâtiment en ruine, il sortit la chaussette de sa poche et fouilla à l'intérieur jusqu'à ce qu'il trouve les détonateurs. Il ôta les protections, et colla le côté adhésif sur ses paumes. On aurait dit des stigmates – les marques des clous sur les mains du Christ. Pleurant toute sa tristesse, il plaça ses paumes devant lui, prêt à faire disparaître la douleur. Il avança ses mains. Il avança ses mains. Il avança ses mains.

Impossible de les rapprocher.

Il le voulait. Il le fallait. Mais il n'y arrivait pas.

Mettez fin à tout ça. Je vous en prie, mettez fin à tout ça.

Même s'il faisait des efforts, même si son esprit voulait aller jusqu'au bout, une autre part de lui-même refusait de le laisser claquer des mains. Il était vraiment un raté.

Mon Dieu, que suis-je en train de faire ? Qu'ai-je fait ? Comment en suis-je arrivé là ?

La foule, qui s'était dispersée en entendant les explosions, était en train de revenir. Ils ne se soucièrent pas de Lev – leur attention était attirée par autre chose.

– Regardez ! Regardez ! s'écria un garçon

Lev se retourna pour voir ce qu'il désignait. Il vit Connor, émergeant des portes de verre brisées de la Boucherie. Il boitait. Son visage était couvert de sang.

Il avait perdu un œil, son bras droit était mutilé. Mais il était vivant !

– Connor a fait exploser la Boucherie ! s'écria un garçon. Il nous a tous sauvés !

Un vigile arriva en trombe.

– Retournez tous dans vos dortoirs ! Tout de suite !

Pas de réaction.

– Vous m'avez entendu ?

Un fragmenté lui décocha alors un coup de poing qui le fit tournoyer sur lui-même. Le vigile dégaina son pisto-tranq et lui tira dans le bras. Le garçon tomba à terre, mais d'autres se ruèrent sur le vigile, lui arrachèrent son arme et la retournèrent contre lui – exactement comme Connor l'avait fait quelques mois plus tôt.

L'information selon laquelle l'évadé d'Akron avait fait sauter la Boucherie se répandit au camp du Gai Bûcheron comme une traînée de poudre et, en quelques minutes à peine, ce qui n'était que désobéissance se transforma en véritable révolte. Les dégénérés s'étaient transformés en véritables terreurs. Les vigiles firent feu, mais il y avait trop de fragmentés et pas suffisamment de munitions. Pour chaque adolescent neutralisé, un autre ne l'était pas. Les vigiles furent rapidement débordés et les fragmentés en profitèrent pour se ruer vers les portes de sortie.

*

Connor fut dépassé par les événements. Tout ce qu'il savait, c'est qu'on l'avait conduit dans la Boucherie, que quelque chose s'était produit et qu'il n'y était plus. Son visage était blessé, et la douleur insoutenable. Il n'arrivait plus à bouger son bras. Le sol semblait se dérober sous ses pieds. Il avait mal aux poumons et la douleur s'accentuait lorsqu'il toussait.

Il descendit les marches en titubant. Il y avait beaucoup de fragmentés. Ah oui, c'est vrai, il était un fragmenté. Eux aussi. Mais le sens du mot lui échappait. Les adolescents couraient dans tous les sens, se battaient. Puis les jambes de Connor devinrent en coton et il se retrouva étalé sur le sol. Il regardait le soleil.

Il avait envie de dormir. Ce n'était pas le moment, mais il en avait quand même envie. Il avait l'impression d'être mouillé, collant. Son nez était-il en train de couler ?

Puis un ange vêtu de blanc fit son apparition au-dessus de lui.

– Ne bouge pas, lui dit l'ange.

Connor reconnut sa voix.

– Salut, Lev, comment ça va ?

– Chut...

– J'ai mal au bras, murmura Connor lentement. Tu m'as encore mordu ?

Lev fit alors une chose étrange. Il ôta sa chemise, la déchira en deux et pressa le tissu sur le visage de Connor. Sa douleur redoubla. Puis Lev s'empara de l'autre moitié de la chemise qu'il noua autour du bras de Connor. Encore une fois, la douleur le transperça.

– Hé... Qu'est-ce que...

– N'essaie pas de parler. Détends-toi...

Des personnes s'étaient massées autour de lui. Il ne les reconnaissait pas. Un garçon qui tenait un pisto-tranq regarda Lev, qui hocha la tête. Le garçon s'agenouilla près de Connor.

– Ça va être un peu douloureux, dit le garçon. Mais il le faut.

Il visa plusieurs parties du corps de Connor. Celui-ci entendit les détonations puis il sentit une douleur fulgurante dans sa hanche. Sa vision se voila. Il distingua Lev, torse nu, qui se dirigeait en courant vers un bâtiment qui crachait de la fumée noire.

– Bizarre…, articula Connor.

Puis son esprit sombra dans un lieu calme où rien de tout cela n'avait plus d'importance.

VII
Conscience

« Un être humain est une partie du tout que nous appelons Univers, une partie limitée dans le temps et l'espace. Il s'expérimente lui-même, ses pensées et ses émotions comme quelque chose qui est séparé du reste, une sorte d'illusion d'optique de la conscience. Cette illusion est une sorte de prison pour nous. Notre tâche doit être de nous libérer de cette prison en étendant notre cercle de compassion pour embrasser toutes les créatures vivantes et la nature entière dans sa beauté. »

Albert Einstein

« Il n'existe que deux choses infinies, l'Univers et la bêtise humaine… mais pour l'Univers, je n'ai pas de certitude absolue. »

Albert Einstein

66.

Connor

Connor revint à lui dans un brouillard confus. Son visage lui faisait mal, il ne voyait que d'un œil et sentait une pression sur l'autre.

Il se trouvait dans une pièce blanche et la lumière du jour filtrait à travers une fenêtre. Une chambre d'hôpital, sans doute. Il devait avoir l'œil bandé. Il essaya de soulever son bras droit mais une douleur sourde le lança à l'épaule et il décida de ne pas se fatiguer pour le moment.

Les événements lui revinrent lentement en mémoire. Il était sur le point d'être fragmenté, il y avait eu une explosion, une révolte avait éclaté, puis il avait vu Lev. C'était tout ce dont il se souvenait.

Une infirmière entra dans la pièce.

– Ah, vous êtes enfin réveillé ! Comment vous sentez-vous ?

– Bien, répondit-il d'une voix faiblarde. (Il s'éclaircit la gorge.) Depuis quand… ?

– Vous êtes dans un coma artificiel depuis un peu plus de deux semaines.

Deux semaines ? Après avoir vécu si longtemps au jour le jour, deux semaines semblaient une éternité. Et Risa… où était-elle ?

– Il y avait une fille, reprit Connor. Elle était sur le toit de la Bou… de la clinique de collecte. Vous savez où elle est ?

Le visage de l'infirmière demeura impassible.

– Nous verrons tout cela plus tard.

– Mais…

– Pas de mais. Il va vous falloir du temps pour récupérer. Et je dois dire que vous vous en tirez plutôt bien, monsieur Mullard.

Il crut d'abord avoir mal entendu. Il se tourna vers l'infirmière avec difficulté.

– Pardon ?

Elle tapota son oreiller.

– Détendez-vous, monsieur Mullard. Nous nous occupons de tout.

Il crut ensuite qu'il avait été fragmenté et que quelqu'un avait obtenu son cerveau. Se trouvait-il à l'intérieur d'une autre personne ? Pourtant, en y réfléchissant, il se dit que c'était impossible : sa voix n'avait pas changé et, lorsqu'il passait sa langue sur ses dents, elles étaient exactement comme dans son souvenir.

– Je m'appelle Connor, rectifia-t-il. Connor Lassiter.

L'infirmière le détailla avec une expression douce mais calculée qui le perturba.

– Il se trouve qu'on a retrouvé une carte d'identité dont la photo a brûlé dans la catastrophe. Elle appartenait à un vigile de dix-neuf ans du nom d'Elvis Mullard. Avec toute la confusion qui a suivi l'incident, impossible de dire qui était qui et nous étions nombreux à penser qu'il serait vraiment dommage de ne pas se servir de cette carte d'identité. Alors, comment vous appelez-vous ?

Connor comprit. Il ferma ses paupières, prit une profonde inspiration et les rouvrit.

– Est-ce que j'ai un deuxième prénom ?

– Oui, Robert.

– Alors je m'appelle E. Robert Mullard.

– Ravie de vous rencontrer, Robert, dit l'infirmière avec un sourire en lui tendant la main.

Mécaniquement, Connor voulut tendre la sienne mais une douleur intense le lança à l'épaule.

– Désolée, c'est ma faute, dit l'infirmière en lui serrant la main gauche à la place. Votre épaule sera un peu douloureuse jusqu'à ce que la greffe ait bien cicatrisé.

– Qu'est-ce que vous dites ?

– Décidément, je parle trop parfois ! dit l'infirmière en soupirant. Les médecins veulent toujours vous l'annoncer eux-mêmes, mais de toute façon j'ai craché le morceau maintenant, pas vrai ? La mauvaise nouvelle, c'est que nous n'avons pas réussi à sauver votre bras et votre œil droit. La bonne, c'est qu'en tant que E. Robert Mullard, vous pouviez bénéficier de greffes d'urgence. J'ai le nouvel œil : ne vous inquiétez pas, il va plutôt bien avec l'autre. Pour ce qui est du bras, celui qu'on vous a posé est un plus musclé que votre bras gauche mais, avec une bonne rééducation, vous rattraperez le retard en un rien de temps.

Connor absorba ces informations, se les répéta dans sa tête. Œil. Bras. Rééducation.

– Je sais que ça fait beaucoup de choses à intégrer, admit l'infirmière.

Pour la première fois, Connor contempla sa nouvelle main. Des bandages recouvraient son épaule et son bras était en écharpe. Il plia ses doigts, il fit tourner son poignet – avec succès. Les ongles avaient besoin d'être coupés et les articulations étaient plus épaisses que les siennes. Il passa son pouce sur les extrémités des doigts. Ses sensations étaient intactes. Puis il fit pivoter son poignet un peu plus, et s'arrêta net. Une vague de panique le submergea et lui vrilla l'estomac.

L'infirmière esquissa un grand sourire en regardant le bras.

– Les parties viennent souvent avec leur propre personnalité, fit-elle remarquer. Ne vous en faites pas pour ça. Vous devez avoir faim, je vais chercher votre déjeuner.

– Oui, fit Connor. Déjeuner… Très bien…

Elle le laissa seul avec le bras. *Son* bras. Un bras qui portait le tatouage inimitable d'un requin-tigre.

67.

Risa

L'ancienne vie de Risa avait pris fin le jour où les claqueurs avaient fait sauter la Boucherie. Les gens avaient finalement appris que c'était l'œuvre de claqueurs et non de Connor. Les preuves étaient irréfutables, surtout après les aveux du claqueur qui avait survécu.

Contrairement à Connor, Risa n'avait pas perdu connaissance. Même si elle était restée coincée sous une poutrelle en acier, elle était restée bien éveillée et, au bout d'un moment, une partie de la douleur avait même fini par disparaître. Elle n'avait pas su si c'était bon signe ou pas. Dalton, lui, avait souffert le martyr. Il était pétrifié de peur, et Risa avait essayé de le rassurer. Elle lui avait parlé, lui avait assuré que tout irait bien. Elle le lui avait répété jusqu'à la seconde de sa mort. Le guitariste avait eu davantage de chance : il s'était dégagé des décombres mais n'avait pas réussi à libérer Risa. Alors il était parti en lui promettant de lui envoyer de l'aide. Il avait certainement tenu sa promesse puisqu'on était finalement venu la secourir. Il avait fallu trois personnes pour soulever la poutrelle, une seule pour la tirer de là.

Elle était maintenant dans une chambre d'hôpital, attachée à une chose qui ressemblait davantage à un appareil de torture qu'à un lit. Son corps était criblé de chevilles qui lui donnaient l'air d'une poupée vaudou et qui étaient maintenues en place par un échafaudage rigide. Elle voyait ses orteils, mais ne les sentait pas. Désormais, elle devrait s'en contenter.

– Vous avez de la visite.

Une infirmière se tenait sur le pas de la porte et, lorsqu'elle s'écarta, Risa aperçut Connor. Il était couvert de bleus et de pansements, mais il était bien vivant. Les yeux de Risa s'emplirent de larmes, mais elle savait qu'elle devait se retenir de pleurer : sangloter lui causait encore trop de douleur.

– Je savais bien qu'ils mentaient ! dit-elle. Ils ont raconté que tu étais mort pendant l'explosion, que tu étais resté coincé dans le bâtiment. Mais je t'ai vu à l'extérieur. Je savais qu'ils mentaient !

– J'ai bien failli y rester, mais Lev a arrêté l'hémorragie. Il m'a sauvé la vie.

– Il m'a sauvée aussi. C'est lui qui m'a sortie de la Boucherie, expliqua Risa.

– Pas mal pour un sale petit décimé, plaisanta Connor.

À en juger par l'expression de Connor, Risa comprit qu'il ignorait que Lev faisait partie des claqueurs et que c'était lui qui ne s'était pas fait exploser. Elle décida de ne rien lui révéler. C'était dans tous les journaux, il l'apprendrait bien assez tôt.

Connor lui raconta qu'il avait été dans le coma et qu'il avait écopé d'une nouvelle identité. Risa l'informa que très peu de fragmentés du Gai Bûcheron s'étaient fait coincer, et que la plupart avaient réussi à prendre la fuite. Elle regarda son bras en écharpe. Les doigts qui dépassaient n'étaient pas ceux de Connor, elle en était certaine. Elle devina ce qui s'était passé et à quel point cela était embarrassant pour lui.

– Alors, qu'est-ce qu'ils disent pour tes blessures ? questionna Connor. Ça va aller, n'est-ce pas ?

Risa réfléchit à la manière de lui annoncer la nouvelle, puis décida de le faire vite :

– Mes membres inférieurs sont paralysés.

Connor attendit qu'elle continue, mais elle demeura silencieuse.

– Bon, ce n'est pas si dramatique. Ils peuvent te guérir, pas vrai ?

– Oui, en me donnant la colonne vertébrale d'un fragmenté. C'est pour ça que j'ai refusé l'opération.

Il la considéra, incrédule. Puis elle désigna son bras.

– Tu aurais pris la même décision si tu avais eu le choix.

– Je suis vraiment désolé, Risa.

– Ne le sois pas ! s'exclama Risa – la dernière chose qu'elle souhaitait était que Connor ait pitié d'elle. Ils ne peuvent plus me fragmenter maintenant ; il existe une loi qui interdit la fragmentation sur les personnes handicapées. Si j'avais subi cette opération, ils m'auraient fragmentée dès que j'aurais été sur pied. Au moins, je resterai en un seul morceau !

Elle lui lança un sourire triomphal.

– Tu vois, tu n'es pas le seul à avoir déjoué le système ! reprit-elle.

Il lui sourit à son tour et détendit son épaule bandée. L'écharpe glissa, exposant un peu plus son nouveau bras – suffisamment pour révéler le tatouage. Il voulut le cacher – en vain. Elle avait vu. Elle savait. Et lorsque leurs regards se croisèrent, Connor détourna les yeux, honteux.

– Connor… ?

– Je te jure que jamais je ne te toucherai avec cette main.

Risa comprit l'importance du moment. Comment pouvait-elle regarder ce bras, celui-là même qui l'avait maintenue contre le mur des toilettes, sans ressentir un profond dégoût ? Ces doigts qui l'avaient menacée de choses immondes. Comment ressentir autre chose que de la révulsion ? Pourtant, lorsqu'elle regardait Connor, ces sombres pensées s'envolaient. Il n'y avait que lui.

– Montre-le-moi, murmura-t-elle.

Connor hésita puis tendit son bras et, tout doucement, le sortit de l'écharpe qui le recouvrait.

– Est-ce que tu as mal ?

– Un peu.

Elle caressa le dos de sa main avec ses doigts.

– Tu sens quelque chose ?

Connor hocha la tête.

Puis Risa porta délicatement la main de Connor jusqu'à son visage et pressa sa paume contre sa joue. Elle la tint là pendant un moment puis la relâcha, laissant Connor prendre le relais. Il caressa sa joue, essuya une larme avec ses doigts. Il lui effleura lentement le cou et elle ferma ses paupières. Elle sentit ses doigts courir avec douceur sur ses lèvres avant qu'il n'ôte sa main. Risa rouvrit les yeux, mit la main de Connor dans la sienne et la serra fermement.

– Je sais que c'est ta main maintenant, déclara-t-elle. Jamais Roland ne m'aurait touchée comme ça.

Connor sourit et Risa considéra le requin sur son bras pendant quelques instants. Il ne lui inspirait plus de peur, car il avait été dompté par l'âme d'un garçon. Non, l'âme d'un homme.

68.

Lev

Non loin de là, dans une prison fédérale hautement sécurisée, Levi Jedediah Calder était enfermé dans une cellule conçue spécifiquement pour ses besoins : capitonnée, équipée d'une porte en acier épaisse de sept centimètres, la pièce était gardée à une température constante d'environ sept degrés pour éviter que la température corporelle de Lev n'augmente trop. Pourtant, Lev n'avait pas froid – il avait même plutôt chaud. Rien d'étonnant puisqu'il était enveloppé dans plusieurs couches de matériau isolant résistant aux flammes. Il ressemblait à une momie suspendue dans les airs, sauf que ses bras n'étaient pas croisés sur sa poitrine, mais tendus sur les côtés et attachés à une traverse pour qu'il ne puisse pas les rapprocher. Dans l'esprit de Lev, ils avaient hésité entre la crucifixion et la momification, alors ils avaient opté pour les deux. Ainsi, impossible de claquer des mains, de tomber ou de se faire exploser par inadvertance. Et si, malgré tout, cela se produisait, la cellule était prévue pour résister à l'explosion.

Ils lui avaient fait trois transfusions, mais ne lui avaient pas dit combien d'autres il en faudrait avant que le produit soit complètement évacué de son système. Ils ne lui disaient rien. Les agents qui venaient le voir ne s'intéressaient qu'à ce qu'il avait à leur dire. On lui avait attribué un avocat qui évoquait la folie comme quelque chose de positif. Lev ne cessait de lui répéter qu'il n'était pas fou, même s'il n'en était plus certain lui-même.

La porte de sa cellule s'ouvrit. Sans doute un autre interrogatoire... Mais, contre toute attente, son visiteur était un visage nouveau. Il fallut quelques instants à Lev avant de le reconnaître, en partie parce qu'il ne portait pas sa tenue de pasteur, mais un jean et une chemise rayée.

– Bonjour, Lev.

– Pasteur Dan ?

La porte se referma derrière lui sans un bruit – les murs capitonnés amortissaient tous les bruits. Transi par le froid, le pasteur Dan se frotta les bras pour se réchauffer. Ils auraient dû le prévenir d'apporter une veste.

– Est-ce qu'on te traite bien ? voulut savoir le pasteur.

– Ouais. Le truc positif quand on est explosif, c'est que personne ne vous donne de coups.

Le pasteur Dan émit un petit rire nerveux, puis l'embarras reprit le dessus. Il se força à regarder Lev en face.

– D'après ce que j'ai compris, tu ne garderas cet accoutrement que quelques semaines, jusqu'à ce que tu sois tiré d'affaire.

Lev ignorait pourquoi le pasteur était là ou ce qu'il espérait prouver. Lev était-il censé être heureux de le voir ? Ou furieux ? Il avait en face de lui l'homme qui, depuis toujours, lui avait affirmé que la décimation était un acte saint et qui lui avait finalement conseillé de fuir.

Le pasteur était-il là pour le punir ? Pour le féliciter ? Ses parents l'avaient-ils envoyé parce qu'il était à présent si intouchable qu'ils ne pouvaient même pas venir eux-mêmes ? Ou peut-être que Lev allait être exécuté et que le pasteur était venu lui délivrer les derniers sacrements.

– Bon, finissons-en, dit Lev.

– Finissons-en avec quoi ?

– Ce pour quoi vous êtes venu. Faites-le et partez.

Comme il n'y avait pas de chaise dans la pièce, le pasteur s'adossa au mur.

– Que t'a-t-on raconté sur ce qui se passe à l'extérieur, au juste ?

– Je ne sais que ce qui se passe ici. C'est-à-dire pas grand-chose.

Le pasteur Dan poussa un soupir, se frotta les yeux et réfléchit avant de prendre la parole :

– Connais-tu un garçon du nom de Cyrus Fisher ?

L'évocation de ce nom fit paniquer Lev. Il s'était douté qu'on fouillerait son passé de fond en comble. C'est ce qui arrivait aux claqueurs : leur vie entière était étalée dans les journaux pour être disséquée, leurs proches devenaient des suspects. Bien sûr, cela se produisait généralement après le passage des claqueurs dans l'autre monde.

– CyFi n'a rien à avoir avec tout ça ! s'écria Lev. Ils n'ont pas le droit de le mêler à ça !

– Calme-toi. Il va bien. Mais il se trouve qu'il a fait du grabuge et, comme il t'a connu, les gens l'écoutent.

– Du grabuge à propos de moi ?

– À propos de la fragmentation, précisa le pasteur en s'approchant de Lev pour la première fois. Ce qui s'est passé au camp du Gai Bûcheron fait parler les gens qui jusque-là faisaient les autruches. Il y a eu des manifestations à Washington pour protester contre la fragmentation, Cyrus a même témoigné devant le Congrès.

Lev essaya de s'imaginer CyFi face à un comité du Congrès, s'adressant à ses membres avec son argot sienne-brûlée d'avant-guerre. Cette idée le fit sourire – ce qui ne lui était pas arrivé depuis longtemps.

– Certaines rumeurs disent que l'âge de la majorité pourrait être baissé à dix-sept ans, ce qui sauverait un cinquième des fragmentés.

– C'est bien, dit Lev.

Le pasteur sortit de sa poche une feuille de papier pliée.

– Je n'avais pas l'intention de te montrer ça, mais je pense qu'il faut que tu le voies. Il faut que tu comprennes jusqu'où les choses sont allées.

C'était la couverture d'un magazine.

Lev y figurait.

Sur *toute* la page. C'était une photo de lui en tenue de base-ball, son gant à la main, un grand sourire sur les lèvres. La légende indiquait : POURQUOI, LEV ? POURQUOI ? Durant toute la période où il avait retourné les événements dans sa tête, pas une seule fois il n'avait envisagé qu'à l'extérieur les gens aient pu faire la même chose. Il ne voulait pas de toute cette attention, mais manifestement le monde entier l'appelait désormais par son prénom.

– Tu as fait la couverture de presque tous les journaux.

Il n'avait pas envie de le savoir. Pourvu que le pasteur n'ait pas d'autres coupures de presse dans la poche, songea Lev.

– Et alors ? fit Lev en faisant mine d'être indifférent. Les claqueurs font toujours la une des journaux.

– Les dégâts qu'ils causent, oui. Mais personne ne se soucie jamais de savoir qui étaient les claqueurs. Aux yeux de l'opinion publique, ils sont tous les mêmes. Mais toi, tu es différent des autres parce que tu n'es pas allé jusqu'au bout.

– J'en avais envie.

– Si tu en avais eu envie, tu l'aurais fait. Mais tu as préféré sauver quatre personnes.

– Trois.

– Peut-être. Mais tu en aurais sauvé davantage si tu avais pu. Les autres décimés n'ont pas levé le petit doigt, ils ont protégé leur précieux petit corps, alors que toi, tu as dirigé les opérations. Je te rappelle que les « dégénérés » t'ont suivi pour trouver d'autres survivants.

Lev s'en souvenait. Tandis qu'une armée d'adolescents se ruaient vers les grilles, des dizaines d'autres l'avaient suivi dans les décombres. Et le pasteur avait raison : Lev aurait pu faire plus, seulement il s'était rappelé qu'un seul faux mouvement risquait de le faire sauter, lui et ce qui restait de la Boucherie. Alors il était retourné sur le tapis rouge et s'était assis près de Risa et Connor jusqu'à l'arrivée des ambulances. Puis il s'était levé et, au milieu du chaos, il avait avoué faire partie des claqueurs. Il avait avoué, encore et encore, à qui voulait l'entendre, jusqu'à ce qu'un agent de police lui propose gentiment de l'arrêter. Celui-ci avait hésité à le menotter de peur de le faire exploser. Mais de toute façon, Lev n'avait pas eu l'intention d'opposer une quelconque résistance.

– Ton comportement a dérouté les gens, Lev. Ils n'arrivent pas à déterminer si tu es un monstre ou un héros.

Lev réfléchit à la question.

– Est-ce qu'il y a un troisième choix ?

Le pasteur garda le silence. Peut-être n'avait-il pas de réponse...

– Je pense que les choses arrivent pour une raison. Tu as été kidnappé, tu es devenu un claqueur mais tu as décidé de ne pas passer à l'acte. (Il jeta un coup d'œil à la couverture du magazine.) Tout cela a mené à ça. Pendant des années, les fragmentés n'étaient que des adolescents sans visage dont personne ne voulait. Grâce à toi, la fragmentation a un visage.

– Ils ne peuvent pas mettre mon visage sur autre chose ?

Le pasteur Dan rit à nouveau, mais cette fois, ce n'était pas forcé. Il regarda Lev comme s'il n'était qu'un enfant, et non une créature inhumaine. Pendant quelques instants, celui-ci eut le sentiment d'être un adolescent de treize ans comme les autres. C'était un sentiment étrange, car il n'avait jamais été tout à fait comme les autres. Les décimés ne l'étaient jamais.

– Qu'est-ce qui va se passer maintenant ? demanda Lev.

– D'après ce que j'ai compris, il va leur falloir quelques semaines pour purifier ton sang du liquide explosif. Tu resteras instable, mais pas autant que maintenant. Tu pourras claquer des mains autant que tu veux, tu n'exploseras pas. Mais si j'étais toi, j'éviterais les sports de contact pendant un moment.

– Est-ce qu'ils vont me fragmenter ?

– Ils ne fragmenteront pas un claqueur puisque la substance explosive ne disparaît jamais entièrement du système. J'ai parlé avec ton avocat, il pense qu'ils vont te proposer un marché. Après tout, tu leur as permis de coincer le groupe qui a pratiqué les transfusions. Les personnes qui t'ont utilisé auront ce qu'elles méritent. Il est fort probable que la justice te considère comme une victime.

– Je savais ce que je faisais, objecta Lev.

– Comment t'es-tu laissé embarquer là-dedans ?

Lev ouvrit la bouche, mais il ne parvint pas à mettre des mots sur ce qu'il ressentait. Colère. Trahison. Haine envers un monde qui se prétendait juste. Mais était-ce véritablement une raison ? Un moyen de justifier ses actes ?

– Tu es peut-être responsable de tes actes, dit le pasteur, mais tu n'es pas fautif. Tu n'étais pas préparé à la vraie vie, et ça, c'est ma faute et celle de ceux qui t'ont élevé comme un décimé. Nous sommes aussi coupables que ceux qui ont injecté ce poison dans ton sang.

Il détourna le regard, envahi par la honte, s'efforçant de contenir sa propre colère. Lev voyait bien que cette colère ne lui était pas destinée. Le pasteur inspira profondément et reprit la parole :

– Tu seras sans doute obligé de passer quelques années dans un centre de détention pour mineurs, puis dans une maison d'arrêt.

– La maison de qui ? questionna Lev, qui comprit que le pasteur avait saisi tous les sous-entendus de sa question.

– Lev, il faut que tu comprennes que tes parents ne font pas partie des gens qui transigent sur leurs positions.

– La maison de qui ? répéta Lev.

– Le jour où tes parents ont signé l'ordre de fragmentation, tu es devenu pupille de la nation. L'État leur a proposé de leur restituer ta garde, mais ils l'ont refusée. Je suis navré.

Lev ne fut pas étonné – dégoûté, mais pas étonné. Penser à ses parents fit resurgir en lui des sentiments qui l'avaient rendu fou et poussé à devenir un claqueur. Mais aujourd'hui, il se rendait compte que son désespoir n'était plus vain.

– Alors maintenant je m'appelle Pupille ?

– Pas forcément. Ton frère Marcus a déposé une requête pour devenir ton tuteur. S'il obtient gain de cause, tu iras vivre chez lui en sortant d'ici et tu pourras continuer à porter le nom de Calder. Enfin, si tu le souhaites.

Lev approuva d'un signe de tête. Il repensa à sa fête de décimation, lorsque Marcus avait été le seul à prendre sa défense. À l'époque, Lev ne l'avait pas compris.

– Mes parents ont aussi renié Marcus...

Au moins, il serait en bonne compagnie.

Le pasteur lissa sa chemise et frissonna à cause du froid. Il n'était pas vraiment lui-même aujourd'hui – c'était la première fois que Lev le voyait sans sa tenue de pasteur.

– Pourquoi êtes-vous habillé comme ça ? demanda-t-il.

Le pasteur prit un moment avant de répondre :

– J'ai quitté les ordres.

Lev fut pris au dépourvu.

– Vous... vous avez perdu la foi ?

– Non, seulement mes convictions. Je crois toujours en Dieu, mais pas en celui qui admet la décimation.

Lev se sentit tout à coup submergé par une vague d'émotions qui s'étaient accumulées depuis le début de leur conversation, et même depuis plusieurs semaines.

– Je ne savais pas qu'on avait un tel choix.

Depuis toujours, Lev n'avait eu le droit de croire qu'en une seule chose, qui l'avait entouré, cocooné, enserré avec la même douceur étouffante que les couches isolantes qui l'enveloppaient aujourd'hui. Pour la première fois de sa vie, Lev eut l'impression que les liens qui retenaient son âme étaient en train de se détacher.

– Vous pensez que je peux croire en ce Dieu, moi aussi ?

69.

Fragmentés

Il y avait un immense ranch à l'ouest du Texas.

L'argent qui avait permis sa construction provenait du pétrole asséché depuis longtemps. C'était maintenant un immense complexe, avec une oasis aussi verte qu'un parcours de golf, au beau milieu de plaines sauvages. C'est là qu'Harlan Dunfee avait grandi jusqu'à l'âge de seize ans, et c'est durant cette période qu'il avait eu des ennuis. Il avait été arrêté deux fois à Odessa pour trouble à l'ordre public mais, chaque fois, son père, un éminent amiral de l'armée de l'air, avait réussi à le faire libérer. La troisième fois, ses parents avaient préféré une autre solution.

C'était aujourd'hui le vingt-sixième anniversaire d'Harlan et il donnait une fête. Enfin, plus ou moins.

Des centaines d'invités étaient présents. L'un d'eux était un garçon du nom de Zachary que ses amis surnommaient Asthma. Il habitait au ranch depuis quelque temps, dans l'attente de ce jour. Il possédait le poumon droit d'Harlan. Et aujourd'hui, il allait le lui rendre.

*

Au même moment, à plus de neuf cents kilomètres à l'ouest, un gros-porteur atterrissait dans un cimetière d'avions. L'avion était rempli de caisses en bois, et chacune contenait quatre fragmentés. Tandis qu'on ouvrait les caisses, un garçon jeta un œil à l'extérieur, se demandant quel sort allait lui être réservé. La lumière d'une lampe de poche l'éblouit et, lorsque le faisceau se baissa, il se rendit compte que ce n'était pas un adulte qui avait ouvert la caisse, mais un adolescent habillé de vêtements kaki. Il sourit, révélant un appareil dentaire sur des dents pourtant parfaitement alignées.

– Bonjour, je m'appelle Hayden et je serai votre sauveur aujourd'hui ! annonça-t-il. Tout le monde est sain et sauf ?

– Ça va. Où sommes-nous ?

– Au Purgatoire ! répliqua Hayden. Aussi connu sous le nom d'Arizona.

Le garçon sortit de la caisse, manifestement terrifié. Il se plaça dans la file de fragmentés et, en dépit de l'avertissement d'Hayden, se cogna la tête en sortant de la soute. La lumière éclatante du soleil et la chaleur étouffante l'assaillirent tandis qu'il descendait les marches jusqu'à la terre ferme. Il voyait bien qu'ils n'étaient pas dans un aéroport, pourtant il y avait des avions à perte de vue.

Une petite voiture de golf approcha au loin, soulevant un nuage de poussière dans son sillage. Le silence s'installa. La voiturette s'arrêta et le conducteur en sortit. La moitié de son visage était recouverte de cicatrices. Il discuta à voix basse avec Hayden pendant quelques instants puis s'adressa à l'assistance.

C'est à ce moment-là que le fragmenté réalisa qu'il ne s'agissait pas d'un homme, mais d'un autre adolescent qui ne devait pas être beaucoup plus vieux que lui. Peut-être étaient-ce les cicatrices qui lui donnaient l'air plus âgé, à moins que ce ne soit sa manière de se tenir ?

– J'aimerais être le premier à vous souhaiter la bienvenue au Cimetière. Officiellement, mon nom est E. Robert Mullard. Mais tout le monde ici m'appelle Connor, ajouta-t-il en souriant.

*

L'Amiral n'était jamais retourné au Cimetière – son état de santé ne le lui avait pas permis. Il se trouvait dans le ranch de sa famille, au Texas, aux bons soins de la femme qui l'avait quitté plusieurs années auparavant. Même s'il était faible et qu'il ne pouvait plus se déplacer comme autrefois, il n'avait pas beaucoup changé.

– Les médecins affirment que seuls vingt-cinq pour cent de mon cœur sont encore en vie, disait-il souvent. Ça fera l'affaire !

Ce qui l'avait gardé en vie, plus que tout autre chose, c'était la perspective de la grande fête en l'honneur d'Harlan. Finalement, la légende concernant « Humphrey Dunfee » était vraie : on avait bel et bien rassemblé toutes les parties de son corps, et tous les receveurs avaient été réunis. Mais il n'était pas question de chirurgie. En dépit des rumeurs, il n'avait jamais été envisagé de reconstruire Harlan morceau par morceau. Mais, en un sens, les Dunfee avaient bel et bien « reconstruit » leur fils comme ils pouvaient.

Il était présent tandis que l'Amiral et sa femme arrivaient dans leur jardin. Il était présent dans les voix des nombreux invités qui discutaient en riant. Il y avait des hommes et des femmes de tous les âges. Chacun portait un badge, sauf que ce n'était pas un nom qui y était inscrit – aujourd'hui, les noms n'avaient pas d'importance.

« MAIN DROITE » indiquait le badge épinglé sur la veste d'un jeune homme âgé d'environ vingt-cinq ans.

– Laissez-moi regarder, demanda l'Amiral.

Le jeune homme avança sa main. L'Amiral l'examina et tomba sur une cicatrice entre le pouce et l'index.

– Quand Harlan avait neuf ans, je l'ai emmené pêcher. Il s'est fait cette cicatrice en essayant de vider une truite.

– Oui, je m'en rappelle ! intervint quelqu'un.

L'Amiral esquissa un sourire. Les souvenirs étaient peut-être dispersés, mais ils étaient bien là.

Il surprit le garçon qui insistait pour qu'on l'appelle Asthma en train de tourner en rond dans le jardin. Sa respiration était plus claire maintenant qu'il recevait enfin le traitement adapté à son asthme.

– Qu'est-ce que tu fais là ? demanda l'Amiral. Tu devrais être avec les autres.

– Je ne connais personne.

– Bien sûr que si, seulement tu ne le sais pas encore.

Et il emmena Asthma vers les invités.

*

Au même instant, au cimetière d'avions, Connor s'adressait aux nouveaux arrivants groupés devant l'avion qui les avait conduits jusque-là. Connor n'en revenait pas de susciter un tel respect de leur part. Il ne s'y habituerait jamais.

– Vous êtes ici parce que vous étiez destinés à être fragmentés mais que vous avez réussi à vous échapper et, grâce aux efforts de beaucoup de gens, vous êtes arrivés jusqu'ici. Vous y resterez jusqu'à votre majorité, le jour de vos dix-sept ans. Ça, c'est la bonne nouvelle. La mauvaise, c'est que les autorités sont au courant. Ils savent où nous sommes et ce que nous faisons. S'ils nous laissent rester ici, c'est parce qu'ils ne nous considèrent pas comme une menace. (Connor eut un grand sourire.) Mais ça va changer.

Tout en parlant, Connor tâchait de regarder chaque fragmenté dans les yeux pour se rappeler tous les visages. Pour que chacun se sente reconnu, unique, important.

– Certains d'entre vous ont traversé des épreuves difficiles et souhaitent simplement survivre jusqu'au jour de leurs dix-sept ans. Je le comprends tout à fait. Mais je sais que d'autres sont prêts à tout pour mettre un terme à la fragmentation une bonne fois pour toutes.

– Ouais ! Gai Bûcheron ! Gai Bûcheron ! se mit à scander un garçon en levant le poing.

Quelques fragmentés l'imitèrent mais ils comprirent rapidement que ce n'était pas ce que Connor attendait, et les chants cessèrent.

– Nous ne ferons pas sauter des Boucheries, reprit Connor. Il est hors de question que nous leur donnions l'image qu'ils ont de nous : des adolescents violents qui feraient mieux d'être fragmentés. Nous allons réfléchir avant d'agir, ce qui compliquera les choses pour eux. Nous allons infiltrer des camps de collecte et rassembler des fragmentés de tout le pays. Nous les libérerons dans les bus, avant même qu'ils n'arrivent jusqu'aux camps. Nous avons une voix, et nous allons nous en servir pour nous faire entendre.

Cette fois, la foule ne parvint pas à contenir son enthousiasme et Connor laissa faire. Ces adolescents avaient été malmenés par la vie, mais aujourd'hui, l'énergie qu'il y avait au Cimetière les galvanisait. Connor se rappelait avoir ressenti la même chose le jour de son arrivée ici.

– J'ignore ce qui arrive à notre conscience après qu'elle a été fragmentée, continua Connor. Je ne sais même pas à partir de quel moment elle commence à exister, mais ce que je sais… (Il marqua une pause pour s'assurer d'avoir toute l'attention de l'assistance.) C'est que nous avons un droit sur nos vies !

Les fragmentés se déchaînèrent.

– Nous avons un droit sur nos corps !

Les cris redoublèrent encore.

– Nous méritons un monde où ces droits nous sont acquis ! Et notre mission sera de construire ce monde !

*

Dans le ranch des Dunfee, l'excitation était à son comble. Le bourdonnement des conversations se transformait en clameur tandis que les convives faisaient connaissance. Asthma partageait son expérience avec une jeune fille qui, elle, possédait le poumon gauche d'Harlan. Une femme parlait d'un film qu'elle n'avait jamais vu à un homme qui se souvenait d'amis qu'il n'avait jamais vus non plus. Et, tandis que l'Amiral et son épouse observaient la scène, quelque chose d'incroyable se produisit.

Les discussions convergèrent.

Comme la vapeur d'eau qui se cristallise en un flocon unique, le brouhaha des voix se transforma en une seule conversation.

– Regardez ! Il est tombé de ce muret quand il avait…

– … six ans ! Oui, je me souviens !

– Il a porté un plâtre pendant des mois.

– J'ai encore mal au poignet quand il fait humide.

– Il n'aurait pas dû grimper sur ce mur.

– J'ai été obligé, j'étais poursuivi par un taureau.
– J'ai eu tellement peur !
– Vous sentez les fleurs dans ce champ ?
– Ça me rappelle l'été où...
– ... à l'époque où je n'avais pas encore trop d'asthme...
– ... et que je me sentais invincible.
– Oui, invincible !
– Le monde était à mes pieds !

L'Amiral serra le bras de sa femme. Aucun d'eux ne parvint à contenir ses larmes – ce n'étaient pas des larmes de tristesse, mais de stupeur. Si ce qui lui restait de cœur devait s'arrêter de battre maintenant, l'Amiral serait le plus heureux des hommes.

Il embrassa l'assemblée du regard et, d'une voix tremblante, appela :

– Harlan ?

Tous les regards se tournèrent vers lui. Un homme porta sa main à sa gorge et, d'une voix qui était sans conteste celle d'Harlan Dunfee en plus âgée, répondit :

– Papa ?

L'Amiral fut tellement bouleversé qu'il ne parvint pas à dire un mot. Alors sa femme regarda l'homme qui lui faisait face, puis les gens à ses côtés, puis tous les autres.

– Bienvenue à la maison, annonça-t-elle.

*

À près de mille kilomètres de là, au cimetière d'avions, une jeune fille jouait sur un grand piano, à l'ombre de l'aile d'un avion qui avait autrefois appartenu à l'armée de l'air. Elle jouait avec fougue, au mépris de sa chaise roulante, et sa sonate remontait le moral des nouveaux arrivants. Lorsqu'ils passaient devant elle, elle leur souriait en continuant de jouer. Il devenait clair alors que cette fournaise remplie d'avions hors d'usage était bien davantage que ce qu'elle paraissait : c'était un havre de rédemption pour les fragmentés et pour tous ceux qui avaient perdu la Guerre Cardinale. Tout le monde, en somme.

Connor laissa la musique de Risa l'envahir tandis qu'il regardait les milliers d'adolescents déjà présents accueillir les nouveaux fragmentés. Le soleil avait commencé à décliner, atténuant un peu la chaleur, et, à cette heure de la journée, les ombres projetées par les rangées d'avions formaient de jolis motifs sur le sol. Connor ne put s'empêcher de sourire. Un endroit comme celui-ci, aussi hostile fût-il, pouvait être splendide s'il était baigné d'une certaine lumière.

Connor s'abreuva de tout ce qui l'entourait : la musique, les voix, le désert, le ciel. Il avait défini sa mission – changer le monde. La dynamique était en marche et son devoir était de veiller à ce qu'elle perdure. Heureusement, il n'était pas seul dans cette aventure : il y avait Risa, Hayden et tous les autres. Connor prit une profonde inspiration puis souffla, relâchant ainsi toute sa tension. Enfin, il s'autorisa le luxe merveilleux d'espérer.

Remerciements

Lorsqu'on en vient aux romans, la somme des parties est parfois plus importante que le tout. Ce livre n'aurait pas pu voir le jour sans mon éditeur, David Gale, qui m'a mis au défi de faire de ce projet le meilleur livre possible. Je suis reconnaissant à toute l'équipe de Simon & Schuster qui m'a soutenu non seulement pour ce livre, mais aussi pour l'ensemble de mon travail.

Je remercie mes enfants, Brendan, Jarrod, Joelle et Erin, d'être les merveilleux enfants que personne ne voudrait jamais fragmenter. Un merci tout particulier à Jarrod qui a non seulement créé ma page MySpace sur Internet mais a été le premier à lire les *Fragmentés*. Ses remarques éditoriales précieuses m'ont beaucoup aidé avant même que le manuscrit n'arrive à mon éditeur.

Merci à Haidy Fisher et à son fils, Cyrus, qui a trouvé le nom de CyFi et m'a laissé l'emprunter pour l'un de mes personnages préférés.

Je remercie mon groupe d'écriture, les Fictionnaires, pour ses remarques judicieuses, ainsi que Trumanell Maples et Leigh Ann Jones, spécialistes des médias, qui m'ont apporté une aide considérable lorsque je travaillais sur la deuxième version de mon manuscrit.

Neal Shusterman

À Steve Layne qui, lorsque je lui ai fait part de mon idée, m'a dit : « Tu DOIS écrire ce livre. »

Merci à mon assistante, Brandi Lomeli. Elle est mon cerveau.

J'aimerais remercier Justin Sewell du site Internet www.despair.com – l'un des sites les plus drôles que je connaisse – pour m'avoir autorisé à utiliser la citation de leur poster de « démotivation » *Ambition*.

Je remercie également Charles Pamment de la BBC, Jim Bremmer et Joe Zentner de www.desertusa.com et Dave Finn, qui m'ont aidé pour les informations factuelles entre chaque partie. L'âme mise en vente sur eBay ainsi que la réponse du site sont authentiques. Le cimetière d'avions existe, et la terrifiante histoire des bébés ukrainiens enlevés pour leurs organes est bien réelle aussi, preuves que la fiction n'est souvent pas si éloignée de la réalité.

Pour l'éditeur, le principe est d'utiliser des papiers composés de fibres naturelles, renouvelables, recyclables et fabriquées à partir de bois issus de forêts qui adoptent un système d'aménagement durable.
En outre, l'éditeur attend de ses fournisseurs de papier qu'ils s'inscrivent dans une démarche de certification environnementale reconnue.

Composition réalisée par Asiatype

Achevé d'imprimer en avril 2008
par Bussière
à Saint-Amand-Montrond (Cher)
pour le compte des éditions du Masque
N° d'édition : 102872 – N° d'impression : 081215/4
Dépôt légal : avril 2008

Imprimé en France